La guerra de la pólvora

LA GUERRA DE LA PÓLVORA

NAOMI NOVIK

SAGA TEMERARIO VOLUMEN 3

Traducción de José Miguel Pallarés Sanmiguel

UMBRIEL

Argentina • Chile • Colombia • España
Estados Unidos • México • Perú • Uruguay

Título original: *Black Powder War*
Editor original: Del Rey Books
Traducción: José Miguel Pallarés Sanmiguel

1.ª edición: octubre 2022

Plaza de los Reyes Magos, 8, piso 1.° C y D – 28007 Madrid
www.umbrieleditores.com

ISBN: 978-84-19030-08-5
E-ISBN: 978-84-19251-84-8
Depósito legal: B-15.029-2022

Fotocomposición: Ediciones Urano, S.A.U.
Impreso por: Romanyà Valls, S.A. – Verdaguer, 1 – 08786 Capellades (Barcelona)

Impreso en España – *Printed in Spain*

A mi madre,
como pequeña contrapartida a tantas *bajki cudowne**.

* «Fábulas prodigiosas», en polaco. [N. del T.]

PRÓLOGO

Laurence no podía hacerse la ilusión de que estaba en casa ni siquiera cuando contemplaba de noche los jardines. Una miríada de farolillos refulgía debajo de los tejados voladizos de aleros levantados y sus luces rojas y doradas se filtraban entre el ramaje de los árboles mientras detrás de él resonaban unas carcajadas de timbre extraño, propio de un país extranjero. El solista tocaba un instrumento de una sola cuerda a la que le arrancaba una tonada quejumbrosa y tenue, un hilo de música que se abría paso entre el runrún de las conversaciones, que para el oficial británico se había convertido en poco más que una melodía de fondo, pues había aprendido muy poco del idioma y dejaba de entender las palabras en cuanto escuchaba varias voces a la vez. Lo único que podía hacer era sonreír a quienquiera que se acercase y ocultar su falta de comprensión detrás de una taza de té verde muy suave. Aunque estaba medio llena, la depositó en el alféizar de una ventana en cuanto nadie le vio, pues aquel líquido le sabía a poco más que a agua perfumada. Echaba de menos aquel té fuerte con una nube de leche, o mejor aún, el café. Hacía dos meses que no lo probaba.

Se veía la luna desde el pabellón, situado en un collado que sobresalía como un grano de roca en la piel de la ladera, a suficiente altura para conferir una extraña e inusual perspectiva de los vastos jardines imperiales que se extendían debajo de él. No estaba tan al ras del suelo ni a tanta altura como al volar a lomos de Temerario, cuando los árboles se convertían en palillos y el edificio parecía un juguete para críos. Dio un paso y salió de debajo de los aleros para luego dirigirse a la verja. El frescor se había enseñoreado con la noche después de las lluvias, pero a él le resultaba agradable pues no le importaba la humedad, y tras pasar años en alta mar, los zarcillos de niebla alrededor de su rostro le resultaban más familiares que el resto del entorno. Un viento de lo más oportuno había disipado los restos del último banco de nubes tormentosas y ahora salía un tenue vapor de entre el viejo y desgastado enlosado gris de los senderos resbaladizos, a los que arrancaba destellos una luna en cuarto creciente. La brisa venía cargada de un olor a albaricoques pasados que se habían desprendido de las ramas para estrellarse contra los adoquines.

Otra luz parpadeaba entre la enramada de los árboles encorvados. El tenue fulgor blanco titilaba de forma intermitente más allá de las ramas, apareciendo y desapareciendo mientras se acercaba a la orilla del lago artificial a un ritmo constante, levantando a su paso un ruido sordo de pisadas. Al principio, Laurence apenas fue capaz de ver nada, pero poco después irrumpió en el claro una procesión de lo más extraña. Un grupo poco nutrido de sirvientes doblados bajo el peso de unas sencillas andas de madera sobre las cuales yacía un cuerpo velado. Tras ellos trotaba un par de jóvenes provistos de palas que no cesaban de volver la vista atrás.

El aviador se les quedó mirando con asombro hasta que las copas de los árboles se estremecieron y entreabrieron para dejar al descubierto a Lien, quien descendió al espacioso claro detrás de los sirvientes, hacia donde se lanzó manteniendo gacha la cabeza aureolada por la gorguera y las alas firmemente sujetas a los costados. La dragona sacudía o tronchaba los finos troncos de los árboles al pasar, levantando una lluvia de hojas de sauce amarillentas que caían sobre sus lomos hasta cubrirlos como una capa. Esta se había convertido en el único ornamento de Lien ahora que se había quitado los rubíes y los adornos de oro. Su palidez era tal que le confería un aspecto raro y desvalido al no llevar joya alguna que paliara la blancura de su piel descolorida. Sus ojos escarlatas parecían sendos pozos de negrura.

Los criados depositaron su carga en el suelo a fin de tener las manos libres y poder excavar una zanja al pie de un sauce majestuoso de muchos años. Jadeaban de vez en cuando mientras sacaban la tierra a paladas e iban dejando regueros oscuros en sus rostros anchos allí donde se mezclaban sudor y polvo. Lien caminaba en círculos alrededor del claro, agachándose de forma ocasional para arrancar algún árbol joven que había enraizado en el lindero del prado. Luego, arrojaba los troncos a un montón. Nadie más integraba el cortejo fúnebre, nadie, salvo un hombre envuelto en ropajes de color azul oscuro que seguía los pasos de Lien. Los andares y la silueta le resultaban familiares, pero el británico no logró verle el rostro. El desconocido se apostó a la sombra y observó los movimientos de la servidumbre mientras cavaban la cárcava. No había flores ni parecido alguno con las largas procesiones fúnebres que Laurence había visto en Pekín, aquellas en las que los allegados se rasgaban las vestiduras y los monjes de cabeza afeitada llevaban turíbulos con los que lanzaban nubes de incienso. Aquel curioso suceso nocturno podría haber sido la escena propia del entierro de un menesteroso de no haberse desarrollado bajo los tejados dorados del pabellón imperial semioculto entre los árboles y la presencia de Lien en el acto como un fantasma blanco como la leche, enorme, terrible.

Los servidores no desenvolvieron el cadáver antes de colocarlo junto a la zanja, pero ya había transcurrido más de una semana desde la muerte de Yongxing. Aquellas disposiciones parecían muy extrañas para el funeral de un príncipe imperial, incluso a pesar de haber conspirado con el propósito de matar y destronar a su hermano. El aviador se preguntó si acaso no habría pesado algún tipo de prohibición sobre el entierro a fin de que no se celebrara a una hora más temprana o si incluso era claramente una ceremonia clandestina. El pequeño cuerpo amortajado se deslizó hacia el hoyo cuando inclinaron las andas y enseguida se escuchó un golpe sordo. Lien soltó un lamento quejumbroso apenas audible que erizó los pelos de la nuca de Laurence. Luego, la dragona desapareció entre los árboles. Los dolientes no podían verle, oculto como estaba por el resplandor general de los faroles situados detrás de él, pero súbitamente se sintió como un intruso a pesar de que era muy improbable que le vieran. No obstante, alejarse en ese momento iba a causar mayor perturbación.

La servidumbre ya había empezado a rellenar la tumba, dejando caer en la fosa más y más paladas de tierra negra que habían amontonado al lado. Los criados iban deprisa y no tardaron en empezar a apisonar la tierra con las palas, nivelándola de tal modo que nada revelaba el lugar de la tumba, salvo la superficie completamente pelada debajo de las ramas bajas de los sauces. Los dos muchachos regresaron a los aledaños del bosque, de donde volvieron con unas brazadas de sotobosque y otro montón de desechos vegetales que esparcieron por encima de la tumba hasta que el terreno quedó casi como estaba antes, ocultando la ubicación de la tumba, que ahora resultaba imposible de detectar a simple vista. Retrocedieron con paso inseguro una vez que terminaron de realizar esta tarea, pues al tratarse de un rito deslucido y sin oficiante alguno, no tenían a nadie que guiase sus pasos y Lien no les hizo seña alguna, sino que se acomodó en el suelo, donde permaneció aovillada. Al final, los hombres se echaron las palas al hombro y se perdieron entre los árboles, eludiendo cuanto pudieron a la dragona blanca.

El hombre de ropajes azules se encaminó hacia la fosa e hizo la señal de la cruz antes de darse la vuelta para alejarse, momento en el que la luz de la luna le bañó le rostro y entonces Laurence le identificó de inmediato. Era De Guignes, el embajador francés. Jamás se le habría ocurrido pensar en él como asistente al funeral. La virulenta aversión de Yongxing hacia la influencia occidental no admitía distinciones, ya que él había odiado a franceses, británicos y portugueses por igual, y nunca había tragado en vida a De Guignes ni Lien había tolerado la compañía del diplomático, pero su porte aristocrático y sus facciones alargadas y típicamente francesas acreditaban la presencia del diplomático de modo inconfundible e inexplicable. Se demoró un poco más en el espacio abierto y preguntó algo a la dragona a juzgar por el ademán, pero estaban demasiado lejos para oírlos. Ella no le respondió ni profirió sonido alguno, sino que permaneció agachada con la mirada fija en la hoya oculta, como si deseara grabar el lugar en su memoria. Él hizo una elegante reverencia al cabo de un momento y se alejó de su lado.

Lien se quedó inmóvil junto a la tumba. La luminosidad de la laguna incidía sobre las ramas y las nubes en tránsito que proyectaban un mosaico de luces y sombras sobre el cuerpo de la dragona.

El oficial británico no lamentó la muerte del príncipe a pesar de que sí llegó a sentir una punzada de compasión. Supuso que la dragona no iba a aceptar a ningún otro como compañero. Laurence se acodó sobre la baranda y permaneció contemplándola durante un largo rato hasta que al fin la luna descendió en el cielo y terminó por ocultarse. Un estallido de risas y una salva de aplausos doblaron la esquina de la terraza. La música había dejado de sonar.

PARTE I

CAPÍTULO 1

Soplaba sobre Macao una brisa tórrida con tal indolencia que era incapaz de alejar del puerto el olor pútrido a peces muertos, salitre y algas marinas renegridas, ni el efluvio de los hombres ni el de los excrementos de los dragones. Aun así, los marinos se sentaban apiñados a lo largo de las barandillas de la *Allegiance* en busca de un soplo de aire fresco, empujándose unos a otros en su afán de lograr un poco más de espacio, y de vez en cuando estallaban pequeñas broncas y algún que otro intercambio de empellones, pero el calor sofocante acababa enseguida con todas las disputas.

Temerario yacía desconsolado sobre la cubierta de dragones con la mirada fija en la blanca bruma de alta mar. Los aviadores de servicio se habían despatarrado cerca de su corpachón para dormitar a su sombra, y Laurence, que había llegado al extremo de olvidarse del decoro quitándose la casaca, permanecía sentado en el pliegue de la pata del dragón, a resguardo del sol.

—Estoy seguro de que yo sería capaz de sacar el barco del puerto —afirmó el Celestial por enésima vez durante esa misma semana, y suspiró cuando Laurence desestimó su amable propuesta una vez más. Era capaz de remolcar incluso a un gigantesco transporte de dragones en un momento de calma chicha, pero solo conseguiría agotarse en vano con el viento en contra.

—No podrías recorrer mucha distancia en un día sin viento —agregó Laurence a fin de consolarle—. Quizás en mar abierto ayudaran algo unas pocas millas más, pero sirve de poco mientras permanezcamos en el puerto, donde estamos más cómodos. Además, alcanzaríamos pocos nudos de velocidad incluso aunque lográramos zarpar.

—Es una verdadera pena que siempre debamos estar a la espera de que sople el viento cuando lo demás está preparado, y también nosotros —repuso la criatura—. Me gustaría estar pronto en casa ahora que ya no queda nada por hacer —apostilló mientras golpeaba los tablones con la cola para enfatizar sus palabras.

—No te hagas demasiadas ilusiones, por favor te lo pido —contestó Laurence a pesar de que él mismo tampoco se las hacía, porque demandarle contención a Temerario y nada eran lo mismo, y no esperaba que fuera diferente ahora—. Debes prepararte para soportar ciertas demoras, tanto aquí como en casa.

—Claro, si prometo tener paciencia… —Replicó el dragón, aunque de inmediato disipó cualquier esperanza de que fuera así cuando añadió, como si no hubiera contradicción alguna—: Estoy convencido de que el Almirantazgo se hará cargo enseguida del atropello de nuestro caso, porque es de toda justicia que, si pagan a la dotación, hagan lo mismo con los dragones.

Laurence había pasado en el mar desde los doce años hasta que el azar alteró su destino y abandonó su puesto de capitán de barco para convertirse en capitán de dragón, pero en ese tiempo había llegado a familiarizarse mucho con los capitostes del almirantazgo, encargados de supervisar tanto la Armada como la Fuerza Aérea, y también había crecido en él un acusado sentido de la justicia. Aquellas frías oficinas parecían privar a sus ocupantes de todos los rasgos de decencia y de las cualidades normales del ser humano para convertirlos en animales políticos, criaturas semihumanas que se arrastraban y estaban dispuestas a morder al prójimo por un cuarto de penique. Las condiciones infinitamente mejores de que disfrutaban los dragones en China le habían obligado a abrir los ojos, aunque fuera de mala gana, a las pésimas condiciones de trato imperantes en Occidente, pero aunque el almirantazgo estuviera dispuesto a compartir ese punto de vista, él no era optimista. A la gente le iba a importar un rábano.

En todo caso, le resultaba imposible no albergar en su fuero interno la esperanza de que Temerario, una vez que estuviera en su puesto, defendiendo el Canal de la Mancha, podría abandonar sus objetivos, o al menos moderarlos. No discrepaba de los planteamientos del Celestial, que eran justos y naturales, pero, después de todo, Inglaterra estaba en guerra y, a diferencia de Temerario, él era muy consciente de la imprudencia que era exigir concesiones a su gobierno en semejantes circunstancias. Aquel comportamiento se parecía demasiado a un motín. Aun así, le había prometido su apoyo y no se iba a retractar. El dragón podría haberse quedado en China para disfrutar de todos los lujos y privilegios acordes a su rango de Celestial, y sin embargo regresaba a Inglaterra por Laurence y con las esperanzas puestas en mejorar las condiciones de vida de sus hermanos de armas. A pesar de sus muchas dudas, Laurence no podía formular ninguna objeción directa aunque a veces se sentía un tramposo por callarse.

—Tu sugerencia de que empiecen por pagarnos ha sido un puntazo —continuó Temerario, echando más leña al fuego de las tribulaciones del oficial británico. Él había sugerido esa idea por considerarla menos radical que otras muchas de las que se había mostrado partidario el dragón, tales como una demolición de todos los acuartelamientos de Londres para permitir que las calles fueran lo bastante anchas para el cómodo tránsito de dragones o el envío de una legación dragontina para dirigirse al Parlamento, lo cual, además de las dificultades técnicas de lograr que entraran en el edificio, iba a causar la huida despavorida de todos los parlamentarios—. Estoy convencido de que todo va a ser más fácil una vez que nos paguen. Siempre podemos ofrecerles ese dinero que tanto le gusta a la gente para lograr lo demás, como esos cocineros que contrataste para mí. Vaya, qué bien huele —añadió.

El comentario resultó ser de lo más atinado, pues cada vez se extendía más el humo cargado de un rico olor a carne asada al fuego, tanto que prevalecía sobre el hedor del puerto. Laurence torció el gesto al ver que una cortina de humo se filtraba entre los tablones de la cubierta de dragones, situada encima de la cocina.

—Dyer —dijo mientras llamaba por señas a uno de los muchachos—, vaya a echar un vistazo ahí abajo a ver qué rayos pasa.

Temerario se había aficionado al sabor de la comida dragontina de los chinos que escapaba de las habilidades del intendente, de quien solo se esperaba que proveyera el ganado, por lo que Laurence había encontrado a dos cocineros chinos dispuestos a abandonar su país a cambio de una sustancial paga. Ninguno de los dos orientales chapurreaba ni una palabra de inglés, pero no se quedaban cortos en lo tocante al empuje y ya se habían desatado los celos profesionales con el cocinero del barco y sus ayudantes por el control de los fogones, lo que creaba cierta atmósfera de competencia.

Dyer trotó escaleras abajo hacia el alcázar y abrió la puerta, por la que un momento después salió un torbellino de humo. Enseguida se oyeron gritos y los vigías de las jarcias dieron la voz de alarma.

—¡Fuego!

El oficial de guardia hizo sonar la campana como un poseso, pero Laurence ya se había puesto a dar órdenes a voz en grito…

—¡A vuestros puestos!

… y había hecho que sus hombres formaran grupos para frenar el incendio.

El aletargamiento desapareció de inmediato. Los marineros echaron a correr en busca de baldes y cubos mientras un par de imprudentes entraron en la cocina como rayos para sacar a rastras los cuerpos renqueantes de los pinches del cocinero, a los dos orientales y uno de los grumetes, pero no se veía rastro alguno del cocinero. Los tripulantes habían formado una cadena por la que iban y venían los cubos chorreantes al ritmo constante que marcaba el contramaestre golpeando el trinquete con su vara. Continuaron vertiendo más y más cubos por la puerta de la cocina sin que disminuyera el borboteo del humo, cada vez más denso, que ahora se filtraba por las grietas y junturas del casco, y los pernos de la cubierta de dragones abrasaban al tacto. Un cabo enrollado en torno a dos postes de hierro empezó a humear.

El joven Digby era más listo que el hambre y organizó a los demás alféreces en un abrir y cerrar de ojos.

Los grumetes corrieron para desenrollar los cabos, soltando siseos cada vez que rozaban el hierro al rojo con los dedos. El resto de los aviadores se alinearon junto a la barandilla para izar cubos de agua con los que empapaban la cubierta de dragones; el líquido levantaba nubes blancas de vapor al contactar con las planchas recalentadas y pandeadas sobre las que dejaba una costra gris de sal requemada. Entretanto, el casco crujía y se quejaba como una caterva de viejos, y el alquitrán de las junturas se derretía formando en cubierta grandes churretes negros de olor acre a chamusquina y a humo. Temerario se había incorporado y permanecía a cuatro patas con un caminar bamboleante para aliviarse del calor, aunque Laurence le había visto gandulear con sumo placer sobre losas calentadas por el sol del mediodía.

El capitán Riley se hallaba a bordo de la nave, entre los sudorosos marineros de la cadena de cubos, y no dejaba de dar voces de ánimo a sus hombres entre el revoloteo de baldes, pero había una nota de desesperación en su voz. El fuego era intenso, pues aquel sol de justicia que había caído sobre el puerto había resecado la madera y las enormes bodegas rebosaban de objetos inflamables: delicada porcelana china envuelta en paja seca y embalada en cajones de madera, piezas de seda y lonas de repuesto nuevas. Bastaba con que el fuego se abriera camino y descendiera cuatro cubiertas para que todo acabara saltando por los aires y se fuera al infierno en cuanto las llamas alcanzaran la santabárbara.

Los componentes de la guardia de alba* habían dormido en la cubierta de debajo hasta el estallido del incendio, pero ahora subían a trompicones en medio de la humareda y con la boca abierta en busca de aire puro, chocando con las cadenas de porteadores de cubos e interrumpiendo sus trabajos. Laurence echó mano a un estay y se alzó por encima de la barandilla de esa cubierta para buscar con la vista a su tripulación en medio del barullo. La mayoría se hallaba ya en la cubierta de dragones, pero unos pocos permanecían desaparecidos. Entre ellos

---

* La guardia de alba (*morning watch,* en el original) se refiere al turno comprendido entre las 4.00 y las 8.00 a.m. [N. del T.]

figuraban Therrows, que seguía con la pierna entablillada después del rifirrafe en Pekín; Keynes, el cirujano, aunque lo más probable era que estuviera entre libros en la privacidad de su camarote, y la cadete mensajero Emily Roland, de quien no veía ni rastro; apenas había cumplido los once años y era difícil que pudiera abrirse paso en medio de aquel torrente de hombretones.

Las chimeneas de la galera soltaban un silbido agudo e intermitente al tiempo que sus sombreretes metálicos temblaban y caían sobre cubierta con una lentitud semejante a la de la semilla de las flores. Temerario retrocedió con un siseo en un gesto instintivo de desagrado y estiró el cuello al máximo mientras echaba la cabeza hacia atrás con la gorguera pegada al cuello; luego, apoyó la pata delantera en la barandilla y tensó los cuartos traseros, listo para echarse a volar.

—¿Es seguro que te quedes aquí, Laurence? —preguntó con ansiedad.

—Sí, no corremos riesgo alguno. Venga, arriba ahora mismo —le contestó Laurence, que deseaba que se marchara antes de que cedieran las tablas del suelo. Indicó mediante señales a sus hombres que bajaran del castillo de popa—. Quizás así nos resulte más fácil luchar contra el fuego si sube a cubierta.

Habló a fin de dar coraje a quienes los oían, pues le parecía muy difícil que pudieran controlar el incendio si alcanzaba proporciones que pudieran hundir la cubierta de dragones.

—De acuerdo, mi marcha ayudará en tal caso —repuso el dragón antes de emprender el vuelo.

Un puñado de marineros más preocupado por salvar la vida que el barco ya había bajado al mar el bote de servicio, junto a popa, con la esperanza de escabullirse sin ser vistos por los oficiales, demasiado ocupados en la desesperada lucha contra las llamas. Retrocedieron aterrados cuando Temerario voló de forma inesperada alrededor del buque y se les echó encima, pero el alado no estaba interesado en los hombres, sino en el bote. Lo aferró con las garras y lo hundió en las aguas como si fuera un cazo para luego llevarlo por los aires, dejando caer un reguero de gotas y de remos a pesar de que lo mantuvo equilibrado hasta que lo volcó sobre la cubierta de dragones. El repentino torrente de agua levantó chisporroteos entre las planchas mientras bajaba precipitadamente por las escaleras.

—¡Id a por las hachas! —apremió Laurence a sus hombres.

La rotura de los tablones de la cubierta fue un trabajo penoso tanto a causa del asfixiante calor como de la ropa empapada que se les pegaba a la piel a causa del sudor y de las vaharadas de vapor que se filtraban entre las planchas pringadas por la brea a medio derretir. Además, para empeorar las cosas, brotaba una fumarola de humo por cada nuevo boquete abierto. Todos debían hacer esfuerzos denodados por mantenerse en pie cada vez que el dragón lanzaba su descarga una y otra vez, pero era el flujo continuo de agua lo único que les permitía proseguir con su tarea, ya que de lo contrario el humo habría sido demasiado espeso. Mientras trabajaban, unos pocos hombres se tambalearon y cayeron sobre la cubierta, donde quedaron inmóviles, pero ni siquiera tuvieron oportunidad de llevarlos al alcázar, pues el tiempo era demasiado preciado como para sacrificarlo. Laurence trabajó junto a Pratt, su armero, hombro con hombro. Finos hilos de sudor tiznados de negro les empapaban las camisas mientras blandían las hachas en turnos alternados, hasta que de pronto se produjo un chasquido similar a un cañonazo mientras una gran sección de la cubierta se desplomaba en medio del ávido rugido de las llamaradas de debajo.

Laurence se quedó en el borde mismo, moviendo los brazos para mantener el equilibrio, antes de que el primer teniente Granby le alejara de allí, pues se había quedado medio ciego y había estado a punto de caer en los brazos del suboficial. Retrocedieron juntos haciendo eses. Los ojos le escocían y estaba medio sofocado, ya que su respiración era rápida y poco profunda. Granby le arrastró por un tramo de escalones, que terminaron de bajar precipitadamente ante el empuje del nuevo torrente de agua. Ambos acabaron en el castillo de popa, empotrados contra una carronada* de calibre cuarenta y dos. Laurence consiguió

* Cañón naval antiguo montado sobre correderas. [N. del T.]

liberarse a tiempo de asomarse al exterior para vomitar. El amargor de su boca era menos fuerte que el hedor acre del pelo y las ropas.

El resto de los hombres abandonó la cubierta ahora que Temerario había encontrado un ritmo vivo de trabajo y descomunales chorros de agua caían sobre las llamas. De hecho, la humareda empezaba a disminuir al tiempo que las puertas del alcázar regurgitaban un agua negruzca a causa del hollín. Laurence se sintió mal, presa de una extraña agitación, mientras respiraba grandes bocanadas de aire que parecían insuficientes para llenar los pulmones. Riley bramaba órdenes a través de la bocina sin apenas conseguir hacerse oír por encima del siseo del humo. La voz del contramaestre no era audible. El hombretón obligaba a los marinos a que formaran en fila sin más ayuda que las manos y los dirigía hacia las escotillas. No tardó en organizar la hilera y ponerse a levantar a los caídos o a quienes estaban atrapados bajo cubierta. Laurence se alegró al ver salir a Therrows. Temerario vertió un último bote lleno de agua sobre los rescoldos todavía activos. Entonces, Basson, el timonel de Riley, asomó la cabeza por la escotilla principal.

—Ya no sale más humo, señor —anunció entre jadeos—, y las planchas de la cubierta de camarotes solo están calientes. El incendio está sofocado.

Los marineros soltaron una entusiasta ovación mientras Laurence iba recuperando el aliento, a pesar de que seguía soltando esputos negros cada vez que se ponía a toser. Aceptó la mano tendida de Granby, gracias a la cual logró ponerse de pie. Cubría la cubierta un velo fuliginoso similar al ocasionado por el disparo de una salva de cañonazos, aunque en realidad no halló cubierta alguna cuando subió las escaleras, sino una sucesión de grandes fogones llenos de ascuas. Los bordes de las planchas restantes crujían como papel requemado. El cuerpo del pobre cocinero yacía convertido en un montón de escoria, tenía el cráneo carbonizado y sus piernas de madera habían ardido hasta consumirse, salvo las almohadillas de los muñones.

Temerario permaneció inmóvil en el aire tras soltar el bote de servicio, sin saber qué hacer durante un tiempo hasta que optó por sumergirse en el agua junto al barco, pues no había otro lugar donde él pudiera posarse. Nadó y se aferró al costado de la nave, por donde asomó su enorme cabeza y miró con ansiedad por encima del borde.

—¿Estás bien, Laurence? ¿Están ilesos los miembros de mi tripulación?

—Sí, ya los he visto a todos —respondió Granby al tiempo que hacía a Laurence una indicación con la cabeza en dirección a Emily Roland. Una capa de hollín cubría el pelo de color arena de la cadete, que había llenado una jarra de un barril de agua fresca y se acercaba con ella en la mano. Estaba un poco pasada y se le había pegado el olor del puerto, pero les supo más deliciosa que el vino.

Riley subió para reunirse con ellos.

—Menudo desastre —comentó tras haber mirado los restos—. Bueno, al menos hemos salvado la nave, demos gracias al cielo, pero ahora no sé cuánto tiempo tendremos que esperar antes de que podamos zarpar. No me apetece ni pensarlo. —Aceptó con gusto la jarra de Laurence y dio un buen trago antes de entregársela a Granby—. Y lo siento mucho, supongo que habéis perdido todas vuestras cosas —comentó mientras se secaba los labios.

Los camarotes de los aviadores estaban hacia proa de la galera, a un nivel de cubierta.

—Dios santo —saltó Laurence con mirada ausente—. ¿Qué habrá sido de mi casaca?

—Cuatro días —informó el sastre con su limitado inglés a la vez que alzaba los dedos para asegurarse de que no le malinterpretaran.

Laurence suspiró.

—Sí, de acuerdo. —Le consolaba muy poco el hecho de que anduvieran sobrados de tiempo. La reparación del barco iba a requerir dos meses, tiempo durante el cual él y sus hombres iban a permanecer ociosos en la playa—. ¿Puede arreglar la otra?

Los dos hombres miraron la prenda que el aviador había llevado como modelo. El verde botella habitual había dado paso a un color negruzco con un particular residuo blanco en los botones. Apestaba a humo y a agua salada. No fue necesario que el modisto le diera una respuesta abierta, su cara era un poema. Se marchó a la parte posterior del taller y regresó con una prenda, una chaqueta acolchada similar a la usada por los soldados chinos; parecía una túnica con el cuello vuelto hacia arriba pero que se abría por delante.

—Poner... esto.

—Uf... Bueno...

Laurence contempló la prenda con desasosiego. Era una pieza de seda verde refulgente con las costuras primorosamente bordadas en oro y grana. Solo era capaz de observar que no tenía tantos adornos como otras prendas que se había visto obligado a ponerse con anterioridad.

Ahora bien, él y Granby debían cenar esa misma noche con los comisionados de la Compañía de las Indias Orientales, y no podía presentarse a medio vestir ni aparecer envuelto en el pesado capote que se había echado sobre los hombros para acudir a la sastrería. Se alegró mucho de contar con ropas chinas cuando a su regreso en el nuevo acuartelamiento en la playa, Dyer y Roland le informaron que no había una sola casaca en toda la ciudad, fuera cual fuere el precio, lo cual no le sorprendió, ya que los caballeros respetables procuraban no parecerse a los aviadores y el verde oscuro de su uniforme no gozaba de mucha popularidad en aquel enclave occidental.

—Quizás inicie usted una nueva moda, señor —apuntó el desgarbado Granby con un tono a medio camino entre el intento de consolarle y el retintín de la burla, aunque él mismo lucía la casaca de uno de los infortunados guardiadragones que, a diferencia de sus propias ropas, había salido indemne por haber estado en la cubierta inferior.

Las mangas de la casaca le quedaban cortas, por lo que los puños de la camisa asomaban una pulgada, y las mejillas, habitualmente pálidas, estaban sonrosadas por efecto del sol, todo lo cual le hacía aparentar menos de los veintiséis años que tenía en realidad.

Al menos, el aspecto de ninguno iba a provocar miradas de recelo.

A diferencia del primer teniente, Laurence no podía ponerse la ropa de sus oficiales más jóvenes debido a la anchura de sus hombros, y aunque el capitán Riley había tenido la deferencia de ofrecerle un uniforme suyo, él no deseaba lucir el uniforme azul por temor a que alguien pensara que se avergonzaba de ser aviador o que deseaba hacer creer que todavía era oficial de la Armada.

Él y sus hombres se habían acuartelado en una casa espaciosa situada a orillas del mar. Era propiedad de un comerciante alemán, que se había trasladado a sus apartamentos en la ciudad, feliz de no tener en el umbral de su puerta a un dragón. La destrucción de la cubierta de dragones le había obligado a dormir en la playa, para consternación de los occidentales de la zona y disgusto del propio Temerario, ya que la arena estaba infestada por unos pequeños cangrejos de lo más molestos, que insistían en considerarle como una de las rocas en las que hacían sus moradas e intentaban ocultarse en él mientras dormía.

El capitán y su primer teniente hicieron un alto en la playa para despedirse del dragón cuando iban de camino a la cena. El Celestial aprobó el nuevo atavío de Laurence. Pensaba que el tono era precioso y admiró sobre todo el oro de los botones y las costuras.

—Y te queda mucho mejor con la espada —añadió mientras daba una vuelta para examinar mejor a Laurence.

El arma en cuestión era un regalo de Temerario, de ahí que fuera la parte más importante del conjunto, a su juicio. Era el único elemento del que Laurence no debía avergonzarse. Tenía la suerte de que la casaca ocultaba la camisa, un desastre irreparable por mucho que se restregara. Los pantalones no soportaban un escrutinio minucioso y había logrado salvar el tema de las medias acudiendo a sus botas altas de arpillera.

Dejaron el lugar mientras Temerario se acomodaba para cenar bajo la atenta mirada de dos guardiadragones y un destacamento de soldados con los distintivos de la Compañía de las Indias Orientales. Sir George Staunton había encomendado al ejército privado de la Compañía que ayudara en la protección de Temerario, no tanto por el dragón en sí, sino por sus simpatizantes, numerosos y demasiado entusiasmas. A diferencia de los occidentales, que habían abandonado sus casitas costeras, la presencia de dragones no había alarmado a los chinos, acostumbrados a vivir entre ellos desde la niñez. Era poco frecuente que algún ejemplar del reducido número de Celestiales abandonara las zonas restringidas de palacio, por lo que ver uno, y mejor aún, llegar a tocarlo constituía un honor y era una garantía de buena fortuna.

Staunton había dispuesto aquella cena como un modo de proporcionar a los oficiales un poco de distracción y alivio para las ansiedades suscitadas después del desastre sin saber el brete en el que ponía a los aviadores en lo tocante al atuendo. Laurence no deseaba rehusar tan generosa invitación por un motivo tan trivial y había albergado la esperanza de encontrar algo más respetable hasta el último momento. Ahora se disponía a soportar sus tribulaciones y a ser el objeto de algunas burlas en la mesa de invitados.

Un respetuoso silencio, quizás a causa del asombro, acogió su entrada, pero los murmullos comenzaron apenas hubo presentado sus respetos a sir George.

—¡Qué ocurrencias tienen los aviadores! —comentó con voz clara uno de los comisionados de mayor edad. El tipo en cuestión era conocido por hacerse el sordo cuando le convenía—. Vaya usted a saber qué se les va a ocurrir luego.

Los ojos de Granby chispearon de rabia al oír esa observación. La configuración de la habitación hacía que también resultaran perfectamente audibles los comentarios hechos con mayor discreción.

—¿Qué suponéis que pretende indicar con ese atuendo? —inquirió el señor Chatham, un caballero recién llegado de la India, mientras miraba a Laurence con interés desde la ventana. Se dirigía al señor Grothing-Pyle, un hombre corpulento cuyo interés parecía centrado en el reloj, en un intento por determinar cuánto tiempo faltaba para cenar.

—Hum. Bueno, tiene todo el derecho del mundo a adoptar el estilo de un príncipe chino si así le place —repuso Grothing-Pyle con un encogimiento de hombros al tiempo que lanzaba una mirada a su espalda con indiferencia—, y hablando de lo nuestro, ¿habéis olido eso? No he probado el venado en un año.

Laurence volvió el rostro hacia la ventana abierta, tan consternado como enojado por no haber previsto esa interpretación. La adopción de esa idea por parte del emperador había sido una cuestión puramente formal a fin de salvar la cara a los chinos, que habían insistido en que un Celestial no podía tener a ningún compañero que no tuviera algún vínculo con la familia imperial. Los británicos se habían apresurado a aceptar la propuesta como una forma inocua de solucionar la captura del huevo de Temerario. Inocua para todos, salvo para el propio interesado, pues él ya tenía un padre orgulloso y autoritario, cuya airada reacción ante aquel prohijamiento había anticipado con no poca consternación. Era cierto que esa consideración no le había detenido. Habría aceptado cualquier traición para no separarse de Temerario, pero no cabía duda de que jamás había perseguido ni deseado un honor tan señalado y extraño. Resultaba de lo más mortificante soportar a hombres que lo interpretaban como una suerte de ascenso social y conferían más valor a los títulos orientales que a los suyos propios.

La vergüenza hizo que callara. Estaba dispuesto de muy buena gana a compartir la explicación de aquella vestidura, pero como una anécdota, no como una excusa. Apenas habló, solo para contestar a los escasos comentarios que le dirigieron. Había palidecido de forma ostensible a causa de la ira, lo cual confería a su rostro un aspecto frío y severo, casi peligroso, que terminaba por enmudecer todas las conversaciones próximas a él. El aviador estaba desconocido, pues su expresión solía ser jovial y las facciones, alegres, a pesar de los muchos años pasados en la mar, pues aquel tono bronceado hacía que su rostro exudase cordialidad.

A ninguno de aquellos hombres les iba la vida en el éxito de la misión diplomática en Pekín, pero sí sus fortunas, pues un fracaso habría significado una guerra abierta y el fin del comercio con China. Él se había dejado la piel allí y había perdido a un hombre. No esperaba ningún agradecimiento efusivo (es más, lo habría rechazado), pero sufrir la falta de modales y convertirse en objeto de escarnio era harina de otro costal.

—¿Pueden ir pasando? —preguntó sir George más pronto de lo normal…

… y en la mesa hizo un esfuerzo denodado por romper el clima de incomodidad que dominaba la reunión. Envió al camarero media docena de veces a la bodega en busca de vinos cada vez más extravagantes y la comida fue excelente a pesar de los limitados recursos de su cocinero. Entre los platos había una carpa frita de muy buen aspecto colocada encima de un ragú de pequeños cangrejos similares a los que atormentaban a Temerario, aunque ahora se habían convertido en víctimas, y en el centro de la mesa humeaban un par de patas de venado asado acompañadas con un plato lleno de jalea de grosella.

La conversación volvió a fluir, pues Laurence no quiso mostrarse insensible a los denodados y sinceros esfuerzos del anfitrión para que todos se sintieran a gusto y él no tenía el mal carácter del que había hecho gala en un principio, y menos aún cuando se reanimó, tras meterse entre pecho y espalda casi toda la botella de un borgoña de primera calidad. Nadie efectuó comentario alguno sobre su casaca ni sus vínculos sobre la familia imperial, y su malhumor se deshizo después de varias rondas y de aplicarse con verdaderas ganas al postre, un estupendo pastel de nata, natilla y fruta confitada hecho con bizcocho de Nápoles y bizcochuelo, y unas rodajas de naranja para darle sabor. Se armó un revuelo de lo más molesto fuera del comedor. Concluyó con un grito penetrante, como el de una mujer, que cortó de raíz el runrún de las conversaciones, sostenidas a un volumen cada vez más alto y llenas de palabras arrastradas, como cuando se ha bebido copiosamente.

Se hizo el silencio, las copas quedaron en alto, en un brindis sin consumar, y algunos invitados echaron hacia atrás las sillas mientras el anfitrión se levantaba con ademán inseguro para disculparse, pero la puerta se abrió de golpe antes de que tuviera ocasión de investigar y el nervioso criado de Staunton anduvo hacia atrás a trompicones sin dejar de protestar ostensiblemente en chino. El recién llegado tenía varios manchurrones azafranados en las ropas cubiertas de polvo, que no se parecían demasiado al atuendo de los nativos. Sostenía en la mano enguantada un águila de fiera apariencia que tenía las plumas de color cobrizo dorado y unos refulgentes ojos ambarinos. El ave chasqueaba el pico y se removía incómoda en su posición, punzando con las garras el grueso acolchado del guante.

Después de que los invitados examinaron al desconocido, y viceversa, el recién llegado los asombró todavía más al dirigirse a ellos con una dicción casi cortesana.

—Les ruego que me disculpen, caballeros, pero mi misión no admite demora alguna. ¿Se halla aquí el capitán Laurence?

El interpelado tardó en reaccionar, primero a causa de los vapores del vino y luego de pura sorpresa; acto seguido, se puso en pie y se alejó de la mesa para aceptar un paquete impermeable sellado mientras el águila le taladraba con la mirada de forma poco amistosa.

—Gracias, señor —dijo Laurence.

Una segunda mirada bastó para dejar claro que el rostro anguloso y chupado del extranjero no correspondía al de un chino. Los ojos eran oscuros y levemente rasgados, pero más al modo occidental, y el color de la piel, igual que el de la madera pulida de teca, se debía más a efectos del sol que de la raza.

—Me alegra haber sido de utilidad —repuso el extranjero mientras asentía con ademán amable. No sonreía, pero el destello de sus ojos sugería que la reacción de los comensales le había resultado divertida, quizá porque estaba acostumbrado a causarla.

Lanzó una última mirada a la concurrencia, hizo una leve reverencia a Staunton y se marchó tan repentinamente como había llegado, pasando junto a otro par de criados que habían acudido de la cocina al oír la trifulca.

—Haced el favor de dar al señor Tharkay algún refresco —aleccionó Staunton en voz baja a la servidumbre, urgiéndolos a ir detrás de él.

Entretanto, Laurence centró su atención en el paquete. El calor estival había ablandado la cera del sello hasta el punto de perder la forma del molde, pero no resultó fácil despegar ni romper el lacre; tuvo que arrancarlo a tirones, como si fuera confitura blanda, y le dejó un rastro pegajoso en los dedos. Solo había una página manuscrita en el interior. El mensaje lo había escrito de su puño y letra el almirante Lenton y bastaba echarle un vistazo para ver que se trataba del estilo seco de una orden directa.

> ... y por la presente se le ordena dirigirse a Estambul a la menor dilación posible, donde se personará en las oficinas del banquero Avraam Maden, que está al servicio del sultán Selim III, a fin de hacerse cargo de tres huevos que, gracias a un acuerdo diplomático, han pasado a formar parte de la Armada de Su Majestad. Ha de protegerlos con la debida diligencia para que no sufran daño alguno antes de la eclosión, de ahí que deba ponerlos inmediatamente a cargo de los oficiales designados, que le aguardan en el emplazamiento de Dunbar...

Acto seguido figuraba el lúgubre epílogo: *No fracase usted ni ninguno de los suyos o de lo contrario aténgase a las consecuencias.* Laurence entregó la carta a Granby e hizo una indicación con la cabeza para que la cediera a Staunton, que se había reunido con ellos en la intimidad de la biblioteca.

—No podemos sentarnos a esperar el fin de las reparaciones del barco, Laurence —dijo el primer teniente mientras pasaba la nota—. Y transcurrirán largos meses de travesía cuando eso ocurra. Debemos partir de inmediato.

—Bueno, ¿y de qué otro modo podemos ir? —preguntó Riley, alzando la vista, mientras asomaba la cabeza a espaldas de Staunton para leer la carta que este sostenía—. No hay en el puerto otro barco capaz de soportar el peso de Temerario ni siquiera unas horas y no puedes cruzar el océano sin un lugar para descansar.

—No es como si fuéramos a Nueva Escocia, adonde solo puede irse por mar —repuso Granby—. En vez de eso, podemos ir por tierra.

—Venga, vamos —replicó Riley con impaciencia.

—Bueno, ¿y por qué no? —quiso saber el primer teniente—. Dejemos a un lado las reparaciones; habría que descartar la vía marítima de todos modos. Íbamos a tardar un siglo en circunvalar la India, pero en vez de eso, podemos volar directamente por encima de Tartaristán...

—Sí, claro, y también puedes ir caminando sobre las aguas o intentar nadar todo el camino de vuelta a Inglaterra —le espetó Riley—. Mejor pronto que tarde, pero mejor tarde que nunca. La *Allegiance* llegará a casa más deprisa que por la vía terrestre.

Laurence escuchó el debate a medias mientras releía sin cesar la carta. Resultaba difícil discernir hasta qué punto había una verdadera urgencia del tenor general del conjunto de órdenes, porque aunque los huevos de dragón podían tardar mucho tiempo en eclosionar, eran impredecibles, y no se los podía dejar allí de forma indefinida.

—Pero también hemos de sopesar, Tom, que bien podríamos estar hablando de cinco meses de navegación hasta Basora si se nos tuerce el tiempo, y en todo caso, desde allí seguiríamos teniendo que volar por tierra hasta Estambul…

— … y lo más probable es que nos encontráramos tres dragones en vez de tres huevos, y ya no servirían para nada. —Completó Granby. Luego, cuando Laurence le preguntó cuánto podía tardar en producirse la eclosión o al menos si iba a dilatarse lo bastante como para despreocuparse, agregó—: No hay muchas razas que pasen más de dos años dentro del huevo —explicó—, y el Almirantazgo no va a comprar huevos a menos que hayan completado la mitad del ciclo. Nunca puedes estar seguro sobre la viabilidad de un huevo si es más joven. No podemos perder ni un minuto, aunque no me cabe en la cabeza la razón por la cual no envían una tripulación desde Gibraltar.

Laurence se hallaba menos familiarizado con las diferentes bases de la Fuerza Aérea, por lo que no había considerado aún esa posibilidad. Entonces cayó en la cuenta de que debía haber ocurrido algo extraño cuando se les encomendaba esa tarea a ellos, que estaban mucho más lejos.

—¿Cuánto tardarían en llegar a Estambul desde allí? —inquirió, turbado. Las tropas francesas controlaban buena parte de las costas mediterráneas, pero las patrullas no podían estar en todas partes y un único dragón sería capaz de hallar sitios en los que reposar durante el viaje.

—Dos semanas, quizá menos si se esforzaban al límite durante todo el vuelo —contestó Granby—. En cambio, nosotros no podremos llegar antes de dos meses, incluso viajando por la ruta de tierra.

—En tal caso, ¿no implican esas órdenes por sí mismas que no hay prisa? —intervino Staunton, que había escuchado atentamente las deliberaciones—. Me atrevería a decir que la carta ha necesitado sus buenos tres meses para llegar hasta aquí. Unos pocos meses más difícilmente puedan tener importancia, o de lo contrario habrían enviado a alguien situado más cerca.

—Si es que había alguien más cerca a quien mandar —le atajó Laurence en tono grave.

Inglaterra andaba tan escasa de dragones que apenas podía prescindir de uno o dos para hacer frente a alguna crisis, y desde luego no durante el mes necesario para el viaje de ida y de vuelta, y por supuesto, nunca de un dragón pesado como Temerario. Quizá Bonaparte tuviera la tentación de realizar otra intentona para cruzar el Canal de la Mancha o para lanzar ataques contra la flota del Mediterráneo, dejando en una suerte de abandono a Temerario y a un puñado de dragones estacionados en Bombay y Madrás.

—No —concluyó Laurence tras haber contemplado aquellas poco prometedoras perspectivas—. En cualquier caso, no existen dos formas de interpretar «a la menor dilación posible», no cuando Temerario es perfectamente capaz de ir. Sé qué pensaría yo de un capitán que se demorase en el puerto cuando tiene la marea y el viento a su favor después de haber recibido semejantes órdenes.

—Capitán —le interrumpió de nuevo Staunton al ver las intenciones de Laurence en cuanto este empezó de aquel modo—, le ruego que reconsidere seriamente la asunción de un riesgo tan grande.

—Por amor de Dios, Laurence, no puedes decir en serio semejante tontería —saltó Riley sin pelos en la lengua debido a los nueve años de amistad que había entre ambos—. Además —agregó—, yo no considero que sea demorarse en el puerto esperar al fin de las reparaciones. Dicho en otras palabras, tomar la ruta de tierra es como dirigirse de cabeza a una galerna cuando habría bastado una semana de paciencia para navegar con los cielos despejados.

—Lo dicen ustedes como si tomar esa alternativa fuera ir a que nos rebanaran el pescuezo —exclamó Granby—. No voy a negar los peligros del periplo si fuéramos con una caravana, arrastrándonos por esos mundos de Dios, pero nadie va a darnos el menor problema si viajamos a bordo de Temerario. Solo necesitamos un lugar donde aterrizar para hacer noche.

—Y comida suficiente para un dragón de primera clase —contraatacó Riley.

—Me da la impresión de que no se hacen ustedes a la idea de la extrema desolación de las regiones que deberían cruzar —repuso Staunton, que se agarró de inmediato a ese argumento—, ni tampoco de su amplitud. —El jefe de los comisionados británicos rebuscó entre sus libros y papeles para mostrar a Laurence varios mapas del área, un lugar inhóspito incluso en el plano, donde unos pocos pueblos rompían los inmensos arenales sin nombre y las vastas extensiones de los desiertos que se extendían detrás de las montañas. En la esquina de un mapa polvoriento y a punto de deshacerse había una acotación encima del ancho cuenco de un desierto con letra de trazos delgados e inseguros que indicaba: «Sin agua en tres semanas»—. Perdónenme por hablar con tanta rudeza, pero es una ruta peligrosísima, y estoy persuadido de que nadie en el Almirantazgo ha pretendido que la siguieran.

—Estoy convencido de que a Lenton jamás se le ha cruzado por la imaginación que nos pasemos seis meses silbando en el mar —replicó el primer teniente—. La gente va y viene por tierra. ¿Y qué me dicen de ese tipo, Marco Polo? Y de eso han transcurrido sus dos buenos siglos.

—Sí, ¿y por qué no hablamos entonces de las expediciones de Fitch y Newberry, que fueron tras sus huellas? —saltó Riley—. Esa conducta tan imprudente provocó la pérdida de los tres dragones en las montañas tras una tormenta de nieve de cinco días.

—El mensajero, el tal Tharkay... —los interrumpió Laurence, dirigiéndose a Staunton, pues temía que aquel toma y daca acabara en palabras mayores a juzgar por el tono cada vez más cortante y el arrebol delator que coloreaba las mejillas habitualmente pálidas de Granby—, ha venido por la ruta de tierra, ¿verdad?

—Confío en que no pretenda imitarle —contestó el comisionado—. Un hombre puede ir por trayectos intransitables para un grupo, y es capaz de seguir adelante con lo mínimo, en especial un aventurero tan curtido como él, y más a mi favor, él se juega únicamente su vida, pero usted debe considerar que está a su cargo un dragón de valor incalculable cuya pérdida sería de mayor importancia aún que esta misión.

—Pedidles que nos dejen salir ahora mismo —rogó el dragón de valor incalculable cuando Laurence acudió con la pregunta todavía pendiente de resolución—. Me parece de lo más emocionante —apostilló Temerario, plenamente despierto en el relativo relente de la noche. Movió la cola de un lado para otro en un gesto de entusiasmo que levantó en la playa nubes de arena más altas que un hombre—. ¿De qué raza serán los huevos de dragón? ¿Escupirán fuego?

—Dios mío, bastaría con que nos dieran un Kazilik —contestó Granby—, pero imagino que van a ser ejemplares de tamaño medio. Esta clase de tratos no incorpora mucha versatilidad a nuestras filas.

—¿Cuánto adelantaremos la vuelta a casa? —preguntó Temerario mientras ladeaba la cabeza para poder mirar con un ojo los mapas que Laurence había extendido sobre la arena—. Basta un vistazo para percatarse de cuánto nos aleja la vía marítima, y yo no necesito que sople viento, y un velero, sí. Estaremos en casa antes de que acabe el verano.

La estimación era tan optimista como improbable, pues el dragón no había sido capaz de evaluar bien la escala del mapa, pero al menos era posible que estuvieran en Inglaterra a finales de septiembre, y eso era un incentivo de lo más potente para saltarse todas las precauciones.

—Aun así, no puedo ignorar el hecho de que nos han asignado a la *Allegiance*, y Lenton debe haber dado por supuesto que vamos a regresar en ella, ya que por la antigua ruta de la seda es demasiado arriesgado, y ni te molestes en decirme que no hay de qué preocuparse.

—Pero no puede ser tan peligroso —repuso el Celestial, inasequible al desaliento—. No es como si fuera a dejarte ir solo para que resultaras herido.

—No dudo de que serías capaz de batir a un ejército para protegernos —contestó Laurence—, pero ni siquiera tú puedes derrotar a una tormenta en la alta montaña.

Riley había sacado a colación el aciago final de la expedición en el paso del Karakórum, y no lograba olvidar tan desagradable recordatorio. Laurence se imaginaba con demasiada claridad las consecuencias de toparse con una mortífera tormenta. El viento helado azotaría a Temerario mientras que la nieve húmeda y el hielo formarían costras en los extremos de las alas, fuera del alcance de cualquier miembro de la tripulación, que no podría deshacerlas. Los remolinos de nieve imposibilitarían la visibilidad, haciéndoles correr el riesgo de estrellarse contra las paredes de los picos circundantes o empezar a dar vueltas en círculo. El punzante temporal acabaría por sumir al dragón en diferentes grados de insensibilidad y fatiga —o peor aún, de congelación—, sin posibilidad de hallar refugio alguno. En tales circunstancias, iba a verse entre la espada y la pared: o le ordenaba descender a tierra, condenándole a una muerte más rápida con la esperanza de salvar las vidas de sus hombres, o dejaba que todos continuasen por aquel camino agotador hasta morir juntos. Un horror como aquel era perfectamente equiparable con la muerte en combate.

—En tal caso, cuanto antes nos pongamos en marcha, mejor —argumentó Granby—. Agosto convendrá mucho más que octubre para evitar las tormentas de nieve.

—Y para que os cozáis vivos también —repuso Riley.

—No pretendo decir que todas esas objeciones sean las de un viejo amanerado —saltó el primer teniente, volviéndose contra el capitán Riley—, pero…

—… porque no lo son, desde luego que no —le interrumpió Laurence bruscamente—. Tienes mucha razón, Tom. El peligro no se ciñe a las tormentas de nieve en exclusiva. No comprendemos bien las dificultades peculiares de este viaje, y eso es lo que hemos de solucionar primero antes de entrar en discusiones sobre si debemos o no hacerlo.

—Si le ofreces dinero a ese tipo para que os guíe, va a decirte que el viaje es pan comido, por supuesto —arguyó Riley—, y lo más probable es que os deje tirados en medio de ninguna parte y sin posibilidad de reacción.

Staunton también procuró disuadir a Laurence cuando a la mañana siguiente resolvió ir en busca de Tharkay.

—Nos trae misivas de vez en cuando y a veces realiza encargos para la Compañía en la India —explicó el comisionado—. Su padre era un caballero, tengo entendido que un oficial de alta graduación y que se tomó algunas molestias a la hora de educarle, pero aun así, no es una persona de confianza por muy refinados que sean sus modales. Su madre era nativa, tibetana, nepalí o algo así, y se ha pasado la mayor parte de la vida en los lugares más desolados de la Tierra.

—Por mi parte, yo prefiero tener un guía medio inglés en vez de otro que apenas sepa hacerse entender —comentó Granby poco después, mientras él y Laurence caminaban juntos por los barrios pobres de Macao. Las lluvias recientes habían encharcado las cloacas y ahora una delgada capa de limo verde recubría las aguas residuales estancadas—. Además, ese hombre no nos sería útil si no fuera un mestizo, por lo que de nada sirve quejarse en ese sentido.

Al fin, encontraron el alojamiento provisional de Tharkay, una casita espantosa de dos pisos en el barrio chino con una techumbre alabeada que únicamente se mantenía en pie porque se apoyaba sobre las de las casas contiguas; los tejados parecían viejos borrachos que se sostenían unos sobre otros. El propietario del edificio puso cara de pocos amigos antes de conducirlos al interior murmurando para sí.

Tharkay estaba sentado en el patio central de la casa dando de comer al águila unos trozos de carne cruda en un plato. Tenía cicatrices blancas en los dedos de la mano izquierda allí donde el pico del ave le había cortado otras veces, y en ese mismo instante tenía unos pequeños cortes sangrantes a los que no prestaba atención.

—Sí, vine por tierra —contestó a la pregunta de Laurence—, pero no les recomendaría ese camino, capitán. No es un viaje agradable comparado con la singladura por mar.

No interrumpió su tarea y alzó otra tira de carne frente al águila, que hizo un movimiento brusco y se la arrebató de los dedos, a los que lanzó una mirada furibunda mientras los oscilantes extremos sanguinolentos colgaban de su pico mientras los devoraba.

Resultaba difícil saber cómo dirigirse a él al no ser un jefe de criados, un caballero ni un nativo. Hablaba con un refinamiento extremo que contrastaba con el desaliño de sus ropas desastradas y la dudosa reputación de aquellos lugares, aunque quizá no había conseguido otro hospedaje mejor al tener una apariencia tan peculiar e ir en compañía de un águila agresiva. Tampoco él efectuaba concesiones a esa condición social suya que no era ni una cosa ni otra; había también cierto grado de audacia en su comportamiento, menos formal que el que el propio Laurence habría usado con un conocido. Su trato era casi un desafío para evitar un trato similar al de la servidumbre.

Sin embargo, respondió a sus numerosos interrogantes de buena gana, y luego, después de haberse ocupado del ave —terminar de alimentarla, retirarla, ponerle la capucha para que durmiera—, incluso accedió a abrir su equipo para permitirles inspeccionar los elementos necesarios para la supervivencia, como, por ejemplo, un tipo de tienda especialmente acondicionada para el desierto revestida de piel; los agujeros reforzados con cuero estaban situados en los extremos a intervalos regulares que, según les explicó, permitían sujetar varias tiendas juntas hasta formar un escudo protector para un camello, o incluso un dragón si había suficientes tiendas, en caso de que se desatara una tormenta de arena, granizo o nieve. También había una cantimplora recubierta por una capa de cuero bien ajustada y perfectamente sellada con cera para retener el agua, una taza de latón con una cuerda sujeta por delante y marcas en el medio y en el borde, un pequeño compás en un estuche de madera y un voluminoso diario repleto de mapas abocetados e instrucciones al pie escritas con letra menuda y elegante.

Todos aquellos objetos estaban gastados por el uso, pero tenían aspecto de haber recibido un buen trato. No se mostró especialmente interesado por convertirlos en clientes suyos, tal y como había temido Riley.

—No tenía pensado dirigirme a Estambul —contestó Tharkay cuando al final Laurence le preguntó si estaría interesado en ser su guía—. No tengo nada que hacer allí.

—¿Pero tiene que ir a algún otro lugar? —intervino Granby—. Vamos a tardar mucho más tiempo sin su concurso, y además, prestaría un servicio a su país…

— … y le pagaríamos espléndidamente por las molestias —añadió Laurence.

—Ah, bueno, eso es otra cosa —repuso Tharkay con una sonrisa esquinada.

—Bueno, mi único deseo que es los uigures no os rebanen el gaznate —dijo Riley, lleno de pesimismo, cuando dio su brazo a torcer tras varios intentos de persuadirlos durante la cena para que se quedaran en Macao—. ¿Cenarás mañana a bordo, Laurence? —preguntó mientras metía un pie en la gabarra—. Muy bien, voy a ver si consigo cuero sin tratar y una forja para el barco.

El chapaleo de los remos ahogó su voz.

—No permitiré que nadie os corte el cuello —saltó Temerario un tanto indignado—, aunque admito que me gustaría ver a un uigur, ¿es una raza de dragón?

—Tengo entendido que son una especie de pájaros —contestó Granby.

Laurence albergaba sus dudas, pero no corrigió a su oficial porque le disgustaba hacerlo sin estar seguro.

—Son tribus túrquicas —les aclaró Tharkay a la mañana siguiente.

—Vaya. —Temerario quedó un tanto desencantado, pues ya había visto tribus con anterioridad—. No parece demasiado fascinante, pero quizá sean muy fieros, ¿no? —inquirió, esperanzado.

—¿Tienen dinero suficiente para comprar treinta camellos? —le preguntó el mestizo a Laurence cuando logró zafarse del intenso interrogatorio del dragón sobre otras muchas posibles delicias del viaje, tales como violentas tormentas de arena y pasos de montaña helados.

—Pero si vamos a ir por aire... —repuso Laurence, confundido—. Nos llevará Temerario —agregó, pensando que había interpretado mal al guía.

—Solo hasta la ciudad de Dunhuang —respondió Tharkay con serenidad—. Allí tendrán que comprar camellos. Un solo camello puede transportar toda el agua que necesita al día un dragón de su tamaño, y luego puede comérselo, por supuesto.

—¿Son del todo necesarias tales medidas? —inquirió Laurence, descorazonado ante la pérdida de tanto tiempo. Había previsto cruzar volando el desierto en muy poco tiempo—. En caso de apuro, Temerario puede cubrir sus buenos ciento cincuenta kilómetros en un día y lo más probable es que encuentre agua en semejante extensión.

—No en el Taklamakán —refutó Tharkay—. La ruta de las caravanas está en las últimas, y las ciudades también. La mayoría de los oasis se han secado. Deberíamos hallar agua para nosotros y los camellos, pero incluso esa va a ser salobre. Hemos de llevar nuestra propia bebida a menos que estemos dispuestos a morir de sed.

Aquello abrió un periodo de ulterior debate y obligó a Laurence a pedir un préstamo a sir George, pues cuando salió de Inglaterra no había previsto que el dinero tuviera que llegarle para adquirir treinta camellos y víveres para un viaje por tierra.

—¿Qué dice? Es una fruslería —repuso Staunton, rehusando su nota manuscrita para acreditar el importe—. Me atrevería a decir que he salvado unas cincuenta mil libras gracias a su misión, con lo cual está dicho todo. Solo que... me gustaría no creer que se están precipitando a la aniquilación. Disculpen que haga una sugerencia poco grata, pues no es plato de buen gusto levantar falsos recelos, pero desde que me comunicaron su deseo de seguir adelante, no me saco de la cabeza una preocupación… ¿Y si esa carta fuera falsa? —Laurence le miró con gesto de sorpresa, y Staunton continuó—: Considere que las órdenes, si son reales, debieron de escribirse antes de que en Inglaterra tuvieran noticia de su éxito aquí, en China, si es que han recibido esas noticias. Limítese a considerar por un momento el impacto que habría tenido ese mensaje de haber llegado antes de cerrar las negociaciones. Si se hubieran mantenido en silencio, la marcha habría desembocado en que les habrían buscado por todo el país por ladrones, para empezar, suponiendo un insulto de tamaña magnitud que nos habría llevado a la guerra. No concibo motivo alguno para que el Ministerio haya remitido semejantes instrucciones.

El aviador envió a buscar a Granby y a la carta a fin de estudiarla los tres. Sostuvieron la misma al trasluz del sol que entraba a raudales por la ventana que daba al este.

—Que me aspen si se me da bien apreciar estas cosas —dijo Granby mientras devolvía la carta—, pero a mí me parece la letra de Lenton.

Laurence también creía que aquella letra de trazo tosco era la de Lenton, aunque no se atrevió a comentarle a Staunton que aquello era moneda común entre los aviadores, que se incorporaban al servicio a los siete años y los más prometedores pasaban a ser mensajeros a los diez, con lo cual descuidaban los estudios a favor del adiestramiento. Sus propios cadetes refunfuñaban ante su insistencia en que tuvieran buena letra e hicieran prácticas de trigonometría.

—De cualquier modo, ¿a quién le importa? —se preguntó Granby—. Ese embajador francés que andaba como un moscón por Pekín, De Guignes, se marchó incluso antes que nosotros. Estimo que estará a medio camino de Francia. Además, él sí está al tanto de la conclusión de las negociaciones.

—Detrás de esto podrían estar agentes franceses mal informados —aventuró Staunton—, o peor aún, que intentaran atraeros a una trampa tras tener noticias de su reciente éxito. Es demasiada casualidad que ese mensajero llegue precisamente cuando la *Allegiance* está varada y es seguro que deberéis echar el resto por tierra para evitar el retraso.

—Bueno, no voy a ocultar que para mí sería un placer hacer ese viaje, a pesar de tantos noes y de ese pesimismo —dijo Granby mientras paseaban de vuelta a su residencia. La tripulación ya estaba inmersa en el ajetreo de los preparativos y los pertrechos empezaban a apilarse de cualquier modo en la playa—. Quizá sea peligroso, pero, después de todo, tampoco somos niñeras al cuidado de lactantes con un cólico. Los dragones están hechos para volar y otros nueve meses tirado encima de una cubierta o en la orilla del mar van a arruinar su vuelo de combate.

—Y el de la mitad de los chicos, si es que no ha sucedido ya —apostilló Laurence con gravedad mientras observaba las payasadas de los jóvenes oficiales, que aún no se habían acostumbrado a la abrupta vuelta al trabajo y andaban pavoneándose con un comportamiento más bullicioso del que le gustaría ver en soldados de servicio.

—¡Ocúpese de las malditas tiras del arnés, Allen, a menos que quiera que me ocupe yo y la emprenda con usted! —chilló bruscamente Granby.

El jefe de la dotación de tierra y sus hombres, que estaban a cargo del arnés, seguían reconstruyendo el equipo, la mayor parte del cual había sido destruido a raíz del incendio. Muchas buenas agarraderas habían perdido su flexibilidad por efecto de la sal del mar, se habían podrido o habían ardido, por lo cual debían sustituirlas. Las llamas habían doblado y retorcido un buen número de hebillas, por lo que Pratt, el armero, trabajaba de forma incesante en una improvisada forja situada en la playa para enderezarlas y aplanarlas de nuevo.

—Un momento, voy a comprobarlo —dijo Temerario cuando le pusieron el arnés para que lo probara. Se lanzó a los cielos de un salto levantando una nube de arena, y dio una pequeña vuelta en el aire antes de aterrizar cerca de la tripulación—. Tensad un poco más la correa del hombro izquierdo y alargad la grupa.

El Celestial se declaró satisfecho con el arnés tras otra docena de pequeños ajustes.

Los tripulantes de tierra se hicieron a un lado mientras él se zampaba una enorme vaca con cuernos, asada con espetón y servida con pimientos rojos y verdes de pieles renegridas y mucho champiñón, al cual se había aficionado a raíz de su estancia en Ciudad del Cabo. Laurence envió a sus hombres a cenar mientras él remaba en dirección a la *Allegiance* para tener un último ágape con Riley, cordial sí, pero tranquilo, pues no bebieron mucho, al término del cual le entregó unas cartas para su madre y para Jane Roland, a fin de que se las entregase al oficial de correos cuando volviera a aparecer.

—Que Dios te acompañe —dijo Riley cuando le vio descender por el costado de la nave.

El sol estaba a punto de ocultarse detrás de los edificios de la ciudad mientras el aviador remaba de vuelta a la orilla. Temerario mordisqueaba el último hueso, prácticamente mondado, y la tripulación salía de la casa.

—Todo se asienta en su sitio —confirmó el dragón cuando volvieron a ponerle el equipo.

Acto seguido, fijaron los arneses individuales al de Temerario con los mosquetones.

Tharkay se subió fácilmente al dragón y se acomodó no demasiado lejos del capitán, cerca de la base del cuello. Sujetaba el sombrero con una correa fija debajo del mentón y llevaba al águila encapuchada dentro de una jaula sujeta al pecho con correas. De pronto, la *Allegiance* lanzó una salva de cañonazos y Temerario bramó alegremente en señal de respuesta mientras desde el palo mayor le transmitían mediante banderas un mensaje: «Viento favorable». El dragón inhaló una gran cantidad de aire con un rápido movimiento de músculos y nervios hasta llenar las bolsas pulmonares, y luego ascendió a lo alto; debajo, en el suelo, el puerto y la ciudad fueron quedando atrás.

CAPÍTULO 2

Viajaron deprisa, muy deprisa, pues Temerario se deleitaba al tener la ocasión de volar a sus anchas, sin verse refrenado por la presencia de compañeros más lentos. Laurence se mostró cauto en un principio, pero el dragón no dio muestra de sobreesfuerzo y no se le calentaron los músculos de las espaldillas. Al cabo de unos días, le dejó elegir el ritmo de vuelo. Los perplejos funcionarios acudían apresuradamente a su encuentro cada vez que se posaban cerca de algún pueblo de cierta importancia en busca de alimentos. El capitán británico se vio obligado en más de una ocasión a ponerse los pesados ropajes con dragones dorados, un regalo del emperador, para formular sus preguntas y tramitar el papeleo de sus peticiones en medio de muchas reverencias y rasguñar de documentos. Así, al menos, no se sentía vestido de forma inapropiada como cuando llevaba su provisional casaca verde. Empezaron a evitar asentamientos humanos allí donde resultó posible y adquirieron la comida del dragón directamente a los pastores en los campos pernoctando en templos aislados y pabellones situados al borde de los caminos, y en un par de ocasiones hicieron noche en un puesto de avanzada cuya techumbre se había hundido hacía mucho tiempo, pero cuyos muros aún se tenían en pie. Unieron las tiendas y las estiraron hasta formar un dosel que los protegiera y luego encendieron un fuego usando las viejas vigas desmenuzadas como yesca.

—Iremos rumbo norte junto a los montes Wudang hacia la ciudad de Luoyang —dijo Tharkay. El mestizo había resultado ser un compañero callado y poco comunicativo que la mayoría de las veces daba unos golpecitos en la brújula e indicaba el camino a seguir con el dedo para luego dejar que Laurence guiara a Temerario. Luego volveremos al este, hacia la antigua capital, Xian.

Los nombres extranjeros nada significaban para el aviador, y encima había siete mapas con los nombres escritos de siete formas diferentes, a los que Tharkay miraba de soslayo y rehusaba consultar con desdén.

Laurence podía seguir su avance en el cielo gracias a la posición del sol y las estrellas, que cambiaba a diario conforme Temerario devoraba los kilómetros.

Las ciudades y los villorrios se sucedían, los niños perseguían a la carrera la huidiza sombra que el dragón proyectaba en el suelo al tiempo que le saludaban con las manos y le llamaban con voces nítidas hasta que los dejaba atrás, los ríos culebreaban a sus pies y a su izquierda se alzaban unas montañas sombrías con salpicaduras de moho verde y con unos picos incapaces de zafarse de su franja de nubes. Los dragones se apartaban al acercarse, descendiendo respetuosamente a niveles inferiores para cederle el paso al Celestial, salvo uno de los tipos de correos imperiales, los dragones Jade, lustrosos como lebreles, que volaban a alturas inaccesibles para otras especies dragontinas por el frío intenso y la escasez de oxígeno. Revoloteaban alrededor de la cabeza de Temerario antes de salir disparados como flechas hacia arriba y alejarse otra vez.

Las noches dejaron de ser tan sofocantes a medida que avanzaban hacia el norte y las veladas pasaron a ser tibias y acogedoras. No tuvieron problemas, pues cuando no cruzaban un área frecuentada por enormes ganados nómadas y rica en pastos, pasaban por otra donde la caza era abundante y fácil. Interrumpieron muy pronto su jornada de viaje cuando faltaba poco menos de un día para llegar a Xian y acamparon junto a un lago pequeño. Pusieron a asar tres ciervos para la dotación y el dragón mientras los hombres mordisqueaban un poco de galletas y fruta fresca recién adquirida a un granjero local. Granby obligó a sentarse a Roland y a Dyer para hacer ejercicios de caligrafía a la luz de la hoguera mientras Laurence intentaba comprender sus ejercicios de trigonometría. Los cadetes los habían hecho en el aire sobre unas pizarras temblorosas por la acción del viento, lo cual suponía un serio desafío, pero el capitán se alegró al verificar que los cálculos de Roland y de Dyer no habían producido hipotenusas más cortas que los restantes lados de los triángulos.

Temerario se lanzó al lago en cuanto le quitaron el arnés, levantando un surtidor de agua que empapó las orillas y dejó al descubierto un lecho de rocas lisas alineadas, ya que había poca agua ahora, en lo más tórrido de agosto, pero él se las arregló para echarse líquido sobre la espalda y retozar y frotarse sobre los guijarros con gran entusiasmo.

—Es muy refrescante, pero probablemente es hora de comer, ¿a que sí? —preguntó en cuanto salió, al tiempo que lanzaba una mirada elocuente a uno de los ciervos que se estaba dorando al fuego, pero los cocineros blandieron los espetones de forma amenazadora, ya que aún no habían terminado su trabajo.

Suspiró con suavidad y aleteó, salpicándolos a todos con un breve aguacero que hizo sisear el fuego, para volar a la orilla opuesta, y quedarse allí junto a Laurence.

—Me alegra mucho no tener que esperar y viajar por mar. Es un verdadero placer volar kilómetros y kilómetros en línea recta todo lo deprisa que me apetece —dijo con un bostezo.

Laurence bajó la mirada. No podía practicar aquel tipo de vuelo en Inglaterra, sin duda, donde una semana de vuelo a la velocidad de ese momento los habría llevado a ver todas las islas de un extremo a otro, y volver.

—¿Te lo has pasado bien con tu chapuzón? —preguntó para cambiar de tema.

—Oh, sí, ha sido muy agradable revolcarme entre esas rocas —repuso el dragón con nostalgia—, aunque no tanto como estar con Mei.

Laurence había temido desde el momento de su partida que Temerario hubiera quedado prendado de Lung Quin Mei, la encantadora dragona Imperial con la que Temerario había intimado en Pekín, pero esta repentina mención parecía no venir a cuento ni el tono de su voz era el de un amante solitario.

—Ay, Dios —comentó de pronto Granby mientras se levantaba de un salto y llamaba al campamento de la otra orilla—. ¡Señor Ferris, señor Ferris...! Ordene a los chicos que vacíen el agua de los cubos y los llenen en el riachuelo, por favor.

—¡Temerario! —estalló Laurence, rojo como un tomate cuando comprendió el significado de todo aquello.

—¿Sí? —El dragón le miró sorprendido—. Bueno, ¿acaso tú no encuentras más placentero estar con Jane que tener...?

El capitán se apresuró a incorporarse.

—Señor Granby, llame a cenar a los hombres ahora mismo —ordenó, fingiendo no oír la voz entrecortada por las carcajadas reprimidas del primer teniente.

—Sí, señor —contestó antes de irse a toda prisa.

Xian, la antigua capital del país, era una ciudad inmemorial y llena de recuerdos gloriosos. Un goteo de carretas y viajeros solitarios avanzaba por los espaciosos caminos rebosantes de malas hierbas. Sobrevolaron una pagoda de muros grises rodeados de un foso, y en sus desocupadas torres oscuras únicamente había un puñado de guardias uniformados y un par de dragones escarlatas bostezantes que haraganeaban. A vista de pájaro, las calles dividían la urbe de tal modo que le conferían cierta semejanza con un tablero de ajedrez jalonado por toda clase de templos, y las formas discordantes de las mezquitas surgían muy cerca de los tejados puntiagudos de las pagodas. Álamos alargados y pinos centenarios cuyas hojas puntiagudas, que parecían cabellos, se alineaban a lo largo de las avenidas. El magistrado de la ciudad y un grupo de funcionarios con ropas de gala los recibieron en una plaza de mármol con una reverencia, pues la noticia de su llegada los había precedido, probablemente gracias al dragón Jade del correo imperial. Los agasajaron con un festín en un antiquísimo pabellón situado a orillas del río Wei desde el cual se dominaban los susurrantes trigales. El ágape consistió en una sopa caliente de aspecto lechoso y brochetas de capón para los tripulantes, y tres corderos asados y colocados en un mismo espetón para Temerario. Con mucha pompa, el magistrado rompió tres ramitas de sauce antes de que se marcharan como signo de que les deseaban un regreso seguro.

Dos días después hicieron un alto cerca de la ciudad norteña de Tianshui para guarecerse de la lluvia en unas cuevas horadadas en la roca roja de un farallón, las cuales estaban repletas de budas cuyas manos y facciones circunspectas salían de las paredes al tiempo que los pliegues del peñascal hacían las veces de vestiduras que cubrían a las figuras. Efigies monumentales los contemplaban detenidamente cuando continuaron volando entre la niebla, siguiendo el curso del río o de sus afluentes ahora que se hallaban en pleno corazón de la cadena de montañas y los sinuosos pasos eran tan estrechos que apenas había lugar para las alas desplegadas del dragón, que no cabía en sí de gozo al volar entre aquellas gargantas a toda velocidad, obligándose a ir al límite de sus posibilidades. Las puntas de las alas casi rozaban los extremos de los arbolitos que sobresalían de forma perpendicular en las laderas. Todo fue igual hasta que una mañana un golpe de viento llegó sibilante por el angosto paso y sorprendió a Temerario mientras doblaba un recodo ascendente, y estuvieron a punto de estrellarse contra la pared rocosa.

El dragón lanzó un graznido áspero mientras se retorcía como una serpiente para girar en el aire y tocar con las patas traseras el farallón cortado casi a pico. Una placa de esquisto se soltó y se desprendió. La capa de maleza, hierbas y arbolillos de la pared fue incapaz de sostener el peso de la roca.

—¡Pliega las alas! —ordenó Granby a voz en grito a través de la bocina cuando el alado, por instinto, intentaba volver a batirlas, lo cual le habría precipitado hacia el desastre.

Tras fijar las extremidades al cuerpo, el dragón se las arregló para agarrarse al trozo suelto de esquisto e ir cayendo poco a poco hasta acabar de través en el lecho del río, del que sobresalían los costados.

—Que los hombres preparen un campamento —se apresuró a ordenarle Laurence a Granby mientras soltaba las sujeciones del mosquetón.

Sin apenas sujetarse al arnés, Laurence se dejó deslizar y bajó seis metros en una serie de saltos no del todo controlados para acudir luego junto a la cabeza de Temerario, que estaba chorreando. Los zarcillos y la gorguera vibraban a causa de la acelerada respiración y le temblaban las patas, pero el oficial de señales y la dotación de la tierra salieron haciendo eses de puro mareo y medio ahogados. La polvareda y la tierra desprendidas durante el frenético descenso los habían cubierto de polvo de los pies a la cabeza.

Aunque apenas habían viajado una hora, todos se alegraron de detenerse a descansar. Los aviadores imitaron al dragón y se dejaron caer sobre la hierba amarillenta que alfombraba las orillas del río.

—¿Estás seguro de que no te duele nada? —preguntó Laurence ansiosamente mientras Keynes se encaramaba entre murmullos a la cerviz de Temerario para inspeccionar la plegadura de las alas.

—No, me encuentro bien —respondió el dragón, que parecía más avergonzado que herido.

No obstante, pareció contento de poner en remojo las garras y solo las sacó del río cuando, una vez restregadas a conciencia, las hubo limpiado de la tierra y los guijarros que se le habían quedado entre los repliegues de la piel. Después, cerró los ojos y ladeó la cabeza con aire de echar un sueñecito, sin mostrar ánimo alguno de ir a otra parte.

—Ayer comí bien y no tengo demasiado apetito —respondió cuando Laurence le propuso ir de caza, pero él rehusó, alegando que prefería dormir.

Sin embargo, Tharkay reapareció horas después, si es que puede hablarse de reaparecer, ya que su ausencia había pasado inadvertida para todos. El guía le ofreció una docena de conejos que el águila había cazado. Por regla general, aquellas piezas habrían supuesto más que unos bocados para el dragón, pero los cocineros intentaron que cundieran echándoles manteca bien salada, nabos y verduras frescas. Temerario se lo zampó todo con entusiasmo, incluidos los huesos, como para evidenciar que su falta de apetito era una mentira.

Continuó renuente a la mañana siguiente. Se incorporó sobre los cuartos traseros y sacó la lengua como si pretendiera paladear la brisa antes de estirar el cuello para verificar la dirección del viento. Después, el arnés le incomodaba de un modo que no le resultaba fácil de describir, lo cual requirió varios ajustes prolongados. Luego, le entró sed, y como el agua se había vuelto lodosa durante la noche, tuvieron que apilar rocas para que la corriente formara una represa algo más profunda que le permitiera beber. Laurence empezó a preguntarse si no habría hecho mal en no insistir que continuaran viaje inmediatamente después del accidente.

—Muy bien, vámonos —dijo de pronto el dragón...

... que se lanzó al cielo en cuanto se hubieron subido todos.

La tensión del lomo del dragón era muy evidente desde la posición privilegiada de Laurence, pero fue disminuyendo conforme pasaba el tiempo de vuelo, aunque el Celestial avanzaba ahora con mucha mayor precaución y se desplazaba a menor velocidad mientras sobrevolaban las montañas. Transcurrieron tres días antes de que cruzaran el río Amarillo, que bajaba tan cubierto de légamo que parecía más un canal de tierra marrón ocre en movimiento que un curso de agua propiamente dicho con densos cúmulos de vegetación creciendo a la orilla de las verdes riberas. Se vieron obligados a comprar borra de seda a una barcaza fluvial con la que se toparon, y prepararon con ella un colador a fin de filtrar el agua antes de tomarla, y aun así, el té tenía un sabor fuerte y arcilloso.

—Jamás creí que me iba a alegrar tanto de ver un desierto —dijo Granby unos cuantos días después—, pero sería capaz de besar la arena ahora mismo. —El río había quedado atrás hacía tiempo y esa misma tarde las montañas habían pasado a ser colinas y un altiplano cubierto de maleza. El desierto era visible desde su campamento a las afueras de Wuwei—. Tengo la impresión de que podías dejar caer toda Europa en este país, y no volvías a encontrarla.

—Estos mapas nuestros no aciertan ni por casualidad —coincidió Laurence mientras anotaba en su diario la fecha y su cálculo de los kilómetros recorridos. De acuerdo con las cartas, deberían de estar a punto de llegar a Moscú—. Ah, señor Tharkay —dijo cuando el guía se les unió junto al fuego—, espero que mañana me acompañe a comprar camellos.

—Todavía no estamos en el Taklamakán —repuso el interpelado—. Este es el desierto del Gobi y solo vamos a bordearlo, por lo que aún no necesitamos camellos, aunque supongo que sería aconsejable adquirir algo de comida para los próximos días —agregó, sin percatarse de la consternación que causaba a sus interlocutores.

—Con un desierto por viaje debería bastar —refunfuñó Granby—. A esta velocidad estaremos en Estambul para las Navidades, si es que llegamos.

Tharkay enarcó una ceja.

—Hemos cubierto más de mil quinientos kilómetros en dos semanas de viaje. No puede estar descontento con el ritmo.

Luego, el mestizo se escurrió en la tienda de las vituallas para verificar las reservas.

—Muy deprisa, sin duda, pero no lo bastante para quienes nos esperan en casa —contestó Granby con amargura—. Lamento estar de un humor de perros, es solo que… mi madre y mis hermanos viven en Newcastle.

La localidad se hallaba a mitad de camino de las bases de Edimburgo y Middlesbrough y proporcionaba a Inglaterra la mayor parte del suministro de carbón, lo cual le convertía en un blanco natural si Bonaparte decidía desencadenar un bombardeo de la costa, y difícil de defender ahora que la Fuerza Aérea estaba en cuadro. Laurence asintió en silencio.

—Ah, ¿tiene hermanos? —inquirió Temerario, que no estaba refrenado por las mismas normas de conducta que Laurence, aunque se había hecho la misma pregunta, pero el oficial jamás había hablado de su familia—. ¿En qué dragones sirven?

—No son aviadores —repuso Granby con una nota de insolencia en la voz—. Mi padre fue empresario del carbón y mis dos hermanos mayores están en el mismo negocio, junto a mi tío.

—Bueno, estoy seguro de que también es un trabajo muy interesante —contestó el dragón con la más viva de las simpatías, aunque…

… sin comprender lo que Laurence había leído entre líneas acerca de la situación familiar del oficial. Una madre viuda y un tío que probablemente tendría hijos propios. Lo más probable era que hubieran enviado a Granby a la Fuerza Aérea ante la imposibilidad de mantenerle. Un niño de siete años necesitaba una suma de dinero muy pequeña para asegurarse una profesión, aunque no fuera del todo respetable, mientras que su familia se ahorraba una cama y una silla en la mesa. A diferencia de lo que ocurría en la Armada, no se necesitaba tener contactos familiares ni influencia política alguna para obtener un puesto en la Fuerza Aérea, que siempre andaba corta de efectivos.

—Estoy seguro de que habrán apostado barcazas con cañones —afirmó Laurence, cambiando de tema con mucha diplomacia—, y oí decir que se iban a probar los cohetes Congreve* como defensa contra los bombardeos aéreos.

—Pues mira, eso quizá disuada a los franceses. Si prendemos fuego nosotros mismos a la ciudad, ya no tienen motivo para molestarse en atacar —saltó Granby, haciendo un intento por recuperar su habitual buen humor.

Pronto se disculpó y se llevó su saco de dormir a un rincón del pabellón para acostarse.

Cinco días de vuelo después vieron el paso de Jiayu, puerta para la ruta de la seda. Jiayu era una fortaleza desolada en una tierra igualmente inhóspita. Estaba construida con un ladrillo azafranado que parecía arder en llamas al igual que la arena circundante. La muralla triplicaba la altura de Temerario y tenía cerca de un metro de grosor. Era el último puesto de avanzada entre el corazón de China y los territorios occidentales, los de conquista más reciente. Los soldados apostados de guardia tenían rostro huraño y hostil, aunque a ojos de Laurence eso les concedía un aspecto más marcial que el de los reclutas sonrientes que había visto

* El coronel de artillería sir William Congreve (1772-1828) desarrolló a principios del siglo XIX el primer modelo de cohete de varilla larga y cabeza explosiva en la punta. Se usó varias veces en las Guerras Napoleónicas. [N. del T.]

haraganear en la mayor parte de los otros puestos del país, y aunque habían dejado los mosquetes abandonados por cualquier parte, las empuñaduras de las espadas tenían ese brillo acusado tan propio del largo uso. Los soldados contemplaron la gorguera de Temerario como si sospecharan que era falsa hasta que se incorporó y bufó a uno de ellos que había tenido la osadía de tirarle de los tirabuzones. Mostraron algo más de respeto a partir de ese momento, pero no abandonaron su idea de registrar los fardos de la partida y armaron cierto alboroto cuando descubrieron la única pieza que Laurence había decidido llevarse consigo en vez de dejarla a bordo del *Allegiance*, un vaso de porcelana roja de extraordinaria belleza que había adquirido en Pekín.

Los soldados fronterizos extrajeron un enorme texto que formaba parte del código legal que regía las exportaciones, discutieron entre ellos y luego consultaron con Tharkay antes de exigir un recibo de compra que, para empezar, Laurence jamás se había molestado en pedir.

—Por los clavos de Cristo, ¡es un regalo para mi padre, no un artículo de comercio! —estalló, fuera de sí.

Estas palabras parecieron aplacar algo a los militares después de que Tharkay las tradujo. Laurence los vigiló de cerca mientras envolvían el objeto para devolvérselo. No pensaba dejar que se lo quitaran después de que el vaso hubiera sobrevivido de una pieza al vandalismo, un incendio y cuatro mil quinientos kilómetros. Estaba convencido de que era su mejor oportunidad para atemperar los ánimos de su padre, ya que Lord Allendale era un conspicuo coleccionista, y también un hombre orgulloso y de mucho genio que, si ya no estaba complacido por el hecho de que su hijo se hubiera convertido en aviador, debía haberse subido por las paredes al tener noticia de la adopción.

La inspección aduanera se prolongó hasta bien entrada la mañana, pero ninguno de ellos sentía deseo alguno de permanecer una noche más en aquel lugar de desventura. Antaño había sido el escenario de continuas muestras de júbilo cuando unas caravanas llegaban a un destino seguro y otras partían de vuelta a sus hogares, pero ahora solo era la última parada de los exiliados obligados a dejar su país, y ese miasma de amargura dominaba el lugar.

—Podemos llegar a Yumen antes del peor calor del mediodía —aseguró Tharkay.

Temerario bebió durante un buen rato de la cisterna de la fortificación antes de que se marcharan por la única salida, un único túnel que atravesaba el patio interior del baluarte para luego discurrir en paralelo a lo largo de toda la muralla frontal. La tenue luz de unas farolas parpadeantes alumbraba la pared, casi completamente cubierta por trazos de tinta y marcas de garras dragontinas; se trataba de los últimos mensajes de despedida y de oraciones pidiendo misericordia y el futuro regreso a casa. Empero, no todos eran de tiempos remotos y unos trazos anchos de escritura reciente se entrecruzaban con otros más antiguos de letras desvaídas. Temerario hizo un alto para leerlos.

> Estoy a diez mil *li** de tu tumba,
> y me quedan otros tantos de viaje.
> Sacudo las alas y vuelo hacia el sol despiadado.

Y en verdad caía un sol despiadado en cuanto abandonaron la sombra del profundo túnel. La brisa llevaba a su antojo la arena y los guijarros sobre un suelo reseco y cuarteado. Cuando se subieron al dragón, y una vez que cruzaron el túnel, los dos cocineros chinos, que durante la noche habían permanecido serios y descontentos a pesar de no haber dado el menor signo de añoranza durante un viaje que los había llevado tan lejos, se alejaron un poco y recogieron un guijarro y lo lanzaron contra la pared en lo que el capitán inglés interpretó como un signo de hostilidad muy extraño. La piedrecilla de Jing Chao rebotó, pero no ocurrió lo mismo con la de Gong Su, que resbaló y rodó por la pendiente del muro hasta pararse en el suelo. Profirió un grito entrecortado cuando vio aquello y se presentó corriendo ante Laurence, a quien le soltó un

* Antigua medida china de longitud equivalente a medio kilómetro. [N. del T.]

torrente de disculpas de las cuales solo pudo captar con sus reducidos conocimientos de chino la idea central: Gong Su no tenía intención de ir más lejos.

—Dice que el guijarro no ha rebotado —le tradujo Temerario—, y si no ha vuelto hacia atrás, eso significa que él no va a regresar a China jamás.

Entretanto, Jing Chao ya estaba colgando su cofre con especias y sus utensilios de cocina para que los ataran con el resto del equipo, y su aplomo era tan grande como la turbación de Gong Su.

—Venga ya, es una superstición fuera de toda lógica —le replicó Laurence al cocinero chino—. Tú en especial me aseguraste que no te importaba abandonar China y te pagué el sueldo de seis meses por adelantado. No irás a esperar que encima ahora te pague el viaje de vuelta, encima de que has trabajado menos de un mes y has roto nuestro contrato.

Gong Su extendió sus disculpas. Él había entregado todo el dinero a su madre, quien, de lo contrario, se habría visto desvalida y en la indigencia. A Laurence le costó creerle, pues había conocido a la formidable dama en cuestión y a los once hermanos del cocinero el día que habían acudido a despedirle antes de abandonar Macao.

—De acuerdo —cedió Laurence al fin—, te daré algo de dinero para que puedas ponerte en camino, pero sigo en mis trece, harías mucho mejor en venir con nosotros. Vas a tardar muchísimo tiempo en regresar a tu casa, y además del coste económico, luego vas a arrepentirte de haber sido tan estúpido como para dejarte engañar por la imaginación de esa manera.

Para ser sincero, Laurence habría preferido librarse de Jing Chao, que había resultado ser bastante pendenciero y amonestaba en chino a la dotación de tierra si no trataban a sus vituallas con lo que él entendía por debido cuidado. Laurence también sabía que algunos soldados habían empezado a preguntarle a Temerario el significado exacto de algunas palabras a fin de comprender exactamente qué decía el cocinero de ellos. El propio Laurence sospechaba que buena parte de los comentarios de

Jing Chao eran maleducados y, de ser así, la situación iba a ponerse peliaguda, sin duda.

—Quizá no significa más que Inglaterra va a gustarte tanto que vas a instalarte allí —continuó Laurence cuando vio flaquear el ánimo de Gong Su, que no sabía qué hacer—, pero en todo caso, estoy seguro de que no va a traer nada bueno que te lleves semejante berrinche por un augurio e intentes evitar tu destino, con independencia de cuál pueda ser.

—¡Menuda majadería!

—Oh, sí —le coreó Temerario con una nota de culpabilidad en la voz al tiempo que simulaba no ver una cercana piedra redonda, cuyo tamaño tal vez fuera el de la mitad de un hombre, y que de haberla lanzado contra la pared habría causado la alarma entre los centinelas, convencido de que los estaban bombardeando con armas de asedio—, pero nosotros regresaremos algún día, ¿verdad, Laurence? —preguntó con una punzada de nostalgia. Él estaba dejando atrás no solo el pequeño grupo de dragones Celestiales que eran su única familia en el mundo y el lujo de la corte imperial, sino las libertades cotidianas y la naturalidad con las que el sistema chino consideraba a todos los dragones, a quienes de hecho se los trataba en todos los asuntos como a los hombres, salvo pequeñas diferencias.

El capitán inglés no tenía tantos motivos para desear otra estancia en China, pues para él había sido un escenario donde había sufrido mucha ansiedad y se había visto expuesto a un gran peligro, además de verse sometido al laberinto burocrático de la política en un país extranjero, y si había de ser honesto del todo, incluso un poco de celos. No, no sentía deseo alguno de regresar.

—Una vez que acabe la guerra, siempre que quieras —respondió en voz baja.

Puso una mano sobre la pata de Temerario para reconfortarle mientras la tripulación terminaba de sujetarse al arnés para el vuelo.

CAPÍTULO 3

Partieron del verde oasis de Dunhuang con las primeras luces del alba. Las campanillas de los camellos cascabeleaban quejumbrosas mientras los animales marchaban penosamente sobre las crestas de las dunas cuyo trazo perfecto iban desmochando con las plantas de sus anchos pies planos. Los médanos parecían olas del océano reflejadas en un dibujo de tinta y lápiz; un lado era perfectamente blanco y el otro, pura sombra, aunque, eso sí, impregnada por el pálido color caramelo de la arena. La caravana no mantuvo un rumbo fijo durante un tiempo y tan pronto iba hacia el norte como hacia el sur, siguiendo unos jalones consistentes en montones de huesos culminados por cráneos de camello que los miraban desde lo alto. Tharkay condujo al camello de cabeza hacia el sur y la larga reata le siguió, pues los camellos conocían su trabajo aunque no fuera el caso de sus torpes jinetes. Temerario avanzaba en retaguardia a un ritmo suave, como un descomunal perro protector del rebaño, a cierta distancia, lo bastante lejos para que los camellos se sintieran cómodos y lo bastante cerca para evitar que ninguno de ellos saliera disparado por donde habían venido.

Laurence había esperado un sol de justicia, pero el desierto no era demasiado caluroso en aquellas latitudes tan septentrionales. Sudaban la gota gorda a mediodía y estaban helados hasta el tuétano una hora antes del anochecer, mientras que durante la noche se formaba una costra de hielo en los barriles de agua. El águila se alimentaba por su propia cuenta cazando lagartijas y pequeños roedores moteados de manchas marrones gracias a las cuales podía detectarlos, ya que, en otro caso, no habrían pasado de ser sombras fugaces debajo de las piedras. Temerario reducía la reata de camellos de a uno por día y los tripulantes comían finas tiras de cecina tan correosas que se pasaban horas masticándolas y un té peleón, un brebaje nauseabundo pero nutritivo que parecía lodo acuoso por la harina de avena y las bayas de trigo tostadas. Los toneles de agua estaban reservados al dragón, por lo que cada hombre bebía de los odres y pellejos que llevaba consigo. Solían rellenarlos a diario en pequeños pozos deteriorados —casi todos de agua salobre— y charcas poco profundas surgidas en el suelo arenoso al amparo de los tamariscos, que enraizaban en el barro. No obstante, aquella agua amarilla, amarga y espesa apenas resultaba potable, ni siquiera una vez hervida.

Todas las mañanas, Laurence y Tharkay volaban a lomos del dragón durante un buen rato para explorar el terreno adyacente y encontrar el mejor camino posible para la caravana de camellos, aunque siempre había un fulgor cegador en el horizonte que les limitaba la visión. La cordillera de Tianshan parecía flotar sobre el meridión, dominando aquella escena borrosa, y daba la impresión de que las prominentes montañas azules no tocaban la tierra sino que estaban en otro plano totalmente diferente.

—¡Qué solitario es esto! —comentó Temerario.

El calor del sol parecía poner al dragón especialmente jovial, pues aunque le gustaba volar, la temperatura parecía influir en las bolsas pulmonares que posibilitaban el vuelo de los dragones hasta el punto de que apenas necesitaba esforzarse para permanecer en el aire.

El dragón y su cuidador solían detenerse varias veces a lo largo del día. Laurence le leía libros y Temerario recitaba sus primeras composiciones poéticas, un hábito que había adquirido en Pekín, donde se la consideraba una ocupación más apropiada para los Celestiales que la guerra. Al caer la noche, echaban a volar en busca del resto del convoy, guiándose en la penumbra gracias al sonsonete lastimero de las campanillas de los camellos.

Granby acudió a la carrera junto a Laurence en cuanto descendieron.

—Uno de esos tipos ha desaparecido, señor —le informó—. Se trata del cocinero.

Volvieron al aire de inmediato en su búsqueda, pero no había signo alguno de aquel desdichado. El viento era un ama de casa muy laboriosa a la hora de barrer las dunas y cubrir las huellas de los camellos bajo una capa de arena tan pronto como estos pasaban, y a tales efectos, daba lo mismo estar perdido diez minutos que toda la eternidad. Temerario voló a baja altura a fin de poder escuchar el cascabeleo del camello, pero todo fue en vano. La noche se les echó encima rápidamente y las prolongadas sombras de las dunas se convirtieron en un borrón uniforme de oscuridad.

—Apenas veo nada, Laurence —admitió el dragón con tristeza. Las estrellas empezaban a salir y solo lucía un pequeño gajo plateado de luna.

—Mañana volveremos a echar un vistazo —le dijo Laurence para consolar a Temerario, pues en su fuero interno albergaba muy pocas esperanzas de hallarlo.

Se posaron de nuevo junto a las tiendas del campamento y Laurence sacudió la cabeza para informar del fracaso a la expectante tripulación. Aceptó de buen grado una taza de aquel té denso como el puré y se calentó las manos en la hoguera de las llamas vacilantes.

—La pérdida del camello ha sido lo peor —sentenció Tharkay antes de encogerse de hombros y dar media vuelta.

Su comentario era tan despiadado como sincero. Jing Chao había acabado por caer gordo a todo el mundo, incluso a Gong Su, su compatriota y la persona con quien más se relacionaba. El cocinero suspiró una vez antes de llevar a Temerario junto al camello asado. Ese día lo habían cocinado en un hoyo, aderezado con hojas de té, en un intento por cambiar un poco el sabor.

Había pequeñas aldeas en los contados oasis por los que pasaron. Los lugareños eran apáticos y reaccionaban con mayor perplejidad que hostilidad ante la visión de extranjeros. Los zocos eran lugares de poco movimiento donde haraganeaban a la sombra hombres con casquetes negros que los observaban fijamente mientras fumaban y tomaban té especiado. Tharkay charloteaba con ellos de vez en cuando, en chino y en otras lenguas. La calles no estaban en buen estado, en su mayoría estaban cubiertas de arena y recorridas por profundas estrías hechas por las ruedas claveteadas de los carromatos. Compraron bolsas de almendras y frutos secos, dulces de albaricoques prensados y uvas. Luego, rellenaban los odres con el agua limpia de los hondos pozos y seguían su camino.

El primer signo de advertencia llegó al caer la noche, cuando los camellos se pusieron a berrear. La nube baja que se aproximaba había engullido ya las constelaciones del cielo.

—Bebe y come, Temerario —le instó Tharkay—. Quizá sea la última vez.

Dos miembros de la tripulación de tierra retiraron la funda de un arcón de madera de lados lisos y limpiaron la capa de polvillo húmedo y frío que cubría los pellejos de cuero repletos de agua. Acto seguido, el dragón agachó la cabeza para que pudieran verterle en la boca una mezcla de hielo y agua. Temerario no dejó caer ni una gota tras una semana de práctica y apretó con fuerza las mandíbulas antes de tragar. Un camello sin carga entornó los ojos y se debatió cuando tiraron de él para separarlo de la caravana, pero su lucha fue en vano. Pratt y su compañero eran muy fuertes y lo arrastraron hasta detrás de las tiendas, donde Gong Su sacó su cuchillo y le abrió el cuello en canal para luego poner debajo un cuenco a fin de recoger la sangre que manaba a borbotones. Temerario se lanzó sobre el animal sin demasiado entusiasmo. Estaba harto de comer carne de camello.

Aún quedaban otros quince ejemplares que poner a cubierto. Granby condujo a los guardiadragones y alféreces para realizar esa tarea mientras la dotación de tierra reforzaba la sujeción de las tiendas con premura, pues la capa suelta de arena más fina ya estaba desbordando las dunas y les alanceaba las manos y el rostro, obligándoles a subirse los cuellos de las casacas y a taparse la nariz y la boca con los pañolones que llevaban alrededor del cuello. Ahora que estaban atestadas tras meter dentro a los camellos, empezó a hacer un calor sofocante en las tiendas forradas de piel en las que habían dormido con tanta comodidad durante las frías noches, y empezó a resultar asfixiante incluso el pabellón de cuero más fino que habían levantado para proteger a Temerario y a ellos mismos.

En aquel preciso momento se les echó encima la tormenta, una embestida incesante contra las paredes de cuero de la tienda en medio de un furibundo siseo en nada parecido al repiqueteo de la lluvia. Resultaba imposible ignorar aquel ulular tornadizo e impredecible, que tan pronto chillaba como pasaba a ser un simple murmullo y vuelta a empezar, por lo que solo podían conciliar un sueño agitado a breves intervalos y la fatiga se dejaba notar en los rostros, cada vez más descompuestos. No se arriesgaron a mantener encendidos demasiados faroles dentro de la tienda. Laurence se sentó junto a la cabeza de Temerario cuando el sol se puso del todo y estuvieron escuchando el aullido del viento en una oscuridad casi absoluta.

—Hay quienes consideran al *karaburan** cosa de los espíritus malignos —dijo Tharkay mientras cortaba en medio de la penumbra una tira de cuero a fin de preparar una pihuela nueva para la pata del águila, que en ese instante estaba dentro de la jaula, con la cabeza agachada e invisible entre las alas—. Podéis oír sus voces si aguzáis el oído.

Y era cierto. Podían escucharse en el viento las voces bajas y los gritos lastimeros de los espíritus. Parecían murmullos de una lengua extranjera.

—No los entiendo —comentó Temerario, que se puso a escuchar con más interés que miedo, pues no temía a los espíritus diabólicos—. ¿Qué idioma es ese?

—Ni los dragones ni los hombres lo hablan —respondió Tharkay, circunspecto. Los alféreces le prestaban mucha atención y los veteranos

---

* El *karaburan* o «tormenta negra» es un violento viento que azota las tierras aledañas al desierto del Gobi en primavera y verano. [N. del T.]

fingían todo lo contrario. Roland y Dyer se arrastraron más cerca y se quedaron allí, con los ojos abiertos como platos—. Quienes lo escuchan durante demasiado tiempo notan cómo se les nubla la mente, enloquecen y no se les vuelve a ver nunca más, salvo sus huesos, claro está, que sirven de aviso a otros viajeros.

—Hum —gruñó Temerario con escepticismo—, me gustaría ponerle la vista encima al demonio que vaya a comerme.

Tendría que ser un demonio realmente excepcional para conseguirlo. Una sonrisa curvó los labios del guía.

—Temen a los dragones, por eso no se atreven a molestarnos. No es normal hallar en este desierto uno de tu tamaño.

Los hombres se acercaron más al dragón y ninguno habló de salir.

—¿Has oído decir alguna vez que los dragones tengan su propia lengua? —preguntó Temerario a Tharkay algo más tarde en voz baja, cuando la mayoría de la tripulación estaba semidormida—. Siempre he creído que solo hablamos las que hemos aprendido de los hombres.

—El idioma dragontino es el durzagh —contestó el guía—. Consiste en una serie de sonidos que el hombre no puede emitir. Vosotros podéis remedar más fácilmente nuestras voces que a la inversa.

—¡Caramba! ¿Me enseñarás a hablar durzagh? —pidió Temerario con ansiedad. A diferencia del resto de los dragones, los Celestiales retenían la habilidad de hablar enseguida las lenguas que habían oído antes de la eclosión y durante la infancia.

—Está poco extendida —advirtió el guía—. Se habla exclusivamente en dos zonas montañosas, en los montes Pamir de Turquestán y en el Karakórum, en Pakistán.

—Eso no me importa —terció el dragón—. Me será de gran utilidad cuando estemos de vuelta en Inglaterra. El gobierno no podrá decir que somos simples animales si hemos inventado nuestro propio idioma, Laurence —continuó, mirándole en busca de confirmación.

—A nadie se le ocurriría decir semejante tontería —comenzó Laurence, pero el mestizo le interrumpió con una corta carcajada llena de sarcasmo.

—Antes bien, todo lo contrario —repuso—. Lo más probable es que se inclinen a pensar que sois animales por hablar otro idioma que no sea el inglés, bueno, y si no animales, sí criaturas de escaso valor. Haríais mejor en cultivar una dicción impecable —concluyó mientras cambiaba la forma de hablar al final de la frase, pronunciando despacio y con elegancia las palabras, movido por el deseo de despertar su admiración.

—¡Qué manera de hablar más rara! —observó Temerario, dubitativo, tras repetir varias veces la frase imitando aquella manera de decir—. El modo en que uno pronuncia las palabras resulta tan peculiar que ha de representar cierta diferencia, pero debe de ser muy difícil aprender a hablar así. ¿Es posible contratar a un traductor capaz de decir las cosas de forma adecuada?

—Por supuesto, se llaman «abogados» —repuso Tharkay, que se echó a reír para sus adentros.

—Yo no te recomendaría imitar ese estilo en particular —espetó Laurence mientras Tharkay volvía a la normalidad después de reírse—. Podrías impresionar como mucho a algún petimetre de Bond Street*, y eso siempre que no saliera huyendo por pies nada más empezar…

—Muy cierto. Haría bien en tomar al capitán Laurence como modelo —repuso Tharkay con una inclinación de cabeza—. Todo caballero debería hablar de ese modo. Estoy seguro de que cualquier oficial suscribiría mis palabras.

Era imposible ver su expresión en la oscuridad, pero a Laurence le pareció percibir en él una nota de burla, quizá desprovista de malicia, pero irritante de todos modos.

—Veo que ha estudiado la materia, señor Tharkay —contestó con cierta frialdad.

El aludido se encogió de hombros.

—No hay mejor maestra que la necesidad, aunque es severa —afirmó el guía—. Me he enfrentado a hombres demasiado deseosos de negarme mis derechos, y no les he proporcionado excusa alguna para arrebatármelos.

* Famosa calle comercial de Londres. [N. del T.]

Quizá lo encuentre algo lento —añadió, dirigiéndose a Temerario—, pero si pretende hacerse valer, va a descubrir que a los hombres de posición les disgusta compartir el poder y los privilegios.

Aquellas palabras no diferían de lo expresado por Laurence en más de una ocasión, pero había en ellas una veta profunda de cinismo que tal vez las hacía más convincentes.

—No estoy seguro de entender por qué no iban a querer ser justos —repuso el dragón, aunque, sin duda, estaba turbado. Laurence descubrió que no le gustaba ni un ápice ver cómo Temerario se tomaba tan en serio su propio consejo.

—La justicia es cara —contestó el guía—, por eso escasea tanto, y se reserva a los pocos ciudadanos con la influencia y el dinero suficiente para permitirse ese lujo.

—Quizá sea así en algunos rincones del mundo —intervino Laurence, incapaz de contenerse por más tiempo—, pero gracias a Dios, en Gran Bretaña nos hallamos bajo el imperio de la ley, lo cual supone un control sobre los gobernantes e impide que se conviertan en tiranos.

— ... o que, poco a poco, la tiranía se ejerza entre más personas —refutó Tharkay—. No sé si hay otro sistema peor que el chino, pero a la larga existe un límite en la actuación de un déspota, y si realmente es un gobernante corrupto, acabará desposeído de sus privilegios. Cien parlamentarios corruptos juntos son capaces de cometer tantas o más injusticias, pero son mucho más difíciles de erradicar.

—¿Y en qué punto de la escala situaría usted a Bonaparte? —inquirió Laurence, cuya creciente indignación le impedía mostrarse educado. Una cosa era quejarse de la corrupción o proponer reformas juiciosas, y otra bien distinta meter en el saco del despotismo absoluto al sistema británico.

—¿A qué se refiere...? ¿Al hombre, al monarca o a su sistema de gobierno? —repreguntó Tharkay—. No he oído que en Francia exista más injusticia que en otros lugares. Resulta un tanto quijotesco por parte de los franceses haber preferido a la gente común en vez de a los nobles y a los ricos para ser injustos, pero eso no me parece peor *per se* ni, de hecho, es probable que dure demasiado. En cuanto a lo demás, lo dejo a vuestro juicio, señor. ¿A quién pondríais al frente de un ejército en la batalla? ¿Al buen rey Jorge o a un segundo teniente de artillería corso?

—A Lord Nelson —respondió Laurence—. A Nelson le gusta la gloria tanto como a Bonaparte, eso lo tiene claro todo el mundo, pero él al menos ha puesto su genio militar al servicio de su país y de su rey, y ha aceptado de buen grado las recompensas que uno y otro han decidido otorgarle en vez de erigirse en un tirano.

—Un ejemplo de tanto relumbrón echa por tierra mi línea de razonamiento y me deja avergonzado por haber sido un aguafiestas. —La media sonrisa del guía resultó perfectamente visible, pues en el exterior había aumentado la luminosidad—. Me da la impresión de que la tormenta nos ha concedido una pequeña tregua. Voy a salir para echar un vistazo a los camellos.

Se enrolló un velo de algodón varias veces alrededor del rostro y luego fijó con fuerza su sombrero, después se enfundó los guantes y se echó la capa sobre los hombros antes de agacharse y salir por la portezuela de la tienda.

—El gobierno debe escuchar nuestro caso, Laurence, porque somos muchos los dragones en esta situación —dijo el Celestial en tono interrogativo tras la marcha de Tharkay, volviendo a su preocupación real.

—Y lo harán —respondió sin pensar el interpelado, que todavía hervía de indignación, pero luego se arrepintió de inmediato. El único deseo del dragón era que le aliviaran de la duda, y se hizo más evidente, por lo que Laurence añadió—: Estoy seguro de que así va a ser.

Aquella conversación podía haber servido para rebajar las expectativas de Temerario, pero Laurence supo que había disipado esa posibilidad con su respuesta.

La tormenta se prolongó otro día más, y con suficiente fuerza como para producir desgarrones en el cuero del pabellón después de un tiempo.

Parchearon el rasgón lo mejor posible desde el interior, pero el polvo en suspensión se filtraba por todas las rendijas y se les metía en la ropa y en los alimentos, convirtiendo las comidas en algo desagradable al tener que masticar la cecina llena de granos de arena. Temerario suspiraba y se removía de vez en cuando para quitarse la arena de los hombros, que caía en pequeñas cascadas y se amontonaba sobre el suelo. Ya tenía dentro de la tienda una pequeña capa de desierto.

Laurence no sabía cuánto iba a tardar en remitir el *karaburan* y todos se quedaron dormidos en cuanto comenzó a imperar el bendito silencio. Era la primera vez que reposaban de veras en muchos días. Se despertó al oír un vehemente grito de satisfacción de un águila en el exterior de la tienda. Salió dando tumbos y descubrió al ave desgarrando la carne de un camello que yacía tendido sobre los restos del hoyo de la fogata. El animal tenía el cuello roto y la arena ya le había cubierto la mitad del tórax.

—Una de las tiendas no resistió —anunció el guía detrás de Laurence, que no comprendió el significado de ese anuncio en un primer momento.

Se volvió acto seguido y vio ocho camellos amarrados sin mucha fuerza cerca de un montón de forraje. Les temblaban levemente las patas, agarrotadas tras el largo confinamiento. La tienda que los había protegido seguía en pie, aunque levemente torcida hacia un lado a causa de la arena acumulada sobre uno de los laterales. No había indicios de la otra, salvo las estacas de hierro, que seguían profundamente hundidas en el suelo, y unos escasos jirones de cuero sujetos a ellas que se agitaban bajo el soplo de la brisa.

—¿Y dónde está el resto de los camellos? —inquirió Laurence con creciente pánico.

Voló a lomos de Temerario enseguida mientras los hombres se dispersaban y gritaban en todas las direcciones para llamar la atención de los camellos, pero fue en vano. El viento fustigador no había dejado señales ni huellas de ellos, ni siquiera un trocito de pelambrera ensangrentada.

Abandonaron la búsqueda a medio día y comenzaron a levantar el campamento, presas del desánimo. Habían perdido siete camellos así como los toneles de agua correspondientes, lo cual lastraba sus posibilidades y los dejaba sumidos en el silencio.

—¿Podremos comprar otros en el oasis de Cherchen? —preguntó Laurence al guía, exhausto, mientras se pasaba la mano por la frente. No recordaba haber visto muchos animales por las calles del villorrio por el que había pasado tres días atrás.

—A duras penas —respondió Tharkay—. Los camellos son muy apreciados en esta zona y los venden solo a un alto precio, y quizás algunos se nieguen a vender animales saludables para que sean devorados pronto. En mi opinión, no debería regresar. —La duda presidió las facciones del capitán inglés, por lo que el guía añadió—: Treinta es un número alto, lo fijé por demás en previsión de posibles accidentes, aunque este ha sido peor de lo que había previsto, pero creo que nos las podremos arreglar hasta alcanzar el río Keriya. Vamos a tener que racionar los camellos y rellenar los toneles de agua con la de los oasis, lo cual implica que nosotros deberemos pasar algunas privaciones, pero le aseguro que puede hacerse.

La tentación era enorme. Cualquier demora le dolía profundamente. Necesitaban tres días para regresar a Cherchen y lo más probable era que allí se demoraran aún más para adquirir otro grupo de camellos, y todo ello mientras conseguían comida y bebida para Temerario en una población que no estaba preparada ni acostumbrada a los dragones, y menos de su tamaño. Dar media vuelta equivalía a perder una semana entera, desde luego. Tharkay parecía muy confiado, pero aun así, aun así...

El capitán llevó a un aparte a su primer teniente para consultar en privado. Laurence todavía no había explicado su misión al resto de la tripulación al considerar que lo más conveniente para alcanzar el éxito era mantener el secreto, para que no cundiera la ansiedad sobre el estado de la situación en Europa y dejarles creer que regresaban por el camino terrestre solo para evitar una larga demora en el puerto de Macao.

—Una semana bastará para llevar los huevos a una base, la que sea —respondió Granby con urgencia—. Gibraltar… o quizá Malta… Esa podría ser la diferencia entre el éxito y el fracaso. Os prometo que cualquiera de nosotros padecería el doble de hambre o de sed sin dudarlo por tener esa oportunidad. Tharkay no está diciendo que haya un riesgo real de quedarnos sin una gota de agua.

—¿No obráis a la ligera al confiar en su juicio en ese asunto? —le espetó Laurence.

—Más que en cualquiera de nosotros —contestó Granby—. ¿Qué queréis decir?

El capitán no sabía cómo expresar en palabras su inquietud, ya que, en realidad, apenas había definido sus temores.

—Nada, solo que… Supongo que me disgusta confiarle por completo nuestras vidas —dijo—. No podremos volver a Cherchen si viajamos unos días más. Si él comete un error con lo cortos que vamos de víveres…

—Bueno, su consejo ha sido muy bueno hasta la fecha —repuso Granby, ahora con algunos reparos—, aunque no voy a negar que en ocasiones se comporta de un modo extraño…

—Abandonó la tienda un buen rato durante la tormenta —observó Laurence en voz baja—. Eso ocurrió después del primer día, a mitad del vendaval… Dijo que iba a echar un vistazo a los camellos.

Los dos se sumieron en el silencio.

—¿Qué tal si echamos un vistazo al camello? Quizá seamos capaces de determinar cuánto tiempo llevaba muerto a simple vista —sugirió Granby.

Ambos acudieron para efectuar la inspección, pero llegaron tarde. Gong Su había reunido los restos del animal junto al fuego, y ahora se doraban sobre las llamas hasta que estuvieran en su punto, incapaces de ofrecer respuestas, fueran cuales fueren.

Después, fueron a consultar a Temerario.

—A mí también me causa gran pesar dar media vuelta. No me importa comer a días alternos. —Luego, en voz baja, añadió—: En especial si ha de ser carne de camello.

—Sea, continuaremos —decidió Laurente a pesar de sus recelos.

Cuando el dragón terminó de comer, avanzaron con dificultad por un paisaje que resultaba aún más deprimente después de la tormenta. Los matorrales y la vegetación habían sido desenraizados y los guijarros más vívidos habían perdido su color, por lo que no había alivio alguno para la vista. Habrían acogido de buen humor incluso alguno de aquellos truculentos osarios señalizadores, pero no había nada que guiase sus pasos, salvo la brújula y el instinto de Tharkay.

El resto del seco e interminable día transcurrió con la misma terrible monotonía que la tormenta mientras la arena del desierto chirriaba bajo sus pies durante kilómetros. No hallaron indicio alguno de vida, ni siquiera un pozo en ruinas. Luego, la mayoría de la dotación se subió a bordo de Temerario, llevando la reata de camellos a la zaga.

—Veo algo, señor —masculló Digby entre los labios agrietados al tiempo que señalaba con la mano—, aunque no es muy grande.

Laurence no vio nada, pero terminó por desvelarse todo a última hora del día, cuando los tocones y las rocas sinuosas del desierto comenzaban a proyectar largas sombras caprichosas. Digby, que tenía la vista aguda de la juventud y era el mejor de los vigías, no se había equivocado. En ese momento pudieron ver una zona oscura redondeada, aunque era demasiado pequeña para ser la boca de un pozo. Tharkay sofrenó los camellos junto a esa mancha y miró hacia abajo mientras Laurence bajó del cuello de Temerario para echar un vistazo. Resultó ser la tapa de uno de los toneles de agua perdidos, que, contra todo pronóstico, yacía encima de la arena a cincuenta kilómetros de distancia del campamento de aquella mañana.

—Comeos esas raciones —ordenó con severidad Laurence cuando vio a Roland y a Dyer apartar sus tiras de cecina sin terminar.

Todos tenían hambre, pero una masticación prolongada resultaba penosa con la boca tan reseca y ahora, tras otro día sin haber hallado un pozo, cada sorbo de agua debían tomarlo de los toneles de Temerario, que había devorado crudo un camello para no perder el líquido al asarlo. Ya no quedaban más que siete animales.

Dos días después cruzaron el lecho seco y cuarteado de un canal de irrigación y, aceptando las indicaciones del guía, siguieron su curso hacia el norte con la esperanza de hallar un poco de agua en un punto del tramo. Los troncos resecos de frutales marchitos y torcidos sobresalían a ambos lados. Sus ramitas nudosas eran al tacto secas como el papel, y se alargaban, livianas, en busca del agua evaporada. La ciudad tomó forma en medio de la calima imperante en la línea del horizonte a medida que se acercaban entre los últimos restos de los edificios todavía no devorados por el arenal: maderas sobresalientes entre la arena, punzantes después de que el viento hubiera afilado durante años las puntas, y los trozos rotos de los muros de adobe y cañas. Un polvo muy fino había llenado el lecho del río que antaño había dado vida a la ciudad. No había nada vivo a la vista, salvo unos hierbajos pardos pendientes desde lo alto de las dunas y que los camellos devoraron con fruición.

Otro día de viaje los llevaría más allá de todo posible retorno.

—Me temo que esta es la peor parte del desierto, pero vamos a encontrar agua pronto, igual que hemos hallado la ciudad —aseguró Tharkay mientras traía una brazada de maderos rotos para el fuego del campamento—. Debemos de estar en una de las rutas de las antiguas caravanas.

Las llamas del fuego saltaban y lanzaban chispas en medio de un gran chisporroteo. La madera extremadamente seca se calentaba enseguida y ardía deprisa. El calor y la luz resultaban confortantes en medio de las cenizas y los restos quebrados de la urbe, pero Laurence se alejó a meditar. Sus mapas no servían de nada y allí no había trazos de carreteras ni nada que ver en kilómetros a la redonda, y empezaba a perder la paciencia al ver a Temerario pasar hambre y sed.

—No quiero que te preocupes, Laurence. Me encuentro perfectamente —le aseguró Temerario sin apartar la vista de los restantes camellos.

Al capitán le hería ver que cada día se fatigaba más deprisa y volaba arrastrando la cola sobre la arena. Ya no sentía deseos de volar y avanzaba pesadamente siguiendo la estela de los camellos, y hacía frecuentes paradas para recuperar fuerzas.

Temerario podría beber y comer hasta saciarse si daban media vuelta a la mañana siguiente. Quizás incluso fuera posible cargar dos de los toneles de agua en el arnés del dragón y sacrificar otro camello para él antes de intentar el regreso a Cherchen por aire. Estaba seguro de que podrían conseguirlo en dos días si tenía suficiente comida y bebida y aligeraba la carga del dragón. Llevaría consigo solo a los más jóvenes: Roland, Dyer y los alféreces, que ralentizarían el ritmo de quienes siguieran a pie y permitirían al dragón llevar menos agua y comida. Aunque le disgustaba dejar al resto de sus hombres, según sus cálculos, el agua transportada por los cuatro últimos camellos bastaría para permitirles volver a Cherchen a pie si conseguían mantener un ritmo de treinta kilómetros diarios.

El dinero presentaba ciertas dificultades al no poder permitirse gastar mucha plata en la adquisición de otro grupo grande de camellos, si era que lograba encontrarlos, pero quizás diera con alguien capaz de arriesgarse a aceptar una nota de pago garantizada por su palabra si ofrecía un precio exorbitante. O tal vez pudieran cerrar un trueque a cambio de trabajo, pues no parecía vivir ningún dragón en aquellas aldeas del desierto y la fuerza de Temerario permitiría realizar muchas tareas con suma rapidez. En el peor de los casos, podía extraer el oro y las gemas de la empuñadura de su espada —los reemplazaría por otros más tarde— y vender el vaso de porcelana si encontraba a alguien interesado. Solo Dios sabía lo mucho que significaba aquel retraso de semanas, si no se convertía en un mes, y los posibles nuevos riesgos que eso conllevaba. Laurence montó guardia durante su turno y luego se fue a dormir, indeciso y acongojado. Granby le zarandeó para despertarle a primera hora de la mañana, poco antes del amanecer.

—Temerario ha oído algo. Cree que son caballos.

La luz del alba fue dorando las crestas de las dunas bajas situadas a las afueras del pueblo. Un puñado de hombres a lomos de peludos ponis paticortos se mantenían a una distancia de seguridad. Otro grupo de cinco o seis jinetes se les unió mientras Laurence y Granby los estaban mirando. La mayoría llevaba espadas cortas y curvas y unos pocos disponían de arcos.

—Levantad el campamento y mantened sujetos a los camellos —ordenó el capitán en tono grave—. Digby, llévese a Roland, Dyer y a los alféreces. No se aparte de ellos. Asegúrese de que no echen a correr. —Luego, dirigiéndose a Granby, dijo—: Ordene a los hombres formar alrededor de los víveres de espaldas a esa pared de ahí, la que está rota.

—¿Va a haber batalla? —preguntó Temerario mientras se sentaba sobre los cuartos traseros. Estaba más esperanzado que alarmado—. Ñam. Esos caballos están para comérselos.

—Quiero estar preparado y que ellos lo vean, pero no vamos a ser los primeros en atacar —respondió Laurence—. Todavía no nos han amenazado, y en cualquier caso, sería preferible comprar su ayuda que agredirlos. Vamos a acudir con bandera blanca. ¿Dónde está Tharkay?

El guía había desaparecido con el águila y también uno de los camellos. Nadie recordaba haberle visto marcharse. Laurence quedó más impactado de lo que debería después de sus sospechas. Ese sobresalto contuvo una cólera fría y desmedida así como el miedo. Los había conducido lo bastante lejos como para que el robo de ese camello les impidiera volver a Cherchen. Quizás aquellos jinetes hostiles habían acudido atraídos por el brillo de la fogata durante la noche.

—Muy bien, señor Granby —dijo, haciendo un esfuerzo—, si hay alguno de los hombres que chapurree algo de chino, dígale que venga conmigo. Iremos con la bandera blanca a ver si somos capaces de hacernos comprender por nuestros propios medios.

—Usted no puede ir, señor —saltó Granby en el acto con actitud protectora.

Empero, los hechos hicieron innecesario cualquier debate sobre el asunto, ya que los nómadas volvieron grupas todos a la vez y se alejaron al galope hasta desvanecerse entre las dunas. Los ponis relincharon de alivio.

—Vaya —dijo Temerario, decepcionado, y volvió a apoyarse sobre las cuatro patas.

La dotación permaneció alerta pero sin saber qué hacer durante un tiempo. Los jinetes no reaparecieron.

—Es de esperar que esos jinetes conozcan el terreno y nosotros, no, capitán —observó Granby en voz baja—. Si pretenden echarnos el guante y tienen dos dedos de frente, se alejarán a la espera de que sea de noche. Se nos echarán encima en cuanto hayamos acampado y quizá resulte herido Temerario. No deberíamos dejarlos escapar...

— ... y, lo que es más —apuntó Laurence—, esos caballos no llevaban demasiada agua.

El rastro de los cascos hundidos en la arena revelaba cautela al dirigirse hacia el este y luego hacia el sur, aupándose por encima de una sucesión de dunas. Los castigaba un cálido viento de cara mientras caminaban y los camellos proferían gritos quejumbrosos y apretaban el paso sin que nadie se lo pidiera. Al llegar al siguiente altozano, y de forma inopinada, se presentaron ante sus ojos las copas de unos álamos bamboleándose al ritmo de la brisa.

Había un oasis oculto al abrigo de una hondonada en la tierra. Bien mirado, no pasaba de ser otra charca de aguas salobres, barro en su mayoría, pero los aviadores lo recibieron con entusiasmo. Los jinetes se estaban reuniendo al otro lado. Los ponis se apiñaban nerviosos y entornaron los ojos ante la cercanía de Temerario. Tharkay se hallaba entre los nómadas a lomos del camello extraviado. Trotó hacia ellos como si no fuera consciente de que algo iba mal.

—Me han dicho que os habían visto —dijo a Laurence—. Me alegra que se os haya ocurrido seguirlos.

—No me diga —espetó el aludido.

La salida le dejó inmóvil durante un instante. Miró a Laurence y frunció la comisura de los labios antes de decir:

—Seguidme.

Los soldados no soltaron las pistolas ni las espadas cuando le siguieron por la orilla sinuosa del estanque. Ascendieron por una ladera cubierta de hierba y se toparon con una gran estructura hecha de pequeños ladrillos de barro del mismo color pajizo que la hierba amarillenta de los alrededores. La edificación tenía un único arco de entrada y un ventanuco en la pared opuesta por el cual en aquel momento se filtraba un rayo de luz que creaba efectos ópticos con la oscuridad y el centelleante estanque de agua que llenaba el interior.

—Podéis ampliar la anchura de la entrada al *sardoba** para que el dragón pueda ingresar a beber, pero obrad con cuidado a fin de no derribar la techumbre —los instruyó Tharkay.

Laurence mantuvo una guardia que vigilara a los jinetes del otro lado del oasis, situando a Temerario en retaguardia, mientras daba órdenes de que el armero Pratt se pusiera a trabajar junto a los dos guardiadragones más corpulentos. Enseguida derribaron unos ladrillos de la pared de la desigual entrada con el pesado mazo y unas palancas. La agrandaron lo imprescindible para que el dragón pudiera meter el hocico para beber, cosa que hizo de buen grado y a grandes sorbos.

Sacó el morro todavía chorreando y relamió hasta la última gota con su larga y estrecha lengua bífida.

—Jopé, qué rica, y está fresquita —comentó, muy aliviado.

—La *sardoba* acumula el agua de las nieves en invierno —informó el guía—. La mayoría está en desuso, pero albergaba la esperanza de que encontráramos una aquí. Estos hombres son de Yutien. Estamos en el camino de Khotan. Llegaremos a la ciudad dentro de cuatro días. Temerario puede comer a sus anchas. Ya no hay necesidad de continuar el racionamiento.

—Gracias, pero prefiero no abandonar aún ciertas precauciones —contestó Laurence—. Haga el favor de pedir a esos hombres que nos envíen uno de sus animales a cambio de un camello. Estoy convencido de que Temerario agradecerá poder variar su dieta.

---

* *Sardoba* o *sardob* son voces uzbekas empleadas para referirse a depósitos de agua potable con techo abovedado en la antigua ruta de la seda. [N. del T.]

Uno de los ponis estaba renqueante, razón por la que el propietario estuvo dispuesto a realizar el intercambio si además se añadían cinco taeles de plata.

—Es un precio desorbitado —comentó Tharkay—. Ese pillo las va a pasar moradas para llegar con el animal a su casa.

Sin embargo, Laurence dio por bien gastado el dinero para brindarle al dragón una comida que desgarró con salvaje deleite. El vendedor contempló las monedas igualmente complacido con el cierre del negocio, aunque lo demostró con menos intensidad. Montó a caballo detrás de uno de los jinetes y fueron en pos de los cuatro o cinco compañeros que todavía permanecían en el oasis para luego echar a galopar en medio de una creciente nube de polvo. Los demás se pusieron a hervir agua para el té sobre unos fuegos de maleza lanzando continuas miradas de reojo a Temerario, que yacía amodorrado y laxo a la sombra de los álamos, roncando a veces y quedándose inmóvil en otras ocasiones. Quizá solo temieran por la integridad de sus monturas, pero Laurence comenzó a recelar que su prodigalidad hubiera hecho pensar a los jinetes que eran una presa adinerada y, por tanto, tentadora. Por ello, mantuvo a los hombres vigilantes y les dejó entrar en la *sardoba* únicamente de dos en dos.

Contempló con gran alivio cómo los yutienses levantaban el campamento y se marchaban cuando empezó a declinar la luz. El polvo en suspensión marcó su progresivo alejamiento, aunque permaneció flotando en el aire como una neblina que se recortaba contra un crepúsculo cada vez más oscuro. Laurence pudo ir al fin a la *sardoba* y se arrodilló al borde del agua para recoger el líquido con las manos y beber un agua fresca y más pura que cualquiera otra que había probado en el desierto, con un leve sabor terroso, por haber permanecido dentro de un recinto de ladrillos de arcilla. Se humedeció el rostro y la nuca con las manos mojadas y, al retirarlas, las encontró untadas de amarillo y marrón a consecuencia del polvo que se le había quedado pegado a la piel. Bebió unos cuantos tragos más, saboreando cada gota, antes de ponerse de nuevo en pie para supervisar cómo levantaban el campamento.

Los toneles de agua volvían a estar rebosantes, lo cual solo desagradaba a los camellos, y ni siquiera ellos parecían descontentos, pues no escupieron ni cocearon como solía ser su costumbre cuando los descargaban, sino que se sometieron dócilmente a los manejos propios de la manipulación de la impedimenta y las bridas, e inclinaron las cabezas con avidez hacia las tiernas hierbas que florecían alrededor de la alberca. Los hombres estaban de buen humor y los muchachos incluso jugaron un poco en el frío anochecer, utilizando ramas secas como improvisados palos y un par de calcetines enrollados como pelota. Laurence tuvo la certeza de que alguno de los pellejos que habían circulado de mano en mano contenía alguna bebida más fuerte que el agua, a pesar de que había dado órdenes de vaciar todos los recipientes para llenarlos de agua antes de adentrarse en el desierto. En todo caso, tuvieron una cena muy alegre y la cecina resultó más agradable al estar cocinada con grano y unas cebollas silvestres que crecían cerca de la *sardoba* y a las que Gong Su había declarado aptas para el consumo humano.

Tharkay tomó su ración antes de levantar su tienda levemente separada, sin hablarle a nadie más que al águila, y a esta solo en voz baja; el ave descansaba con la capucha puesta y en silencio después de haber cenado un par de ratas gordas y confiadas. El aislamiento no era una elección del todo voluntaria. El capitán no había hecho partícipes de sus sospechas a los hombres, pero su estallido de ira ante la desaparición del guía de aquella mañana valía por mil palabras; en cualquier caso, nadie se había puesto a pensar mucho en su marcha. En el peor de los casos, tal vez había pretendido dejarlos tirados intencionadamente. Estaba claro que ninguno de ellos habría sido capaz de localizar el oasis por sus propios medios, ni siquiera con el rastro fortuito de los jinetes, sin su concurso. Había otra alternativa menos execrable. Se había marchado con suficiente agua y un camello para garantizarse la posibilidad de un largo viaje en solitario en vez de haberles dejado abandonados a su suerte de forma deliberada. O quizá regresó a buscarlos después de haber encontrado el oasis. En todo caso, no podía creer que se hubiera adelantado únicamente con ánimo de explorar. ¿Sin decir ni una palabra? ¿Sin llevarse siquiera a un compañero? No lo podía descartar del todo, pero resultaba de lo más insatisfactorio.

Qué hacer con él suponía otro rompecabezas igual de complicado. No podía arreglárselas sin un guía y le resultaba igualmente difícil continuar adelante con uno en quien no confiaba, pero no se le ocurría un modo de reemplazarle. Al final, fuera cual fuere la decisión, no le quedaba otro remedio que posponerla hasta llegar a Yutien. No iba a abandonar a un hombre en el desierto, ni aunque ese hubiera sido el propósito de Tharkay hacia ellos, y menos todavía con unas pruebas tan débiles. Por eso, dejó que el guía se sentara a solas y sin ser molestado por el momento, pero cuando los hombres comenzaron a acostarse en sus yacijas, acordó por lo bajinis con Granby apostar una doble guardia junto a los camellos y dejar que los hombres pensaran que era una precaución adoptada por temor a un posible regreso de los jinetes.

Los mosquitos se pusieron a zumbar a su alrededor con tal estridencia que todos terminaron por taparse los oídos con las manos, aunque no lograron sofocar aquel runrún agudo y penetrante. Por eso supuso casi un alivio aquel primer grito repentino de un parecido tan razonable al de un hombre. Luego, los camellos bramaron y corcovearon mientras los caballos atravesaban el campamento en estampida. Los atacantes aullaron lo bastante alto para sofocar cualquier orden de Laurence y arrastraron unos rastrillos para desparramar las cenizas del fuego por el suelo.

Temerario se incorporó desde detrás de las tiendas y bramó, lo cual provocó que los camellos se debatieran con mayor ahínco para librarse de sus ataduras. Muchos ponis se desbocaron y escaparon disparados como balas hacia la noche. Laurence oyó tiros de pistolas por doquier y vio los fogonazos blancos cuyo brillo hacía daño en los ojos.

—No desperdiciéis la munición, maldita sea —aulló al tiempo que agarraba al joven Allen, pálido y aterrado, mientras salía de una tienda caminando hacia atrás mientras sostenía una pistola con mano temblorosa—. Baja el arma, si no puedes...

Laurence tomó la pistola cuando apuntaba hacia el suelo..., y al chico, que se despatarró sobre el suelo mientras le salía sangre a borbotones por un agujero de bala en la espalda.

—¡Keynes! —bramó Laurence.

Dejó al muchacho en manos del cirujano de dragones antes de tirar de espada y salir como un obús en dirección a los camellos. Se encontró a los centinelas tirados en el suelo, fracasando en su intento de levantarse. La mirada obtusa y vidriosa de sus ojos soñolientos era la de los borrachos. Había un par de petacas en el suelo, vacías a juzgar por el soniquete. Digby se había subido prácticamente a las ataduras de los animales y bailoteaba frenéticamente junto a ellos en un intento por impedir que los camellos se incorporaran. Era el único aviador sobrio a pesar de que su cuerpo larguirucho apenas pesaba lo suficiente para cumplir su cometido. El desdichado no dejaba de dar botes de un lado para otro, pues su rubia melena desgreñada había flameado de forma desaforada hasta engancharse a las riendas de los camellos.

Además, le agarraba por los pies uno de los asaltantes a quien había tirado su montura, desbocada por el pánico. Si llegaba a las ataduras de los camellos y las cortaba, los animales desatados harían la mitad del trabajo de los salteadores. Lo más probable era que en su actual estado de pánico y confusión abandonaran el campamento como alma que lleva el diablo. Sería un juego de niños para los forajidos reunirlos y alejarlos de allí a lomos de los ponis. Luego, se desvanecerían entre el quebrado perfil de las dunas circundantes.

Salyer, uno de los guardiadragones en funciones de centinela, buscaba a tientas la pistola con una mano para amartillarla y abrir fuego mientras se frotaba los ojos legañosos con la otra. Junto a él, un asaltante alzó su acero, listo para golpear. Tharkay apareció de la nada y echó mano a la pistola de Salyer para a continuación descerrajar al agresor un tiro en el pecho. Dejó caer el arma de fuego y empuñó un largo cuchillo con la otra mientras uno de los jinetes le embestía a lomos de un poni. El guía se agachó para eludir el tajo y mantuvo la sangre fría para rajarle el vientre a la cabalgadura, que se desplomó en medio de un gran golpe y un relincho casi tan estruendoso como el de su jinete, que quedó atrapado debajo. Laurence descargó su espada dos veces y silenció a ambos.

—¡Aquí, Laurence, aquí! —le llamó Temerario.

El capitán inglés se lanzó como un poseso en la noche hacia una de las tiendas donde almacenaban los víveres, y a la luz tenue de las ascuas de la fogata vio moverse sombras y varias siluetas de caballos que bufaban y se encabritaban. El dragón atacó con las garras y rajó la tela de la tienda, que se derrumbó en torno a un hombre. De repente, todos los demás jinetes huyeron despavoridos del atestado campamento. El golpeteo de los cascos sobre la arena suelta se fue debilitando a medida que el grupo se alejaba hasta acallarse del todo, dejando detrás a los mosquitos, que retomaron de nuevo su cantinela.

Los aviadores habían acabado con cinco jinetes y dos caballos en total y solo habían sufrido una baja, la del guardiadragón Macdonaugh, que jadeaba sobre un improvisado catre con un sablazo en el vientre, y un herido, el joven Allen. Harley, su compañero de tienda, había disparado durante la refriega, llevado por el pánico, a los caballos que pasaban retumbando junto a él. Estuvo llorando desconsolado en un rincón hasta que Keynes se encaró con el muchacho con sus bruscos modales.

—Hala, hala, haz el favor de dejar de soltar agua como un cántaro desportillado. Harías bien en afinar la puntería. Disparando así, no le vas a acertar a nadie —le reprendió antes de ponerle a preparar vendas para su compañero el alférez.

—Macdonaugh es un tipo fuerte —le confió el cirujano a Laurence con un hilo de voz—, pero no voy a darle falsas esperanzas, señor.

Tras un estertor entrecortado, murió unas horas antes del alba. Temerario le excavó una tumba muy profunda en la tierra reseca lejos de la *sardoba,* a la sombra de los álamos. A diferencia de la poco profunda fosa común en la que enterraron a los jinetes, la del guardiadragón era hondísima para evitar que las tormentas de arena pudieran exponer el cadáver. Los asaltantes habían conseguido muy poco a cambio de sus muertos. Unos pocos pucheros, una bolsa de grano y algunas mantas. A eso había que sumar que el ataque de Temerario había estropeado una de las tiendas.

—Dudo de que hagan otra intentona, pero haríamos bien en movernos lo más deprisa posible —aconsejó Tharkay—. Si tuvieran la ocurrencia de dar una información falsa en Khotan, quizá nos dispensaran una bienvenida muy poco grata.

Laurence no sabía qué pensar de Tharkay. Podía ser el traidor más desvergonzado de la historia o el más inconsciente, eso, o sus sospechas eran totalmente infundadas. No tenía un pelo de cobarde, pues había permanecido a su lado durante la escaramuza. Lo tenía todo a su favor cuando los animales despavoridos estaban a un lado y los atacantes en el otro. Le habría resultado muy fácil escabullirse en silencio, o incluso dejar que los bandidos siguieran su camino y robar un camello en medio del caos. Aun así, un hombre podía ser valiente cuando salían a relucir las espadas y eso no decía nada de su personalidad en otros momentos de la vida, aunque él sentía la incómoda sensación de ser un ingrato por estar dándole vueltas a aquella idea.

No iba a arriesgarse, no de forma innecesaria. Todo estaría en orden si los conducía a Yutien sanos y salvos en cuatro días, pero no tenía intención de poner a sus hombres en una tesitura tal que los condenara a morir de hambre si esa promesa resultaba no ser cierta. Por fortuna, tras haberse pegado un atracón con la carne de los dos ponis muertos, Temerario fue capaz de no probar a los dos camellos restantes durante un par de días sin sufrir por ello. Laurence voló a lomos del dragón al atardecer del tercer día y ambos pudieron atisbar en lontananza el río Keriya, una cinta rutilante a la que el sol crepuscular arrancaba destellos de color blanco plateado. El cauce discurría entre el desierto, engalanándolo con una densa franja de verde intenso.

El dragón disfrutó devorando un camello esa noche y todos bebieron hasta saciarse. Alcanzaron las tierras de labranza a la mañana siguiente.

En su aproximación a la gran ciudad del desierto encontraron vastos morerales cuyas hojas murmuraban entre sí al rozarse bajo el arrullo de la brisa y cáñamos por doquier, todos habían crecido hasta ser más altos que un hombre y estaban plantados por todas partes en hileras perfectamente trazadas para contener la arena de las dunas.

La plaza del mercado estaba dividida en secciones. Una de ellas estaba llena de alegres carretas pintadas tiradas por mulas o ponis de pelambreras espesas que eran medio de locomoción y tenderetes al mismo tiempo, muchos de ellos adornados con plumas de vivos colores que se mecían con el viento. En otra habían aprovechado las ramas de los álamos a modo de armazón para levantar toldos de algodón de colores alegres y conseguir así una suerte de fachada para las tiendas alrededor de las cuales unos pequeños dragones engalanados con joyas relucientes se aovillaban al lado de los comerciantes. Las criaturas alzaban los cuellos con curiosidad para ver pasar a Temerario, que a su vez los miraba con interés y cierto punto de codicia.

—Esos adornos no son más que vidrio y hojalata —se apresuró a decir Laurence con la esperanza de sofocar cualquier deseo por parte de Temerario de endomingarse de una guisa parecida—. No valen ni un penique.

—Vaya, pues aun así son muy bonitos —comentó el dragón muy a su pesar mientras posaba la miraba en un conjunto muy llamativo compuesto por una tiara de latón púrpura de la que caían largas sartas de cuentas hasta el cuello.

El aspecto de los transeúntes se asemejaba más al de los turcos que al de los orientales, como sucedía con los jinetes del oasis. Tenían la piel morena por efecto del sol del desierto, aunque las mujeres mahometanas iban cubiertas de la cabeza a los pies, dejando ver únicamente los pies y las manos, y las mujeres sin velo llevaban tocados cuadrangulares como los hombres, aunque magníficamente bordados con sedas de colores, y observaban a los aviadores con sus ojos oscuros redondos como platos a causa de la sorpresa, un interés al que correspondieron la mitad de los hombres. Laurence se volvió y fulminó con la mirada a Dunne y a

Hackley, los jóvenes fusileros más eufóricos, que se sobresaltaron y dejaron caer a los costados las manos que habían alzado para besar a un par de jóvenes al otro lado de la calle.

El género se depositaba en cada esquina del bazar: sacos de gruesa lona de algodón rebosantes de grano, especias poco comunes y frutos secos; rollos de sedas de múltiples colores a cual más raro cuyo diseño carecía de significado, pues no eran flores ni otra imagen; cámaras del tesoro consistentes en arcones apilados con flejes de metal tan remachado que brillaba como el oro; refulgentes jarras de cobre colgadas en clavos y otras cónicas de color blanco semienterradas en el suelo para mantener fresca el agua, y sobre todo un gran número de tenderetes de madera donde exhibían una impresionante variedad de cuchillos cuyas empuñaduras estaban primorosamente trabajadas —algunas tenían incrustaciones o estaban enjoyadas— así como largas hojas curvas habilidosamente forjadas.

Al principio, avanzaron por las calles llenos de prevención, sin apartar la vista de las zonas oscuras, pero pronto se demostró que sus temores a una posible emboscada eran infundados. Los ciudadanos se limitaban a sonreírles y hacerles señas para que se acercaran a los puestos. Incluso los dragones los llamaban para que acudieran a comprar, y algunos llegaron a entonar canciones ante las que Temerario se detenía de forma ocasional para intentar responder con las cuatro palabras del lenguaje dragontino que le había enseñado Tharkay. Se encontraban con algún comerciante de origen chino de vez en cuando; este salía del tenderete y hacía una reverencia hasta el suelo cuando pasaba Temerario en señal de respeto, lo cual atraía las miradas de perplejidad del gentío.

El guía los condujo sin vacilar un segundo hacia la zona de los dragones. Una vez allí, eludió una pequeña mezquita deliciosamente pintada y la plaza contigua, atestada de hombres y donde había incluso un puñado de dragones que se postraban sobre alfombras de suaves telas. A las afueras del mercado, en una plaza guarecida del sol por los álamos circundantes, llegaron a un cómodo pabellón lo bastante espacioso como para albergar a Temerario. El tejado de lona descansaba sobre columnas altas y finas. Con unas monedas de su menguante reserva de plata, Laurence compró una oveja para el dragón y una fuente de cordero con una guarnición de arroz pilaf salteado con cebolla, ajo y dulces pasas sultanas, con finas tostadas redondas de pan y una jugosa sandía lista para comer, ya cortada en trozos hasta la gruesa piel verde.

—Mañana podremos vender el resto de los camellos —anunció el guía después de que se hubieran llevado las escasas sobras y los hombres se hubieran acomodado por el pabellón en alfombras y cojines. Siguió alimentando al águila con los trocitos de hígado de oveja que Gong Su había desechado al preparar la cena de Temerario—. Los oasis no están demasiado lejos unos de otros desde aquí a Kashgar, por lo que bastará con llevar agua para un día.

Ninguna otra noticia habría recibido mejor acogida. Ahora que había recuperado la tranquilidad de cuerpo y espíritu, y muy aliviado por haber cruzado a salvo el desierto, Laurence se dispuso a calcular los posibles retrasos. Encontrar a otro guía requería tiempo y un vistazo a las hojas de los álamos susurrantes del claro bastaba para confirmarle hasta qué punto tenían prisa.

—Camine conmigo un momento —ordenó al guía una vez que el águila estuvo dentro de la jaula y con la capucha de dormir puesta.

No se alejaron mucho en su deambular por los callejones traseros del mercado, donde los comerciantes embalaban sus productos y cerraban los toldos a fin de mantener secos sus productos.

La calle estaba concurrida, casi atestada, pero se gozaba de gran privacidad si hablaban en inglés. Laurence se detuvo en la sombra más cercana e interpeló a Tharkay.

—Supongo que se imagina de qué deseo hablar con usted —empezó el capitán. El rostro del guía se mantuvo inalterable ante el interrogatorio.

—Cuánto lamento que no sea así, capitán, pues le pongo en la obligación de tener que explicármelo —contestó Tharkay—, pero tal vez eso sea lo mejor, pues conviene evitar los malentendidos. No tengo motivos para creer que usted vaya a tener miramientos a la hora de mostrarse franco conmigo.

El aviador hizo una pausa. La respuesta era una muestra más de aquella burla evasiva y ladina del guía. Tharkay no tenía un pelo de tonto. Debía haberse dado cuenta de que todo el grupo le había hecho el vacío durante cuatro días.

—En tal caso, usted me obliga —repuso Laurence con mayor dureza—. Nos ha traído hasta aquí satisfactoriamente y agradezco sus esfuerzos, pero me ha molestado profundamente esa espantada suya al dejarnos abandonados sin decir ni «mu» en medio del desierto.

»No deseo excusas, pues las considero inútiles cuando no sé si puedo creerlas —añadió al ver cómo Tharkay enarcaba una ceja—, pero quiero su promesa de que no va a volver a abandonar nuestro campamento sin permiso. No quiero otra desaparición inesperada.

—Bueno, lamento que no esté satisfecho —contestó el guía pensativamente después de unos instantes—, y nada más lejos de mi intención que obligarle a mantener un acuerdo que, a su juicio, es malo, y más allá de cualquier sentido de la obligación, estoy dispuesto de buen grado a que nuestros caminos se separen aquí si así le place. No tendrán problema alguno en encontrar aquí a un guía en una, dos o a lo sumo tres semanas, pero estoy seguro de que esa diferencia apenas importa para usted, ya que, sin duda, van a llegar a Inglaterra mucho antes de lo que los habría llevado la *Allegiance.*

Aquella respuesta evadía ingeniosamente la promesa exigida y obligaba a Laurence a mover pieza otra vez, pues no podían permitirse el lujo de perder tres semanas, ni siquiera una, si esa no fuera una estimación excesivamente optimista, porque, en realidad, no conocían el idioma local, cuyo sonido se parecía más al turco que al chino, ni las costumbres. Laurence ni siquiera estaba seguro de que siguieran en territorio reclamado por China o de si ya se hallaban en algún pequeño principado.

Por tanto, tuvo que tragarse la ira, las renovadas sospechas y una réplica precipitada. Se le hizo un nudo en la garganta, pero respondió forzadamente:

—No, no hay tiempo que perder. —Luego, agregó—: Como me da a mí que usted sabe muy bien.

El guía había contestado con un tono neutro e indescifrable, quizá demasiado, como si estuviera al tanto de su prisa. Laurence conservaba a buen recaudo la carta del almirante Lenton en su equipaje, pero fue entonces cuando recordó las pequeñas manchas del sello de cera roja cuando la leyó por vez primera. Tras llevar el mensaje durante tantos kilómetros, no debía haberle resultado difícil arreglárselas para abrirlo y volver a sellarlo.

Pero la velada acusación no cambió la expresión de Tharkay.

—Como gustéis —dijo con voz meliflua.

Y tras dar media vuelta, regresó al pabellón.

CAPÍTULO 4

Daba la impresión de que alguien había plegado el manto llano del desierto para hacer aquellas resecas montañas rojas, con amplios brochazos de blanco y ocre, pues no había ladera ni estribación que suavizara el acceso desde la base. Se mantenían inalcanzables con obstinación y no parecían hallarse ni una pizca más cerca después de que Temerario volara a ritmo constante todo un día, y de pronto las paredes de los cañones surgieron a ambos lados. El cielo y el desierto se desvanecieron tras ellos en el lapso de diez minutos de vuelo y súbitamente Laurence comprendió que las montañas rojas eran en realidad las estribaciones de los imponentes picos nevados que se alzaban detrás.

Acamparon en un amplio pastizal situado en lo alto de las montañas, circundado por los picos y cubierto por una capa de hierba rala de color verde mar tachonada de pequeñas flores amarillas que se alzaban como banderas en el suelo polvoriento. Las reses de cuernos negros los contemplaron con prevención mientras Tharkay negociaba con el vaquerizo su precio en el interior de una choza redonda de tejado cónico. Por la noche cayeron en silencio unos cuantos copos de nieve cuya blancura se recortó contra la oscuridad. Guardaron la nieve en un capazo de cuero para que el dragón la bebiera una vez que la hubieran fundido.

De vez en cuando oían algún débil y lejano grito de dragones ante el que Temerario reaccionaba erigiendo la gorguera, y en una ocasión vieron a un par de ejemplares salvajes volando en espiral. Jugaban a cazarse cada uno la cola del otro y estallaron en estridentes gritos de júbilo antes de desaparecer al otro lado de la montaña. Tharkay los obligó a ponerse velos delante de los ojos para protegerse del resplandor reinante. Incluso el dragón debió someterse a semejante precaución, y resultaba realmente extraño verle con la cabeza envuelta en un velo blanco de seda, como si fuera con los ojos vendados. A pesar de todas aquellas precauciones, a los pocos días se pusieron rojos como tomates y luego les salieron quemaduras de sol en la piel.

—Tras el paso, tendremos que llevar la comida con nosotros —sentenció Tharkay...

... antes de marcharse del campamento que había levantado en una vieja fortaleza de aspecto abandonado, regresando casi una hora más tarde con tres pastores locales y una pequeña piara de cerdos cebados y paticortos.

—¿Quiere decir que debemos llevarlos vivos? —gritó Granby mientras le miraba fijamente—. Gritarán hasta enronquecer y luego morirán de miedo.

Sin embargo, y para su gran asombro, los animales parecían soñolientos y extrañamente indiferentes a la presencia de Temerario, que incluso se inclinó y rozó a uno con la nariz. El gorrino se limitó a bostezar y se dejó caer sobre los cuartos traseros en la nieve. Los que venían detrás tuvieron que empujarle.

—Les he echado opio en la pitanza —admitió el guía para responder a la confusión de Laurence—. Tendremos que dejar de drogarles cuando acampemos y el dragón deberá comer después de que hayamos descansado. Entonces, sedaremos al resto.

El capitán se mostró muy receloso ante esta perspectiva y estuvo poco proclive a confiar en la convicción tan despreocupada del guía, por lo cual estuvo ojo avizor después de que Temerario devorase al primer cerdo, que acudió a su muerte totalmente sobrio y soltando patadas todo el trayecto. El dragón no se puso a volar en círculos de forma enloquecida, aunque se quedó dormido más pronto de lo habitual y roncó lo bastante fuerte como para ponerle nervioso.

El paso de Irkeshtam alcanzaba tal altura que las nubes, y la tierra misma, quedaron por debajo, sin otra compañía que la de los picos montañosos. Temerario resollaba para recobrar el aliento de vez en cuando y debía posarse cada cierto tiempo donde el terreno lo permitía, dejando marcada la silueta de su cuerpo en la nieve cuando echaba a volar otra vez. Tuvieron la extraña sensación de estar siendo vigilados a lo largo de todo el día y el dragón no dejó de mirar en derredor mientras estaba en el aire, donde permanecía inmóvil, profiriendo un sordo ruido de intranquilidad.

Tras haber franqueado el paso, eligieron para pernoctar un pequeño valle al abrigo del viento situado entre dos grandes picos de cumbres peladas y sin nieve. Fijaron las tiendas al pie de la pared del despeñadero y encerraron a los cerdos en un aprisco de estacas y cordeles, donde los dejaron campar a sus anchas. Temerario patrulló por su lado del valle varias veces y luego se acomodó, pero sin dejar de mover la cola con inquietud. Laurence acudió a su lado y se sentó junto a él para tomar el té.

—No es que haya oído algo —dijo el dragón con aire vacilante—, sino que tengo la sensación de que debería haberlo escuchado.

—Aquí estamos en una buena posición, y al menos no pueden atacarnos por sorpresa —repuso Laurence—. Que eso no te quite el sueño, vamos a apostar centinelas.

—Estamos en lo más alto de la montaña —intervino el guía de improviso, lo cual sobresaltó a Laurence, que no le había oído acercarse—. Quizá solo esté notando el cambio de altura y le cueste inspirar, pues el aire es menos denso.

—¿Por eso resulta tan difícil respirar? —quiso saber Temerario al tiempo que se sentaba sobre los cuartos traseros.

Entonces, los cerdos comenzaron a chillar cuando pasó volando muy cerca de allí una docena de dragones de lo más variopintos tanto en colores como en tamaño. La mayoría de ellos se aferró hábilmente a la pared del risco y agacharon sus rostros inteligentes y de líneas elegantes para mirar hacia las tiendas. Parecían tener apetito. Los tres de mayor tamaño se dejaron caer hasta situarse entre Temerario y el improvisado redil con actitud desafiante.

Ninguno de ellos era demasiado grande. El cabecilla, una criatura de color gris pálido con marcas marrones y una única salpicadura carmesí que le cruzaba el rostro por la mitad hasta llegar al cuello, medía menos que un Tánator Amarillo. Tenía una miríada de cuernos pequeños, como púas, alrededor de la cabeza. Enseñó los dientes y siseó. Las cornaduras relucieron. Sus dos secuaces eran un poco más grandes. El primero era una colección de diferentes gamas de azul brillante y el otro de grises oscuros. Los tres tenían el cuerpo plagado de cicatrices y marcas de dientes y garras, testimonio de numerosos enfrentamientos.

Temerario pesaba mucho más que los tres adversarios juntos con diferencia. Permaneció sentado, pero se irguió y desplegó por completo la gorguera, que parecía un volante alrededor de su cuello, al tiempo que profería un pequeño bramido a modo de aviso. Los dragones asilvestrados estaban tan aislados del mundo que difícilmente podían saber que los Celestiales eran la raza de grandes dragones a la que más debían temer por su fortaleza y su tamaño, y sobre todo por el extraño don del viento divino, la más peligrosa de sus armas, capaz de despedazar roca, madera y hueso de un modo imperceptible. Temerario no empleó el viento divino contra ese trío de rivales, pero su bramido se quedó al límite, y eso bastó para que a Laurence le resonaran todos los huesos y los adversarios echaran a temblar. El cacique del lamparón rojo pegó los cuernecillos al cuerpo y luego los tres echaron a volar como una bandada de pajarillos asustados, y no se detuvieron hasta salir del valle.

—Jopé, pero si todavía no he hecho nada —dijo Temerario, sorprendido y desencantado.

Los ecos de su bramido todavía retumbaban en lo alto de las montañas, acumulándose uno sobre otro en un retumbo continuo, similar al del trueno, y se amplificaron hasta sonar casi con más fuerza que el berrido inicial. La cara blanca del pico se removió y crujió con suavidad ante aquel estruendo antes de dejar caer mansamente de su puño de roca toda una capa de hielo y de nieve. Por un momento, dio la sensación de que iba a mantener su forma, pues se movió despacio y con gracia señorial, pero luego se resquebrajó de modo que toda la superficie pareció la de una telaraña antes de venirse abajo en medio de una polvareda rugiente que se desplomó precipitadamente por la ladera en dirección al campamento.

Laurence se sintió como el capitán de un barco que está en las últimas cuando vio la ola de nieve en ciernes y tuvo perfecta conciencia del desastre y de su impotencia para evitarlo. No había tiempo para hacer otra cosa, salvo mirar. El alud cobró tal rapidez que arrastró en su camino a un par de infortunados dragones salvajes a pesar de sus denodados intentos de echar a volar de inmediato.

—¡Apartaos, apartaos de la pared! —bramó Tharkay a los hombres que merodeaban alrededor de las tiendas, justo en medio de la trayectoria de la avalancha.

No obstante, ninguno le oyó a pesar de que se desgañitó debido a que la enorme oleada barrió el campamento. La masa bullente pasó en medio de un gran estruendo y siguió su camino por el suelo del valle.

Primero llegó un golpe de aire frío tan intenso que casi era físico. El capitán de los aviadores se vio lanzado de espaldas contra el corpachón de Temerario. Se estiró para sujetar por el brazo a Tharkay, que regresaba penosamente, y luego la nube de polvo de nieve cayó dispuesta a llevarse todo por delante. Laurence abrió la boca en busca de un aire que no existía. Copos de nieve y esquirlas de hielo le arañaron el rostro y la presión del pecho apenas le permitía respirar. Además, el alud le tiró de los brazos desplegados con semejante fuerza que le dolían los hombros.

Y de pronto todo terminó tan repentinamente como había empezado, y la opresión terrible desapareció. Permanecía sujeto en una capa de nieve que le cubría hasta las rodillas e iba adelgazando a medida que subía hasta llegar a la costra de hielo del rostro y los hombros. Realizó unos movimientos apremiantes para liberar los brazos y se sacudió el hielo de la boca y las fosas nasales con las manos torpes de puro entumecimiento.

Los pulmones le ardieron hasta que fue capaz de llenarlos con unas primeras bocanadas realmente dolorosas. Junto al aviador, el Celestial parecía más blanco que negro, como una hoja de vidrio sobre la que se ha acumulado la escarcha, y lanzaba escupitajos al mismo tiempo que se sacudía.

Tharkay se las había arreglado para darse la vuelta y recibir de espaldas el golpe de la nube, y estaba en mejor situación, pues ya había logrado sacar los pies fuera de la nieve.

—Deprisa, deprisa —gritó con voz ronca—, no hay momento que perder.

Comenzó a debatirse para acercarse a las tiendas, o mejor dicho, adonde habían estado, ya que en ese momento había encima una pila de nieve acumulada superior a los tres metros.

Laurence se liberó y corrió detrás de él, pero hizo un alto cuando vio asomar debajo de los restos del alud a un guardiadragón con el pelo de un amarillo pajizo. Tiró de él para liberar a Martin, pero aunque la tromba no había sido intensa, le había derribado de bruces y ahora estaba profundamente enterrado bajo la nieve. Los dos hombres forcejearon al unísono para liberar a Martin de los heleros que, por fortuna, eran de nieve en polvo recién caída, sin hielo ni roca, aunque de todos modos terriblemente pesada.

Temerario los siguió detrás con ansiedad y levantó grandes montones de nieve en su avance hacia ellos, aunque puso un especial cuidado a la hora de pisar con las garras. Pronto pusieron al descubierto a uno de los dragones salvajes, que forcejeaba como un poseso para liberarse, una criatura blanquiazul de tamaño no muy superior al de un Abadejo Gris. Temerario le atrapó por el pescuezo y tiró de él hasta liberarle, y luego le zarandeó para sacudirle la nieve. Debajo de su cuerpo encontraron una de las tiendas medio aplastadas y un puñado de hombres respirando entrecortadamente y llenos de contusiones.

La dragona intentó echar a volar en cuanto Temerario la depositó en el suelo, ante lo cual el Celestial se vio obligado a aferrarla de nuevo y sisear unas cuantas palabras entrecortadas en el idioma de los dragones llenas de verdadera ira. Ella se sobresaltó y debió contestar algo, a lo cual Temerario respondió con un nuevo siseo que pareció avergonzarla, pues empezó a ayudarles a excavar. Sus garras delicadas eran más adecuadas para la tarea de rescatar a los hombres. Localizaron al otro dragón, ligeramente más corpulento que su compañera, en el fondo mismo del montón de nieve y en mucho peor estado. Un ala le colgaba rota y torcida. Profería unos quejidos apagados de dolor, y cuando le liberaron, se limitó a permanecer agachado, tembloroso y aovillado en el suelo.

—Uf, pues lo tuyo va a ir para largo —anunció Keynes cuando, después de desenterrarle, lo condujeron hasta la tienda enfermería del cirujano, que estaba a la espera, mientras el aterrado Allen ocultaba el rostro debajo del catre—. Venga, zagal, que por una vez vas a servir de algo... —le dijo antes de cargarle de vendas y cuchillos.

Luego, le arrastró junto a la pobre criatura malherida, que les bufó, llena de recelo, hasta que Temerario volvió la cabeza y chasqueó las mandíbulas. Entonces, acobardado, se encogió y dejó obrar a Keynes a sus anchas, limitándose a gimotear un poco cuando le recolocó los huesos rotos.

Encontraron a Granby sepultado bocabajo en el alud, inconsciente y con los labios amoratados. Laurence y Martin le sacaron y le llevaron con cuidado a terreno despejado, donde le tendieron junto a los fusileros Dunne, Hackley y el teniente Riggs, que se habían quedado junto a la falda de la montaña, y le abrigaron con los pliegues de una de las tiendas que habían logrado rescatar. Emily Roland se las arregló para salir por su propia cuenta; prácticamente había estado nadando entre la escarcha ahora que Temerario había retirado buena parte de las capas superiores. La muchacha pidió ayuda a gritos hasta que acudieron a rescatarles a ella y a Dyer, que estaban tomados de las manos.

—Creo que ya no falta nadie, ¿no, señor Ferris? —preguntó Laurence cerca de media hora después. Se frotó los ojos con los dedos y al retirarlos, estaban manchados de sangre, pues la nieve le había despellejado los párpados.

—Así es, señor —contestó Ferris en voz baja.

Acababan de sacar el teniente Baylesworth, el último desaparecido, que había muerto con el cuello roto.

Laurence asintió con rigidez.

—Debemos preparar algún tipo de refugio donde poner a los heridos a cubierto —observó.

Luego, miró a su alrededor en busca del guía, a quien vio cerca de él, con la cabeza gacha, mientras sostenía en las manos el cuerpecito inmóvil del águila.

Temerario vigiló de cerca a los dragones salvajes mientras los conducían a una fría cueva incrustada en la pared del risco. El pasaje se iba calentando a medida que se adentraban en él hasta que de forma inopinada se ensanchó y dio paso a una gran caverna en cuyo centro había un estanque de humeante agua sulfúrea en el que desembocaba una canaladura toscamente escarbada por la cual corría libremente la nieve derretida. Varios dragones se habían colocado alrededor de la laguna para descabezar un sueño. El cabecilla de la mancha colorada se había aovillado en lo alto de un montículo liso.

Todos ellos se sobresaltaron y sisearon en voz baja cuando Temerario se agachó para entrar en la caverna con el dragón herido a la espalda y seguido por los dos compañeros de este. La dragona pequeña canturreó unas palabras tranquilizadoras y, tras un breve instante, varios dragones se adelantaron para ayudar a bajar al compañero lesionado.

Tharkay se adelantó a fin de dirigirse a ellos en el idioma dragontino; silbó y puso las manos delante de la boca a modo de bocina para remedar sus giros, para luego indicar el exterior del pasaje.

—Pero esos cerdos son míos —estalló Temerario, indignado.

—A estas alturas, están todos muertos y van a pudrirse —repuso Tharkay, que miró al dragón con gesto de sorpresa—. Además, son demasiados para que puedas comértelos tú solo.

—No veo qué tiene que ver eso —replicó Temerario mientras volvía a desplegar la gorguera y miraba con aire belicoso a los restantes dragones, en especial al de la salpicadura roja.

Ellos a su vez se removieron incómodos y desplegaron en parte las alas antes de volverlas a doblar sin dejar de mirar al Celestial de soslayo.

—Mira un momento qué estado tan lamentable tienen todos —murmuró Laurence mientras ponía una mano en la pata de Temerario—. Apostaría a que están muertos de hambre. Nadie intenta desposeerte de lo tuyo, pero sería una gran grosería que tú los expulsaras de su hogar para que nosotros encontráramos refugio cuando podemos apelar a su hospitalidad, y entonces, lo correcto es compartir con ellos nuestras posesiones.

—Vaya —dijo Temerario mientras alisaba la gorguera. Los dragones silvestres tenían rostros angulosos y luminosos ojos vigilantes y, a juzgar por su aspecto, ya que eran poco más que huesos y pellejo, tenían hambre. La mayoría de ellos mostraban signos de heridas o de antiguas enfermedades—. Bueno, no me gustaría ser descortés, ni siquiera cuando ellos quisieron empezar primero la pelea —añadió al fin.

Él mismo los guio. Los dragones reaccionaron con expresiones de sorpresa primero, y luego con una desconfianza expectante. Después, el de la salpicadura roja profirió una corta llamada y condujo a un puñado de ellos en medio de una gran algarabía.

Regresaron enseguida con los cuerpos de los cerdos y contemplaron sin perder detalle cómo Gong Su comenzaba a despedazarlos. Tharkay se las arregló para acordar una salida en busca de madera y dos dragoncillos se marcharon volando para regresar al rato arrastrando unos cuantos pinos muertos, grises y gastados. Los ofrecieron con ademán inquisitivo. Poco después, el cocinero había encendido un fuego chispeante del que salía un hilo de humo que se evacuaba por una grieta abierta en lo alto de la caverna. Los cerdos desprendían un aroma apetitoso mientras se asaban.

—¿Hay costillas magras para cenar? —preguntó Granby con voz vacilante al tiempo que se estiraba. Laurence contempló aliviado cómo se levantaba para beber té, aunque le temblaron tanto las manos que necesitó ayuda para sostener la taza, por lo que le sentaron tan cerca del fuego como fue posible.

Casi toda la dotación tosía o estornudaba, en especial los jóvenes.

—Más valdrá que se metan todos en el agua —indicó Keynes—. Nuestra principal preocupación es que mantengan caliente el pecho.

Laurence se mostró de acuerdo sin pensarlo dos veces hasta que poco después se quedó consternado al ver a Emily bañándose con el resto de los jóvenes oficiales, sin malicia ni ropa.

—No debes bañarte con los otros —se apresuró a indicarle Laurence mientras la obligaba a salir y la cubría con una manta.

—¿Ah, no? —saltó ella mientras alzaba los ojos y le miraba, empapada y confusa.

—Ay, Jesús —dijo el aviador para sus adentros—. No —contestó con firmeza—, no es apropiado. Ya empiezas a ser una señorita.

—Pues vaya —replicó, quitándole importancia con un ademán—. Eso ya me lo ha contado mi madre, pero todavía no tengo la regla, y de todos modos, tampoco me iría a la cama con ninguno de ellos.

El aviador se sintió totalmente derrotado y le asignó el primer encargo que se le pasó por la cabeza para mantenerla ocupada mientras él se escabullía al lado de Temerario.

Gong Su había guisado las vísceras, los menudillos y los codillos mientras los cerdos se doraban una vuelta en el fuego, añadiendo con buen tino algunos de los ingredientes que los dragones silvestres le habían ofrecido, incluyendo sus propias frutas, aunque no todas valían, pues algunas estaban verdes y a otras les había salido raíces, y también una fanega de nabos en un saco roto, otra que ellos habían encontrado y otra de grano que, evidentemente, ellos habían localizado y recogido, pero sin considerarlos comestibles.

Temerario había trabado una conversación cada vez más fluida con el cabecilla de la mancha roja.

—Se llama Arkady —informó a Laurence, quien saludó con una inclinación de cabeza—. Me está explicando lo mucho que lamenta habernos molestado.

Arkady inclinó la cabeza con garbo para luego embarcarse en un discurso de bienvenida, aunque no parecía en nada arrepentido. El aviador no dudaba de que fueran a lanzarse contra los siguientes viajeros con la mejor de las voluntades.

—Me dice que únicamente cobran un peaje —explicó Temerario algo dubitativo después de un poco de discusión—, y que a nadie le importa pagarlo, aunque, por supuesto, no van a exigirlo en nuestro caso como una deferencia a mi persona. —Arkady añadió algo más con un tono ligeramente agraviado—. Aunque la última de mi clase no tuvo inconveniente en entregarles un par de hermosas vacas para que la dejaran cruzar el paso a ella y a sus sirvientes.

—¿De tu clase? —repitió Laurence con los ojos en blanco.

¡Solo había ocho dragones como Temerario en todo el mundo, y todos estaban a ocho mil kilómetros de allí, en Pekín! Y él era único incluso en una característica tan variada como el color, pues tenía un lustroso pelaje negro, a excepción de las motas opalinas en los extremos de las alas, mientras que la mayoría de los dragones tenían motas de múltiples colores, como era el caso de los silvestres.

Temerario hizo algunas indagaciones adicionales.

—Asegura que ella se parecía a mí, salvo que era albina y tenía los ojos rojos —dijo el Celestial mientras se le erizaba la gorguera. Los ollares le refulgieron de cólera. Arkady retrocedió con cierta prevención.

—¿Cuántos hombres la acompañaban? —inquirió Laurence—. ¿Quiénes eran? ¿Vieron qué ruta tomaban tras cruzar el paso?

Las preguntas y la zozobra se agolparon de forma atropellada, pues la descripción dejaba lugar a pocas dudas sobre la identidad de ese dragón. No podía ser otra que Lien, cuyo pelaje era totalmente blanco por un defecto de nacimiento. Estaba seguro de que albergaba un amargo resquemor en lo más hondo de su corazón y solo podían esconderse las peores intenciones tras su sorprendente elección de dejar China.

—Otros dragones viajaban con ella para llevar hombres —explicó Temerario.

Arkady hizo acudir a la pequeña dragona blanquiazul que respondía al nombre de Gherni, un apelativo que encajaba bien con el dialecto turco hablado en aquellas latitudes y el lenguaje dragontino. Ella había oficiado de intérprete con la bandada de dragones y podía informarles más a fondo.

Las noticias eran tan malas como cabía esperar. Lien viajaba en compañía de un francés que, a juzgar por la descripción, tenía muchas posibilidades de ser el embajador De Guignes, y gracias al relato de Gherni supieron que la dragona blanca ya dominaba el francés dada la fluidez de su conversación con el diplomático galo. Ella estaba convencida de que Lien se dirigía a Francia. Y solo había un motivo por el que podía haber encarado semejante viaje.

—Lien no dejará que la usen de veras en el campo de batalla —comentó Granby a modo de consolación en el precipitado debate posterior—. No pueden lanzarla contra las líneas enemigas sin una tripulación ni un capitán, y ella jamás permitirá que le pongan un arnés después de la que lio por ponerle uno a Temerario.

—Al menos, podrán cruzarla —comentó Laurence en tono grave—, pero estoy convencido de que Bonaparte va a encontrar el modo de que ella le resulte útil. Ya visteis lo que hizo Temerario durante nuestro viaje a Madeira, le bastó una pasada para hundir una fragata de cuarenta y ocho cañones y no sé si no funcionaría para una nave de primera clase.

Las naves de la Armada seguían siendo el muro de contención más seguro de Inglaterra, y las embarcaciones mercantes, todavía más frágiles, el alma del país. La sola presencia de Lien amenazaba el equilibrio de poder en el Canal de la Mancha.

—No temo a Lien ni lamento lo más mínimo la muerte de Yongxing —afirmó Temerario, todavía irascible—. Él no tenía derecho alguno a intentar matarte ni ella a permitir el atentado. Que no le hubiera vuelto a servir si no le había gustado.

Laurence meneó la cabeza. Tales consideraciones no podían aplicarse a Lien, que había sido una paria entre los chinos a causa de su extraña coloración espectral y todo su mundo había estado ligado a Yongxing, más aún de lo habitual entre la mayoría de los dragones y sus compañeros. Él siempre estuvo seguro de que Lien jamás iba a perdonar lo ocurrido, pero jamás se le pasó por la imaginación que eligiera Occidente como el lugar de su exilio después del desprecio y el desdén que había demostrado. Si la dragona había llegado tan lejos movida por el odio y el afán de venganza, estaban apañados.

CAPÍTULO 5

—Cualquier demora en este momento sería una debacle —sentenció Laurence.

Por eso, Tharkay bosquejó el último tramo del viaje sobre el suave suelo de la caverna usando una roca blanca a modo de tiza. El trayecto discurría entre las ciudades persas de Ispahán y Teherán, lejos de la dorada Samarcanda y la antigua Bagdad, pues evitaba las grandes urbes. El camino serpenteante los conducía a través de los páramos y bordeaba los extremos de los desiertos.

—Tendremos que dedicar más tiempo a la caza —le avisó el guía.

Sin embargo, aquel era un coste pequeño en comparación. Laurence no quería arriesgarse a la hostilidad ni a la hospitalidad de los sátrapas persas, pues cualquiera de las dos los retrasaría. No era muy educado cruzar sin permiso un país extranjero a campo traviesa para pasar inadvertido, e iba a resultar de lo más embarazoso si los pillaban, pero él confiaba en la cautela de sus hombres y en la velocidad de Temerario para evitar que sucediera.

Laurence había planeado pasar allí otro día a fin de que los hombres se recuperaran de las heridas causadas por la avalancha, una opción que quedaba descartada ahora que se habían enterado del viaje de Lien a Francia, donde ella sola era capaz de causar estragos en el Canal de la Mancha o caer sobre la flota del Mediterráneo. La Armada y la marina mercante serían muy vulnerables al no esperar algo semejante. Su aparición misma no supondría ningún aviso, dado que los libros dragontinos disponibles a bordo de los barcos no contenían referencia alguna al color blanco que pudiera alertar a los capitanes ni a los tragafuegos. Lien tenía muchos más años que Temerario, y aunque nunca se había entrenado para la batalla, no carecía de gracia y habilidad, y lo más probable era que sí estuviera versada en el uso del viento divino. Temblaba solo de pensar en la perspectiva de que Bonaparte dispusiera de un arma tan letal y la dirigiera contra el corazón de Inglaterra.

—Saldremos por la mañana —ordenó.

Encontró un auditorio de dragones contrariados cuando levantó la vista del suelo. Los dragones se habían congregado con curiosidad mientras Tharkay dibujaba el mapa y luego habían solicitado explicaciones adicionales a Temerario. Ahora echaban chispas de indignación al descubrir que su cordillera montañosa era más pequeña incluso que las dispersas marcas sombreadas que dividían los vastos territorios de China, Persia y el Imperio Otomano.

—Solo les estaba explicando que hemos recorrido todo el camino de Inglaterra a China —informó Temerario a Laurence con aire de suficiencia—, y también que hemos circunvalado África. Ninguno de ellos ha salido mucho de las montañas.

El Celestial hizo unos cuantos comentarios adicionales con un tonillo de no poca condescendencia. Tenía algunas experiencias de las que alardear tras haber viajado por medio mundo y disfrutado de las espléndidas fiestas de la corte imperial de China, y eso por no mencionar algunas de sus gestas de más mérito. Además, su peto enjoyado y las fundas doradas de sus garras provocaban no poca envidia en los dragones silvestres, que no llevaban adorno alguno, y el propio Laurence descubrió que aquellas pupilas rasgadas le miraban fijamente, evaluándole, mientras Temerario terminaba de decirles Dios sabía qué.

No le disgustaba que Temerario pudiera ver con sus propios ojos a los de su especie en su estado natural, sin el influjo civilizador del hombre, pues los dragones asilvestrados ofrecían un fuerte contraste con el alto estatus de los dragones chinos y, por comparación, no dejaban tan mal parado al grupo de ejemplares ingleses. Le congratulaba que Temerario notara su propia superioridad de forma instintiva, aunque temía que ese conocimiento desembocara en una envidia activa y, quizá, en una actitud beligerante por parte de los dragones.

Cuanto más hablaba Temerario, más mascullaban los dragones y miraban de reojo a Arkady, su propio cabecilla, con un punto de ironía. Este tomó conciencia de que empezaba perder la consideración de los suyos y comenzaron a erizársele las cerdas y el collar de púas del cuello.

—Temerario —le llamó el aviador para interrumpirle, aunque no sabía qué decirle.

Pero cuando el Celestial se volvió a mirar a Laurence con una muda pregunta en los ojos, Arkady aprovechó la ocasión para llenar el hueco y efectuar un anuncio en tonos grandilocuentes que levantó un rápido murmullo de entusiasmo entre los demás silvestres.

—Caramba —dijo Temerario mientras movía la cola de forma dubitativa y estudiaba con la mirada al dragón de la mancha roja.

—¿Qué ocurre? —preguntó Laurence, alarmado.

—Ha anunciado que va a venir con nosotros a Estambul para reunirse con el sultán —le explicó el Celestial.

Aquel plan amistoso resultaba bastante menos violento que el desafío tan temido por Laurence, pero era también casi tan inconveniente, y discutir sirvió de poco, ya que no fue posible disuadir a Arkady y muchos de sus compañeros insistieron en acompañarles. Tharkay abandonó todo esfuerzo después de un breve intervalo y se alejó con un encogimiento de hombros.

—Más vale que nos resignemos. No es mucho lo que podemos hacer para evitar que nos sigan, a menos que tenga intención de atacarlos, señor.

A la mañana siguiente los acompañaron casi todos los dragones, salvo unos pocos demasiado indolentes o indiferentes para molestarse y el dragoncito al que habían rescatado de la avalancha, incapaz de seguirlos con el ala rota. Se quedó mirándolos desde la boca de la cueva y profiriendo grititos de desventura mientras se alejaban. Los nuevos viajeros resultaron ser una compañía difícil, ruidosa y nerviosa. Tan pronto estallaba una riña en pleno vuelo como dos o tres empezaban a dar volteretas buscando el uno la cola del otro en una frenética algarabía de garras y siseos hasta que Arkady o alguno de los dos dragones de mayor tamaño, sus lugartenientes, se les echaban encima y los separaban a golpes, reprochándoles a grito pelado que no resolvieran sus asuntos en privado.

—Jamás pasaremos inadvertidos por la campiña si nos sigue semejante circo —dijo Laurence, exasperado, después de que estallara el tercer incidente y los ecos todavía resonaran en las montañas.

—Lo más probable es que se cansen en cuestión de unos días y regresen —aventuró Granby—. Jamás he oído que los dragones salvajes busquen la compañía del hombre como no sea para robar comida, y me atrevería a decir que se van a acobardar bastante más en cuanto abandonemos su territorio.

Y en efecto, empezaron a ponerse nerviosos al final de la tarde, cuando las montañas disminuyeron hasta dar paso a las colinas y la suave ondulación del horizonte se despejó bajo la bóveda celeste hasta convertirse en una vasta anchura de un verde apagado, un paisaje muy diferente al que estaban habituados.

Se apiñaron en un extremo del campamento para cuchichear y agitar las alas con inquietud, y muy pocos fueron útiles a la hora de cazar. Las luces de un villorrio próximo compuesto por media docena escasa de alquerías fueron visibles al hacerse de noche, y a la mañana siguiente eran varios los dragones silvestres que estaban de acuerdo en que aquello debía de ser Estambul y que no era ni por aproximación tan bonita como ellos creían, por lo que estaban más que dispuestos a volver a casa.

—Pero qué va a ser eso Estambul —saltó Temerario con indignación, que solo se aplacó ante un rápido gesto de Laurence.

Y así, para su inmenso alivio, se libraron de la mayor parte del grupo. Únicamente se quedaron los más jóvenes y los más aventureros, entre los cuales destacaba la pequeña Gherni, que gozaba de cierta experiencia en aquel paisaje tan extraño al haber eclosionado en las tierras bajas y se hallaba muy complacida con esa recién descubierta notoriedad entre los suyos. Manifestaba en voz alta que no tenía miedo alguno y se mofaba de quienes daban media vuelta. Dos de la bandada decidieron continuar el viaje al oír sus pullas, y eran los más pendencieros y bravucones de todos.

Arkady no estaba dispuesto a regresar mientras hubiera un solo dragón decidido a seguir. Temerario había contado excesivas historias, todas demasiado vívidas, sobre tesoros, festines y batallas dramáticas, por lo que ahora el cabecilla de los montaraces temía que uno de sus antiguos súbditos regresara un día futuro cubierto de gloria real o inventada y desafiara su posición, una posición basada más en una suerte de mixtura de carisma y perspicacia que en la fuerza bruta pura, un ámbito en que le aventajaban sus dos lugartenientes, todo lo cual hacía que la posición de Arkady fuera de lo más precaria.

Pero aquella bravata que había soltado para ocultar su ansiedad no le tenía precisamente entusiasmado. Laurence albergaba la esperanza de que el líder de la manada pudiera convencer pronto a los demás para que se fueran, y hasta donde él había logrado averiguar, Molnár y Wringe, sus lugartenientes, estaban más que dispuestos a quedarse atrás, incluso sin él. Y el segundo, la dragona de color gris oscuro, había llegado a sugerírselo a su jefe, con lo cual solo había conseguido provocar un arrebato de cólera por parte de Arkady, que la golpeó con fuerza en la cabeza al tiempo que soltaba una arenga que no necesitaba traducción alguna.

—No son muy audaces —admitió Temerario, decepcionado, mientras se acomodaba junto a Laurence—. No hacen más que preguntarme todo el rato sobre la comida y cuánto va a tardar en darles un festín el sultán, y qué les va a servir, y cuándo van a volver a casa. Es lo único que les interesa a pesar de que tienen toda la libertad del mundo y podrían ir adonde quisieran.

—Cuando aprieta el apetito, amigo mío, es difícil que tu ambición vaya mucho más allá del estómago —repuso Laurence—. Además, la libertad de la que ellos gozan no es para tanto. Nadie aspira a ser libre para morirse de hambre o que le maten. —El aviador aprovechó la ocasión para añadir una reflexión—. Tanto hombres como dragones tienen el buen juicio de sacrificar ciertas libertades personales en aras del bien general, lo cual permite que mejore tanto su condición como la de su especie.

Temerario suspiró y no discutió, pero apartó con el hocico un resto de cena, descontento, al menos hasta que Molnár se percató de ello e hizo un gesto cauto de tomar para sí la comida medio abandonada. Eso hizo reaccionar al Celestial, que le espantó con un gruñido y devoró los restos, engulléndolos de tres bocados.

Al día siguiente hizo un tiempo magnífico y el vasto cielo estuvo despejado, lo cual ejerció un excelente efecto descorazonador sobre sus compañeros de viaje. Laurence estaba seguro de que al día siguiente los últimos de todos iban a dar media vuelta y regresar a sus hogares, pero después del escaso éxito que los acompañó en la caza, se vio obligado a enviar a Tharkay con algunos hombres a probar suerte en alguna de las granjas y a comprar algunas reses que compensaran la diferencia entre lo obtenido y sus necesidades.

Los dragones silvestres abrieron unos ojos como platos cuando vieron a las vacas de piel castaña mugiendo penosamente de pánico mientras las arrastraban al campamento, y no se lo creían cuando les dieron cuatro para que se las repartieran entre ellos, atiborrándose hasta alcanzar el éxtasis. Después, los más pequeños se tumbaron de espaldas con las alas torpemente desplegadas y las extremidades sobre el vientre, y con una expresión beatífica en el rostro, e incluso Arkady, que se había zampado él solo casi una vaca entera, se despatarró con las extremidades flácidas a un lado. Laurence se descorazonó al darse cuenta de que ninguno de ellos había probado la carne de ternera, y menos aún de una res de granja, carnosa y de sabor suave. Habían disfrutado de una comida opípara incluso para los parámetros de una buena familia inglesa, pero había sido ambrosía pura para aquellas criaturas salvajes, acostumbradas a sobrevivir comiendo cabras de carnes magras, argalíes* y algún que otro cerdo robado.

Temerario zanjó el asunto cuando dijo:

* Argalí o argal es un carnero asiático. [N. del T.]

—No, estoy seguro de que el sultán nos agasajará con algo más suculento.

Después de eso, Estambul adquirió el fulgor rosáceo del paraíso a ojos de los dragones y ya no hubo esperanza de librarse de ellos.

—Bueno, haríamos bien en continuar viaje durante la noche en tanto sea posible —dijo Laurence, aceptando la derrota a regañadientes—. Confío al menos en que cualquier paseante normal que nos vea imagine que formamos parte de la fuerza aérea de su país, en lugar de la cabalgata de feria que somos en realidad.

Los dragones salvajes resultaron de cierta utilidad una vez superados sus miedos y así, por ejemplo, Hertaz, un ejemplar pequeño de pelaje gris castaño con rayas de color azafrán verdoso, se reveló como el mejor cazador de la bandada en aquellos herbazales amarilleados por el verano. Se tumbaba entre las altas hierbas y permanecía oculto en la dirección del viento mientras los demás compañeros provocaban con sus bramidos la estampida de los animales que habitaban en las colinas y en las forestas. Las desventuradas criaturas huían a la carrera hasta casi ponerse en su camino, por lo que él era capaz de cobrar media docena de presas en cada ataque.

Además, los dragones silvestres eran muy precavidos y detectaban enseguida el olor del hombre, algo que el Celestial no hacía por estar muy acostumbrado a la presencia humana. Fue el aviso de Arkady el que les permitió evitar un encuentro con un escuadrón de caballería persa. Todos los dragones consiguieron a duras penas ocultarse detrás de las lomas cuando la tropa avanzó al trote por el camino y, tras coronar una cima, apareció a la vista. Laurence yació tumbado durante un largo rato mientras escuchaba el flamear de los estandartes y el cascabeleo de las bridas. El destacamento se fue alejando poco a poco hasta que el sonido quedó mitigado por la distancia. Para entonces, estaba a punto de anochecer y podían salir al descubierto otra vez.

El cabecilla estaba eufórico y estuvo pavoneándose después de eso. Aprovechó el momento de la cena de Temerario para recuperar su posición en la bandada y obsequió a su tropa una representación larga y enrevesada, en parte narración y en parte danza, en la que los otros dragones metían baza de vez en cuando para efectuar sus propias contribuciones. Laurence la tomó en un primer momento como una recreación de sus logros como cazador o alguna otra actividad igualmente salvaje.

Temerario se puso a escuchar con vivo interés cuando hubo dado buena cuenta de su segundo carnero y enseguida empezó a efectuar sus propios comentarios.

—¿De qué está hablando? —le preguntó Laurence, sorprendido de que el Celestial hubiera añadido algo a la historia.

—Es fascinante —dijo Temerario, volviéndose hacia el aviador con entusiasmo—. La historia trata de un grupo de dragones que encontró en una caverna un enorme tesoro oculto propiedad de otro ya muerto y estallaron disputas sobre el modo de dividirlo. Tuvo lugar un sinnúmero de duelos entre los dos más fuertes de la bandada dada la igualdad existente entre ambos, aunque, en realidad, no querían pelearse, sino llegar a un acuerdo, pero sin que ninguno de los dos conociera las intenciones del otro, y entretanto, uno de los ejemplares pequeños, que era muy espabilado, estuvo haciendo trampas a los demás para conseguir partes del tesoro, y se las iba llevando poco a poco. También había una pareja que debatía sobre la división del botín, pues ella estaba ocupada empollando un huevo como para ayudarle a luchar contra los otros y conseguir así más parte del botín, por lo que él se negaba a compartir su participación a partes iguales, ante lo cual ella se indignó y se marchó con el huevo, se ocultó, y luego él se arrepintió, pero no consiguió encontrarla, y entonces apareció otro macho que quiso convertirla en su pareja y le ofreció parte de su propia porción del tesoro…

A esas alturas, Laurence se había perdido en el torrente de hechos, incluso a pesar de haber oído una versión resumida. No entendía cómo Temerario seguía el hilo del relato ni qué era lo que le llamaba tanto la atención, pero sin duda tanto el Celestial como las demás criaturas seguían todo el lío con verdadero furor. Gherni y Hertaz llegaron a intercambiar golpes en un determinado momento sobre la discrepancia de lo que debía suceder a continuación. No dejaron de pelear con saña hasta que Molnár, molesto por la interrupción del cuento, chasqueó las mandíbulas y siseó para llamarlos al orden.

Arkady se dejó caer con el último resuello nada más terminar, muy complacido, mientras su público silbaba y golpeaba las colas contra el suelo en señal de aprobación. Temerario chasqueó las garras contra la piedra al viejo modo chino de manifestar su aprobación.

—A ver si no me olvido de nada y lo escribo en cuanto volvamos a casa y consiga otro escritorio como el que tuve en China —dijo Temerario con un suspiro de satisfacción—. En una ocasión, intenté recitarle algunas partes de los *Principia Mathematica* a Lily y a Maximus, pero no lo encontraron demasiado interesante. Estoy seguro de que esto les gustaría más. Quizás incluso sea posible publicarlo, ¿qué crees tú, Laurence?

—Antes debes enseñar a leer a más dragones —le recordó el aviador.

Unos pocos miembros de la dotación habían hecho sus pinitos a la hora de comprender y emplear el idioma durzagh. La pantomima solía funcionar bastante bien, ya que los silvestres eran lo bastante listos como para averiguar lo que querían decir, pero les encantaba fingir que no entendían aquello que no era de su agrado, como, por ejemplo, que abandonaran un lugar cómodo para poder sujetar en él las tiendas del campamento o que se despertaran para volar durante un trayecto nocturno. Aprender el durzagh se convirtió en una forma de autodefensa para los jóvenes oficiales responsables de levantar el campamento, pues no siempre estaban cerca Arkady o Temerario. Resultaba hilarante verlos silbar y proferir zumbidos a los dragones.

—Ya basta, Digby. Que vuelva a verle yo animándoles a seguir su ejemplo —amonestó Granby con severidad.

Laurence estaba efectuando unas consultas a Tharkay, pero interrumpió la conversación y alzó la vista al oír aquellas palabras. Estaba sorprendido, pues el muchacho era el más diligente de los alféreces a pesar de tener trece años recién cumplidos y hasta donde él lograba recordar, nunca antes había sido necesario llamarle a capítulo.

—Bueno, no es nada grave. Estaba apartando algunos bocados más jugosos para dárselos a ese grandullón, Molnár. Y otros muchachos también han hecho algo parecido con sus favoritos —les explicó Granby cuando se unió a ellos—. Es natural que les agrade fantasear e imaginarse como capitanes de esos dragones, pero no conviene mimar a esas criaturas. No se domestica a un dragón silvestre dándole de comer.

—Aunque parecen estar aprendiendo ciertos hábitos —observó el capitán—. Tenía entendido que los dragones salvajes eran totalmente incontrolables.

—Y así sería de no estar cerca Temerario, señor —replicó Granby—. Se lo piensan porque está él aquí.

—Si tienen interés, parecen muy capacitados para comportarse —observó el guía con ironía—, lo cual me parece un planteamiento perfectamente racional y mucho más significativo que el posible comportamiento dragontino bajo determinadas circunstancias.

El Cuerno de Oro centelleó a lo lejos. La ciudad se extendía majestuosa sobre ambas orillas del estuario. Los minaretes coronaban todas y cada una de las colinas y los luminosos domos de mármol pulido de las mezquitas se erguían como una salpicadura de azul, gris y rosa entre los tejados de terracota y las lanzas verdes de los cipreses. El meandro del río se curvaba en forma de hoz antes de desembocar en el Bósforo, cuyas aguas, a su vez, vistas a través del catalejo de Laurence, culebreaban en lontananza hacia todas las direcciones con su brillo negro refulgiendo a la luz de sol, pero él prestó poca atención a todo lo que no fuera la orilla más lejana, el primer atisbo de Europa.

Todos los miembros de la tripulación estaban exhaustos y famélicos. Había sido notablemente más complicado evitar los asentamientos humanos conforme se acercaban a la gran urbe. En los últimos diez días, únicamente se habían detenido para engullir una comida fría y dormir poco y mal durante las horas de la siesta, y los dragones habían cazado durante el vuelo y habían devorado cruda la carne de las contadas presas. Por eso, cuando sobrevolaron la siguiente hilera de colinas y vieron un gran rebaño de reses grises apacentando en las anchas orillas del lado asiático del estrecho, Arkady profirió un berrido sanguinario y se lanzó sobre ellas de inmediato.

—¡No, no os podéis comer esas vacas! —avisó Temerario, pero era demasiado tarde...

... pues los demás dragones salvajes se dejaron caer entre gritos de júbilo sobre el ganado que mugió despavorido mientras en el confín meridional de la llanura, detrás del terraplén de un muro de piedra y mortero, asomaban las cabezas adornadas con plumas de varios dragones del ejército otomano.

—¡Por todos los santos! —exclamó Laurence.

Los dragones turcos emprendieron vuelo y acudieron en feroz embestida contra los asaltantes, demasiado ocupados como para percatarse del peligro inminente; atrapaban una vaca y luego otra para después compararlas con un júbilo cercano al éxtasis, y se quedaron allí, volando encima de sus súbitas riquezas, demasiado abrumados como para posarse y empezar a comer. Y fue eso lo único que los salvó cuando los dragones otomanos se les echaron encima. Los salvajes se escaparon y se dispersaron justo a tiempo de evitar las garras y los colmillos enemigos, dejando sobre el terreno casi una docena de reses heridas o muertas.

Arkady y los otros salieron disparados como balas para buscar el amparo de Temerario y se pusieron a volar detrás de él a toda prisa al tiempo que proferían invectivas estridentes contra sus perseguidores turcos, que ahora recuperaban altura después de la fallida maniobra del picado y continuaban con furia la persecución bramando sin cesar.

—Izad la bandera y disparad una salva a sotavento —ordenó Laurence al alférez de señales Turner.

El estandarte se desplegó con un seco chasquido. A pesar del largo viaje, los colores de la bandera británica seguían reluciendo con intensidad, salvo en la zona de los pliegues, que estaban más gastados.

Los dragones de la guardia otomana ralentizaron su vuelo conforme se acercaban al tiempo que enseñaban los dientes y sacaban las garras con aire beligerante, pero sin tenerlas todas consigo, ya que en su mayoría eran ejemplares de tamaño medio, no mucho mayores que los propios montaraces, y la sombra proyectada por las alas del Celestial daba idea de su envergadura a medida que los alados turcos acortaban las distancias. Eran un total de cinco dragones claramente desacostumbrados a los grandes esfuerzos.

—No valen ni para la cría —censuró Granby al ver las estrías de grasa marcadas delante de las patas.

Y lo cierto era que jadeaban levemente después de su primera acometida llena de coraje, con los costados subiendo y bajando agitadamente. Laurence supuso que no tendrían ocasión de ejercitarse mucho de forma habitual allí, en la capital, y con un trabajo tan trivial como el de proteger ganado.

—¡Fuego! —gritó Riggs.

La descarga cerrada resultó un tanto desigual, pues ni él ni otros fusileros se habían recobrado por completo del congelamiento sufrido tras haber quedado atrapados debajo de la avalancha y tenían la mala costumbre de estornudar en los momentos más inoportunos. Aun así, la bandera había tenido el efecto beneficioso de frenar a los atacantes que se acercaban y, para el enorme alivio de Laurence, el capitán del dragón de cabeza se llevó la bocina para gritarles largo y tendido.

—Nos pide que descendamos. —La traducción de Tharkay fue de una brevedad rayana en lo imposible. Laurence torció el gesto, por lo que el guía agregó—: También nos ha dicho de todo menos bonitos. ¿Desea que traduzca todos los epítetos?

—No veo por qué he de aterrizar yo primero e ir por debajo de ellos —refunfuñó el Celestial.

Al final, Temerario descendió profiriendo un retumbo poco tranquilizador y con la cabeza ladeada de un modo muy incómodo a fin de no perder de vista a los dragones de arriba. La vulnerabilidad de esa posición tampoco era plato del agrado de Laurence, pero debía aceptarla al ser ellos los infractores. Un par de vacas se habían incorporado y se movían con patas temblorosas, pero casi todas estaban inmóviles e indudablemente muertas, un derroche que Laurence no sabía si iba a ser capaz de arreglar por sí solo sin apelar a la ayuda del embajador británico en la zona, y no podía culpar al capitán turco por insistir en que dieran alguna muestra de su buena fe.

Temerario tuvo que hablar duramente a los dragones asilvestrados para que aterrizaran junto a él y al fin incluso tuvo que proferir un sordo rugido de aviso que bastó para aterrar al restante ganado que huyó despavorido aún más lejos. El grupo de Arkady descendió de mala gana y con aire taciturno, y permaneció en el suelo removiéndose y sin plegar del todo las alas.

—No debí permitirles que nos acompañaran tan cerca de la ciudad sin avisar previamente a los turcos —observó Laurence en tono grave mientras los contemplaba—. No es posible confiar en que sepan comportarse entre hombres y ganado.

—A mi entender, Arkady y los suyos no tienen culpa alguna —repuso Temerario lealmente—. Si yo no supiera qué es la propiedad, tampoco habría sabido que estaba mal llevarse esas vacas. —Hizo una pausa y agregó en voz más baja—: De todos modos, no tenía sentido alguno que esos dragones permanecieran ocultos a la vista de todos y dejaran esas vacas para que las tomara cualquiera, dando la impresión de que no les apetecían a nadie.

Los dragones turcos no descendieron ni siquiera cuando el grupo de asilvestrados estuvo en tierra; se pusieron a sobrevolar despacio encima de ellos con el objetivo de conseguir una posición de altiva superioridad. Temerario bufó al observar semejante despliegue con los ollares ligeramente enrojecidos por el enojo y empezó a erizar la gorguera.

—¡Qué maleducados! —estalló, enfadado—. No me gustan ni un pelo. Estoy seguro de que podría darles una paliza. Míralos aletear, si parecen pajaritos…

—Aparecerían cien más en cuanto te hubieras librado de esos, y los refuerzos vendrían con otras intenciones. Las fuerzas aéreas turcas no se andan con chiquitas, y no las juzgues por ese puñado de dragones no aptos para el combate —repuso Laurence—. Te ruego que seas paciente. Van a cansarse de un momento a otro.

Pero a pesar del tono apaciguador de sus palabras, el aviador no estaba menos enfadado que el dragón. Al permanecer inmóviles en aquel terreno seco y polvoriento, recibían de lleno un sol de justicia. Se estaban asando de calor y apenas les quedaba agua.

A los dragones asilvestrados se les había pasado la vergüenza y miraban por el rabillo del ojo a las vacas muertas mientras cuchicheaban entre ellos con un tono perfectamente comprensible aunque los hombres no entendieran sus palabras.

—Y esas vacas se van a estropear si alguien no se las come pronto —dijo Temerario en voz baja con tal descontento que alarmó a Laurence. Entonces, tuvo una idea.

—¿Por qué no pruebas? Y haz que los turcos no piensen en molestar —le propuso.

Temerario se animó y habló con los otros dragones en susurros. Poco después, se despatarraron sobre la hierba cómodamente y fingieron bostezar. Dos dragoncitos incluso se atrevieron a simular que roncaban. Todos se aplicaron en el fingimiento. Los dragones del ejército otomano se cansaron pronto de moverse en torno a un punto tan pequeño y, tras sobrevolar por última vez, al final terminaron por posarse en el suelo. El capitán de la formación echó pie a tierra, momento en que a Laurence le asaltó otra oleada de consternación pues no esperaba explicación ni disculpa alguna, y con razón, como demostraron los hechos.

El capitán otomano, un caballero llamado Ertegun, era un hombre tremendamente suspicaz y su simple comportamiento resultaba insultante. Correspondió al saludo de Laurence con una imperceptible inclinación de cabeza, descansó la mano sobre la empuñadura de su espada y habló en turco con frialdad.

Tras mantener una breve discusión con Tharkay, el capitán volvió a repetir la frase, esta vez en un francés de marcado acento extranjero.

—¿Y bien? ¿A qué viene este atroz asalto? Explicaos…

Aquellos modales hicieron vacilar la resolución del propio aviador de mantener la calma, pero al final fue capaz de iniciar algo muy similar a una conversación. Balbuceó una explicación que no suavizó lo más mínimo las sospechas ni las facciones airadas de Ertegun, que no tardó en someterle a algo muy similar a un interrogatorio sobre la misión del dragón, la trayectoria de su viaje e incluso el dinero que llevaban. Por último, al propio Laurence se le acabó la paciencia.

—¡Basta! ¿Acaso creéis que somos treinta locos de atar que pretenden tomar por asalto las murallas de Estambul con un grupo de siete dragones? —inquirió Laurence—. Retenernos aquí, en el suelo, con el tremendo calor que está cayendo, no sirve de nada. Envíe a uno de sus hombres a la residencia del embajador británico y confío en que él será capaz de convenceros.

—Pues difícil pinta la cosa, porque está muerto —replicó Ertegun.

—¿Muerto? —repitió el capitán británico con mirada extraviada.

Ante la creciente incredulidad del británico, Ertegun insistió en que el embajador Arbuthnot había fallecido la semana anterior a consecuencia de un accidente de caza, dando unos detalles imprecisos. En todo caso, no había representante alguno de la Corona en la ciudad en ese momento.

—Entonces, señor, en ausencia de mi representante diplomático, supongo que he de darle mis referencias —dijo Laurence, muy abatido, mientras se preguntaba para sus adentros cómo se las iba a arreglar para alojar a Temerario—. Me encuentro aquí en una misión acordada por nuestros respectivos gobiernos, una de la máxima urgencia.

—Si esa misión era tan importante, vuestro gobierno debería haber elegido a un mensajero mejor —replicó Ertegun de una manera insultante—. El sultán tiene múltiples asuntos que atender y no le puede molestar cualquier pordiosero ávido de llamar a la Puerta de la Felicidad ni tampoco puede importunarse a la ligera a sus visires. Y yo ni siquiera creo que seáis británicos...

El rostro del oficial turco reflejó una satisfacción manifiesta tras haber pronunciado aquellas objeciones. El capitán inglés respondió con frialdad a tan evidente hostilidad.

—Esas injurias deshonran al gobierno de vuestro sultán tanto como me ofenden a mí, señor. Es imposible que penséis de veras que me he inventado semejante historia.

—Ya veo, pero debo pensar que usted y ese batiburrillo de dragones venís de Persia y sois ingleses… —replicó Ertegun.

Laurence no tuvo ocasión de responder a esta descortesía como se merecía porque Temerario metió baza y su inmensa cabeza en la conversación, dado que hablaba fluidamente el francés después de haber pasado unos meses de su vida dentro del cascarón a bordo de una fragata francesa.

—No somos animales, y mis amigos no estaban al corriente de que esas vacas eran de su propiedad —espetó, enojado—. No han herido a nadie y han efectuado un largo trayecto solo para ver al sultán.

La gorguera de Temerario se desplegó casi por completo y se erizó mientras alzaba en parte las alas para proyectar una larga sombra al tiempo que echaba hacia delante los lomos; los tensos tendones se le dilataron y se marcaron en la piel cuando acercó las fauces de colmillos dentados hacia el capitán turco. El dragón de Ertegun profirió un gritito estridente y avanzó, pero los demás dragones retrocedieron por instinto ante tan fiera demostración y le dejaron solo. El propio oficial dio un paso hacia atrás de forma involuntaria en busca del cobijo proporcionado por las patas delanteras extendidas de su dragón.

—Pongamos fin a esta disputa —se apresuró a decir Laurence para aprovechar la ventaja cobrada y el momentáneo silencio de Ertegun—. El señor Tharkay y mi primer teniente entrarán en la ciudad acompañados por uno de vuestros hombres mientras los demás nos quedamos aquí. Estoy absolutamente convencido de que el personal diplomático de la embajada será capaz de acordar lo necesario para que nuestra visita sea a la mayor satisfacción del sultán y los visires, incluso aunque estéis en lo cierto de que no hay ningún embajador en la actualidad. También confío en vuestra ayuda para reparar las pérdidas ocasionadas en el rebaño real, lo cual es, tal y como ha dicho Temerario, el resultado de un accidente y no de la malicia.

Era obvio que a Ertegun no le complacía nada la propuesta, pero no sabía cómo negarse mientras tuviera las fauces de Temerario encima de su cabeza. Abrió y cerró la boca en varias ocasiones.

—Es del todo imposible… —comenzó con voz débil.

Eso hizo que el Celestial bramara con ira renovada. Los dragones del ejército otomano retrocedieron un poco más. De pronto, estalló una batahola de aullidos y alaridos de dragón. Arkady y sus seguidores se lanzaron al aire y aletearon a punto de echar a volar mientras azotaban el aire con las colas y lanzaban golpes con las garras. El estrépito fue tal que sofocó cualquier posibilidad de que una orden fuera escuchada, y además, para añadir confusión a la cacofonía, Temerario se irguió y rugió por encima de sus cabezas. El largo y amenazador grito retumbó como un trueno.

Los dragones salvajes aprovecharon la ocasión propiciada por el caos para abalanzarse sobre las reses muertas y tomarlas delante de las narices de los turcos antes de dar media vuelta y huir. Una vez en el aire, mientras los demás aleteaban para escapar a toda prisa, Arkady se volvió con una vaca aferrada en sus patas delanteras e hizo una inclinación de cabeza en señal de gracias a Temerario. Luego, se marcharon volando a buen ritmo, directos al refugio seguro de las montañas.

El silencio de la sorpresa duró medio minuto escaso. A continuación, Ertegun, todavía en su posición, soltó una diatriba indignada en turco que Laurence, profundamente avergonzado, agradeció no comprender. Habría pegado un tiro sin dudarlo a aquellos bergantes que le habían hecho quedar como un mentiroso delante de sus hombres y del capitán turco, que se moría de ganas de tener la menor excusa para negarles su petición.

Una indignación más sincera e intensa había reemplazado a la anterior obcecación de Ertegun. Echaba chispas de verdad y tenía la cara cubierta de gruesas gotas de sudor que rodaban en cascada desde la frente hasta perderse en las hebras de la barba. No dejaba de soltar una amenaza tras otra en un chapurreado que entremezclaba francés y turco.

—Os vais a enterar de cómo tratamos aquí a los asaltantes. Os mataremos como a los ladrones y dejaremos que vuestros cuerpos se pudran al sol —concluyó mientras hacía un floreo a sus propios dragones.

—No permitiré que hiera a Laurence ni a ningún miembro de mi tripulación —afirmó Temerario con vehemencia, e hinchó el pecho en su gesto de insuflar aire.

Los dragones turcos parecían tremendamente inquietos. Laurence ya se había percatado con anterioridad de que los congéneres de Temerario parecían haber aprendido a temer el rugido del Celestial, incluso a pesar de no haber sentido el soplo del viento divino. Suponía que tenían un sentido que les alertaba del peligro, pero no podían compartir ese conocimiento con los jinetes, y Laurence dudaba de que las criaturas fueran a negarse a acatar una orden de atacar. Aunque lo más probable era que Temerario pudiera con una fuerza de media docena de dragones sin la ayuda de nadie, de ese modo únicamente iban a obtener una victoria pírrica.

—¡Ya basta, Temerario! ¡Desiste! —le instó Laurence antes de dirigirse a Ertegun, a quien dijo con fría formalidad—: Los dragones salvajes a los que había logrado calmar para usted no están bajo mis órdenes, señor, y recuerde mi promesa de reparar las pérdidas. Supongo que no tienen intención de cometer un acto que cause una declaración de guerra contra Inglaterra sin la aprobación de su gobierno. Nosotros no hemos realizado acto hostil alguno.

Tharkay tradujo su declaración al turco de forma inesperada, ya que el aviador se las había arreglado para farfullarlo en francés y lo bastante alto como para que pudieran oírle los restantes aviadores turcos, que intercambiaron miradas de desasosiego. El oficial al mando le dedicó una mirada venenosa, llena de salvaje frustración.

—No os mováis —espetó—, o de lo contrario vais a saber lo que es bueno.

Regresó a su dragón y se encaramó a él de un salto mientras empezaba a dar órdenes a voz en grito. Toda la bandada de dragones retrocedió un poco más y se situó a la sombra de una arboleda de frutales que flanqueaba el camino que conducía a la ciudad, sobre el cual se tendieron todos mientras el más pequeño echaba a volar y se alejaba hacia la urbe a un ritmo ágil. Enseguida se convirtió en una mota imposible de ver y se desvaneció en la bruma.

—Puede estar seguro de que no va a hablar bien de nosotros, señor —comentó Granby mientras contemplaba el progreso del dragoncillo.

—Y no sin motivo —admitió Laurence con gravedad.

—Tampoco es que ellos se mostraran demasiado amistosos —respondió Temerario a la defensiva mientras arañaba el suelo con aire culpable.

Apenas había dónde cobijarse del sol sin alejarse demasiado de la vista de los guardias de los dragones, lo último que al capitán inglés se le hubiera ocurrido, pero acabaron hallando un sitio ubicado entre dos montículos y fijaron en el suelo unos postes a los que sujetaron una pequeña lona a fin de proporcionar a los enfermos algo de sombra.

—Es una pena que se hayan llevado todas las vacas —observó Temerario con aire pensativo mientras miraba en la dirección por la que habían huido los dragones salvajes.

—Les habríamos dado de comer a ellos y a ti como huéspedes y no como ladrones si hubieran tenido un poco de paciencia —dijo Laurence.

El Celestial no protestó ante el reproche y se limitó a agachar la cabeza para que Laurence bajara. El aviador se irguió y anduvo a cierta distancia con el pretexto de volver a echar un vistazo a la ciudad con el catalejo. No se había producido cambio alguno, excepto que ahora algunos pastores estaban conduciendo a varias cabezas de ganado a los dragones turcos acampados a fin de que pudieran comer, y los tripulantes estaban tomando refrescos. Bajó el catalejo y apartó la vista de la escena. Tenía la boca seca y los labios agrietados, pues había dado su ración de agua a Dunne, que apenas había dejado de toser. Ya era demasiado tarde para aprovisionarse de nada, pero a primera hora del día siguiente iba a enviar a varios de sus hombres en busca de agua y caza, un riesgo en un país extranjero, donde no podían responder a ningún desafío. No tenía demasiado claro el próximo movimiento si los turcos seguían tan obstinados.

—¿No deberíamos rodear la ciudad e intentarlo de nuevo desde la orilla europea? —sugirió Granby a su capitán cuando este regresó al improvisado campamento.

—Han apostado vigías en las colinas que dan al norte en prevención de una posible invasión desde Rusia —contestó lacónicamente el guía—. A menos que quieras caminar una hora fuera del camino, siempre te vas a topar con la ciudad.

—Alguien viene hacia aquí, señor —anunció Digby mientras señalaba con la mano, dando pie a la controversia de la identificación.

Un dragón correo venía velozmente desde la ciudad escoltado por dos criaturas de mucho peso. Aunque los rayos del sol poniente le daban de lleno en los ojos, impidiéndole ver el color de los dragones, Laurence vio nítidamente silueteados contra el cielo dos grandes cuernos que salían de sus testuces así como las cerdas, más estrechas y similares a espinas, erizadas a lo largo de toda su anatomía. Había visto a un Kazilik con anterioridad recortado contra la vaharada de humo y llamas que se alzaban del *Orient*, en el río Nilo, cuando el fuego del dragón prendió la santabárbara y calcinó una nave tripulada por mil hombres hasta la línea de flotación.

—Lleven a todos los enfermos a bordo y descarguen toda la pólvora y las bombas —ordenó con voz grave.

Si Temerario no lograba esquivar una bocanada de fuego, podía sobrevivir a una quemadura, pero si una llama alcanzaba la reserva de pólvora del arnés de su vientre, la haría estallar con un resultado letal, tal y como le había ocurrido al infortunado buque insignia francés en Egipto.

Duplicaron sus esfuerzos, apilando sobre el suelo las bombas redondas en montones de forma piramidal mientras Keynes sujetaba a los enfermos con unos tablones para luego fijarlos con más seguridad a la cincha del vientre. Bajaron las lonas, las ropas e incluso los recambios de las correas de cuero en medio de un gran estrépito.

—Subid a bordo hasta que sepamos qué pretenden, Laurence —sugirió el primer teniente—. Ya me encargo yo de este bonito trajín.

Laurence rehusó la oferta con impaciencia y, justo al contrario, esperó a que toda la dotación estuviera a bordo, de modo que solo quedaron en tierra él y Granby, aunque bastante cerca de Temerario.

La pareja de Kazilik tomó tierra a pocos metros de distancia. Su piel escarlata estaba moteada de manchas verdinegras, como la de un leopardo. Movieron las largas lenguas negras en el aire. Estaban tan cerca que los aviadores podían oír el sordo resollar de sus cuerpos, una suerte de ruido similar al ronroneo de un gato y el silbido de una tetera. A la tenue luz crepuscular, incluso podían distinguir cómo se perdían en lo alto las finas volutas de vaho que exudaban las púas de los lomos.

El capitán Ertegun se acercó a ellos de nuevo con los ojos entrecerrados de sombría satisfacción. Dos esclavos negros desmontaron del dragón mensajero y luego se afanaron en ayudar a descender de los lomos del animal a otro hombre; mientras bajaba, se aferraba a una pequeña escalerilla desplegada que los siervos habían extendido hasta el suelo. Lucía un caftán de seda de muchos colores ricamente bordado y ocultaba el pelo debajo de un turbante tocado con muchas plumas. Ertegun le hizo una reverencia y le presentó a Laurence como Hasán Mustafá Pachá; lo último de todo debía de ser un cargo más que su nombre, dedujo Laurence mientras recordaba vagamente que el pachá era un rango mayor entre los visires.

Eso era mejor que un asalto inmediato. En cuanto Ertegun hubo concluido las frías presentaciones, Laurence empezó a balbucear.

—Señor, espero que me permita expresar mis disculpas…

—No, no, basta, basta, no quiero oír nada de eso —dijo Mustafá; su francés era mucho más fluido y suelto que el de Laurence, cuyos tartajeos se vieron fácilmente acallados por el pachá, que estrechó la mano del inglés con entusiasmo. Mientras Ertegun, ultrajado, clavó en ellos los ojos y se le encendieron las mejillas cuando Mustafá hizo un gesto para evitar cualquier disculpa o explicación por parte de Laurence—. Es una desdicha que esas condenadas criaturas os hayan engañado, pero, como afirman los imanes, el dragón nacido en el desierto no conoce al profeta y es como un siervo del Maligno.

Temerario torció el hocico al oír aquello y resopló, pero Laurence, profundamente aliviado, no estaba de humor para discutir.

—Sois más que magnánimo, señor, y bien podéis creer cuánto os lo agradezco —respondió el aviador—. Es un abuso por mi parte pedir vuestra hospitalidad tras haber abusado ya de ella…

—¡Ah, no! Sois bienvenidos, capitán, por supuesto que sí —le atajó Mustafá, haciendo otro gesto con la mano, como si esa consideración estuviera fuera de lugar—. Vais a seguirnos a la ciudad, pues el sultán, que la paz sea sobre él, ha tenido la generosidad de ordenar que os alojéis en palacio. Ya hemos dispuesto aposentos para vos y un jardín fresco para el dragón para que podáis descansar y refrescaros después del largo viaje. Y no se hable más de este lamentable malentendido.

—He de admitir que vuestra sugerencia va mucho más allá de lo que demanda mi deber —contestó Laurence—. Agradeceríamos poder refrescarnos un poco, da igual lo que suministréis, pero no debemos demorarnos en puerto, por así decirlo, y debemos reanudar nuestro camino lo antes posible. Hemos venido a recoger los huevos de dragón, tal y como se ha acordado, y debemos llevarlos de inmediato a Inglaterra.

La sonrisa de Mustafá vaciló durante unos instantes y sus manos, que aún estrechaban las de Laurence, se tensaron un poco.

—Vaya, capitán, ¿a que ha venido desde tan lejos en vano? —se lamentó—. Debe saber que no podemos entregaros los huevos.

PARTE II

CAPÍTULO 6

Una fina nube de vapor salía por los múltiples pulverizadores de la pequeña fontana de marfil para luego condensarse sobre las hojas y los frutos de un naranjo que se bamboleaban maduros y fragantes cerca del suelo, al lado del estanque. Temerario permanecía amodorrado después de un pantagruélico festín en los vastos jardines palaciegos, junto a una verja, por lo que el sol trazaba rayas de luz en su corpachón, sobre el que se habían acomodado los cadetes después de haberle limpiado. Los aposentos eran de ensueño: las paredes alicatadas de azulejos blancos y lapislázuli desde el suelo a los techos dorados, los alféizares con incrustaciones de madreperla, los cojines aterciopelados de los asientos situados junto a las ventanas, las gruesas alfombras con mil tonalidades de rojo amontonadas sobre los suelos y en el centro de la habitación, un jarrón pintado de gran altura —la mitad de la de un hombre normal— situado en una mesita baja, repleta de flores y parras.

—Esto es pasarse de la raya —sostuvo Granby, que hablaba sin tregua mientras caminaba—. Nos engatusan con un buen montón de excusas y como guinda del pastel hacen una vil insinuación, como la de acusar a ese pobre desgraciado, a Yarmouth, de ladrón.

Mustafá había puesto toda clase de pretextos. Les explicó que los acuerdos no se habían llegado a firmar ante la aparición de nuevos escollos que habían dilatado el asunto, a consecuencia de lo cual el pago no se había producido todavía cuando el embajador sufrió el accidente. Cuando Laurence recibió esas evasivas con toda la prevención requerida por las actuales circunstancias y exigió que le condujeran a la residencia del embajador lo antes posible, Mustafá admitió con cierta inquietud que la servidumbre había zarpado a toda prisa rumbo a Viena tras la muerte del diplomático y que su secretario, James Yarmouth, había desaparecido como por arte de magia.

—No voy a acusarle de nada malo, pero el oro es una gran tentación —había dicho Mustafá al tiempo que extendía las manos, como si eso lo dejara todo aclarado—. Lo siento, capitán, pero debe entender que no podemos asumir la responsabilidad.

—No me creo ni una palabra, ni una palabra —continuó Granby, furioso—. No me cabe en la cabeza de que enviaran a buscarnos a China sin tener el acuerdo cerrado…

—No, eso es imposible —coincidió Laurence—. Si el final del acuerdo hubiera sido incierto, el tono de las órdenes del almirante Lenton habría sido muy diferente. Lo único que pueden pretender es deshacer lo acordado con el menor bochorno posible.

Allí, en la planicie, Mustafá había sonreído una y otra vez de forma incansable mientras afrontaba todas las objeciones del capitán británico, para luego volver a disculparse y ofrecer una vez más la hospitalidad del sultán. Laurence se vio obligado a aceptar, pues sus hombres estaban fatigados y cubiertos de polvo, y tampoco tenía otra alternativa, de modo que había accedido, suponiendo además que luego, una vez instalados en la ciudad, les resultaría más fácil averiguar la verdad del incidente y ejercer cierta influencia para determinar correctamente los hechos.

Los habían instalado a él y a la dotación en dos pabellones de diseño intrincado situados intramuros. Los edificios estaban ubicados en el centro de una vasta extensión de césped lo bastante amplia como para permitir que Temerario durmiera allí.

El palacio coronaba el estrecho espolón de tierra donde el Bósforo y el Cuerno de Oro se reunían con el mar y ofrecía una panorámica de infinitas posibilidades en los cuatro puntos cardinales durante su descenso hasta la orilla: el trazo del horizonte marcado por los mares y unas aguas infestadas de barcos. Laurence comprendió demasiado tarde que se había metido en una jaula de oro. Las vistas incomparables se debían a que la colina del palacete estaba rodeada por altos muros sin ventanas que impedían toda comunicación con el mundo exterior y sus aposentos miraban al mar a través de unas ventanas con barrotes de hierro.

A vista de pájaro, los pabellones parecían formar parte del complejo palatino que se desparramaba por la colina, pero el punto de unión resultó ser un claustro techado al aire libre. Todas las puertas y ventanas que habrían podido conducir al palacio propiamente dicho estaban prohibidas y cerradas con postigos negros, por lo que ni siquiera podían mirar al otro lado. La mayoría de los esclavos negros montaban guardia al pie de las escaleras de la terraza y los dragones Kazilik remoloneaban tumbados en los jardines como montañas sinuosas llena de músculos nudosos. Mantenían entornados los ojos refulgentes sin apartar la vista de Temerario.

Tras haberles dispensado aquella jovial bienvenida, Mustafá había desaparecido en cuanto estuvieron a buen recaudo haciendo vagas promesas de que regresaría muy pronto, pero desde entonces habían oído por tres veces la llamada a la oración del almuédano. Habían explorado los límites de su espléndida prisión en dos ocasiones y todavía no había signos de su retorno. Los guardias no formulaban objeción alguna a que bajasen a hablar con Temerario en el jardín situado debajo de los pabellones, pero negaban con la cabeza de manera amistosa cuando Laurence señalaba más allá de ellos, hacia el sendero empedrado que comunicaba con el resto de los jardines.

Allí, retenidos a un paso del palacio, podían ver desde las ventanas y terrazas el devenir de la vida palaciega tanto como desearan. La visión de hombres ocupados y presurosos merodeando por los jardines, oficiales de altos turbantes, sirvientes con bandejas y jóvenes pajes yendo de un lado para otro con cestas y cartas les generaba una curiosa sensación de frustración. En una ocasión, vieron desaparecer en un pabellón no muy lejano al suyo a un hombre de barba larga y ropas negras con aspecto de médico. Eran muchos quienes miraban con curiosidad a la dotación inglesa. Los jóvenes ralentizaban su andar para poder contemplar mejor a los dragones acomodados en el jardín, pero no respondían si ellos los llamaban, y tenían la prudencia de apretar el paso.

—Eh, mirad ahí, ¿no os da la impresión de que es una mujer?

Dunne, Hackley y Portis forcejearon para apoderarse del catalejo y se colgaron sobre la barandilla de la terraza con medio cuerpo fuera, a seis metros de altura sobre el firme pavimento de roca, intentando echar una ojeada a través del jardín. Un oficial conversaba con una mujer... o con un hombre, o un orangután, pues estaba tan lejos que no había forma de distinguir sus extremidades. La silueta iba embozada, llevaba un velo negro de seda que no era pesado, pero le envolvía el rostro y los hombros, dejando sin cubrir únicamente los ojos, y a pesar del calor del día, escondía su vestido debajo de un largo capote que le llegaba hasta las enjoyadas pantuflas de los pies, en el cual llevaba un hondo bolsillo cortado por delante en el que ocultaba las manos.

—Señor Portis —dijo Laurence con severidad—, como no tiene nada mejor que hacer, vaya usted abajo y excave una zanja para que haga sus necesidades Temerario, y cubra la letrina cuando él haya terminado. Tenga la bondad de hacerlo ahora mismo, si a usted le parece bien.

Dunne y Hackley se apresuraron a bajar el catalejo mientras Portis se escabullía con sigilo, avergonzado, e intentaba aparentar un aire de inocencia con escaso éxito. Tharkay les arrebató el objeto en silencio mientras el capitán seguía con lo suyo.

—En cuanto a usted dos, caballeretes... —empezó Laurence, pero hizo una pausa con una mezcla de coraje y consternación para luego increpar entre dientes al guía cuando vio que estaba observando a la mujer del velo con el catalejo—. Señor, le agradecería que tampoco usted se comiera con los ojos a las mujeres de palacio.

—No es una mujer del harén —le corrigió Tharkay—. Las habitaciones del harén están en el ala sur, más allá de esos altos muros, y no se permite salir a las mujeres. Os lo aseguro, capitán, tampoco la vamos a ver mucho más de cerca si acaso fuera una odalisca.

Se irguió y apartó el catalejo, pues la mujer se había vuelto a mirarlos, pero aquellos atavíos suyos únicamente dejaban a la vista una estrecha franja de piel alrededor de sus ojos negros.

Ella no protestó, por fortuna, y un momento después tanto la mujer como el oficial desaparecieron de su vista. El guía cerró el catalejo y se lo entregó a Laurence con despreocupación. El aviador apretó el puño alrededor del tubo.

—Preséntense ante el señor Bell, está muy atareado con la manipulación del acuerdo y seguro que él les encuentra un quehacer de provecho —dijo a Dunne y a Hackley.

Necesitó contenerse a fin de no imponerles un castigo más severo, pero no iba a convertirlos en chivos expiatorios de la rabia que sentía contra Tharkay.

Ambos se marcharon agradecidos y Laurence paseó a lo largo de la terraza una vez más hasta detenerse en el extremo más lejano, desde donde contempló la panorámica de la ciudad y el Cuerno de Oro. Se estaba haciendo de noche. Lo más probable era que Mustafá tampoco acudiera ese día.

—Y hemos perdido otra jornada —apuntó Granby al reunirse con él cuando sonaba la última llamada a la oración.

El agudo grito pelado del almuédano se mezclaba con el de otros de diferentes minaretes, y uno era tan próximo que podría haber sonado al otro lado del alto muro de ladrillo que dividía el harén del patio de los aviadores.

La llamada a la primera oración de la mañana despertó a Laurence, que había dejado las contraventanas abiertas de par en par a fin de que la brisa refrescara la habitación y de poder ver al dragón con solo levantar la cabeza gracias a la luz tenue y fantasmagórica de las linternas diseminadas por los muros de palacio. Oyeron la llamada otras cinco veces sin tener comunicación alguna. No recibieron ni una visita ni una noticia, ni siquiera un signo de reconocimiento de su presencia en aquel lugar, salvo las comidas que les traía un grupo de criados silenciosos que se iban muy deprisa, antes de que pudieran formularles pregunta alguna.

Tharkay intentó trabar una conversación en turco a petición de Laurence, pero ellos se limitaron a encogerse de hombros y abrir las bocas para mostrar que les habían cortado las lenguas, una muestra de barbarie, y negaban firmemente con la cabeza cuando les pidieron que aceptaran tomar una carta, ya fuera porque se resistían a abandonar sus puestos para tal propósito o quizá siguiendo instrucciones de mantenerlos incomunicados.

—¿Cree que habría forma de sobornarlos? —inquirió Granby cuando comenzó a caer la noche y todavía seguían sin noticias del exterior—. Bastaría con que pudiéramos salir unos pocos. Alguien en esta maldita ciudad ha de saber qué le ha pasado al servicio del embajador. Es imposible que se hayan ido todos.

—Quizá fuera posible el soborno si tuviéramos con qué —respondió Laurence—. Estamos sin un clavel, John. Apuesto que desdeñarían la cantidad que estoy en condiciones de ofrecerles. Y dudo de que nos fueran a sacar de palacio. Eso significaría perder sus puestos y quizá también las cabezas.

—En tal caso, quizá deberíamos pedir a Temerario que echase abajo el muro para dejarnos salir. Quizás eso produjera alguna noticia —dijo Granby, y no hablaba del todo en broma, mientras se dejaba caer en el diván más cercano.

—Señor Tharkay, haga de intérprete para mí otra vez —le pidió Laurence, y se dirigió a los guardias nuevamente. Al principio, estos habían tolerado a sus huéspedes y prisioneros con buen talante, pero empezaban a enojarse, pues aquella era la sexta vez que el capitán británico los importunaba aquel día—: Haga el favor de decirles que queremos un poco de aceite para las lámparas y velas —le dijo Laurence a Tharkay—, y pídales también jabón y otros artículos de aseo —concluyó, improvisando otras pequeñas demandas.

Tal y como había esperado, aquellas peticiones lograron que enseguida viniera uno de los jóvenes pajes que habían visto de lejos. El joven quedó lo bastante impresionado por la moneda de oro que le ofrecieron como para aceptar el cometido de entregarle un mensaje a Mustafá. Primero le enviaron a por velas y otros objetos domésticos para despejar cualquier posible sospecha por parte de los guardias. Entretanto, Laurence se sentó y tomó papel y pluma con ánimo de redactar una carta severa y lo más correcta posible, un texto capaz de transmitir a ese caballero sonriente la impresión de que no pensaba quedarse sentado en silencio a la sombra de los árboles.

—No estoy seguro de qué quieres decir al comienzo del tercer párrafo —comentó Temerario cuando Laurence le leyó la carta, escrita en francés.

—«Cualesquiera que sea vuestro propósito al dejar sin responder todas esas preguntas...» —empezó Laurence.

—Ah —observó Temerario—. Tengo la impresión de que querías utilizar la palabra *conception** en lugar de *dessin***. Además, Laurence, dudo de que tu intención sea decir que eres su seguro *domestique****.

—Gracias por la ayuda, amigo —dijo el aviador mientras efectuaba las correcciones sugeridas y deducía de la pronunciación *heuroo* la correcta grafía de *heureux***** antes de doblar la misiva y entregarla al paje, que había regresado con una cesta de velas y de pastillas de jabón intensamente perfumado.

—Solo espero que no tire la nota al fuego —comentó Granby cuando el muchacho se alejó al trote con la moneda de oro fuertemente sujeta en el puño, y con no demasiada discreción—. Supongo que quizá la queme el propio Mustafá.

—Más allá de lo que pase, esta noche no va a suceder nada —concluyó Laurence—. Haríamos bien en dormir mientras podamos. Tendremos que pensar en cómo salir pitando hacia Malta si mañana no obtenemos respuesta. Los turcos no tienen demasiada batería costera y me da la impresión de que van a cantar una tonada muy distinta si volvemos respaldados por una nave de guerra de primera y un par de fragatas.

---

* «Intención, concepción», en francés. [N. del T.]

** «Diseño, plano», en francés. [N. del T.]

*** «Criado», en francés. [N. del T.]

**** «Encantado», en francés. [N. del T.]

—Laurence —le llamó Temerario.

El aviador despertó de una pesadilla demasiado real acaecida en alta mar. Se incorporó y se frotó el rostro humedecido, pues el viento había cambiado durante la noche y le echaba encima las gotas de la fuente.

—Voy —contestó mientras se dirigía hacia la fontana para lavarse la cara, aún medio aletargado.

Descendió hasta los jardines, donde saludó educadamente a los guardias bostezantes. Al llegar, el Celestial le tocó suavemente con el hocico en gesto cómplice.

—Pues sí que hueles bien —dijo, divertido.

Laurence comprendió que el dragón se refería a su olor, dado que había empleado una pastilla de jabón perfumado.

—Luego tendré que quitármelo —contestó, consternado—. ¿Tienes hambre?

—No me importaría comer algo —repuso Temerario—, pero antes he de decirte algo. He estado charla que te charla con Bezaid y Scherezade. Me han dicho que su huevo está a punto de eclosionar.

—¿Quiénes? —preguntó el capitán, sorprendido, pero luego miró a la pareja de dragones Kazilik de ojos brillantes, que parpadearon mientras le contemplaban con cierto interés—. Temerario —dijo, hablando lentamente—, ¿quieres decir que vamos a llevarnos su huevo?

—Sí, y otros dos más, pero esos todavía no han empezado a endurecerse —contestó el Celestial—, o eso creo —agregó—. Ellos chapurrean muy poco de francés y ocurre otro tanto con el durzagh, pero me han enseñado algunas palabras en turco.

Laurence no le estaba prestando atención. Aquella noticia le había dejado helado. Inglaterra había intentado adquirir dragones capaces de arrojar fuego desde que organizó una crianza sistemática. Habían traído algunos Flamme-de-Gloire desde Agincourt, pero el último había muerto hacía un siglo, y desde entonces todo había sido una sucesión de fracasos. Francia y España se habían negado a efectuarles cualquier venta, como era evidente, ya que eran países demasiado cercanos como para concederles una ventaja tan grande, y durante mucho tiempo el deseo de los turcos por cerrar acuerdos con los infieles era el mismo que el de los británicos por negociar con paganos.

—Estuvimos en negociaciones con los incas no hace ni doce años —dijo Granby, con el rostro reluciente de vehemencia—, pero al final todo quedó en nada. Les ofrecimos el rescate de un rey, y ellos parecían complacidos, pero de la noche a la mañana nos devolvieron toda la seda, el té y las armas de fuego que les habíamos llevado y nos echaron del lugar.

—¿Recuerda cuánto les ofrecimos? —inquirió Laurence.

Granby dio una cifra astronómica, tanto que el capitán necesitó tomar asiento. Scherezade les informó con tonillo petulante que su huevo había alcanzado una suma todavía mayor, hecho casi inconcebible.

—¡Por todos los santos! Pero si me pierdo solo al calcular la mitad de esa cifra —dijo Laurence—. Podrían construirse media docena de naves de primera categoría y un par de transportes de dragones con ese dinero.

Temerario se sentó muy erguido y muy quieto. Tenía la gorguera erizada y la cola alrededor de su cuerpo también estaba inmóvil, rígida.

—¿Vamos a comprar los huevos? —preguntó el dragón.

—Pues... —Laurence se quedó sorprendido. No se había dado cuenta hasta ese momento de que Temerario no entendía que los huevos pudieran adquirirse a cambio de dinero—. Así es, sí, pero puedes ver por ti mismo que tus amigos no ponen objeciones a dárnoslos —repuso mientras miraba a la pareja Kazilik. No parecían preocupados por que se llevaran a su hijo.

Temerario rechazó ese argumento con un coletazo de impaciencia.

—¡Naturalmente que no les preocupa! Saben que vamos a cuidar del huevo, pero tú mismo me has dicho que si compras algo, es tuyo y puedes hacer con ello lo que gustes. Si compras una vaca, puedo comérmela; y cuando compres una finca, podremos vivir en ella, y si me compras una joya, puedo lucirla. Si los huevos son una propiedad, también lo es su contenido, o sea, los dragones. No me sorprende entonces que la gente nos trate y nos considere como esclavos.

Era difícil refutar esa afirmación. Laurence había crecido en el seno de una familia abolicionista y creía a pies juntillas que no era posible comprar y vender a los seres humanos. Difícilmente podía discrepar cuando se exponía en términos puramente teóricos, pero, sin embargo, era obvio que existía una enorme diferencia entre la condición de los dragones y los pobres diablos que vivían en cautiverio.

—No podemos hacer lo que queramos con los dragoncillos una vez que eclosiona el huevo —arguyó Granby, que tuvo un feliz rapto de inspiración—. Podría decirse que lo que adquirimos es en realidad la oportunidad de que nos dejen enjaezarlos.

—¿Y qué pasa si al romper el huevo desean volar lejos y regresar aquí? —repuso de inmediato Temerario, combativo.

—Vaya, bueno… —dijo Granby sin convicción, y miró hacia otro lado, incómodo.

Por supuesto, si se diera el caso y el dragón no fuera dócil, iría de inmediato a los campos de cría.

—Al menos en este caso vamos a llevarlos a Inglaterra, donde su condición va a ser mejor que aquí —intentó consolarle Laurence, aunque Temerario no estaba por la labor de dejarse aplacar fácilmente, y se aovilló en el jardín para darle vueltas al asunto.

—Caramba, ha puesto el dedo en la llaga y no anda errado —le comentó Granby a Laurence con una nota interrogativa en la voz mientras ambos volvían al interior.

—Sí —contestó el capitán con desaliento.

Él albergaba ciertas expectativas de obtener algunas mejoras reales en aras de la comodidad de los dragones una vez que estuvieran de vuelta en casa. Estaba seguro de que Lenton y los demás almirantes de la Fuerza Aérea se mostrarían predispuestos a adoptar todas aquellas medidas que estuvieran dentro de su ámbito de actuación. Laurence se había llevado planos para la construcción de un pabellón al modo chino, por debajo del cual discurrían tuberías con agua caliente que entibiaban las piedras del suelo, lo cual producía la sensación de tibieza a la que tanto se había aficionado Temerario. Gong Su podría enseñar fácilmente a otros los secretos de la cocina dragontina y la *Allegiance* iba a llevar hasta Inglaterra tableros de lecturas y mesas de escritura de arena, una práctica que, seguramente, sería adaptable a Occidente, aunque Laurence dudaba de que la mayoría de los dragones mostraran interés alguno, pues Temerario era único no solo en su don para los idiomas, sino en su pasión por los libros, pero difícilmente se producirían objeciones a cualquier interés que pudiera satisfacerse con facilidad y sin un coste excesivo.

Sin embargo, más allá de este tipo de medidas, que podían llevarse a cabo de forma discreta y con los fondos de la Fuerza Aérea, resultaba poco probable que el gobierno mostrara buena voluntad, y Laurence no podía aprobar el grado de coerción preciso para forzar cualquier otro tipo de cambios. Un motín de dragones sembraría el pánico en todo el país y lo más seguro era que perjudicara a su causa más de lo que la ayudaría, y, además, el Ministerio se obcecaría en el prejuicio de que no se podía depender de los dragones. No hacía falta exagerar los posibles efectos de ese conflicto para que esa distracción fuera calificada como fatal, pues no había en suelo inglés suficientes dragones disponibles como para que estuvieran más preocupados por la paga y sus derechos legales que por sus obligaciones.

No pudo evitar preguntarse si otro capitán, un aviador de verdad, uno bien entrenado, podría haber canalizado mejor las energías de Temerario para evitar su creciente preocupación y su descontento. Le habría gustado preguntarle a Granby si tales dificultades eran moneda corriente, pero no debía acudir a un subordinado en busca de ayuda a la hora de manejar al dragón, y en todo caso, tampoco estaba seguro de que su consejo fuera a ser de utilidad. No era razonable ni práctico llamarlo «esclavitud» cuando un huevo de dragón se adquiría al precio de medio millón de libras, y el único cambio real iba a ser que eclosionaría en Inglaterra en vez de en la Sublime Puerta, y no había filosofía en el mundo capaz de alterar eso. Por tal motivo, en lugar de ese tema, formuló al primer teniente otra pregunta.

—Si la cáscara del huevo ha empezado a endurecerse, ¿cuánto tiempo cree que tenemos? —inquirió el capitán al tiempo que alzaba la mano para formarse una opinión sobre el viento que penetraba por la arcada que daba al mar y calcular cuánto tiempo les llevaría acudir en barco desde Malta. Estaba seguro de poder alcanzar la isla en tres días de vuelo ahora que Temerario había descansado bien y estaba bien alimentado.

—Bueno, la cuenta hay que echarla ya en semanas, aunque no puedo aventurar si son tres o diez sin haberle echado un vistazo, y aun así, podría meter la pata. Deberá preguntarle a Keynes al respecto —aconsejó Granby—, pero no basta con que nos lo entreguen en el último minuto. Este dragoncito no va a ser como Temerario, que salió del cascarón hablando tres idiomas a la vez. Jamás había oído algo similar. Debemos tener el huevo antes y comenzar a hablarle directamente en inglés.

—Vaya, maldición —dijo Laurence, consternado.

Dejó que la mano colgara a un costado. No se había detenido a considerar el asunto del idioma. Él había apresado el huevo de Temerario apenas una semana antes de la eclosión y no le había sorprendido tanto que hablara inglés como que una criatura recién salida del cascarón fuera capaz de hablar. Aquella era otra laguna en su entrenamiento, y otro nuevo motivo de apremio.

—La imagen del sultán entre los demás gobernantes iba a resultar de lo más insólita —arguyó Laurence, que se las arregló para ofrecer una apariencia ecuánime— si tolera la desaparición de medio millón de libras destinadas a su tesoro y la muerte de un embajador dentro de su territorio sin realizar una investigación. En las circunstancias que me ha descrito, la simple cortesía debida a un aliado le obligaría a dictar órdenes con una mayor preocupación, señor.

—Os aseguro que se han llevado a cabo todas las investigaciones posible, capitán —replicó Mustafá muy en serio mientras acercaba un platel con pastelitos cubiertos con una capa de miel.

El pachá había aparecido al fin poco antes del mediodía. Se disculpó por su ausencia y la justificó con el pretexto de un inesperado asunto de Estado que había requerido toda su atención. A modo de disculpa, acudió acompañado por la comida y un entretenimiento de lo más extravagante. Dos docenas de criados, quizá más, entraron bulliciosamente para colocar en la terraza cojines y alfombras alrededor del estanque de mármol antes de traer de la cocina grandes bandejas repletas de pilaf aromático, montones de berenjenas, hojas de col y pimientos rellenos de carne y arroz, y carne en brochetas y cortada en finos filetes de jugosos olores.

Temerario asomó la cabeza por encima de la barandilla para no perder detalle del evento, olisqueó el banquete con especial interés y se las arregló para limpiar de unos bocados algunas bandejas de servicio que quedaron a su alcance a pesar de haber comido un par de corderos tiernos hacía una hora escasa. Los servidores se quedaron mirando los plateles vacíos con abolladuras y marcas de los dientes del dragón.

Por si todo aquello resultaba ser una distracción insuficiente, Mustafá se había hecho acompañar de músicos, que armaron un buen barullo, y un nutrido grupo de bailarinas de pantalones holgados y traslúcidos cuyos contoneos eran pura y llanamente indecentes y los velos ocultaban tan poco de su anatomía que Laurence no pudo evitar ponerse colorado por ellas, aunque su actuación fue muy celebrada por buena parte de los jóvenes oficiales. Los de comportamiento más escandaloso fueron los fusileros. Portis había aprendido la lección, pero Dunne y Hackley, más jóvenes y desbordantes de entusiasmo, obraron de un modo vergonzante al intentar aferrar alguno de los velos en su aleteo y manifestar su aprobación con silbidos. Dunne llegó incluso al extremo de apoyarse sobre una rodilla y extender la mano hacia la hermosa joven antes de que el teniente Riggs tuviera la sensatez de tomarle de la oreja y hacerle sentar.

El propio capitán estaba en peligro de verse arrastrado al mal camino. Las hermosas mujeres circasianas de miembros níveos y oscuros ojos no le apartaron de su objetivo en un primer momento, pues su ira ante tan tosco intento tuvo mayor fuerza que cualquier otra emoción y reemplazó a cualquier otra tentación que podría haber tenido, pero luego, cuando intentó dirigirse a Mustafá por vez primera, una de ellas se le acercó directamente con los brazos extendidos a fin de ofrecer una buena vista de sus pechos, muy poco cubiertos, sin dejar de mover las caderas siguiendo la cadencia de la música. La bailarina se sentó con ademán grácil en la poltrona del aviador al tiempo que alargaba los brazos delicados hacia él en gesto de descarada invitación, creando una barrera de lo más efectivo para cualquier posible conversación. No formaba parte de su carácter alejar a una mujer de un empellón...

... pero, por suerte, su virtud tenía un ángel guardián de lo más efectivo: Temerario bajó la cabeza para inspeccionarla con recelo y entrecerró los ojos al mirar las deslumbrantes ajorcas de oro antes de soltar un bufido. La joven no estaba preparada para semejante recepción por lo que retrocedió de un brinco y se alejó del diván para volver a la seguridad de bailar con sus compañeras.

Al fin, Laurence estuvo en condiciones de presionar al pachá en busca de algunas explicaciones, pero únicamente obtuvo de él vagas promesas de que la investigación daría frutos en breve.

—Ocurrirá pronto, muy pronto, por supuesto; aunque las tareas del gobierno son múltiples, capitán, estoy seguro de que se hace cargo.

—Entiendo perfectamente que arrime el ascua a su sardina, señor —le soltó el aviador sin rodeos—, pero se ha retrasado usted en exceso y ha dilatado cualquier discusión, y ahora se encuentra con que se ha agotado nuestra paciencia, y quizá le dé alguna respuesta que no sea de su agrado. —El mordaz comentario podía ser considerado perfectamente como una amenaza; es más, debía ser así, pues a ningún ministro del sultán podía pasarle por alto la vulnerabilidad de la ciudad ante un bloqueo o un ataque naval, ya que la Armada estaba a la distancia justa para poder lanzar un ataque desde Malta. Mustafá se quedó sin palabras por una vez y frunció los labios con fuerza—. No soy diplomático, señor —agregó Laurence—, y no soy capaz de expresar mis ideas en un envoltorio de finas palabras. Cuando sabe tan bien como yo que el tiempo es oro en este caso, y aun así me retiene sin propósito alguno, solo puedo considerar que su comportamiento es premeditado. Me resulta muy difícil creer que el embajador haya muerto, su secretario haya desaparecido y todo el personal de la legación se haya marchado sin decir ni «pío» ni dar explicaciones del resto del dinero y sabiendo que debían esperarnos.

Mustafá se irguió sobre su asiento al oír esto y extendió las manos con gesto de impotencia.

—¿Cómo puedo convencerle, capitán? ¿Se daría por satisfecho si visitara la residencia y la inspeccionara con sus propios ojos?

Laurence hizo una pausa, pues el pachá le había sorprendido con la guardia baja. Le había presionado con la intención de recuperar la libertad sin prever que le pudiera ofrecer algo no solicitado.

—Me alegraría tener la oportunidad de visitar la casa y hablar con los sirvientes que puedan quedar en el vecindario —contestó.

—No me gusta nada —dijo Granby cuando un par de guardias mudos llegaron poco después de la comida para escoltarle durante su misión—. Usted debería quedarse aquí. Déjeme ir en su lugar con Martin y Digby, y traeré a quienquiera que encuentre.

—Es improbable que le permitan traer hombres a palacio sin reparos. Tampoco creo que estén tan chiflados como para matarnos en las calles, máxime cuando quedan como posibles testigos Temerario y dos docenas de hombres —refutó Laurence—. Vamos a hacerlo bien.

—A mí tampoco me gusta perderte de vista —intervino el dragón, descontento—. No entiendo por qué no puedo ir yo. —Temerario se había acostumbrado a deambular libremente por Pekín y sus movimientos no se habían visto restringidos puesto que luego se habían desplazado por espacios abiertos.

—Me temo que las condiciones no son como las de China —le explicó Laurence—. Las calles de Estambul son demasiado estrechas como para que tú quepas, y además, sembrarías el pánico entre la población. Ahora, ¿dónde está el señor Tharkay?

Hubo un momento de silencio y confusión mientras miraban a su alrededor sin ver al guía por ninguna parte. Interrogaron deprisa a todos, pero nadie le había visto desde la noche anterior, y entonces Digby señaló hacia su yacija, cuidadosamente doblada en un rincón y apilada entre el equipaje. Estaba sin usar.

—Muy bien, tengo serias dudas de que vaya a volver, pero si así fuera, señor Granby, le pone usted bajo guardia hasta que yo tenga oportunidad de hablar con él.

—Sí, señor —contestó el primer teniente con gesto sombrío.

Al capitán Laurence se le ocurrieron unas cuantas frases contundentes para esa posible conversación con Tharkay cuando se plantó delante de la elegante residencia del embajador y se quedó allí, desconcertado, mirando las ventanas y la verja de la puerta cerradas a cal y canto. La mugre y los excrementos de rata empezaban a acumularse en el soportal. Los guardias se limitaban a mirarle sin entender los gestos mediante los que pretendía preguntar por los servidores, y aunque fue capaz de trasladar esa pregunta a los vecinos del lugar, descubrió que nadie hablaba ni una palabra de francés ni de inglés, y ni siquiera entendieron sus balbuceos en latín.

—Señor —dijo Digby en voz baja cuando Laurence regresó con las manos vacías por tercera vez—, tengo la impresión de que está abierta la ventana de un balcón lateral y me atrevería a decir que podría colarme dentro si el señor Martin me sostiene en alto para que pueda meter una pierna.

—De acuerdo, pero haga el favor de no romperse el cuello —contestó Laurence.

Luego, él y Martin auparon a Digby lo suficiente para que este llegara hasta el balcón. El muchacho trepó con la facilidad de una ardilla por la barandilla de metal, lo cual no era demasiado difícil para alguien que había crecido pegando brincos en el arnés de un dragón en vuelo. La ventana estaba medio entornada, pero el joven alférez estaba lo bastante delgado como para retorcerse y pasar.

Los guardias efectuaron una muda protesta cuando Digby abrió la puerta de la entrada desde dentro, pero Laurence los ignoró y entró con

Martin pisándole los talones. Arrastraron los pies sobre la paja y siguieron las huellas de pies desnudos sobre el polvo del zaguán. El rastro hablaba de movimientos apresurados a la hora de empaquetar y marcharse. Todos los muebles seguían en su sitio, cubiertos por sábanas. Las habitaciones estaban a oscuras y resonaban al menor ruido incluso después de que hubieran abierto las contraventanas, ese sonido característico e inquietante de las casas abandonadas que permanecen expectantes. El sordo tictac del gran reloj situado junto a las escaleras se oía con inusual fuerza.

Laurence subió los peldaños y recorrió las habitaciones sin hallar más que algunos papeles desperdigados por aquí y por allá. Al hacer el equipaje únicamente habían dejado jirones de tela y papel para encender la chimenea. Debajo del escritorio de un gran dormitorio, encontró un folio manuscrito con letra de mujer. Se trataba de la típica carta alegre escrita a casa, llena de noticias sobre los niños pequeños y curiosas historias acerca de la ciudad extranjera, que se interrumpía a media página y quedaba inconclusa. El aviador la dejó en su sitio, lamentando la intromisión.

Laurence creyó haber encontrado la alcoba de Yarmouth, una estancia más pequeña que el zaguán de la planta baja. Daba la impresión de que el ocupante había salido hacía menos de una hora a juzgar por lo hallado, una camisa limpia y dos abrigos colgados, un traje de noche, un par de zapatos de hebilla, un tintero y una pluma colocada de través en el escritorio, en uno de cuyos cajones halló el camafeo con el retrato de una joven, y estanterías llenas de libros, pero habían desaparecido todos los papeles, o al menos no había quedado ninguno que aportara información útil.

Volvió a bajar con las manos vacías. Digby y Martin se reunieron con él. No habían tenido mejor suerte en su registro de la planta baja. Al menos no había indicios de robo ni de acto delictivo alguno, aunque la casa estaba hecha un desastre y no se habían llevado ni un solo mueble. No había duda de que se habían marchado a toda prisa, pero no por la fuerza. Era muy comprensible que la esposa del embajador se hubiera comportado con extrema prudencia y se hubiera llevado a sus hijos y a los demás servidores tras la repentina muerte de su marido y la desaparición del secretario en circunstancias tan irregulares, máxime si se tenía en cuenta que mediaba una suma de oro astronómica y que se quedaba sola y sin amigos en una ciudad extranjera, y muy lejana de los aliados.

Pasarían varias semanas antes de recibir respuesta a una hipotética carta enviada a Viena para asegurarse, y ellos no disponían de tanto tiempo para averiguar la verdad, no antes de haber perdido irremediablemente el huevo, y allí no había nada que desmintiera la historia de Mustafá. Laurence dejó la casa descorazonado. Los guardias les hicieron gestos con impaciencia mientras Digby volvía a cerrar la puerta desde dentro para luego salir por el balcón y descolgarse desde allí hasta reunirse con sus compañeros.

—Gracias, caballeros, creo que ya sabemos todo cuanto podíamos averiguar —observó Laurence, que consideró innecesario hacer partícipes de su consternación a Martin y a Digby, a quienes les ocultó lo mejor posible su ansiedad mientras seguían a la escolta de regreso hacia el río.

El capitán estaba sumido en sus cavilaciones y prestó poca atención a los alrededores, la justa para no perder de vista a su séquito en medio de la multitud. El embajador había fijado su residencia en la municipalidad de Beyoğlu, junto al Cuerno de Oro, un lugar lleno de extranjeros y comerciantes. Las calles estrechas eran un hervidero de gente, por lo que apenas se podía andar, lo cual suponía todo un contraste después de habituarse a las amplias avenidas de Pekín, y además había un barullo de voces que los llamaban, pues los mercaderes apostados frente a sus negocios empezaban a hacerles señales en cuanto les ponían la vista encima a fin de atraerlos al interior de sus tiendas.

El gentío decreció, y la barahúnda con él, en cuanto se acercaron a la orilla. Tanto las tiendas como las casas tenían cortinas en las ventanas, pero de vez en cuando Laurence veía asomar algún rostro que contemplaba el cielo antes de desaparecer enseguida. Amplias sombras oscilaban en lo alto, ocultando de forma momentánea el sol, cada vez que los dragones volaban por encima de ellos, y lo hacían con tal cercanía que el capitán británico era capaz de contar el número de ventreros del arnés. Los guardias alzaban las miradas con aprehensión y los urgían a continuar lejos de la costa, aunque a Laurence le habría gustado detenerse a contemplar con más calma qué hacían por allí, encima de un área tan populosa, echando a perder el comercio del día, pues ahora solo se veían un puñado de hombres por las calles ensombrecidas por los dragones, y esos contados valientes avanzaban a toda prisa y con inquietud. Un perro ladró con más valor que sentido común, pero aunque el gañido penetrante cruzó la vasta extensión del puerto, las criaturas aladas le prestaron la misma atención que un hombre al zumbido de un mosquito y siguieron llamándose unas a otras en los cielos.

El botero los aguardaba mientras manoseaba con inquietud el extremo de la cadena del ancla, quizás a punto de abandonarlos. Les indicó con gestos que se apresuraran en cuanto los vio bajar la ladera de la colina. Mientras se alejaban de la orilla, Laurence giró sobre sí mismo para mirar a su alrededor. Al principio, pensó que esa media docena de dragones estaban de maniobras en el aire hasta que los vio por encima del puerto jalando de unos gruesos cabos para alinear las plataformas móviles sobre las que acarreaban los cañones, cuyos largos tubos resultaban inconfundibles.

El capitán inglés se adelantó a los guardias y saltó a tierra en cuanto la barca de trasbordo ganó la orilla opuesta para dirigirse enseguida a la dársena y echar un vistazo más de cerca, desde donde comprendió que no se trataba de trabajos de poca monta en cuanto vio las aguas del puerto abarrotadas por una multitud de embarcaciones ligeras con las líneas de flotación muy hundidas y repletas de hombres que disponían la siguiente hilera de cañones. Infinidad de asnos y caballos se comportaban con docilidad a pesar de la proximidad de los dragones, quizá porque el trajín sucedía lejos de su vista. Además de cañones, transportaban por el aire balas, toneles de pólvora y montones de ladrillos en un abrir y cerrar de ojos. Laurence habría necesitado semanas para acopiar sobre la ladera semejante cantidad de pertrechos bélicos. En lo más alto de la ladera, los dragones estaban bajando unos cañones ciclópeos sobre sus armazones de madera con la misma desenvoltura con la que dos hombres manejarían un tablón de madera.

Laurence no era el único observador, ni mucho menos. Se había congregado en la dársena una gran turba de ciudadanos que contemplaban la escena con atención y susurraban entre ellos con gran recelo. A no más de doce metros, una compañía de jenízaros de cascos empenachados observaba aquel tejemaneje con cara de malas pulgas y sin dejar de juguetear con las carabinas. Un joven emprendedor ofrecía a los espectadores el uso de un catalejo a cambio de una módica suma. Las lentes no eran muy potentes y desenfocaban un poco, pero cumplían bastante bien para mirar de cerca.

—Debe de haber unas veinte piezas de noventa y seis libras, a menos que me equivoque, y tal vez hayan instalado más a lo largo de la costa asiática. Ese puerto puede convertirse en una trampa mortal para cualquier nave que se ponga a tiro —le explicó Laurence a Granby en tono grave mientras se lavaba el rostro y las manos en una palangana sujeta a la pared para quitarse el polvo de las calles. Luego, por añadidura, hundió la cabeza en el agua y se restregó el pelo casi con violencia. *Voy a tener que cortarme las puntas con la hoja de la espada como no vaya pronto a una barbería,* pensó. Siempre se había negado a dejárselo lo bastante largo para llevar una coleta como Dios manda por lo molesta que resultaba cuando estaba mojada, pues siempre goteaba—. Y no crea usted que les preocupó lo más mínimo que yo viera ese dispositivo. Los guardias nos metieron prisa todo el día, pero estaban encantados con que me quedara allí plantado y estuviera mirando todo el tiempo que me apeteció.

—Pues me da que Mustafá también ha estado metiendo el hocico en nuestros asuntos —coincidió el primer teniente—. Ah, señor, me temo que no es lo único... Bueno, véalo usted mismo.

Se dirigieron junto a un lado del jardín. La pareja Kazilik había desaparecido, pero en su lugar había una docena de dragones cerca de Temerario, por lo que el jardín estaba atestado, y dos de ellos incluso se habían visto obligados a encaramarse encima de los lomos de los otros.

—Ah, no, son todos la mar de amistosos, únicamente han venido a charlotear —dijo el Celestial con mucha convicción, que ya estaba logrando hacerse comprender en una ensalada de francés, turco y el lenguaje dragontino, de modo que, aunque Temerario tuvo que esforzarse un poco y repetir la introducción, Laurence pudo ser presentado a los dragones turcos, que le saludaron amablemente con una inclinación de cabeza.

—Aun así, si tenemos que salir pitando, nos lo van a poner muy difícil —repuso el capitán inglés mientras los miraba de soslayo.

Temerario era muy rápido para un dragón de su envergadura, pero al menos los dragones mensajeros podían aventajarle, y Laurence era de quienes creían que un par de razas de tamaño medio podían igualarle en velocidad y demorarle el tiempo necesario hasta que le dieran alcance dragones con peso suficiente para trabar combate.

Pero eran unos guardianes agradables y demostraron estar bien informados.

—Sí, algunos me han hablado de los trabajos en el puerto. Han venido a la ciudad para ayudar —dijo Temerario una vez que Laurence le hubo descrito las obras de ingeniería. Los dragones de visita confirmaron de buen grado la suposición del aviador. Estaban reforzando el fuerte con múltiples baterías de artillería—. Parece muy interesante, me gustaría ir a echar un vistazo, si fuera posible.

—También a mí me encantaría mirar de cerca esas obras —apuntó Granby—. No se me ocurre cómo pueden utilizar a los caballos. Trabajar al mismo tiempo con equinos y dragones es un verdadero pandemónium. Nosotros podemos darnos con un canto en los dientes si las monturas no salen en estampida, y desde luego se les saca mucho menos rendimiento. Y no basta con mantener a los dragones fuera de su campo de visión, los caballos los huelen a kilómetro y medio.

—Me extrañaría que Mustafá se inclinara a dejarnos inspeccionar de cerca sus obras defensivas —repuso Laurence—. Una cosa es permitir que veamos la carta de la escasa utilidad de un posible ataque inglés contra sus fortificaciones y otra muy distinta mostrarnos el resto de sus naipes. ¿Hemos tenido noticias del pachá? ¿Ha enviado alguna explicación más?

—Ni pío desde que usted se fue, y tampoco le hemos visto el pelo a Tharkay —contestó Granby.

Laurence asintió y se sentó pesadamente sobre un escalón.

—No podemos abrirnos paso entre los ministros y los canales oficiales —dijo al fin—, y el tiempo se acaba. Hemos de pedir una audiencia con el sultán, su intercesión parece la vía más segura para obtener una rápida cooperación…

—Pero si hasta ahora ha dejado que nos den largas…

—No me parece que la intención del sultán sea echar por tierra del todo las relaciones con Inglaterra —respondió Laurence—, no después de Austerlitz, no cuando Bonaparte está más cerca que nunca. Si deseara retener los huevos, eso sería tanto como abrir una brecha definitiva e insalvable, pero mientras obre a través de intermediarios, como sus ministros, ni él ni su Estado se han comprometido y siempre le queda la salida de echarles la culpa. Y todo eso en un principio, si es que detrás de estas demoras no hay algún enredo político de mayor calado.

CAPÍTULO 7

Laurence empleó toda la tarde en la redacción de una nueva carta dirigida al gran visir; era una misiva menos vehemente que la que le había remitido a Mustafá Pachá. El envío le costó dos monedas de oro en lugar de una, ahora que el paje había tomado conciencia de que estaba en una posición de fuerza; mantuvo la mano alargada con firmeza después de que el aviador británico depositó una pieza sobre su palma, mirándole en silencio, a la espera, hasta que Laurence acabó por soltarle otra moneda, sabedor de que no estaba en condición de dar otra respuesta a semejante insolencia.

El mensaje no produjo reacción alguna esa noche, pero a la mañana siguiente creyó en un principio haber logrado al fin una respuesta, ya que, con la primera luz del alba, un hombre alto e imponente, seguido por un séquito de guardias eunucos negros, entró con paso enérgico y aire resuelto en el patio de los aviadores ingleses. Provocó algo de revuelo que hizo acudir de los jardines a Laurence, donde ya estaba preparando otro escrito en compañía de Temerario.

Se veía a la lengua que el recién llegado era un oficial de cierta graduación, un aviador a juzgar por la holgura y la longitud del sobretodo de cuero con ribetes suntuosamente bordados y el pelo corto que diferenciaba a los aviadores turcos de sus compañeros, siempre tocados con un turbante. Era además un militar condecorado, pues en su pecho centelleaba un *çelenk* enjoyado, una condecoración turca que se concedía en muy contadas ocasiones y que

Laurence reconoció por habérsela visto a Lord Nelson tras su triunfo en Egipto*.

El militar mencionó el nombre de Bezaid, lo cual le llevó a conjeturar que debía de ser el capitán del Kazilik macho con quien había trabado relación Temerario, pero su francés no era bueno, y Laurence creyó en un primer momento que el turco hablaba a grito pelado en un intento por hacerse entender. Se le amontonaron las palabras en la punta de la lengua mientras continuaba su atropellada explicación y luego se dirigió también a los dragones, dando grandes voces.

—Nada de cuanto he dicho es mentira —saltó Temerario, indignado.

Laurence se llevó una sorpresa mayúscula al comprender el significado de las pocas palabras que había logrado entender de semejante invectiva. El capitán otomano estaba muy acalorado y furioso, y aquella forma de hablar, con la que escupía más que pronunciaba las palabras, era más indicio de su monumental enfado y de sus dificultades para expresarse.

De hecho, el oficial acabó agitando el puño en el hocico del Celestial.

—No hace más que mentir —le dijo el turco a Laurence en francés mientras se llevaba un dedo al cuello y lo desplazaba de un lado a otro en un gesto que no necesitaba traducción alguna.

Tras finalizar ese discurso incoherente, se volvió y salió bramando al jardín. El puñado de dragones se apartó avergonzado y se echó a volar, alejándose. Resultaba obvio que, después de todo, no tenían orden alguna de custodiar a Temerario.

—¿De qué les has estado hablando a esos dragones, Temerario? —preguntó Laurence en el silencio subsiguiente.

---

* El *chelengk* o *çelenk* era una condecoración otomana consistente en una flor central con hojas y brotes de la que salían hacia arriba más hojas a modo de rayos. Tras la victoria en la batalla del Nilo, el sultán Selim III concedió dicha distinción a Horacio Nelson, que la popularizó en Occidente al llevarla siempre en su sombrero. [N. del T.]

—Únicamente les he explicado el concepto de propiedad —respondió el Celestial—, y les he informado que se les debe pagar por su trabajo y que no tienen por qué ir a la guerra caso de no desearlo, pues también pueden desempeñar otro tipo de cometidos, como las obras del puerto, lo cual quizá resultara más interesante, ya que entonces podrían ganar dinero para adquirir joyas y comida, y dar una vuelta por la ciudad cuando les apeteciera…

—¡Madre de Dios! —gimió Laurence.

Se hacía una imagen muy precisa de la perspectiva del aviador turco acerca de esas conversaciones cuando su dragón le expresara su deseo de no entrar en combate o realizar otro tipo de actividad que Temerario pudiera haberle sugerido a raíz de su experiencia en China, tales como la poesía o el cuidado de los niños.

—Roguemos por la pronta marcha de los demás dragones, o de lo contrario ya me veo a todos los oficiales de la Fuerza Aérea turca de los alrededores clamando contra nosotros a la vez.

—No me importa que vengan —contestó Temerario con obstinación—, y si este se hubiera quedado, me habría encantado podérselo decir. Si le preocupara de veras su dragón, querría tratarle bien y liberarle.

—No puedes hacer proselitismo ahora, Temerario. Aquí somos unos simples huéspedes, y poco más que unos mendigos —le replicó Laurence—. Pueden negarnos los huevos, y entonces el inmenso esfuerzo que hicimos para venir habrá sido en vano, y ya has visto, por supuesto, la de obstáculos que están poniéndonos en el camino sin necesidad de que les demos motivos para que se vuelvan quisquillosos. Debemos apelar a la buena voluntad de nuestros anfitriones en vez de ofenderlos.

—¿Y es preciso conformar a los hombres a costa de los dragones? —saltó el Celestial—. Después de todo, los huevos son de los dragones y lo cierto es que no veo por qué no negociamos directamente con ellos.

—Ellos no atienden a sus propios huevos ni se encargan de la eclosión. Sabes que los dejan a cargo de los capitanes, a quienes encomiendan su manejo —medió el aviador—. Me encantaría poder tratar con ellos, es imposible que fueran menos razonables que nuestros anfitriones —continuó él con cierta frustración—, pero, tal y como están las cosas, nos hallamos a merced de los turcos, no de sus dragones.

Temerario permaneció en silencio, aunque el rápido vaivén de la cola delataba su agitación.

—Pero ellos nunca van a tener la oportunidad de comprender su propia condición ni de saber que existe algo mejor. Se encuentran en un estado de ignorancia similar al que me hallaba yo antes de ver China. ¿Cómo va a producirse ningún cambio si no se enteran de todo eso?

—No vas a lograr cambio alguno sembrando el descontento entre ellos y enojando a los capitanes —repuso Laurence—, pero en todo caso, hay que anteponer nuestro deber hacia el esfuerzo bélico de nuestro país. Un solo Kazilik en nuestras filas podría marcar las diferencias entre la seguridad o la invasión de Inglaterra a través del Canal de la Mancha y desnivelar o no la guerra a nuestro favor. Difícilmente podemos poner en el fiel de la balanza algo que contrarreste semejante ventaja potencial.

—Pero... —Hizo un alto y se rascó la frente con la garra—, ¿qué diferencia va a haber cuando estemos en casa? Si la concesión de la libertad a los dragones causa también mucho trastorno en Inglaterra, ¿no interferirá eso en la contienda, y más aún que una posible retención de los huevos por parte de los turcos? Si algunos dragones no quisieran continuar luchando, eso perjudicaría asimismo a la guerra.

El Celestial agachó la cabeza para mirar a Laurence en busca de una respuesta que el aviador no podía dar porque así era en efecto como lo veía, y no podía mentirle ni salirse por la tangente ante una pregunta directa. No se le ocurría ninguna respuesta válida para satisfacer a Temerario, y conforme se prolongaba su silencio, la gorguera del dragón se iba abatiendo hasta pegarse a su cuello y los zarcillos colgaban sin fuerzas.

—Tampoco tú quieres que diga esas cosas cuando hayamos vuelto a casa —dijo Temerario quedamente—. ¿Me has seguido la corriente? Piensas que todo esto es una tontería y que no debemos formular ninguna petición.

—No, Temerario —respondió Laurence con un hilo de voz—. No es ninguna tontería, y tienes todo el derecho del mundo a ser libre, pero no egoísta... Sí, no tiene otro nombre.

Temerario se estremeció y echó la cabeza hacia atrás ligeramente, atónito. El aviador fijó la mirada en sus manos sin dejar de retorcerlas. Ahora no había ninguna forma de endulzarle la verdad, y debía pagar el error de haber pospuesto lo inevitable durante tanto tiempo con unos intereses de usura.

—Estamos en guerra —continuó el oficial— y nuestra causa es desesperada, pues nos enfrentamos a un general que jamás ha sido derrotado y está al frente de un país dos veces mayor que el nuestro y con muchos más recursos que las Islas Británicas. Como sabes, Bonaparte concentró tropas para lanzar una fuerza de invasión, y puede intentarlo de nuevo una vez que haya subyugado Europa entera a su dominio, y quizá con más éxito en ese segundo intento. En tales circunstancias, desencadenar una campaña para el logro de un fin personal con el riesgo real de perjudicar el esfuerzo bélico no merece otra consideración. El deber exige que antepongamos los problemas de la nación a los nuestros.

—Pero yo no deseo efectuar presión para cambiar las cosas en mi propio beneficio —protestó Temerario con la voz más baja que podía emitir su hondo pecho—, sino en el de todos los dragones.

—Si se pierde la guerra, ¿qué importa eso o cualquier otra mejora que hayas logrado a semejante coste? —dijo Laurence—. Bonaparte habrá tiranizado a toda Europa y nadie más gozará de libertades, ni hombres ni dragones.

Temerario permaneció en silencio y apoyó la cabeza entre las patas delanteras mientras se aovillaba.

—Te lo pido por favor, amigo, ten un poco de paciencia —continuó Laurence después de un prolongado y doloroso minuto de silencio, pues al aviador le partía el corazón ver tan abatido al dragón y deseaba que este pudiera recordar palabras suyas dichas con sinceridad—. Te prometo que habrá un principio. Encontraremos amigos dispuestos a escucharnos una vez que estemos en Inglaterra, y espero tener un pequeño poder de convocatoria. Hay muchos avances reales y mejoras prácticas que pueden lograrse sin causar trastorno alguno en el desarrollo de la guerra —continuó, casi a la desesperada—. Abriremos el camino con esos ejemplos y estoy seguro de que pronto encontrarás una mejor acogida y mayor éxito para tus ideas más ambiciosas si esperas un poco más.

—Pero la guerra debe ir antes —dijo el dragón en voz baja.

—Sí —contestó Laurence—, perdóname. No querría hacerte sufrir por nada del mundo.

Temerario sacudió la cabeza ligeramente y se inclinó sobre Laurence para acariciarle con el hocico durante unos instantes.

—Lo sé, Laurence —dijo el Celestial antes de incorporarse y marcharse para hablar con los otros dragones que seguían congregados en el jardín, a la expectativa.

Después de que todos emprendieran el vuelo, se alejó sin hacer ruido y con la cabeza gacha para acabar enroscándose a la sombra de unos cipreses, donde permaneció meditabundo. Laurence penetró en el pabellón y tomó asiento para observarle a través de la celosía, y entretanto no dejó de preguntarse con gran pena si después de todo Temerario no habría sido más feliz quedándose en China para el resto de sus días.

—Podría haberle dicho… —empezó Granby, pero luego se detuvo y negó con la cabeza—. No, lo cierto es que no —coincidió—. Lo siento de veras, Laurence, pero no veo modo de que pueda dorarle la píldora. No daría crédito al despliegue que debemos hacer en el Parlamento cada vez que les pedimos fondos para los gastos de mantenimiento de un par de puestos o conseguir mejores alimentos para los animales. Aunque solo debamos construirles esos pabellones, vamos a tener entre manos una segunda guerra interna, y eso en el mejor de los casos.

Laurence le miró.

—¿Perjudicará eso sus posibilidades, teniente? —preguntó en voz baja, pues, en cualquier caso, eran realmente escasas después de haber pasado más de un año lejos del hogar, sin ser visto por los oficiales encargados de designar a qué tenientes se les concedía la oportunidad de intentar enjaezar a un dragón, y habiendo no menos de diez hombres para cada huevo.

—Espero no llegar a ser tan interesado como para tener ese tipo de reparos. Ninguno de los compañeros a quienes les han asignado un huevo se ha obsesionado con eso, no que yo sepa. Los contados miembros que entramos en la Fuerza Aérea, como es mi caso, tenemos que ganarnos cada peldaño, pero si alguna vez tengo un hijo, podré ayudarle a subir ese escalón, o incluso a uno de mis sobrinos. A mí me basta, eso y servir en un fuera de serie como Temerario.

Empero, Granby no consiguió ocultar una nota de melancolía en la voz. Quería su propio dragón, por supuesto, y Laurence estaba seguro de que su servicio como primer teniente a bordo de un dragón pesado como Temerario le habría supuesto una inmejorable oportunidad en condiciones normales, pero, por descontado, sería una medida de presión muy injusta pedirle a Temerario que tuviera en consideración las circunstancias de Granby. Ahora bien, aquello pesaba mucho en el ánimo de Laurence. Él mismo se había beneficiado en buena medida de la influencia ejercida por sus superiores durante sus años en la Armada, aunque buena parte de su ascenso se debía a méritos propios, y consideraba un asunto de honor hacer lo mismo con sus oficiales.

Decidió salir. Temerario se había retirado a lo más hondo del jardín. Cuando al fin dio con él, lo encontró todavía enroscado y en silencio, aunque delataban su disgusto los hondos surcos hechos con las garras delanteras sobre las que ahora apoyaba la cabeza. Había entornado los párpados y miraba al infinito con aire ausente. Mantenía la gorguera aplastada contra el cuello en gesto de compungimiento.

El aviador no tenía una idea muy clara de qué decir, pero deseaba con desesperación no verle tan afligido, y le habría mentido de nuevo si no pensara que eso iba a hacerle más daño. Laurence se acercó aún más.

Temerario alzó la cabeza y le miró, pero ninguno de los dos habló. El hombre se colocó al costado del dragón y apoyó en él una mano. Temerario acomodó el pliegue del codo para que Laurence pudiera sentarse.

Se pusieron a cantar una docena de ruiseñores de algún aviario cercano. No les molestó ningún otro sonido durante un buen rato hasta que la cadete Emily cruzó los jardines a todo correr.

—Señor, señor —le llamó jadeante hasta que llegó junto a ellos y dijo—: Haga el favor de venir, señor. Quieren llevarse a Dunne y a Hackley para colgarlos.

Laurence la miró fijamente y abandonó de un salto el brazo de Temerario antes de salir corriendo hacia las escaleras del patio mientras que el dragón estiraba la cabeza y se asomaba por encima de la barandilla de la terraza. Casi toda la tripulación había salido al claustro, donde estaba armando un escándalo mientras forcejeaban con los guardias de la puerta y algunos otros eunucos de palacio, hombres de mayor posición a juzgar por las empuñaduras enjoyadas de las cimitarras y los ricos atavíos. Eran tipos de semblantes enérgicos y cuellos de toro, y no eran mudos, obviamente, pues soltaban furiosas imprecaciones al luchar contra los aviadores, más livianos, y derribarlos.

Dunne y Hackley estaban metidos de lleno en el alboroto. Los dos jóvenes fusileros jadeaban sin dejar de debatirse para soltarse de la férrea presa a la que los tenían sometidos.

—¿Qué pretendéis montando semejante jaleo? —aulló Laurence.

Todos volvieron la cabeza al oír aquel grito enfatizado por el sordo rugido de Temerario y el rifirrafe cesó. Los aviadores se echaron atrás y los guardias alzaron la mirada para mirar al dragón con una expresión que dejaba claro que se hubieran puesto blancos como la pared si su tez lo hubiera permitido. No soltaron a los cautivos, pero al menos no intentaron llevárselos de inmediato.

—Vamos a ver —dijo Laurence en tono grave—, ¿qué pasa aquí, señor Dunne? —El aludido y Hackley agacharon las cabezas sin decir nada, lo cual constituía toda una respuesta por sí misma. Resultaba obvio que se habían puesto a hacer alguna de sus payasadas y habían terminado por molestar a los guardias—. Ve a buscar a Hasán Mustafá Pachá —instó a uno de los guardias, a quien reconoció por ser uno de los que solían vigilarlos. El capitán británico repitió el nombre varias veces hasta que el hombre miró por el rabillo del ojo a los demás. De pronto, uno de los eunucos desconocidos habló con tono autoritario, un hombre alto e imponente tocado con un gran turbante con un rubí de considerables dimensiones sujeto con hilo de oro a la tela blanca como la nieve; contrastaba mucho con la tez oscura. Ante eso, el mudo asintió al fin y se marchó escaleras abajo para luego apresurarse hacia los terrenos de palacio. Laurence se dio la vuelta—. Respóndame ahora mismo, señor Dunne.

—No teníamos intención de hacer daño alguno, señor —contestó Dunne—. Nosotros pensamos, únicamente se nos ocurrió que... —Miró a Hackley, pero el otro fusilero permaneció callado, con la mirada ausente y con el pecoso semblante demudado—. Solo nos subimos al tejado, señor, y se nos ocurrió echar un vistazo por los alrededores de este sitio, y entonces esos tipos comenzaron a perseguirnos así que volvimos a cruzar el muro y corrimos de vuelta hasta aquí e intentamos meternos dentro.

—Ya veo —repuso Laurence con frialdad—, y, dada la gran prudencia de su acción, pensaron que podían hacer todo eso sin licencia mía ni del señor Granby.

Dunne tragó saliva y volvió a humillar la cabeza. Luego, reinó un silencio incómodo durante la espera, que resultó menos prolongada de lo supuesto, pues Mustafá dobló la esquina a buen trote detrás del guardia. Tenía el rostro veteado por trazos rojos a causa de la rabia y las prisas.

—Mis hombres abandonaron sus puestos sin permiso, señor —se anticipó Laurence—. Lamento cualquier molestia que hayan podido ocasionar...

—Debéis entregárnoslos —contestó Mustafá—. Serán ejecutados de inmediato por haber intentado entrar en el serrallo.

El aviador no dijo nada durante unos instantes mientras los dos fusileros se encorvaban aún más y clavaban en él miradas de súplica.

—¿Entraron en el área reservada a las mujeres?

—Señor, nosotros jamás…

—¡Cállese! —soltó Laurence con ferocidad.

Mustafá dialogó con los guardias. El jefe de eunucos señaló mediante ademanes a uno de sus hombres, quien respondió con un prolijo discurso hecho con señas.

—Las estuvieron mirando y les hicieron gestos por la ventana —contestó Mustafá mientras se volvía—. Es un insulto más que suficiente, pues todo hombre que no sea el sultán tiene prohibido mirar a las mujeres del harén ni tener trato con ellas. Aparte de él, solo los eunucos pueden hablar con ellas.

Temerario soltó un bufido tan enérgico cerca del chorro de la fuente al escuchar aquello que lanzó una lluvia de gotas sobre los rostros de todos.

—Eso es una sandez —estalló acaloradamente—. No voy a tolerar que maten a ningún miembro de mi tripulación y, de todos modos, no veo por qué alguien puede matar a una persona por hablar con otra cuando eso es del todo inofensivo.

Mustafá no hizo ademán de responderle, sino que calibró a Laurence con la mirada.

—Confío en que no tenga intención de desafiar la ley de sultán y, por tanto, ofenderle, capitán. Tengo entendido que ya ha dicho algo sobre la obligada cortesía entre nuestros respectivos países…

—Sobre ese tema, señor… —empezó a decir Laurence, fuera de sí ante aquel descarado intento de presión, pero se contuvo y se mordió la lengua a tiempo de no comentar la rapidez con que había acudido Mustafá en aquella ocasión, a diferencia de lo ocurrido en ocasiones anteriores ante sus retirados ruegos, ocasiones en que había estado demasiado ocupado para perder un momento con ellos. En vez de eso, intentó controlarse y, después de un momento, cambió su discurso—. Quizá vuestra guardia haya pecado de un exceso de celo y tal vez vuestros hombres hayan creído que ha ocurrido más de lo que en realidad ha pasado. Me atrevería a decir que mis hombres no han visto a las mujeres en ningún momento, y que si las han llamado, era para verlas. Eso ha sido una temeridad —añadió con gran énfasis—, y se les va a castigar por ello, de eso puede estar seguro, pero lo que no voy a hacer es entregarlos para que los maten basándome en el testimonio de un testigo que tiene todos los motivos del mundo para acusarlos de hacer más de lo que realmente han hecho, llevado por un deseo natural de librarse de una buena reprimenda. —Mustafá torció el gesto e hizo claro ademán de continuar con la discusión, pero Laurence agregó—: No vacilaría en entregarlos para que les aplicaseis vuestro concepto de justicia si hubieran ultrajado la virtud de alguna mujer, pero en circunstancias tan inciertas, y con un único testigo que declare contra ellos, he de apelar para conseguir cierto grado de clemencia.

No movió la mano de la empuñadura de la espada ni hizo señal alguna a sus hombres, pero estudió sus posiciones y la disposición de la impedimenta —la mayoría estaba dentro de los pabellones— todo lo posible sin ladear la cabeza. Si los turcos deseaban capturar por la fuerza a los fusileros, tendría que ordenar a sus hombres que subieran a bordo de Temerario dejándolo todo atrás, pero aquello acabaría pronto si media docena de dragones otomanos estaban en vuelo antes de que Temerario hubiera ganado altura.

—La clemencia es una gran virtud —respondió al fin Mustafá—, y desde luego sería una lástima que acusaciones infundadas e inoportunas enturbiaran las relaciones entre nuestros respectivos países. Estoy seguro de que usted garantizaría la misma presunción de inocencia si se produjera el caso inverso —añadió mientras dirigía una mirada elocuente al aviador inglés.

Laurence apretó los labios con fuerza.

—Puede contar con ello —mascculló entre dientes, perfectamente consciente de que se había comprometido a aceptar las posibles lagunas de las explicaciones de los turcos en tanto no tuviera pruebas de lo contrario, pero no le quedaba otra alternativa. No iba a cruzarse de brazos mientras veía cómo mataban a dos oficiales a su cargo por haber besado las manos de unas cuantas jovencitas a través de una ventana, aunque en aquel momento él mismo les habría retorcido el cuello muy gustosamente.

La comisura de los labios de Mustafá se curvó ligeramente antes de efectuar una inclinación de cabeza.

—Creo que nos hemos comprendido, capitán. Dejaremos que sea usted quien aplique el correctivo correspondiente a sus hombres. Confío en que el incidente no se repita. Es propio de caballeros mostrarse misericordioso una vez, pero hacerlo en una segunda ocasión es de idiotas.

El pachá reunió a los guardias y se los llevó a los jardines de palacio, no sin algún que otro sofocado grito de protesta por su parte. Cuando perdieron de vista a los turcos, los aviadores soltaron más de un suspiro de alivio y un par de fusileros se atrevieron a palmear las espaldas de Dunne y de Hackley, un comportamiento que debía cortarse por lo sano.

—Ya basta —dijo el capitán, amenazador—. Señor Granby, anote en el diario de a bordo que los señores Dunne y Hackley han dejado de formar parte de la tripulación de vuelo. Proceda a darlos de alta en la lista de la dotación de tierra.

Laurence no tenía ni idea de si podía degradar a un aviador a la condición de simple marinero, por así decirlo, pero no había lugar a réplica en su expresión y nadie hizo ademán de contestarle, salvo el contenido «sí, señor» de Granby. Era una sentencia dura que dejaría un mancha notable en los expedientes de ambos aun después de que los restituyera en sus puestos, tal y como pretendía hacer en cuanto hubieran aprendido la lección, pero tenía poca elección si debía castigarlos, habida cuenta de que no podía formar allí una corte marcial, tan lejos de casa, y los dos eran demasiado mayores como para reducir el castigo a unos cuantos azotes en el culo con una vara.

—Señor Pratt, engrillete a esos hombres. Señor Fellowes, confío en que la reserva de cuero le permita preparar un látigo.

—Sí, señor —contestó Fellowes al tiempo que se aclaraba la garganta con cierta alarma.

Reinó un silencio sepulcral que Temerario rompió, pues nadie más tenía valor para interceder.

—Laurence, Laurence... Mustafá y los guardias se han ido, ya no necesitas azotar a Dunne y a Hackley...

—Abandonaron sus puestos y pusieron en peligro el éxito de toda nuestra empresa con premeditación, y todo para satisfacer el más básico y carnal de los impulsos —replicó Laurence con rotundidad—. No, Temerario, no hables más en su defensa. Cualquier corte marcial los ahorcaría por ello, y el hecho de que sean jóvenes fogosos no sirve de excusa, como ellos saben de sobra.

Vio estremecerse a los jóvenes con sombría satisfacción y asintió secamente.

—¿Quién estaba de guardia cuando abandonaron sus puestos? —preguntó mientras estudiaba con la vista a toda la dotación.

Todos desviaron la mirada hasta que el joven Salyer dio un paso al frente.

—Yo, señor —respondió con una voz temblorosa que se le quebró a mitad de palabra.

—¿Los vio marcharse? —inquirió el capitán en voz baja.

—Sí, señor —susurró Salyer.

—Señor, nosotros le dijimos que guardara silencio, señor —se apresuró a decir Dunne—, solo íbamos a hacer un poco el tonto...

—Ya lo habéis hecho bastante —le atajó Granby.

Salyer no buscó ninguna excusa y en realidad era un muchacho a quien habían ascendido a guardiadragón hacía poco tiempo, aunque era alto y larguirucho, como era propio tras su estirón de adolescente.

—Señor Salyer, no se puede confiar en usted para montar guardia. Queda degradado a alférez —dijo Laurence—. Vaya al jardín y corte una rama de árbol. Luego, búsqueme en mis aposentos.

Salyer se alejó dando traspiés mientras ocultaba el rostro con las manos, debajo de las cuales estaba colorado.

El capitán se volvió hacia Dunne y Hackley.

—Cincuenta latigazos a cada uno, y pueden considerarse ustedes muy afortunados. Señor Granby, nos reuniremos en el jardín para presenciar el castigo a las once. Asegúrese de que la campana pueda dar las horas.

Se marchó a su pabellón y dio diez azotes a Salyer cuando este acudió. Eran muy pocos a fin de que el chico no quedara humillado por echarse a llorar, pero el muchacho cometió la estupidez de cortar una rama verde y muy flexible, con lo cual el dolor del castigo fue mayor de lo esperado y la piel resultó más dañada.

—Eso bastará, pero espero que no lo olvide —dijo Laurence.

Luego, le ordenó que se marchara antes de que los trémulos jadeos se convirtieran en sollozos.

Entonces, sacó sus mejores galas. Todavía no tenía una casaca de más calidad que la prenda china, pero hizo que Emily Roland le puliera las botas y Dyer le alisara el corbatín mientras él se marchaba al exterior con una jofaina para afeitarse. Ciñó la espada de gala y se caló el mejor sombrero antes de salir otra vez en busca del resto de su tripulación, que tras ponerse la ropa de los domingos, empezaba a reunirse e improvisaba un armazón con las astas de los banderines de señales desprovistas de la tela que hundieron profundamente en el suelo. La cabeza de Temerario rondaba nerviosamente por allí, removiéndose de un lado para otro y dejando profundas marcas en la tierra.

—Lamento pedírselo, señor Pratt, pero hay que hacerlo —dijo Laurence al armero con un hilo de voz. Pratt tenía la cabeza hundida entre los hombros, pero asintió una vez—. Yo llevaré la cuenta de los latigazos para mis adentros, no hace falta que cuente en voz alta.

—Sí, señor —dijo el armero.

El sol se había aupado un poco más alto en el cielo. La dotación se congregó en el lugar acordado y se mantuvo a la espera durante algo más de diez minutos. Laurence no habló ni se movió hasta que el señor Granby carraspeó y dijo con gran formalidad:

—Haga el favor de marcar las once con la campana, señor Digby.

La campana tocó las once con un tañido suave.

Dunne y Hackley fueron atados a los postes. Les habían despojado de la ropa hasta la cintura y llevaban sus pantalones más gastados. Al menos, no se pusieron en ridículo y adelantaron las manos para que se las ataran. Pratt permanecía en pie con gesto apesadumbrado a diez pasos, haciendo pasar la larga cola del látigo por la palma de la mano y doblándolo cada pocos centímetros. A juzgar por su aspecto, parecía una correa desechada por ajada del arnés de Temerario, lo cual era bueno, pues el uso la había desgastado de forma considerable, y en cualquier caso, era mejor que un látigo de cuero nuevo.

—Procedan —dijo Laurence.

Se hizo un silencio sepulcral, roto únicamente por el silbido del látigo al cortar el aire y los jadeos y los alaridos de dolor, que poco a poco fueron más débiles. La tensión de los cuerpos de los flagelados se iba reduciendo a medida que se prolongaba la tanda de latigazos y los fusileros colgaban pesadamente de las ataduras de las muñecas, sujetas al travesaño, al tiempo que empezaban a aparecer gotitas de sangre en la espalda. Temerario se lamentó apesadumbrado y escondió la cabeza debajo de las alas.

—Con ese son cincuenta, señor Pratt —anunció Laurence, aunque ni siquiera habían llegado a los cuarenta. Sin embargo, él dudaba de que ningún miembro de la tripulación hubiera llevado la cuenta y todo aquello le asqueaba en lo más hondo de su ser. Rara vez había ordenado una azotaína de más de una docena de latigazos, ni siquiera como capitán de navío, y la práctica era de lo más inhabitual entre los aviadores. Dunne y Hackley eran demasiado jóvenes para la gravedad de la ofensa y él se maldijo, y no poco, porque las cosas hubieran llegado a semejantes extremos.

Aun así, debía hacerse. Ellos estaban perfectamente informados, pues apenas unos días antes se les había reprendido por la misma falta, y dejar impune aquella flagrante indisciplina los habría arruinado del todo como soldados. No hacía tanto que Granby se había lamentado en Macao del efecto pernicioso de los viajes largos sobre los jóvenes oficiales, pues a la inactividad de la travesía le había seguido demasiada dosis de aventura, que en modo alguno sustituía la firme presión de la disciplina del día a día en las bases. El valor no bastaba para ser soldado. A Laurence no le preocupó ver en los rostros de los demás oficiales, en especial los de los más jóvenes, la honda impresión que había causado el castigo. Al menos podría obtener algún provecho, aunque fuera pequeño, de aquel desgraciado incidente.

Cortaron las ataduras de Dunne y de Hackley y los bajaron para luego llevarlos de vuelta al pabellón de mayor tamaño sin demasiados miramientos. Los depositaron en un rincón separado con una mampara sobre un par de catres previamente preparados por Keynes. Los flagelados yacieron tumbados sobre el estómago respirando de forma agitada y semiinconscientes. El cirujano mantuvo los labios tensos mientras les limpiaba la sangre de las espaldas; a continuación les hizo beber un vaso de láudano lleno solo en una cuarta parte para que se durmieran.

—¿Cómo se encuentran? —preguntó Laurence al cirujano a última hora de la tarde. Permanecían callados y yacían inmóviles después de que les hubiera administrado la droga.

—Bastante bien —contestó Keynes de manera cortante—. Me estoy acostumbrando a tenerlos como pacientes. Acababan de recibir el alta hace pocos...

—Señor Keynes... —le contuvo el capitán en voz alta.

—Les ha subido unas décimas de fiebre, pero no es de extrañar, pues ambos tienen cierta predisposición a la calentura. Son jóvenes y fuertes, y las heridas han dejado de sangrar estupendamente. Deberían estar de pie mañana, aunque, en cualquier caso, habría que esperar un poco.

—Muy bien —dijo Laurence, que se dio la vuelta para...

... toparse con Tharkay, que estaba justo delante de él dentro del pequeño círculo de luz de las velas, mirando a Dunne y a Hackley en sus lechos, y cuyas espaldas marcadas estaban al aire, dejando ver perfectamente los verdugones de intenso color rojo que iban adquiriendo un tono púrpura en los costados.

Laurence le miró fijamente y soltó un agudo bufido.

—Bien, señor, de modo que ha regresado, ¿no? —dijo con furia sofocada—. Me sorprende que asome la cara por aquí otra vez.

—Espero que mi ausencia no le haya causado demasiados inconvenientes —repuso el mestizo con una calma rayana en lo insolente.

—Ha sido demasiado corta —contestó el aviador—. Tome su dinero, tome sus cosas y desaparezca de mi vista. Desearía poderle mandar al infierno.

—Bueno —replicó el guía al cabo de unos instantes—, supongo que quizá convenga que me vaya si ya no precisa más de mis servicios. En tal caso, me disculparé ante el señor Maden. No debí haber comprometido su presencia.

—¿Quién es ese tal Maden? —preguntó Laurence con cara de pocos amigos. El nombre le sonaba vagamente familiar. Entonces, lentamente, llevó la mano a un bolsillo de la casaca del que extrajo la carta que el guía le había entregado hacía ya tantos meses en Macao. La hoja todavía conservaba la marca de los sellos, y una de ellas era de una gruesa letra eme—. ¿Se refiere al caballero que le encomendó traernos nuestras órdenes? —preguntó con aspereza.

—Así es —contestó Tharkay—. Es banquero en esta ciudad y el señor Arbuthnot le pidió que encontrara a un mensajero de confianza para la carta, y me tenían por tal. —Había una pequeña nota de mofa en su voz—. Él le invita a cenar. ¿Va a venir?

CAPÍTULO 8

—Ahora —dijo Tharkay en voz muy, muy baja cuando hubo pasado la ronda nocturna.

Se hallaban pegados al muro de palacio. Lanzaron un cabo con garfio para subir y bajar una pared de superficie desigual y llena de puntos de apoyo. No era un gran desafío para un marinero. Se adentraron en los jardines extramuros, donde los pabellones de recreo estaban situados de cara al mar y una imponente columna solitaria se erguía hasta rozar la media luna bajo cuya luz cruzaban el herbazal. Después, llegaron sanos y salvos a campo abierto caminando por entre los matorrales silvestres de la ladera de la montaña y los restos de unas ruinas antiquísimas cubiertos de hiedra, arcadas de ladrillo y columnas caídas a los lados.

Debieron escalar otro muro cuya trayectoria discurría alrededor de un vasto territorio, y era demasiado largo como para estar bien vigilado. Acto seguido se encaminaron hacia la orilla del Cuerno de Oro donde la suave llamada de Tharkay atrajo a un barquero para que los llevara a la otra ribera en un bote lleno de filtraciones. Las luces de las ventanas y de los fanales de los botes en ambas orillas arrancaban destellos a las aguas del afluente, que centelleaba hasta hacer honor a su nombre a pesar de la penumbra nocturna. Los lugareños tomaban el fresco en las terrazas y los balcones y el sonido de la música flotaba suavemente sobre las aguas.

Laurence habría deseado detenerse a echar un vistazo al puerto y estudiar de cerca los trabajos que había visto el día anterior, pero Tharkay le condujo sin pausa en dirección opuesta y enseguida caminaron por las calles. No tomaron la misma dirección que conducía a la embajada, sino que se encaminaron hacia la Torre Gálata, que se alzaba sobre la colina como un centinela. Un antiquísimo muro desmoronado y desatendido de baja altura circunvalaba todo el distrito alrededor de la torre de vigilancia. Las callejas eran mucho más silenciosas. Únicamente seguían abiertas un puñado de cafeterías propiedad de griegos e italianos en cuyas mesas estaba sentado un pequeño grupo de hombres conversando en susurros sobre tazas de té de manzana turco de las que emanaba un aroma dulce. De vez en cuando, algún ferviente fumador de narguile miraba al exterior mientras dejaba escapar de entre los labios finas volutas de humo fragante.

La magnífica casa de Avraam Maden estaba rodeada por árboles de copas anchas y duplicaba en tamaño a las del vecindario. Se hallaba en una avenida desde la que se gozaba de una clara vista de la antigua torre. Una doncella les dio la bienvenida y en el interior vieron todos los signos propios de una residencia grande y lujosa, como alfombras antiguas pero opulentas y todavía relucientes o retratos de hombres y mujeres ojinegros en las paredes con marcos de oro. *Tienen más pinta de españoles que de turcos,* pensó Laurence.

Maden les escanció una copa de vino mientras la doncella les ofrecía un platel con panes finos junto con una fuente de berenjena muy picante y otra de pasas dulces y dátiles cortados y servidos con nueces bañadas en vino tinto para darles sabor.

—Mi familia es de origen sevillano —contestó el banquero cuando Laurence mencionó los retratos—. El sultán nos acogió cuando nos expulsaron el rey y la Inquisición.

Laurence tenía nociones vagas sobre las restricciones de la dieta judía, por lo que supuso que no le esperaba una cena muy opípara, aunque el ágape posterior fue más que respetable: una suculenta pata de cordero asada al modo turco, con hierbas espolvoreadas y rociada con un chorrito de aceite, servida en rodajas sobre una bandeja con una guarnición de patatas nuevas con piel, y un pescado entero asado con pimientos y tomates fuertemente condimentado con cúrcuma amarilla, y un ave de corral estofada de forma tan exquisita que era imposible ponerle objeciones.

Maden solía actuar como factor o apoderado de los visitantes ingleses, por lo cual no era de extrañar que hablara un inglés excelente, como los cinco miembros de su familia, tres de los cuales también se hallaban sentados a la mesa. Los dos hijos varones ya habían fundado sus propios hogares, por lo que en la casa paterna solo permanecía además de su esposa, su hija Sara, una joven que había dejado atrás la edad escolar hacía mucho, y aunque todavía no había llegado a la treintena, era mayor para permanecer soltera si se tenía en cuenta la fabulosa dote que su padre parecía ser capaz de proporcionarle. El aspecto y los modales de la mujer eran agradables aunque la melena y las cejas negras, muy similares a las de su elegante madre, le conferían un aire extranjero. Se sentaba en el lado opuesto al de los invitados y mantuvo los ojos entornados, ya fuera por modestia o por timidez, aunque hablaba con mucha desenvoltura y aplomo cuando se dirigía a alguien.

El aviador no se atrevió a sacar a colación sus perentorias preguntas por considerarlo descortés, por lo que echó mano a la descripción de su viaje en dirección oeste, lo cual dio lugar a varias preguntas por parte de sus anfitriones, que al principio se mostraron muy amables, pero pronto dieron rienda suelta a una gran curiosidad. Laurence había sido educado en la creencia de que todo buen caballero estaba obligado a ofrecer una buena conversación en la mesa y el viaje se convirtió en fuente suficiente de anécdotas para que ese deber fuera una carga muy liviana. Efectuó algunas alusiones a ciertos peligros, como las tormentas de arena y la avalancha, pero no mencionó su encuentro con los asaltantes del campamento en deferencia a las damas, aunque concitó suficiente interés sin necesidad de relatar ese pasaje.

—... y entonces, los muy tunantes tomaron las reses y volvieron a irse sin pedir permiso mientras el bribón de Arkady meneaba la cabeza en señal de burla al tiempo que se iba y nos dejaba allí, paralizados y boquiabiertos —concluyó Laurence, refiriendo el mortificante numerito de los dragones salvajes a las puertas de la ciudad—. Estoy seguro de que volvieron a sus montañas bien pagados de sí mismos, y en cuanto a nosotros, lo más sorprendente de todo es que no hayamos acabado presos.

—Una fría recepción después de un arduo camino —admitió Maden, divertido.

—Sí, fue realmente duro —dijo Sara Maden en voz baja y sin alzar los ojos—. Me alegra que todos llegaran sanos y salvos.

Se produjo una breve pausa en la conversación. Entonces, Maden alargó la mano y le tendió a Laurence la bandeja del pan.

—Bueno —dijo—, espero que estén cómodos en palacio. Allí al menos no los molestará todo este barullo que padecemos.

Evidentemente, debía referirse a las obras del puerto, que eran de lo más molestas.

—¿Quién puede ser capaz de hacer algo con esas criaturas enormes encima de la cabeza? ¡Menudo escándalo arman...! ¿Y qué pasa si se les cae un cañón? Son seres terribles. Me gustaría que no se les permitiera la entrada a los enclaves habitados. No me refiero a su dragón, capitán. Estoy segura de que se comporta maravillosamente —se apresuró a añadir, conteniéndose, y hablando a Laurence con aire de disculpa y cierta confusión.

—Imagino que debe pensar que nos quejamos por una insignificancia —apuntó Maden, acudiendo al rescate de su hija— cuando usted los atiende a diario tan de cerca.

—No, señor —contestó el aviador—. La verdad es que me ha sorprendido mucho ver volar dragones sobre la ciudad. En Inglaterra no se nos permite pasar cerca de zonas pobladas y debemos seguir rutas específicas cuando sobrevolamos ciudades para no sobresaltar a la población ni al ganado, e incluso así nuestros movimientos producen algo de ruido. Temerario se ha quejado a menudo de que es una constricción agobiante. Entonces, ¿he de entender que esta situación es nueva?

—Por supuesto —respondió la señora Maden—. Jamás he oído semejante ruido antes y espero no volverlo a escuchar en cuanto esto termine. Y tampoco nos avisaron. Aparecieron una mañana en cuanto concluyó la llamada a la oración. Tuvimos que quedarnos temblando en casa todo el día.

—Uno termina por acostumbrarse —aseguró Maden mientras se encogía de hombros con resignación—. La cosa se ha suavizado un poco durante las dos últimas semanas y las tiendas vuelven a abrir, con o sin dragones.

—Sí, y cuanto antes mejor —intervino la señora Maden—. ¿Cómo vamos a disponerlo todo en menos de un mes…? ¡Nadire! —llamó a la doncella; luego, efectuando una pausa apenas perceptible, dijo—: Dame vino, por favor.

La menuda doncella entró y le hizo entrega de la licorera que descansaba muy cerca, encima del aparador, antes de marcharse a la carrera. Mientras, la botella volvía a circular por la mesa.

—Mi hija va a casarse pronto —explicó con un tono de desconcertante discreción, casi a modo de disculpa.

Laurence fue incapaz de comprender el silencio que se apoderó de la mesa. La señora Maden se mordía el labio sin apartar la vista del plato. Tharkay lo rompió tras alzar su vaso para proponer un brindis.

—Bebo a vuestra salud y por vuestra felicidad —le deseó a Sara.

Ella alzó al fin sus ojos negros y miró a Tharkay antes de elevar el vaso entre ellos, pero el momento se prolongó demasiado.

—Felicidades —dijo Laurence, impulsado por su deseo de ayudar a llenar el silencio, y alzó su copa hacia ella.

—Gracias —contestó ella. Apenas había color en las mejillas de la mujer, pero su voz no tembló e hizo una cortés inclinación de cabeza. El mutismo continuó, y al final fue la propia Sara quien lo rompió. Irguió los hombros para retreparse sobre la silla y se dirigió a Laurence con algo más de compostura—. ¿Puedo preguntarle qué ha sido de los muchachos, capitán? —Al aviador le habría encantado corresponder al coraje de la joven con una respuesta rápida, pero estaba tan perplejo que no comprendió la pregunta hasta que ella no añadió—: ¿Acaso no forman parte de su tripulación los chicos que husmearon en el harén?

—Ah, sí, eso me temo —repuso Laurence, mortificado al darse cuenta de lo deprisa que había corrido la historia, aunque esperaba no agravar la situación hablando de ella. Le parecía tan inconcebible que aquello pudiera ser tema de conversación de una joven dama turca como que una debutante inglesa en sociedad preguntara sobre una *demimondaine** o una cantante de ópera—. Os aseguro que han recibido un castigo ejemplar por su comportamiento y que el incidente no va a repetirse.

—Pero, entonces, ¿no los han llevado al patíbulo? —inquirió—. Me alegra saberlo. Tranquilizaré a las mujeres del serrallo. No hablaban de otra cosa. Confiaban en que los muchachos no sufrieran tanta severidad.

—Ah, pero, ¿ellas salen a hacer vida social? —quiso saber Laurence, que siempre había imaginado la naturaleza del harén muy similar a la del presidio, y con una férrea prohibición de contacto con el mundo exterior.

—Actúo como *kira* o agente de negocios de una de las *haseki kadin*** —le explicó Sara—. Ellas abandonan el harén a veces para realizar excursiones, pero no sin que se arme un gran revuelo, pues han de ir fuertemente escoltadas en coches cerrados, ya que no está permitido que nadie las vea. Y necesitan siempre contar con el permiso del sultán, pero yo gozo de libertad para entrar y salir al ser una mujer.

—Entonces confío en que podáis hacerles llegar mis disculpas y las de esos jóvenes por la intrusión —repuso Laurence.

—Lo cierto es que ellas preferirían una intrusión más exitosa y prolongada —contestó Sara con un atisbo divertido en la cara que se convirtió en sonrisa al ver al azoramiento del aviador—. Oh, no me refiero a una indiscreción, pero ellas se aburren muchísimo, pues no se les permite otra cosa que la indolencia, y el sultán está más interesado en las reformas que en sus favoritas.

Ella y su madre abandonaron la mesa una vez que concluyó la cena. Sara no miró a los lados y salió erguida. Tharkay contemplaba en silencio el jardín de detrás de la casa a través de la ventana.

Maden suspiró quedamente y vertió más de aquel tinto peleón en la copa mientras la criada traía los dulces de acompañamiento, una bandeja de mazapanes.

---

* Eufemismo del siglo XIX usado para referirse a las amantes mantenidas por los hombres adinerados. [N. del T.]

** Madres de las hijas del sultán. [N. del T.]

—Tengo entendido que desea formularme algunas preguntas, capitán.

Él había servido al embajador Arbuthnot no solo como intermediario para arreglar que Tharkay fuera el mensajero, sino como banquero, y daba la impresión de que también había sido el agente más destacado de la transacción.

—Puede figurar las precauciones que adoptamos —dijo—. El oro no llegó en un único envío, sino en varios barcos fuertemente escoltados que arribaron a intervalos. Todo estaba dispuesto en cofres marcados como lingotes de hierro y se guardó en mi cámara de seguridad hasta que reunimos la totalidad de la suma.

—Señor, hasta donde usted sabe, ¿se había firmado ya el acuerdo cuando se trajo el dinero del pago? —preguntó Laurence.

El banquero extendió las manos con las palmas hacia arriba en un gesto que eludía el compromiso.

—¿Y qué valor tiene un contrato firmado entre monarcas? ¿Quién va a juzgar semejante disputa? Ahora bien, el embajador Arbuthnot pensaba que todo estaba hecho. De otro modo, ¿habría corrido un riesgo tan grande al traer hasta aquí semejante suma? Todo parecía ir bien y estar en orden.

—Pero si el importe jamás se entregó... —empezó el aviador.

Yarmouth había acudido con instrucciones manuscritas del embajador para acordar la entrega unos días antes de la muerte del segundo y la desaparición del primero.

—Ni por un momento dudé de la validez del mensaje, pues conocía perfectamente la letra del embajador y sabía que confiaba plenamente en Yarmouth —prosiguió—, un joven estupendo y siempre dispuesto que se iba a casar en breve. Jamás le creería capaz de jugar sucio, capitán.

Empero, habló con cierta reticencia y no había la misma seguridad en las palabras que en la voz del banquero.

Laurence permaneció en silencio.

—¿Envió usted el dinero tal y como él le pidió?

—Así es, lo despaché a la residencia del embajador —confirmó Maden—. Por lo que deduje, debía ser entregado directamente al tesoro turco, pero el embajador murió al día siguiente.

El banquero tenía los recibos firmados por Yarmouth, aunque no por el embajador, y aunque con cierto malestar por su parte, acabó enseñándoselos al aviador.

—Usted ha sido muy amable, capitán, pero hablemos clarito —le espetó el banquero después de que Laurence los hubiera examinado durante un buen rato—. Esta es la única prueba de que dispongo. Los hombres que transportaron el oro llevan a mi servicio muchos años, y el único encargado de recibirlo era Yarmouth. Habría restituido el dinero perdido en unas circunstancias similares de mis propios fondos, ya que habría preferido la pérdida de una pequeña suma antes que la de mi reputación…

El capitán británico había estado examinando de cerca los recibos a la luz de una lámpara. Tal vez había aflorado esa sospecha en un rincón de su mente, cierto, pero entonces dejó caer los papeles sobre la mesa y se dirigió hacia la ventana de la habitación, enfadado consigo mismo y con el mundo.

—Dios bendito —murmuró para sí—, ¿a dónde hemos llegado para sospechar de todo el mundo? —Se volvió hacia el banquero—. No. Le ruego que no se atribule, señor. Me atrevería a decir que usted tiene sus tortuosidades, pero dudo mucho de que haya orquestado el asesinato de un embajador británico y la vergüenza de su país. Por lo demás, el embajador Arbuthnot y no usted era el responsable de salvaguardar nuestros intereses en esta materia. Si él confió demasiado en el tal Yarmouth y se equivocó a la hora de juzgar a ese hombre… —Se calló y sacudió la cabeza—. Señor, le ruego que me diga si mi pregunta le resulta ofensiva y la retiraré de inmediato, pero usted conoce a Hasán Mustafá… ¿Es posible que él esté involucrado? Quizás él mismo o tal vez en connivencia con alguien si contemplamos el caso, ¿tal vez con Yarmouth? Estoy convencido de que nos ha mentido de forma premeditada, al menos en lo de que los acuerdos no habían concluido.

—¿Posible…? Todo es posible, capitán, cuando hay un hombre muerto, otro desaparecido y se han desvanecido miles y miles de libras de oro. ¿Qué no es posible? —Maden se frotó el entrecejo con gesto cansado en un intento por calmarse y después de un momento contestó—: Disculpe, capitán. No, no, no lo creo. Hasán Mustafá y su familia son decididos partidarios de las reformas del sultán y la depuración de los cuerpos de jenízaros... Su primo está casado con la hermana del sultán y su hermano es el comandante del nuevo ejército turco. Tampoco puedo decir que sea un hombre de honor sin mácula, pero ¿hasta qué punto puede serlo un hombre que anda metido en política hasta las trancas? Pero no le veo traicionando toda su obra y la de su familia. Un hombre puede soltar una mentirijilla para salvar la cara o complacerse en soltar una excusa que le exima de un acuerdo lamentable sin convertirse en un traidor.

—Aun así, ¿por qué tendrían que arrepentirse? Napoleón era y es una amenaza, tanto entonces como ahora, y todos necesitamos el mayor número posible de aliados —contestó Laurence. La resistencia de nuestras fuerzas en el Canal debe tener un valor innato para ellos, ya que arrastra más fuerzas de Napoleón hacia Occidente.

Maden parecía vagamente desconcertado, y Laurence le urgió a hablar con franqueza.

—Desde Austerlitz, se ha generalizado la creencia de que Napoleón es invencible, capitán, y, por tanto, la nación que elija ser su enemiga comete una estupidez. Lo siento —agregó al ver la cara de pocos amigos de Laurence—, pero eso es lo que el pueblo dice en las calles y en los cafés, e imagino que también los ulemas y los visires. Es de dominio público que el emperador de Austria se sienta en su trono porque Napoleón lo tolera. Conviene no enfrentarse a él en modo alguno.

Tharkay hizo una honda reverencia a Maden cuando se marcharon.

—¿Vas a quedarte mucho tiempo en Estambul? —le preguntó el banquero.

—No, y no regresaré jamás —respondió el guía.

Maden asintió.

—Que Dios te acompañe —dijo con dulzura, y se quedó en la puerta, mirándolos mientras se marchaban.

Laurence estaba exhausto, y era algo más que una mera fatiga física, y Tharkay permanecía encerrado en sí mismo. Debieron esperar un tiempo en la ribera del río a que apareciera un barquero. Soplaba sobre el Bósforo un viento fresco como para provocarles algún que otro escalofrío, pero la noche todavía retenía el calor del estío. El frío de la brisa marina avivó al oficial inglés, que miró a su acompañante, de expresión hierática e inconmovible, cuyas facciones inalterables no transmitían emoción alguna, salvo, quizá, cierta tirantez en las comisuras de los labios, aunque resultaba difícil de apreciar a la luz del fanal.

Al fin pasó un batelero que conducía su bote río arriba y los cruzó al otro lado en medio de un silencio sepulcral, únicamente roto por el chasquido de la madera y el golpeteo vacilante e inseguro de los remos en el agua mientras el barquero resollaba con dificultad y el agua se ondulaba alrededor de la embarcación. La luz de las velas del interior de las mezquitas se proyectaba sobre los cristales manchados de las ventanas y los domos pulidos relucían juntos creando una imagen similar a la de un archipiélago en medio de un mar de negrura dominado desde lo alto por el esplendor monumental de Hagia Sophia*. El hombre saltó del bote y lo sostuvo para que pudieran bajar los viajeros. Dieron un brinco para caer sobre la orilla al relumbre de otra mezquita, que daba la impresión de ser pequeña a causa de la comparación. Gaviotas de vientres amarilleados por el reflejo de la luz volaban enloquecidas alrededor del domo profiriendo gritos estridentes.

Las calles estaban vacías mientras subían hacia los muros de palacio pues era demasiado tarde para los mercaderes —ahora estaban cerrados incluso los bazares y las cafeterías— y demasiado pronto para los pescadores. Quizá la hora, la fatiga o la distracción les habían inducido a confiarse

---

* Hagia Sophia en griego o Ayasofya Müzesi en turco es la iglesia ortodoxa de la Divina Sabiduría. Fue construida por orden de Justiniano entre 532 y 537 d.C. y está dedicada a la Segunda Persona de la Santísima Trinidad. Se convirtió en mezquita tras la conquista otomana. [N. del T.]

demasiado, o quizá solo fue un golpe de mala suerte, pero lo cierto es que un grupo de guardias pasó a su lado. Laurence estaba en lo alto del muro a la espera de ofrecer la mano a Tharkay, que se hallaba a medio camino, cuando de pronto aparecieron juntos otros dos guardias rezagados y enzarzados en una conversación sigilosa en el recodo del camino. Iban a descubrirlos de un momento a otro.

Tharkay se soltó y se dejó caer al suelo para luego ponerse en pie. Los centinelas avanzaron dando la voz de alarma mientras echaban mano a las espadas. Uno atrapó al guía por el brazo y Laurence saltó encima del otro, al que derribó, rodando los dos por tierra. El aviador tomó al guardia por el cogote y le estampó la cara contra el suelo con todas las fuerzas, dejándole medio grogui. Tharkay desenfundó una daga y acuchilló el brazo de su captor, que aflojó la presa y le dejó libre. Laurence le tendió el brazo para ayudarle a levantarse y los dos echaron a correr por la calle a toda prisa mientras detrás de ellos sonaban los gritos y los alaridos de la persecución.

El barullo hizo volver sobre sus pasos al resto de los guardias, que se les echaron encima poco antes de que se adentraran en la maraña de calles tortuosas y casas apretujadas cuyos pisos superiores sobresalían casi asomándose con curiosidad y en cuyas ventanas enrejadas se encendían luces cuando ellos pasaban, dejando un rastro tras de sí. El firme de adoquines desnivelado resultaba de lo más traicionero y al doblar una esquina Laurence resbaló lo justo para evitar el arco descendente de una espada mientras dos guardias más aparecían al otro lado de la calle, a punto de atraparlos.

La persecución no acabó enseguida. El británico siguió ciegamente a Tharkay ladera arriba mientras notaba cómo los pulmones se le hinchaban hasta golpear contra las costillas. Esperaba y confiaba en que estuvieran dando esquinazo a sus perseguidores con alguna meta concreta, aunque no tenía tiempo para detenerse a preguntarlo. El guía se detuvo al fin junto a una vieja casa en ruinas y se volvió para hacerle señas de que se acercara al único piso que se mantenía en pie, pero a cielo abierto, y más concretamente a la trampilla medio derruida de una bodega. Sin embargo, los guardias les pisaban los talones y los vieron, por lo que el oficial ofreció cierta resistencia, poco dispuesto a ser atrapado en una ratonera sin salida.

—¡Venga! —ordenó el mestizo con impaciencia mientras abría la trampilla y empezaba a bajar por el camino de descenso por unas escaleras podridas que llegaban hondo, muy hondo, a una bodega de paredes de tierra húmeda en cuyo extremo opuesto había una puerta, o más bien una entrada tan pequeña que Laurence casi debió agacharse para poder pasar y luego continuar el descenso por unos resbaladizos escalones de contornos gastados, tallados en piedra y no en madera. En la absoluta negrura se oía el suave goteo del agua.

La bajada se prolongó durante mucho tiempo. Laurence mantuvo una mano en el pomo de su espada y la otra sobre la pared, tanteándola, hasta que de pronto el muro desapareció de entre los dedos y al dar el siguiente paso se encontró con el agua hasta los tobillos.

—¿Dónde estamos? —preguntó con un hilo de voz…

… que se fue apagando hasta que la devoró la oscuridad. Cada zancada dada en aquel suelo removía las aguas que lamían la parte superior de las botas.

Los primeros fulgores de las teas se insinuaron cuando los perseguidores descendieron a por ellos, y gracias a eso pudo ver un poco los alrededores. No lejos de allí se alzaba una columna de un blanco lechoso y grosor inabarcable con los brazos cuya superficie rugosa y consumida tenía el brillo de la humedad; el techo estaba demasiado alto para distinguirlo y a la altura de las rodillas unos cuantos peces grisáceos avanzaban a topetazos, impelidos por el hambre, y emitían sonidos burbujeantes al abrir y cerrar las bocas por encima del agua. Tharkay tomó a Laurence del brazo y le indicó la columna mediante gestos. Forcejearon contra la fuerza del agua y el barro del firme cada vez más denso hasta ponerse detrás del pilar cuando las vacilantes luces de las antorchas bajaron todavía más, ampliando el alcance del círculo de tenue luz roja.

Una galería de columnas extrañas y deformes se desplegaba en todas las direcciones. Los pilares eran un cúmulo de bloques apilados como si fueran obra de un niño que juega con cubos; parecía que no los sujetaba otra cosa que el peso de la ciudad, que daba la impresión de descansar sobre ellos, los cuales parecían soportar una tensión similar a la del gigante Atlas al sostener no solo el peso de los ladrillos desportillados y las ruinas de aquel recoveco, sino un templo enterrado y olvidado tiempo ha. Aquel espacio vasto y frío tenía un aspecto pesado y extraño, como si soportase una parte de ese peso sobre los hombros. Laurence no pudo evitar pensar en el cataclismo que se produciría en caso de un posible derrumbamiento. El lejano techo de la bóveda se desharía pieza a pieza hasta que desaparecieran las piedras maestras de los arcos y fueran incapaces de soportar la presión; entonces, todo, absolutamente todo, casas, calles, palacios, mezquitas de domos centelleantes, se vendría abajo, y diez mil personas se ahogarían en aquel osario, que parecía aguardar expectante ese momento.

Se agarró los hombros para combatir aquel presentimiento y tocó con suavidad a Tharkay, señalando mediante señales a la siguiente columna. Los guardias removían con estrépito las aguas al acercarse y ese ruido podía ahogar los movimientos de los dos fugitivos cuyos pies removían la capa de mugre del fondo, levantando espirales negras mientras caminaban trabajosamente sin apartarse de las sombras de los pilares. Sus pasos hicieron crujir el cieno y la suciedad y les permitían atisbar huesos blanquecinos y descarnados, y no todos eran raspas de pescados; en un punto sobresalía una mandíbula curva en la que todavía quedaban algunos dientes inestables y en otro, apoyada sobre una columna, como si alguna marea interior la hubiera arrojado hasta allí, una tibia veteada de verdín.

Una suerte de pánico se apoderó del aviador cuando pensó en la posibilidad de hallar allí su final, un pavor más allá de la simple muerte, el de que tomara forma algo inefable y sin nombre tras haber sido arrojado allí para que se pudriera en la oscuridad. Laurence respiraba jadeante entre dientes para no hacer ruido y evitar en lo posible el hedor a moho y putrefacción. Avanzaba casi doblado en dos bajo el peso de la opresión irracional cada vez mayor que le instaba a detenerse, dar media vuelta y pelear hasta abrirse camino al aire libre. Se llevó el extremo de la capa a la boca y prosiguió con obstinación.

La persecución de los guardias empezó a ser más sistemática. Las teas de los perseguidores iluminaban tenuemente un pequeño círculo, pero todos llevaban una en alto mientras se alineaban hasta formar una fila que abarcaba toda la anchura del salón. Los límites de cada una de las aureolas de luz se solapaban unas con otras hasta formar una red que sus presas no pudieran atravesar sin ser vistas, y era tan eficaz como una malla de hierro. Avanzaron a paso lento pero seguro, dando órdenes en voz baja al unísono mientras usaban la luz y la reverberación de su cantinela para registrar hasta el último rincón a oscuras. El aviador creyó vislumbrar delante de él los primeros atisbos del muro más lejano, por lo que debían de haber llegado al final de la madriguera, donde ya no había escapatoria posible y deberían intentar echar a correr para atravesar la línea con la esperanza de volver a distanciar a los perseguidores, aunque ahora le pesaban las piernas, agarrotadas por el frío después de tanto andar en el agua.

El guía había estado palpando las columnas mientras él y Laurence avanzaban de una a otra en su pretensión de mantener la distancia con los guardias. Tharkay repasó los laterales con los dedos mientras examinaba con ojos entrecerrados la superficie de las columnas hasta que al fin se detuvo delante de una. El oficial británico también la tanteó y halló profundas hendiduras por toda la piedra en cuyos rebordes se habían acumulado grumos de barro, similares a gotas de lluvia y resbaladizos al tacto, lo cual la diferenciaba del todo al resto de las columnas deslustradas. La hilera de perseguidores se acercaba más y más, a pesar de lo cual Tharkay no avanzó, sino que se puso a propinar pequeños pisotones sobre el suelo con la punta de la bota. Laurence desenfundó la espada mientras en su fuero interno se disculpaba con Temerario por haberse mostrado tan ofensivo con el arma mientras la hoja comenzaba a rozar la dura piedra por debajo del cieno hasta que de pronto notó que la punta se deslizaba en una especie de canal hueco tallado en el suelo de menos de un pie de ancho bien oculto.

Tharkay tanteó alrededor y asintió. Laurence le siguió corriendo a lo largo del canal pues en ese momento los dos avanzaban deprisa con el agua hasta las rodillas. El chapoteo del agua quedaba oculto por el inexorable canturreo que resonaba detrás de ellos. *Bir. Iki. Üç. Dört**. Se repetía con tal frecuencia que Laurence comenzó a reconocer las palabras del recuento. Entonces se encontraron de sopetón con el grueso muro de mortero plano veteado de verde y marrón y, sin embargo, en un estado casi perfecto. El canal desaparecía tan inopinadamente como había aparecido. El militar inglés siguió a Tharkay cuando dobló dos pilares que sostenían la bóveda de un anexo más pequeño ubicado a cierta distancia, pero estuvo a punto de echarse atrás cuando en la base de la columna vio salir de entre las aguas un rostro monstruoso cuyos ciegos ojos de piedra le miraban con fijeza. Entonces sonó un grito. Los habían visto.

Echaron a correr y Laurence sintió un golpe de aire en la cara nada más rebasar el espantoso monumento. Debía de haber una abertura en algún lugar cercano. Ambos anduvieron a tientas junto al muro hasta hallar una angosta salida negra invisible a la luz de las antorchas detrás de la cual se hallaba un saliente que consistía en un tramo de escaleras medio taponado por la cochambre, lleno de aire fétido y cenagoso. Laurence respiraba con ciertas reservas mientras ascendía por el estrecho pasaje y ambos se arrastraron casi a gatas por un estrecho canalón para luego apartar una puerta aherrumbrada.

Tharkay se dobló jadeando mientras el oficial inglés hacía un esfuerzo tremendo para poner en su sitio la rejilla de metal; después, arrancó una ramita de un arbolillo próximo y la deslizó a través del hueco para cerrarla desde fuera. Laurence tomó a su compañero del brazo y los dos se alejaron por las calles haciendo eses como los borrachos, nada que provocase demasiados comentarios mientras nadie viera de cerca el estado de sus botas y la parte inferior de las capas, y resultaba difícil que los identificaran, dado que lo más probable era que no les hubieran visto los

* «Uno. Dos. Tres. Cuatro», en turco. [N. del T.]

rostros durante aquella alocada persecución. Estaban ya lejos cuando resonó el golpeteo contra la verja de metal.

Finalmente, acabaron por localizar un punto donde las murallas de palacio eran algo más bajas, y tras adoptar muchas más precauciones para cerciorarse de no ser observados, Laurence ayudó a Tharkay a encaramarse y con la ayuda del guía luego él pudo subir y bajar el muro. Cayeron torpemente al suelo en un montón confuso cerca de una vieja fontana de hierro semienterrada en el follaje por la que correteaba un agua helada, pero no les importó. Ahuecaron las manos en forma de copa para beber y lavarse las caras con verdadera avidez, y les dio igual mojarse la ropa, ya que de ese modo se aliviaba un poco el hedor.

Al principio reinaba un silencio absoluto, únicamente alterado por el golpeteo de sus corazones y el resollar, pero poco a poco estos disminuyeron y Laurence comenzó a ser capaz de escuchar con mayor claridad los pequeños ruidos nocturnos, como el susurro de las hojas y el correteo de los ratones, el débil y lejano canto de los pájaros en el aviario de palacio más allá de los muros interiores, o el escofinar de Tharkay, que afilaba la hoja de su cuchillo con toques suaves y ocasionales contra una piedra amoladera para no llamar la atención.

—He de decirle algo sobre nuestras diferencias —dijo Laurence en voz baja.

Tharkay hizo un alto. La hoja del cuchillo tembló en la oscuridad.

—Muy bien —repuso el guía mientras retomaba su trabajo lento y meticuloso—, diga lo que le plazca.

—Antes me precipité al hablar —admitió Laurence—. Actué con un desdén que no suelo usar con ninguno de los hombres a mi servicio, y aunque no sé muy bien cómo, he de disculparme con usted.

—No se preocupe más por eso, se lo ruego —contestó Tharkay con frialdad y sin levantar la cabeza—. Corramos un tupido velo. Le aseguro que no voy a quejarme.

—He estado sopesando qué hacer respecto a su conducta —continuó el capitán inglés haciendo caso omiso al intento de desviar la conversación— y no sé qué pensar. Esta noche no solo me ha salvado la vida, sino que ha contribuido en forma sustancial al avance de nuestra misión, y si me atengo exclusivamente al resultado final de todas sus acciones a lo largo del viaje, resulta difícil hallar motivo alguno para la queja. Nos ha ido sacando de todos los problemas uno tras otro de modo invariable, a menudo asumiendo riesgos directos, pero también ha abandonado su puesto en situaciones de dificultad insuperable con un sigilo innecesario y premeditado, dejándonos desorientados y presas de la ansiedad.

—Tal vez no caí en la cuenta de que mi ausencia iba a ocasionar semejante agobio —respondió Tharkay con voz desabrida.

Laurence se enfadó de nuevo al toparse con otro nuevo desafío.

—Hágame el favor de no fingir que es un estúpido —le espetó—. Estoy más dispuesto a creer que es el traidor más relajado del mundo, y también el más incongruente.

—Pues muchas gracias, es un cumplido muy generoso. —Tharkay remedó un saludo irónico en el aire con la punta del cuchillo—. Pero, sea como fuere, me parece que hay poco lugar a la discusión cuando ya no desea contar con mis servicios por más tiempo.

—Ya sea durante un minuto o por un mes, voy a tener que seguir con estos juegos —dijo el militar—. Le estoy agradecido. Cuente con mi gratitud si se marcha, pero si se queda, va a darme su promesa de que a partir de ahora lo hará por orden mía, y que van a cesar todos esos merodeos sin mi permiso. No voy a tener a mi servicio a hombres de quienes dude, y Tharkay —dijo con repentina seguridad—, estoy convencido de que le gusta que duden de usted.

Tharkay bajó el cuchillo y la piedra de amolar. Habían desaparecido de su rostro la sonrisa y el aire burlón.

—Quizá podría decirse más bien que me gusta saber si confían o no en mí, y no ando muy desencaminado.

—Ha hecho todo lo humanamente posible para que fuera así, desde luego.

—Lo cual le hace suponer que soy perverso —repuso Tharkay—, pero aprendí hace mucho tiempo que mi rostro y mi ascendencia iban a suponer una barrera insalvable para desenvolverme con naturalidad entre caballeros sin que mediara acto alguno por mi parte, y ya que nadie iba a confiar en mí, he preferido levantar una pequeña sospecha manifiesta y expresada con franqueza en vez de soportar interminables desaires y susurros a mis espaldas, que nunca han sido del todo a escondidas.

—También yo he de soportar las maledicencias de la sociedad, y cada uno de mis oficiales. No estamos al servicio de esos tipos estrechos de miras tan aficionados a fisgar en los rincones, sino de nuestro país, y ese servicio es la mejor defensa posible de nuestro honor frente a los agravios de que seamos objeto.

—Me pregunto si diría lo mismo en caso de verse obligado a soportarlo en solitario —replicó Tharkay con vehemencia—, si no fuera únicamente la sociedad, sino sus oficiales superiores, sus camaradas de armas y todos aquellos de quienes en justicia debería esperar camaradería, quienes le mirasen con desprecio y le denegasen toda esperanza de independencia y progreso social y le ofrecieran como una concesión la posición más alta de la servidumbre, un lugar entre el ayuda de cámara y el perro amaestrado.

Cerró la boca antes de continuar, pero su habitual semblante de indiferencia se convirtió en una máscara descolocada y apareció una muestra de rubor en sus mejillas.

—¿Y todo eso lo tengo que apuntar a mi propio debe? —inquirió Laurence, víctima de otro ataque de indignación y malestar.

Tharkay negó con la cabeza.

—No, le pido perdón por mi vehemencia. Los agravios a los que he aludido no son menos amargos a pesar del tiempo transcurrido. —Luego, agregó con un atisbo de su antiguo tono cortante—: No niego haber provocado sus desplantes pues me he habituado a anticiparlos, lo cual resulta divertido, al menos para mí, aunque tal vez sea injusto para mis acompañantes.

Laurence no tuvo que especular demasiado para intuir qué clase de tratamiento había recibido aquel hombre para dejar su país y toda compañía humana a favor de su actual existencia solitaria, donde no estaba en deuda con nadie ni nadie estaba en deuda con él, lo cual se le antojó una inutilidad total, pues era desperdiciar a un hombre que había demostrado ser merecedor de algo mejor, por lo que alargó la mano y habló de corazón.

—Deme su palabra y yo la aceptaré, si está dispuesto a creerme. Confío en hacer buena mi promesa de dar toda mi lealtad a cualquier hombre que me otorgue la suya, y estoy convencido de que lamentaría mucho perder la de usted ahora que le conozco.

Tharkay le miró. Una extraña expresión de duda recorrió su rostro.

—Bueno, puedo darla a mi manera —contestó con tono despreocupado—, pero como usted está dispuesto a aceptar mi palabra, capitán, supongo que sería una grosería negársela.

Y extendió la mano con desenfado, aunque no había falsedad alguna en el modo como la estrechó.

—¡Puaj! —exclamó Temerario mientras examinaba con desagrado los restos cenagosos de sus garras delanteras después de haberlos metido a ambos en el jardín—. Pero bueno, mientras hayáis regresado, no me importa que apestéis. Granby dijo que lo más probable era que te quedaras a cenar y te retrasaras, por lo que no debía esperarte, pero es que tardabas demasiado —añadió de forma quejumbrosa antes de hundir la pata derecha en un estanque de lirios para lavársela.

—No hemos estado muy finos a la hora de regresar y nos hemos visto en la obligación de refugiarnos en una ratonera durante un tiempo, pero todo ha acabado bien, como puedes ver. Lamento haberte puesto nervioso —le explicó Laurence mientras se despojaba de sus ropas bruscamente y se disponía a meterse en el estanque, donde ya se había sumergido Tharkay—. Dyer, llévese esto y mis botas, y mira a ver qué pueden hacer usted y Roland con ellas. Y tráiganme el maldito jabón.

Granby apareció mientras el capitán, en mangas de camisa y pantalones, continuaba restregándose.

—No veo qué iba a solucionar la culpabilidad de Yarmouth —dijo el primer teniente cuando Laurence le hubo puesto al tanto de la cena—. Ahora bien, ¿cómo ha acarreado ese volumen de oro? Habría necesitado contratar un barco, a menos que estuviera lo bastante chiflado como para servirse de una caravana.

—Eso no habría pasado inadvertido —coincidió Tharkay en voz baja—. Según los libros de cuentas de Maden, fueron necesarios cientos de cofres, y no se ha hablado de ningún movimiento de esa envergadura en los caravasares ni en los astilleros. Me pasé toda la mañana de ayer formulando preguntas y les aseguro que las habría pasado canutas para conseguir transporte. La mitad de los arrieros han estado acarreando vituallas para las obras de fortificación del puerto, y el resto se ha escabullido de la ciudad a causa de los dragones.

—¿Y si ha contratado los servicios de un dragón? —preguntó Laurence—. Vimos dragones comerciantes en Oriente, ¿han podido venir hasta tan lejos?

—Jamás los he visto a este lado de los montes Pamir —contestó Tharkay—. En cualquier caso, los hombres no los tienen ni los admiten en las ciudades, por lo que tampoco iban a conseguir beneficio aquí, y como no se los considera más que dragones salvajes, lo más probable, en caso de que vinieran, es que los atraparan para llevarlos a los campos de cría.

—Eso carece de importancia. No pudo utilizar a un dragón para llevarse el oro, no si pretendía recuperarlo luego. No me parece posible que un dragón acarree días y días una cantidad desmesurada de oro y joyas, y luego vaya a hacerte caso cuando le pidas que te la devuelva.

Los tres hombres se hallaban sentados en el jardín y mantenían aquella conversación en voz baja. Los tres miraron a Temerario en ese momento, que metió baza en la discusión con un punto de nostalgia en la voz.

—Parece un suma considerabilísima de oro —comentó, sin discutir el fondo del último comentario de Granby—. ¿Y si la ha escondido en algún lugar próximo a la ciudad?

—En tal caso, él mismo debería tener un alma dragontina para conformarse con acumular semejante cantidad de oro sin poder volver a asomar la cabeza ni hacer uso de semejante fortuna —le contestó Laurence—. No, Yarmouth no se la habría jugado de no haber dispuesto de un modo de llevarse el oro.

—Pero todos habéis llegado a la conclusión de que no era posible transportar tanto oro —replicó el dragón, lleno de sensatez—. En tal caso, es que sigue ahí.

Los tres hombres se quedaron callados.

—Esa podría ser una posibilidad, pero ¿no sería necesaria al menos la connivencia de los ministros, o su participación activa? Eso constituiría un insulto al que Inglaterra debería contestar. Incluso aunque deseen poner fin a nuestra alianza, eso acabaría por provocar una guerra, ¿y acaso no es seguro que les iba a costar una suma mayor en dinero y en vidas?

—Se están tomando muchas molestias para nos marchemos con la impresión de que todo es culpa de Yarmouth —señaló Granby—. Carecemos de pruebas con las que empezar una guerra.

Tharkay se incorporó bruscamente y al ponerse en pie levantó algo de polvo de las alfombras que habían sacado al exterior, donde las habían depositado sobre los escalones para reclinarse sobre ellas con los pies cruzados, a la usanza turca, ya que no había nada similar a una silla en el pabellón. Laurence miró hacia atrás mientras Granby se apresuraba a levantarse. Había una mujer entre las sombras del cipresal. Quizás fuera la misma que habían visto antes en la zona de palacio, pero era difícil saberlo, ya que apenas podía distinguirse a una de otra a causa del pesado velo.

—No deberías estar aquí —le recriminó Tharkay en voz baja en cuanto ella acudió hacia ellos a toda prisa—. ¿Dónde está tu doncella?

—Me espera en las escaleras. Toserá para alertarme en caso de que venga alguien —respondió la mujer con fría firmeza, pero no apartó los ojos del mestizo.

—Su seguro servidor, señorita Maden —le saludó Laurence con torpeza. No sabía qué decir. Aunque tuvieran todas sus simpatías, él no podía aprobar un encuentro clandestino o, peor aún, la fuga con un amante para casarse, máxime cuando se hallaba en deuda con su padre, y tampoco veía cómo podía negarse si la pareja le solicitaba ayuda. Volvió a las formalidades y dijo—: ¿Me permite presentarle a Temerario y a mi primer teniente, John Granby?

Granby se sobresaltó e hizo una reverencia profunda sí, pero no muy lucida.

—Quedo muy honrado, miss Maden —dijo el primer teniente con un tono inquisitivo mientras miraba perplejo a Laurence.

Temerario se presentó y luego bajó la cabeza para examinarla más de cerca y sin ocultar en ningún momento su exagerada curiosidad.

—No voy a pedírtelo otra vez —aseguró Tharkay con un hilo de voz.

—No hablemos de lo que no puede ser —replicó ella mientras sacaba la mano de lo hondo del bolsillo de su abrigo, pero no para dársela a él, como había pensado Laurence en un principio, sino que la sostuvo abierta ante ellos y dijo—: He sido capaz de colarme unos instantes en la cámara del tesoro. —Sobre la palma de su mano descansaba un único soberano de oro con el visado del rey estampado—. Me temo que han fundido la mayoría.

—No se puede confiar en estos tiranos orientales —afirmó Granby, lleno de pesimismo—, y después de todo, resulta que teníamos razón al llamarle «traidor» y «asesino».

Temerario era considerablemente más optimista desde el momento en el que le dejaban acompañarlos a la audiencia, dados todos los peligros físicos que neutralizaba su presencia.

—Me va a encantar ver al sultán —aseguró—. Quizá tenga algunas joyas interesantes y entonces tal vez nos deje volver a casa de una vez, aunque me parece una vergüenza que Arkady y los demás no puedan estar aquí para verle también.

Laurence no compartía ese último deseo en absoluto, pero sí albergaba cierta esperanza en alcanzar una salida razonable. Mustafá había contemplado la moneda de oro con expresión lúgubre y ni siquiera se había dignado a simular sorpresa ante la fría afirmación del oficial británico de que esa moneda procedía del tesoro del sultán.

—No, señor, no voy a revelarle mi fuente de información —había dicho Laurence—, pero si le place, podemos ir usted y yo a la cámara del tesoro. Me atrevo a creer que encontraremos alguna que otra más si duda de la procedencia de esta monedita.

Mustafá había rehusado de plano esa propuesta, aunque no dio explicaciones ni admitió la culpabilidad.

—He de hablar con el gran visir —se limitó a afirmar con brusquedad.

Esa misma tarde había llegado una citación en la que al fin los convocaban a una audiencia con el sultán.

—No tengo intención de ponerle en un brete —añadió ahora Laurence—. Dios sabe que el pobre Yarmouth se merece algo mejor, y el propio Arbuthnot, pero el gobierno podrá elegir la respuesta más adecuada en cuanto hayamos llevado los huevos a Inglaterra. —Lo cierto es que sospechaba con desánimo el revuelo que iban a armar sus acciones, incluso en el asunto de los huevos—. En cualquier caso, albergo la esperanza de que nos digan que esto fue una maquinación de los ministros de la cual el sultán lo ignoraba todo.

Bezaid y Scherezade, la pareja de Kazilik, habían regresado para escoltarlos con el boato propio del encuentro, incluso aunque los tres dragones únicamente permanecieran en el aire unos instantes, los necesarios para sobrevolar el edificio y posarse delante del espacioso prado del primero de los cuatros patios que componían el Topkapi Sarayi o Palacio de la Puerta de los Cañones. El capitán británico consideraba absurdo que le introdujeran con tanto boato en palacio cuando él había dormido allí las tres últimas noches. Los dragones marcharon en fila, de modo que los invitados estuvieran precedidos y seguidos por un Kazilik, con aire majestuoso y ceremonial a través de las puertas abiertas de bronce y se adentraron por el ornamentado tercer pasillo, el que conducía a la Puerta de la Felicidad, el acceso al tercer patio, donde se hallaba la Arz Odasi o Sala de Audiencias, lugar en que el sultán recibía a los embajadores. Los visires de turbantes blancos relucientes al sol se hallaban perfectamente alineados en filas junto al camino, y todavía más lejos, dispuestos a lo largo de los muros, los corceles de la caballería bufaban y se removían a su paso.

Recubierto de gemas preciosas, el espacioso trono de oro del sultán refulgía encima de una suntuosa alfombra tejida con lana de múltiples colores y minuciosamente ornamentada con flores y filigranas. El soberano vestía unos ropajes todavía más soberbios: debajo de una toga de satén de colores azafrán y naranja —de una tonalidad similar a la de la mermelada— llevaba una túnica de seda amarilla y azul ceñida con un fajín del que asomaba la empuñadura de una daga con incrustaciones de diamantes y un airón de diamantes alrededor de una gruesa esmeralda tallada de forma rectangular fijaba sobre el alto turbante blanco un manojo de plumas erguidas. No se oía ni una mosca a pesar de que el patio era enorme y estaba atestado. Los funcionarios alineados no hablaban ni cuchicheaban entre ellos, ni siquiera se movían.

Se trataba de un impresionante despliegue calculado con gran acierto para generar en cualquier posible visitante una inevitable renuencia natural a romper aquel silencio. Cuando Laurence echó a andar, Temerario siseó detrás de él con una nota admonitoria de peligro, como el silbido de una espada al salir de la vaina; el capitán se volvió horrorizado hacia el dragón y le miró con gesto de censura, pero este no desviaba la mirada de la izquierda, ya que a la sombra de la alta torre del Diván*, enroscada sobre sus rutilantes anillos blancos, descansaba Lien, cuyos ojos rojos como la sangre los contemplaban con atención.

---

* El Diván era un órgano similar al consejo de Estado y estaba presidido por el gran visir [N. del T.]

CAPÍTULO 9

No había ocasión de pensar, ni mucho menos, y mirar era lo único que podía hacerse. Los dragones Kazilik se habían desplazado para flanquear a Temerario y Mustafá ya les había hecho señales para que se acercaran al trono. Laurence se adelantó con movimientos torpes e hizo la inclinación formal con menos gracia de la acostumbrada bajo la mirada inexpresiva del sultán, un hombre de rostro ancho cuyo cuello desaparecía entre los ropajes y la barba castaña de forma triangular. Tenía facciones delicadas y unos oscuros ojos meditabundos. Su persona emanaba un aura de sosiego y dignidad que parecía más natural que simulada.

Laurence se olvidó por completo del discurso preparado y las frases ensayadas. Alzó la vista y miró directamente al mandatario turco.

—Conocéis mi misión y el acuerdo sellado por nuestros dos países, majestad —dijo en un francés muy sencillo—. Gran Bretaña ha cumplido todas las obligaciones derivadas de ese acuerdo, incluida la del pago. ¿Vais a darme los huevos a por los que he venido?

El sultán escuchó sin alterarse ni dar señales de ira ante aquel discurso sin pelos en la lengua.

—La paz sea sobre vuestro país y vuestro rey —contestó con suavidad en francés, que hablaba con fluidez y desenvoltura—. Ojalá impere siempre la amistad entre nuestras naciones.

El mandatario prosiguió hablando en la misma línea y aludió a las deliberaciones de sus ministros antes de comprometerse a celebrar otra audiencia y a la necesidad de efectuar las pesquisas pertinentes. El oficial inglés las pasó canutas para entender las palabras del sultán pese al gran esfuerzo hecho para sobreponerse a la intensa y desagradable impresión de hallar a Lien en plena corte del sultán y en el seno de su consejo. En todo caso, el capitán comprendió a la perfección el mensaje oculto debajo de aquella alocución: nuevas demoras, más negativas y ningún propósito de darles la debida satisfacción. Hacía falta poco esfuerzo para descifrar ese significado soterrado, pues el sultán no daba explicaciones ni negaba nada, y tampoco simulaba rabia o consternación. Casi había un toque de conmiseración en su mirada mientras hablaba, aunque eso no suavizó el tono de su alocución en modo alguno y los despidió de inmediato una vez que hubo terminado de hablar sin conceder a Laurence la oportunidad de volver a tomar la palabra.

La atención de Temerario casi no se desvió a lo largo de todo el encuentro y apenas, y a pesar de toda aquella rutilante puesta en escena, miró de soslayo al sultán que tenía tantas ganas de ver. En vez de eso, no apartó los ojos de Lien; los músculos de los lomos se le crispaban por momentos e iba adelantando más y más las patas delanteras hasta que estuvo a punto de chocar con la espalda de Laurence, como si temiera que se lo arrebataran.

Los Kazilik debieron empujarle suavemente con el hocico a fin de que se pusiera en movimiento y se alejase por el pasillo, y lo hizo caminando de costado, con los andares torpes del cangrejo para no dejar de tenerla de frente. Por su parte, Lien ni siquiera se estiró, sino que permaneció serena como una serpiente y se limitó a seguirlos con la mirada hasta que doblaron la curva de palacio para salir otra vez al segundo patio y quedar ocultos por el muro.

—Bezaid me ha dicho que se encuentra aquí desde hace tres semanas —informó Temerario, cuya gorguera seguía trémula y desplegada por completo. No la había bajado desde que le puso los ojos encima a Lien...

... y había liado una buena cuando Laurence había hecho ademán de entrar en su pabellón, pues el dragón se negaba a perderle de vista, e incluso en el jardín, había empujado suavemente al aviador para que se acomodara sobre su pata. Por todo ello, los oficiales debieron dirigirse al exterior para presentar los informes.

—Tiempo sobrado para hacernos fosfatina —repuso Granby en tono grave—. Si es de la misma catadura que Yongxing, no habrá tenido escrúpulo alguno en arrojar al infeliz de Yarmouth al Mediterráneo y le habría preocupado lo mismo aplastarle a usted la cabeza, y en cuanto al accidente del embajador Arbuthnot, para un dragón es pan comido espantar a un caballo.

—Podría haber hecho eso e incluso más —concedió Laurence—, y si no se nos echado encima es porque los turcos no han estado dispuestos a sacar tajada de la situación.

—Demos por hecho que los otomanos ya han caído bajo la influencia de Bonaparte —afirmó el teniente Ferris, que echaba chispas—. A ver si están tan contentos cuando tengan que bailar al son que les marque Napoleón. No van a tardar en arrepentirse.

—Nosotros lo vamos a lamentar antes —sentenció Laurence.

Una sombra en lo alto los sumió en el silencio, salvo por el rugido salvaje y estruendoso de Temerario. Los dos Kazilik se incorporaron y sisearon con inquietud mientras Lien descendía hasta posarse con garbo en el claro. Temerario le enseñó los dientes y gruñó.

—Pareces un perro —le espetó ella con frío desdén en fluido francés—, y tu comportamiento no es muy diferente. ¿Vas a ladrarme?

—No me importa que pienses que soy un poco basto —contestó Temerario mientras movía la cola con vehemencia, amenazando de gravedad a cuanto le rodeaba: árboles, muros y estatuas—. Estoy dispuesto a luchar si tal es tu deseo, pero no voy a dejar que hieras a Laurence ni a mi tripulación.

—¿Y por qué iba a querer pelear contigo? —inquirió Lien mientras se sentaba sobre sus cuartos traseros de un modo gatuno y con la cola cuidadosamente enrollada alrededor del cuerpo. Los miró sin parpadear.

Temerario hizo una pausa.

—Porque... porque... ¿No me odias? Yo lo haría si Laurence hubiera muerto y todo fuera culpa tuya —contestó Temerario con candidez.

—Y te lanzarías contra mí para intentar matarme con tus garras, como un bárbaro, de eso estoy segura —respondió Lien.

El dragón bajó la cola con lentitud. Únicamente la punta continuó retorciéndose mientras Temerario miraba con desconcierto a su enemiga. Esa hubiera sido su reacción, desde luego.

—Bueno, no te tengo miedo.

—No —respondió ella con calma—. Aún no. —Temerario la miró fijamente y la dragona añadió—: ¿Acaso crees que tu muerte repararía una décima aparte de lo que me has quitado? ¿Acaso piensas que valen lo mismo la sangre de tu capitán que la de mi querido compañero, un grande, un príncipe honorable? Están tan lejos uno de otro como el jade puro y la basura de la calle.

—¿Sí? —estalló él, indignado, mientras erguía todavía más la gorguera—. Yongxing no era adorable, para nada; de lo contrario, jamás habría intentado matar a Laurence, que vale cien veces más que él o cualquier otro príncipe, y de todos modos, ahora Laurence también es un príncipe —agregó.

—Pues protege a tu príncipe mientras puedas —respondió ella con desprecio—. Vengaré de verdad a mi compañero.

—Bueno, pues no sé para qué has venido si no deseas luchar ni pretendes hacer daño a Laurence —bufó Temerario—. Ya te puedes ir por donde has venido, que no me fío de ti ni un pelo —concluyó él, desafiante.

—He venido para asegurarme de que lo entiendas —contestó Lien—. Eres muy joven y bastante estúpido, y estás muy mal educado. Te compadecería si aún me quedara compasión.

»Tú has arruinado mi vida, me has privado de mi familia, de mis amigos y de mi hogar. Has echado a perder todas las esperanzas que mi señor tenía depositadas en China y yo he de vivir para que todo por lo que él luchó y trabajó no sea en vano. Su espíritu todavía vive inquieto y su tumba está abandonada.

»No, no voy a mataros a ti ni a tu capitán. ¿No es él lo que te une a Inglaterra? —Lien desplegó la gorguera y se inclinó hacia delante para decir con suavidad—: Te veré privado de cuanto tienes, de tu hogar, de la felicidad y de los objetos hermosos. He de fraguar la ruina de esa nación tuya y el abandono de sus aliados. Voy a verte solo, sin amigos y desgraciado, tal y como yo lo estoy ahora. Entonces, podrás vivir tanto como quieras en algún rincón sombrío y solitario de este mundo y yo podré darme por satisfecha.

La voz baja y monocorde empleada al final de la alocución dejó a Temerario petrificado y con los ojos abiertos como platos, y poco a poco fue recogiendo la gorguera hasta que quedó plegada en torno al cuello. Para cuando Lien dejó de hablar, el dragón ya se había alejado un poco y mantenía a Laurence más cerca de sí, escudándole con las dos patas delanteras, como si estuviera dentro de una jaula.

Ella desplegó parcialmente las alas y se preparó para echar a volar.

—Parto hacia Francia ahora mismo para servir a ese emperador bárbaro —anunció ella—. Es cierto que las penalidades de mi exilio van a ser numerosas, pero voy a sobrellevarlas mejor ahora que he hablado contigo. No vamos a vernos durante mucho tiempo, pero espero que no te olvides de mí y deseo que tus momentos de gozo sean contados.

Subió a lo alto de un salto y le bastaron tres aletazos para alejarse. Su silueta disminuyó rápidamente.

—¡Por amor de Dios, no somos niños para dejar que nos asusten con cuatro amenazas tontas! —bramó Laurence cuando se reunieron y todos permanecieron sumidos en el silencio y la consternación—. Ya sabíamos que ella nos deseaba lo peor del mundo.

—Sí, pero no con tanto detalle —repuso Temerario con un hilo de voz, decidido todavía a no dejar que Laurence se alejara.

—No permitas que ella te angustie, amigo mío —le pidió Laurence mientras le acariciaba con suavidad el hocico—. De ese modo únicamente consigues darle a Lien lo que desea, tu infelicidad, y a un precio muy barato por unas pocas palabras, unas palabras que no son más que humo. Aun siendo tan poderosa como es, ella no puede desequilibrar el curso de la guerra por sí sola. Napoleón va a seguir empleándose a fondo para destruirnos sin tener en cuenta su ayuda.

—Pero ella ya nos ha hecho mucho daño por su cuenta —repuso con tristeza el dragón—. Ahora, después de todo lo que hemos luchado, no van a dejar que nos llevemos los huevos que necesitamos tantísimo.

—Por Dios, Laurence, esos villanos nos han birlado limpiamente medio millón de libras —intervino de pronto Granby— y ahora van a emplearlos en erigir sus propias fortificaciones y en poder burlarse de la Armada. No podemos consentirlo. Debemos hacer algo. Temerario podría derribar medio palacio con uno de sus rugidos…

—No vamos a cometer ningún asesinato ni a echar por tierra nada para vengarnos, tal y como haría Lien. Debemos desdeñar y desdeñamos semejante satisfacción —dijo Laurence—. No —prosiguió al tiempo que alzaba la mano antes de que Granby protestara—. Vaya y ordene a los hombres que coman y reposen. Conviene que duerman lo máximo posible mientras haya luz. Nos vamos esta noche —continuó el capitán con fría calma—, y nos llevamos los huevos.

—Scherezade dice que sus huevos están dentro del harén —dijo Temerario tras efectuar algunas averiguaciones—, cerca de los baños, donde se está más caliente.

—¿Y no los delatarán ahora, Temerario? —preguntó Laurence, angustiado, mientras contemplaba a los Kazilik.

—No les he informado del motivo de mis preguntas —admitió Temerario con aire culpable—. No los veo como si fueran una propiedad de verdad, y en todo caso —añadió—, los padres no están preocupados porque saben que vamos a cuidar bien de los huevos, y estas gentes no tienen nada que objetar dado que tienen el oro, pero no puedo formularles nuevas preguntas o van a sospechar de mí.

—Vamos a ir con el tiempo pegado al culo para encontrarlos —aseguró Granby—. Supongo que el lugar va a estar plagado de guardias y lo más seguro es que las mujeres griten en cuanto nos vean. La misión no es moco de pavo.

—Creo que deberíamos ir unos pocos —aventuró el capitán con voz queda—. Llevaré a unos cuantos voluntarios…

—No lo va a hacer —exclamó Granby con energía—, esta vez, no. Hasta aquí hemos llegado, capitán Laurence. Me gustaría, pero no voy a dejar que se meta en ese cubil y vaya dando tumbos sin tener idea de dónde anda cuando lo más probable es que vaya a darse de bruces contra una docena de centinelas apostados en cada esquina. No tengo intención de regresar a Inglaterra y declarar que estuve sentando jugueteando con los pulgares mientras a usted le hacían picadillo.

—Si es tan probable que van a matar al grupo, ¡no voy a dejar que vaya nadie! —saltó el dragón, profundamente alarmado, y se irguió, preparándose para retener a cualquiera que hiciera ademán de marcharse.

—Esa una simple exageración, Temerario —respondió Laurence—. Está usted inflando el caso, señor Granby, y se está pasando de la raya.

—Pues más bien, no —insistió el primer teniente con actitud desafiante—. Me he mordido la lengua una docena larga de veces porque sé lo difícil que es sentarse a esperar, y no le han entrenado para ello, pero usted es un capitán, y debe cuidar más de su pellejo. Si estira la pata, no es solo asunto suyo, sino del cuerpo, y también mío.

—Iré yo si me lo permiten —dijo Tharkay en voz baja, interrumpiendo las nuevas reconvenciones de Laurence contra Granby—. Si voy solo, estoy razonablemente seguro de hallar un camino para llegar a los huevos sin que den la alarma, y luego puedo regresar y guiar al resto del grupo hasta allí.

—No está obligado a prestar ese servicio, señor Tharkay —contestó Laurence—. De hecho, tampoco enviaría a esta misión a un hombre que hubiera prestado juramento como soldado, a menos que estuviera dispuesto a aceptar de forma voluntaria.

—Pero yo estoy dispuesto. —El mestizo esbozó una débil media sonrisa—. Y de cuantos nos hallamos aquí, soy quien tiene más posibilidades de regresar.

—A costa de asumir el triple de riesgos —observó Laurence—. Ha de ir, volver e ir otra vez, y en cada ocasión corre el peligro de toparse otra vez con la guardia.

—Pues entonces sí que es peligroso —resumió Temerario, que prestaba mucha atención, y desplegó la gorguera—. Granby está en lo cierto. Tú no vas. En absoluto. Ni tú ni nadie más.

—¡Mierda! —farfulló Laurence.

—Parece que no hay muchas otras alternativas a mi candidatura —comentó Tharkay.

—¡Usted tampoco va! —le contradijo Temerario, dando al guía un gran sobresalto. El Celestial se puso más tozudo que una mula e incluso adoptó una expresión bastante parecida, teniendo en cuenta que se trataba de un dragón.

Por lo general, Laurence era poco proclive a soltar blasfemias, pero en aquella ocasión estaba profundamente tentado de hacerlo. Una apelación a la cordura del dragón podría hacerle cambiar de opinión a fin de que permitiera la marcha de grupo para que probara suerte. Quizá le podría persuadir convenciéndole de que el riesgo era necesario para vencer, pero se cerraría en banda nada más ver la salida de Laurence, y él no tenía intención alguna de enviar a sus hombres a una empresa tan peligrosa si no iba él mismo en persona. Al infierno con las normas de la Fuerza Aérea.

Habían llegado a un punto muerto cuando Keynes entró en los jardines.

—Espero por el bien de la confidencialidad que esos dragones no entiendan ni papa de inglés —advirtió—. Se han puesto a gritar como verduleras. Dunne le suplica el favor de que le conceda la palabra, capitán. Él y Hackley vieron los baños durante su excursión.

Dunne permanecía sentado en su improvisado catre con unos pantalones y una holgada camisa encima de la piel lacerada. Estaba pálido, aunque las mejillas le ardían de fiebre. Hackley seguía postrado en su lecho, pues era menos fuerte y había soportado peor la flagelación.

—Sí, señor —contestó Dunne—, bueno, estoy casi seguro. Todas tenían mojadas las puntas de la melena al salir de allí y las rubias…, bueno, las rubias se habían puesto rosadas de calor. —Bajó la vista, avergonzado, para rehuir una posible mirada de Laurence y se apresuró a terminar—. Y por esa zona del edificio había una docena de chimeneas, señor, todas echando humo a pesar de que era un mediodía caluroso.

Laurence asintió.

—¿Recuerdas el camino? ¿Tienes fuerzas para ir?

—Estoy bastante recuperado, señor —contestó Dunne.

—Sí, tan recuperado como para no mover el culo del catre —dijo Keynes con mordacidad.

Laurence vaciló.

—¿Serías capaz de dibujarnos un mapa? —le preguntó al joven.

—Señor, por favor, señor, déjeme ir —respondió el muchacho, tragando saliva—. La verdad es que no me siento capaz de orientarme sin ver el sitio a mi alrededor. Tuvimos que dar una vuelta tremenda.

Costó mucho convencer a Temerario a pesar de que contaban con esa nueva ventaja. Al fin, Laurence debió ceder a la exigencia de Granby y permitir que este le acompañara, dejando al frente del resto de la tripulación al joven teniente Ferris.

—Hala, ya puedes descansar tranquilo, Temerario —dijo Granby con satisfacción manifiesta mientras palmeaba las bengalas de señales del cinto—. Lanzaré la bengala al menor peligro. Al verla, vienes a por Laurence y te lo llevas con o sin huevos de dragón. Ya me cuidaré yo de que esté donde tú puedas alcanzarle.

Laurence sintió crecer en su interior una creciente oleada de indignación ante aquella considerable muestra de insubordinación, pero resultaba obvio que contaba con la aprobación no solo de Temerario, sino de toda la dotación, y no tenía a quién recurrir. En su fuero interno era consciente de que el Almirantazgo en pleno sería de un parecer muy similar, excepto quizá para censurarle aún con más fuerza por haber ido con el grupo.

Se volvió a regañadientes a su teniente segundo interino.

—Mantenga a bordo y preparados a todos los hombres, señor Ferris —le ordenó—. Temerario, si se arma un barullo en palacio o ves dragones volando en el cielo sin que todavía hayas visto la señal, sube a lo alto de inmediato. Permanecerás fuera de la vista mucho rato si te ocultas en la oscuridad de la noche.

—Eso haré, pero ni se te ocurra pensar que una vez allí arriba voy a irme durante un tiempo si no veo tu señal, así que ahórrate el decírmelo —apostilló el dragón con una luz belicosa en los ojos.

Por fortuna, los Kazilik se marcharon antes del anochecer y fueron reemplazados por otros guardianes de menor entidad, otro par de dragones de peso medio que, mostrándose un tanto recelosos de Temerario, se quedaron lejos, en la arboleda, y no molestaron al Celestial. La luna era un pequeño gajo en el cielo cuyo escaso resplandor bastaba para ver dónde debían poner el pie.

—Recuerda, te confío la seguridad de toda la tripulación —le dijo Laurence al Celestial en voz baja—. Te ruego que cuides de ellos si algo se tuerce. Júralo.

—Hecho —respondió el dragón—, pero no voy a irme volando dejándote atrás, así que prométeme que tendrás cuidado y me avisarás si te ves en algún apuro. No me agrada ni pizca quedarme aquí detrás —finalizó con abatimiento.

—Tampoco es plato de mi gusto separarme de ti, amigo —repuso el aviador mientras acariciaba el suave hocico de Temerario, para su propio consuelo y el del dragón—. Intentaremos que sea breve.

El Celestial profirió un sonido de insatisfacción y se incorporó sobre los cuartos traseros al tiempo que desplegaba parcialmente las alas para que los dragones de guardia no pudieran ver los movimientos del grupo incursor. Uno tras otro, fueron encaramándose al tejado los miembros elegidos para el golpe de mano: Laurence, Granby, Tharkay, Dunne, Martin, Fellowes —el encargado del arnés había distribuido toda la reserva de cuero en sacos para aparejar los arreos en los que transportar los huevos— y Digby, el vigía recién ascendido a guardiadragón, pues tras la degradación de Salyer, Dunne y Hackley, Laurence se había quedado escaso de oficiales subalternos y, aunque era algo joven para el ascenso, se lo había ganado con creces por la seriedad de su trabajo, y resultaba especialmente grato ascenderle después de las degradaciones. Comenzaron la desesperada misión con una ronda de aguardiente y varios brindis silenciosos por el nuevo guardiadragón, por el éxito de la empresa y en último lugar por el rey.

El tejado de pizarra era inseguro y resbaladizo, pero como debían sobresalir lo menos posible, acabaron avanzando a cuatro patas hasta que se las arreglaron para arrastrarse al punto donde la techumbre se encontraba con el muro del harén, que era lo bastante amplio como para poder permanecer de pie en él. Desde esa altura pudieron contemplar la laberíntica complejidad del lugar: minaretes, torres altas, galerías, domos, patios, claustros amontonados unos sobre otros sin apenas espacio entre ellos, como si toda aquella amalgama formara un único edificio. Parecía la obra de un arquitecto demente. Los tragaluces y las ventanas de los áticos jalonaban con profusión los tejados blancos y grises, pero hasta donde los británicos lograban distinguir, todos estaban protegidos con rejas.

Enfrente, cerca del muro, había una enorme piscina de mármol alrededor de la cual discurría un estrecho sendero de pizarra gris y un par de arcos abiertos, una entrada. Dejaron caer un cabo y Tharkay se deslizó al suelo en primer lugar. Los demás permanecieron en una tensa vigilancia, sin perder de vista cualquier sombra pasajera de las ventanas iluminadas, a la espera de algún reflejo de luz que de pronto rasgara la negrura de la noche o de un indicio de que los habían descubierto, pero no se alzó ninguna voz de alarma. Hicieron un lazo para bajar a Dunne. Fellowes y Granby se enrollaron la cuerda a la cintura y descendieron juntos en medio de un suave siseo producido por el roce del cabo entre sus dedos enguantados. Todos los demás descendieron dificultosamente de uno en uno.

Se deslizaron en fila de a uno por el sendero de losas de pizarra. La luminosidad azafranada de las ventanas rielaba en las ondulaciones del agua y los fanales brillaban en las elevadas terrazas desde las cuales se dominaba el estanque. Alcanzaron la arcada y la cruzaron. El fulgor de las lámparas de aceite titilaba en sus nichos sobre el suelo previo a la entrada en un angosto corredor de techo bajo y mal iluminado por un puñado de velas que ardían con luz parpadeante. Había puertas y escaleras a ambos lados del pasaje donde les azotó los rostros un golpe de viento, siseante como una conversación lejana.

Progresaron en silencio y todo lo deprisa que se atrevían. Tharkay iba en cabeza junto a Dunne, que le susurraba al oído todo cuanto recordaba del camino, en la medida en que era posible acordarse en la oscuridad.

Cruzaron por delante de pequeñas alcobas en las que aún flotaba en el aire un vestigio de una dulce fragancia más delicada que la de las rosas. Podía olfatearse de forma ocasional al respirar, pero cuando se inhalaba con fuerza para percibirlo con más nitidez, el aroma se perdía bajo los restos de otros más fuertes, los del incienso y las especias. Yacían por doquier, tirados encima de los divanes o diseminados por el suelo, los entretenimientos que permitían a las esposas matar las horas muertas del harén: escribanías, libros, instrumentos musicales, adornos para el pelo, echarpes descartados, pinceles y pinturas de maquillaje.

Digby agachó la cabeza en el momento de cruzar una puerta y profirió un grito de sobresalto. Todos acudieron junto a él de inmediato y súbitamente se vieron ante una multitud de pálidos rostros distorsionados. Se hallaban en un cementerio de viejos espejos resquebrajados y desportillados que, sin haber perdido todavía sus marcos dorados, descansaban apoyados sobre las paredes.

Tharkay les ordenaba detenerse de vez en cuando y les indicaba mediante señas que entraran en alguna de las estancias y esperasen acuclillados y en silencio hasta que los distantes pasos volvían a apagarse. Un reducido grupo de mujeres pasó por un pasillo cercano en una ocasión. Sus voces agudas resonaron con claridad a causa de la hilaridad. Laurence fue tomando conciencia del vaho en el aire y de la mayor temperatura. Tharkay miró a su alrededor antes de asentir y hacerle señas para que se acercara.

El capitán se deslizó junto al guía y miraron a través de una celosía un pasillo de techo alto y bien iluminado.

—Sí, las vimos salir por ahí —susurró Dunne a la vez que señalaba una entrada alta y estrecha en forma de arco. La humedad del suelo circundante relucía con claridad.

Tharkay se llevó un dedo a los labios y los hizo retroceder de nuevo a la oscuridad; luego, se escabulló y desapareció durante unos pocos minutos, aunque a todos les parecieron una eternidad.

—He localizado la bajada, pero hay centinelas —anunció con un hilo de voz al regresar.

Cuatro eunucos negros vestidos de uniforme permanecían al pie de las escaleras, ociosos y soñolientos, pues era una hora muy avanzada. Hablaban entre sí, pero sin prestarse verdadera atención, aunque resultaba muy difícil abrirse camino sin ser vistos ni que dieran la voz de alarma. Laurence abrió la cartuchera, extrajo media docena de balas y mordió hasta rasgar los arrugados cartuchos de papel para luego verter la pólvora que contenían sobre el suelo y, después de que estuvieron escondidos a ambos lados en lo alto de la escalera, dejó caer las balas de plomo por los escalones, que rodaron traqueteando y resonando contra el mármol pulido.

Los guardias subieron a investigar, más sorprendidos que alarmados, y se inclinaron al ver la pólvora negra. Granby saltó hacia delante incluso antes de que el capitán diera la orden y aporreó la cabeza de un eunuco con la culata de su pistola. Tharkay propinó un golpe en la sien a otro con el pomo de su daga, dejándolo fácilmente noqueado en el suelo. Laurence rodeó el cuello del tercero con el brazo y lo asfixió hasta reducirle primero al silencio y luego a la inmovilidad, pero el cuarto, un hombre fornido con el cuello de un toro, consiguió gritar a pesar de la presa de Digby antes de que Martin le derribara.

Todos se quedaron allí, jadeantes, y aguzando el oído en busca de una réplica que no se produjo. Nadie daba la voz de alarma. Maniataron y amordazaron a los guardias con los pañolones del cuello antes de ocultarlos en el mismo rincón oscuro en el que se habían escondido ellos.

—Debemos darnos prisa —los apremió Laurence.

Corrieron escaleras abajo y atravesaron el vestíbulo abovedado, ahora sin vigilancia. De pronto, las botas empezaron a sonar con mucha fuerza sobre las losas.

La sauna vacía consistía en una gran estancia de mármol y piedra con una enorme bóveda de delicados arcos puntiagudos hechos con piedra de cálidos tonos amarillos, grandes cubetas también de piedra y grifería de oro. Había muchos biombos de madera oscura y pequeños vestidores en casi todos los rincones. Unas plataformas de piedra humedecidas por el vapor y perladas con gotas de agua presidían el centro de sala. Todo alrededor había unas salidas ojivales que conducían fuera de la habitación. Vaharadas de vapor entraban en la sala principal por los respiraderos situados en lo alto de las paredes. Un corto y angosto tramo de escaleras de piedra culebreaba hacia arriba hasta llegar a una puerta de hierro caliente al tacto…

… a cuyo alrededor se congregaron todos para abrirla de un empujón. Granby y Tharkay saltaron de inmediato al interior de una cámara donde hacía un calor achicharrante. Un fuego demoníaco de un rojo anaranjado iluminaba la estancia, ocupada en casi su totalidad por un anafe de poca altura y múltiples patas, un caldero hirviente de cobre reluciente cuyas tuberías serpenteaban por las paredes hasta perderse de vista en lo alto, una pila de leña para alimentar las rugientes fauces del caldero y al lado un brasero con carbón recién puesto donde empezaban a prender las llamas, algunas de las cuales eran visibles ya, y alcanzaban la altura suficiente para calentar un recipiente lleno de piedras que colgaba encima del calentador. Dos esclavos negros desnudos hasta la cintura se les quedaron mirando fijamente. Uno de ellos sostenía en alto un cazo de agua hirviendo que iba a verter sobre las piedras calientes mientras que el otro esgrimía un atizador de hierro para remover los carbones.

Granby atrapó al primero y lo tiró al suelo con la ayuda de Martin, amortiguando sus gritos, pero el segundo blandió a su alrededor el atizador al rojo vivo y pinchó a Tharkay mientras abría la boca para gritar. El mestizo masculló un sofocado gruñido al tiempo que le arrebataba el arma y Laurence se echaba encima del esclavo para taparle la boca con la mano. Digby lo derribó de un buen porrazo.

—¿Estáis todos bien? —inquirió el capitán con voz aguda.

Tharkay sofocó con los faldones de su casaca el brote de fuego que había prendido en sus pantalones, pero no era capaz de soportar peso alguno sobre la pierna derecha y apoyaba el rostro demacrado contra el muro. Había un olor a requemado y a carne chamuscada.

El herido apretaba los dientes sin decir nada y despejó cualquier preocupación señalando la pequeña puerta cerrada situada detrás del brasero y de cuya celosía de hierro goteaba un óxido rojizo detrás de la cual se atisbaba una cámara algo más fresca en la que hallaron una docena de huevos de dragón encima de grandes nidos de tela de seda.

Granby asomó la cabeza y se dirigió hacia los huevos; apartó la seda y tocó los cascarones con ternura.

—Vaya, aquí están nuestras bellezas —anunció el primer teniente con tono reverente al dejar al descubierto uno de tono rojo agrisado con algunas motas de verde—. Estos son nuestros Kazilik, y por lo que noto, vamos muy justos de tiempo.

Volvió a recubrir el cascarón y luego, con sumo cuidado, entre él y Laurence lo sacaron de su posición con envolturas y todo. Lo llevaron hasta la sala del fogón, donde Fellowes y Digby empezaron a sujetarlo con cinchas de cuero—. Miradlos solo un momento —instó Granby mientras se volvía a inspeccionar los huevos restantes—. ¡Qué no daría la Fuerza Aérea por el lote! Pero los que nos prometieron son ese de ahí, un Alamán, que es un dragón ligero de combate —explicó mientras señalaba al huevo más pequeño de todos, cuya cáscara tenía una tonalidad amarillenta parecida a la del limón y que debía medir la mitad de la caja torácica de un hombre—, y el otro de ahí, un Akhal-Teke, un ejemplar de peso medio.

Era un huevo de color crema lleno de manchas rojas y anaranjadas que fácilmente doblaba en tamaño al del Alamán.

Se afanaron en enlazar las correas y sujetar los huevos, con las coberturas de seda incluidas, antes de estirarlas bien y abrochar las hebillas.

Acabaron todos muy sudados y con grandes manchas húmedas en la parte posterior de las casacas, pues la habitación se había convertido en un infierno capaz de cocerlos vivos, ya que habían cerrado otra vez la puerta para pasar inadvertidos.

De pronto, se escucharon voces a través de las aberturas y se quedaron quietos, todavía con las manos en las cinchas. Entonces, se oyó una voz con mayor claridad, era una orden con voz de mujer.

—Más vapor —tradujo Tharkay en un susurro.

Martin tomó el cazo y vertió algo de agua en el recipiente y sobre las piedras, lo cual acabó por hacer casi imposible la visibilidad en la estancia, pues no todo el vapor se filtró por los respiraderos.

—Debemos salir pitando de aquí, bajar las escaleras y dirigirnos a las arcadas para cruzar por la primera que veáis abierta —los aleccionó Laurence en voz baja mientras miraba a todos para asegurarse de que le hubieran entendido.

—No es que valga mucho en una lucha. Yo llevaré el Kazilik —dijo Fellowes mientras amontonaba en el suelo el resto de los cueros—. Sujetadlo a mi espalda, y que el señor Dunne me ayude para que no se mueva.

—Muy bien —repuso Laurence antes de ordenar a Martin y Digby que sacaran también los huevos del Akhal-Teke y del Alamán.

Él y Granby desenvainaron las espadas y Tharkay, que se había sujetado la pierna herida con correas de cuero, desenfundó el cuchillo, ya que no podían confiar en la fiabilidad de las pistolas después de haber permanecido un cuarto de hora largo en una atmósfera tan húmeda y tan cargada de vapor.

—No os separéis —ordenó el capitán, y arrojó todo lo que quedaba del agua de una sola vez sobre las piedras calientes y los carbones antes de abrir la puerta de una patada.

Las sibilantes nubes de vaho guiaron sus pasos escaleras abajo hasta salir de los baños. Se hallaban a medio camino de las arcadas, donde el aire se despejaba lo suficiente para distinguir algo. Entonces, el vapor condensado se disipó y Laurence se encontró de frente con una hermosa mujer casi desnuda —su única cobertura era una melena húmeda que le caía sobre el cuerpo como collares de ébano— con un color de tez similar al del té con leche, que sostenía un aguamanil de agua. La joven le miró con sus enormes ojos verde aguamarina perfilados en marrón; al principio, se quedó perpleja, y enseguida profirió un agudo grito que oyeron las demás mujeres, una docena de las cuales, todas bellas por igual, aunque cada una a su manera, se puso a dar la alarma con sus voces igualmente musicales.

—¡Por amor de Dios! —exclamó Laurence que, profundamente avergonzado, la tomó por los hombros y la apartó de su camino.

El capitán salió disparado como una bala hacia la salida con sus hombres pegados a los talones. Más y más guardias salieron corriendo de las habitaciones de los laterales del pasillo y Laurence y Granby estuvieron a punto de chocar de bruces con dos de ellos.

Se llevaron una sorpresa tan grande que no tuvieron tiempo para blandir la espada. Laurence desarmó a su oponente y alejó la espada del hombre con un puntapié. Entre Laurence y Granby obligaron a retroceder a los adversarios y salieron a un salón por cuyo suelo resbaladizo corretearon entre resbalones para desembocar en un corredor y correr en busca de las escaleras mientras los dos guardias derribados llamaban a voz en grito a sus compañeros.

Laurence y Granby pasaron por el hombro un brazo del renqueante Tharkay para ayudarle a bajar en volandas las escaleras mientras el resto de la dotación cargaba con los huevos. Detrás de ellos se desató una enconada persecución a pesar de la rapidez de su huida y los gritos de las mujeres contribuían a atraer más la atención de todos. Los fugitivos oyeron delante de ellos cómo se acercaban unas pisadas a la carrera, lo cual los alertó de que estaba cortada la ruta inicial.

—Id hacia el este, por ahí —indicó Tharkay de pronto, optando por una ruta alternativa.

Los aviadores eligieron ese otro corredor para huir.

Agradecieron enormemente la bocanada de aire fresco que les acarició el rostro mientras corrían poco antes de cruzar un pequeño claustro de madera y salir a un patio interior a cielo abierto. Todas las ventanas estaban abiertas. Granby hincó una rodilla en el suelo y probó suerte con una bengala, aunque la primera y la segunda no prendieron, pues las mechas estaban demasiado humedecidas para arder, pero la tercera, que había permanecido enterrada en lo más hondo de su camisa, prendió y salió disparada dejando tras de sí un humeante destello azul que se recortó sobre la negrura de la noche.

Después, depositaron los huevos en el suelo y se dieron la vuelta para luchar, ya que los primeros guardias se les echaban encima entre gritos y salían del edificio cada vez en mayor número. Los ingleses contaban con la pequeña ventaja de que los centinelas no usaban las armas de fuego por temor a alcanzar a los huevos y se mostraban cautos a la hora de apremiar de cerca de los invasores, confiando en derrotarlos por la fuerza del número con un poco de paciencia. Laurence forcejeó para repeler el ataque de un guardia, deteniendo un golpe y luego otro más desde el lado opuesto mientras iba contando en su fuero interno el tiempo en la frecuencia de aleteo de un dragón, aunque Temerario no le dio oportunidad de llegar ni a la mitad de lo esperado y cayó en picado sobre el patio en medio de un rugido. Su aleteo levantó un viento tan fuerte que estuvo a punto de tirarlos al suelo a todos.

Los guardias huyeron entre gritos. No había espacio para que Temerario se posara sin aplastar ni derribar edificio alguno, pero los Celestiales eran capaces de mantenerse inmóviles en el aire, por lo que el dragón aleteó y se sostuvo prácticamente encima de ellos. Algunos ladrillos y varias piedras de las paredes se soltaron por efecto del aleteo y cayeron sobre el patio, y los vidrios de muchas de las ventanas de alrededor saltaron hechos pedazos, arrojando una lluvia de fragmentos punzantes como cuchillas.

La dotación de a bordo del dragón lanzó cabos a los compañeros de tierra, que se apresuraron a atar los huevos para que los izaran y los guardaran en el atalaje del vientre. Fellowes ni siquiera se separó de su preciada carga, sino que dejó que le izaran a pesar de llevarse algún que otro golpe con las cuerdas, a fin de introducir él mismo el preciado botín en las mallas del vientre. Luego, muchos tripulantes extendieron las manos para fijar sus mosquetones al arnés.

—¡Rápido, rápido! —los urgía el dragón a voz en grito…

… pues ahora sí habían dado la alarma de verdad y a lo lejos se oían las frenéticas llamadas de los cuernos y en el cielo se veía el estallido de las balizas. Entonces, desde los jardines más al norte se alzó un terrible rugido y una gran flama roja surcó el cielo. Los Kazilik estaban levantando el vuelo y avanzaron en espiral a través del velo de fuego y humo creado por ellos mismos. Laurence aupó con dificultad a Dunne hasta que las manos tendidas de los ventreros lo sujetaron y después se encaramó por su cuenta al arnés del dragón.

—¡Ya hemos subido todos, Temerario! ¡Listo! —gritó, mientras pendía únicamente de las manos. Los ventreros se afanaban en ayudar a todos a sujetarse al arnés, y Therrows tenía los mosquetones de Laurence a mano.

Debajo, los guardias habían regresado con fusiles y habían superado su reparo a disparar ahora que estaban a punto de perder los huevos. Se apostaron en formación cerrada y todos los mosquetes apuntaron al único punto donde una descarga cerrada podía herir a un dragón.

Temerario se preparó y movió las alas hacia delante con un impulso tan potente que salió disparado hacia arriba, propulsándose hacia el cielo.

—¡El huevo, cuidado con el huevo! —avisó Digby a la vez que…

… se lanzaba a por el pequeño huevo de Alamán, el de cáscara alimonada, que debía haber llevado algún porrazo durante la huida, pues ahora la protección de seda se iba empapando de una hilera de líquido rojizo, lo cual aflojaba la sujeción de las cinchas y dejaba al huevo demasiado suelto en su arnés.

Digby lo sujetó con los dedos, pero esa presa no resultó suficiente para evitar que siguiera deslizándose hasta salirse del arnés y de las redes situadas en el vientre del dragón. Soltó la otra mano del arnés para sujetar el cascarón sin acordarse de que no había cerrado todavía los mosquetones.

—¡Digby! —chilló Martin mientras estiraba los brazos hacia él a fin de sujetarle, pero el impulso de Temerario fue irresistible ahora que ya estaban a la altura del tejado y seguían subiendo gracias a la fuerza de su poderoso aleteo.

Digby cayó sorprendido y boquiabierto mientras todavía retenía el huevo contra el pecho.

El muchacho y el huevo de Alamán fueron dando vueltas por el aire hasta aplastarse juntos contra el enlosado del patio en medio del griterío de los centinelas. Los brazos del muchacho se resbalaron hasta yacer desplegados sobre el mármol níveo del suelo junto al enroscado cuerpo del dragoncillo a medio formar entre los restos del cascarón. La luz de los fanales refulgía de un modo truculento sobre los cuerpos destrozados en su lecho de sangre y clara del huevo mientras Temerario se alejaba volando cada vez a mayor altura.

CAPÍTULO 10

A continuación, los fugitivos emprendieron un vuelo a la desesperada con rumbo a la frontera austriaca. Todos se hallaban muy desmoralizados y únicamente la premura de la situación les impedía entregarse al pesar. Temerario surcó los cielos nocturnos sin decir una palabra ni responder a los dulces llamamientos de Laurence, excepto para lamentar su dolor. A sus espaldas se había desatado un verdadero holocausto de fuego intenso, muestra de la ira de los Kazilik en su intento por localizarlos.

Volaron a oscuras ahora que se habían ocultado la luna y las estrellas tras un sudario de nubes y debían arriesgarse a encender los fanales de vez en cuando para poder ver la brújula. La piel bruna de Temerario apenas era visible en la negrura de la noche, pero él seguía con el oído aguzado para detectar el posible aleteo de otros congéneres. Tuvo que apartarse de su camino hasta por tres veces para evitar a los dragones mensajeros que pasaron cerca de él para dar la alerta. Todo el país iba a alzarse contra los fugitivos, aunque ellos mantuvieron la velocidad creciente durante todo el recorrido, pues Temerario rebasó los límites de su aceleración como nunca antes lo había hecho. Sus alas acopadas se movían como remos fulgurantes que se hundían en la oscuridad de la noche para impulsarlos hacia delante.

Laurence no hizo ademán de sofrenar al Celestial. Ahora no mediaba la euforia ni el ardor guerrero que en otras ocasiones habían impulsado a Temerario a sobrepasar los límites de su propia resistencia. Además, tampoco era posible estar seguros de la rapidez con la que avanzaban, pues debajo de ellos todo era oscuridad, salvo por el tenue relumbre fugaz de una chimenea cuando pasaban cerca de ella, veloces como rayos. La dotación se aferró en silencio al cuerpo del dragón para protegerse en lo posible del azote del viento.

A sus espaldas, la esquina oriental de la noche empezaba a aclararse y adquirir una tonalidad más pálida de azul y las estrellas habían comenzado a desaparecer. No servía de nada urgir a Temerario a volar a mayor velocidad. Deberían buscar un escondrijo, el que fuera, si no lograban alcanzar la frontera austriaca antes del alba, pues no iban a intentar cruzarla durante el día.

—Veo una luz, señor —anunció Allen con voz ahogada y pastosa a causa de la llantina, rompiendo el silencio—. Ahí —dijo, señalando hacia el norte.

El resplandor de las teas apareció uno tras otro hasta que se vio la hilera de luces enristradas como cuentas alrededor de la línea fronteriza y oyeron los sordos rugidos de frustración de los dragones airados que revoloteaban en pequeñas formaciones como bandadas de pájaros, en círculo.

—No tienen dragones voladores nocturnos —dijo en un susurro Granby, que había colocado las manos junto al oído del capitán a modo de bocina para sofocar la voz—. Solo son tiros al azar en medio de la noche. —El capitán asintió con la cabeza.

La agitación de los dragones turcos había alertado también a los austriacos. Laurence atisbó una fortificación no muy lejana en la orilla opuesta del Danubio, en lo alto de una colina, totalmente iluminada. Palmeó el costado del Celestial, que volvió hacia atrás la cabeza y miró a Laurence con sus enormes ojos relucientes y acuosos. Este le indicó la dirección a seguir en silencio.

Temerario asintió, pero no se dirigió directamente a la frontera, sino que se deslizó en paralelo a la línea de fortificaciones durante un tiempo, sin perder de vista a los dragones turcos en vuelo, cuyas tripulaciones llegaban al punto de disparar de tanto en tanto algún que otro fusil en la oscuridad, lo más probable para darse el gusto de armar algo de escándalo que por una verdadera esperanza de alcanzar a un blanco, y lanzaban alguna que otra bengala, aunque era imposible iluminar todos los kilómetros de la frontera.

Temerario dio un único aviso a la dotación al contraer los músculos de súbito. Laurence hizo bajar a Allen y al otro vigía, Harley, con orden de quedarse debajo del cuello de Temerario mientras que el Celestial se precipitaba hacia delante con un aleteo muy repetido y rápido para incrementar su velocidad, pero dejó de batir las alas y las mantuvo totalmente desplegadas cuando se hallaban a diez cuerpos de dragón de la frontera. Respiró tan hondo que se le hincharon los costados antes de deslizarse en dirección a uno de los espacios en penumbra entre los puestos fronterizos, donde no llegaba la luz de las antorchas parpadeantes de ninguno de los bandos.

El dragón planeó el máximo tiempo posible sin mover las alas y llegó a estar tan cerca de tierra que el capitán británico tuvo ocasión de oler la fragancia de las agujas de pino antes de que Temerario se arriesgara a aletear una vez, y luego otra, a fin de mantenerse por encima de las copas de los pinos. Se dirigió hacia el norte de un fortín austriaco situado a algo más de kilómetro y medio antes de girar de nuevo; entonces, vieron con mayor claridad la frontera turca gracias al cielo que comenzaba a clarear. No había indicio de que se hubieran percatado del cruce de la frontera y los dragones otomanos continuaban los vuelos de búsqueda.

Aun así, todavía tenían que ponerse a cubierto antes del amanecer, algo nada fácil, ya que Temerario era demasiado grande como para poder ocultarse fácilmente en la campiña.

—Muestre las enseñas e ice también una bandera blanca, señor Allen —ordenó Laurence—. Temerario, entra y pósate lo más deprisa posible. Más vale que los austriacos armen bulla una vez que estemos dentro de los muros y no durante nuestra aproximación.

El Celestial progresaba con la cabeza gacha. Había volado más deprisa de lo que lo había hecho en su vida y ahora, después del esfuerzo y el dolor, había ralentizado su aleteo no por preocupación sino por agotamiento, aunque aumentó la cadencia e hizo un último esfuerzo sin proferir queja alguna. Ganó altura mientras se acercaba al fuerte para sobrepasar sus muros en un empujón desesperado, para luego bajar pesadamente y posarse sobre el patio de armas, donde se acuclilló y permaneció bamboleándose, sembrando el terror entre las monturas de un escuadrón de caballería situadas a uno de sus lados y la compañía de infantería al otro, todos los cuales echaron a correr despavoridos en medio de gritos enloquecidos.

—¡No disparéis! —pidió a voz en grito Laurence a través de la bocina; luego, lo repitió en francés mientras hacía ondear la bandera británica.

Aquello produjo cierta vacilación entre los austriacos. Temerario suspiró y se dejó caer sobre los cuartos traseros en ese momento, con la cabeza gacha y apoyada sobre el pecho.

—Uf, qué cansado estoy.

El coronel Eigher proporcionó café y camastros a los aviadores ingleses y dio a Temerario un caballo, uno de los que se había roto una pata al huir desbocado. Las demás cabalgaduras fueron conducidas extramuros y alojadas en un cercado bajo guardia. Laurence durmió hasta bien entrada la tarde y se levantó de su jergón todavía sumido en la tenebrosidad del sueño. En el exterior, Temerario seguía roncando de tal manera que se habría delatado a los turcos, apostado en la frontera, a un kilómetro de la línea divisoria, de no haber estado aovillado y acurrucado detrás de la gruesa valla de madera del fuerte.

—Los turcos están bailando al son que toca Bonaparte, ¿a que sí? —dijo Eigher una vez que oyó una versión más extensa y completa que la que Laurence había sido capaz de ofrecerle la noche anterior. Obviamente, la preocupación del militar austriaco era qué tipo de relaciones podía esperar su nación con sus vecinos turcos—. Pues que se lo pasen de miedo con él.

El oficial austriaco ofreció a Laurence una cena opípara y cierta simpatía, pero tenía poco más para dar.

—Os enviaría a Viena —dijo mientras escanciaba otro vaso de vino—, pero, por Dios bendito, os haría un flaco favor. Me avergüenza decirlo, pero pululan por allí criaturas que se llaman a sí mismas «hombres» que os servirían en una bandeja a Bonaparte, y se pondrían de rodillas mientras tanto.

—Le agradezco mucho el cobijo que nos ha dado, señor —repuso Laurence en voz baja—, y por nada del mundo haría algo que le pusiera en entredicho a usted o a su país. Sé que están en paz con Francia.

—¿En paz? —saltó el coronel con amargura—. Más bien podría decir que nos hemos arrojado a sus pies, eso es más cierto.

Se había pimplado cerca de tres botellas al final de la cena, y la lentitud con la que el vino hacía mella en él delataba que tal ingesta de alcohol no era algo infrecuente en él. Era un caballero, aunque no de noble cuna, cuyos ascensos y destinos estaban por debajo de lo que merecía su competencia, o eso sospechaba Laurence, pero no era el resentimiento ante esa situación lo que le impulsaba a la bebida, como no tardó en averiguar cuando la combinación de la compañía y el brandy desataron la lengua del coronel.

Su demonio se llamaba Austerlitz, la fatal batalla en la que había participado a las órdenes del general Langéron*.

—Ese demonio nos concedió los Altos de Pratzen y el pueblo mismo —sentenció—. Retiró a sus hombres del mejor terreno adrede y simuló una retirada, ¿y con qué fin? Quería que luchásemos contra él. Por aquel entonces él contaba con unos cincuenta mil hombres y nosotros éramos noventa mil, y todavía se moría de ganas por luchar. —Lanzó una carcajada desprovista de alegría—. Nos estaba atrayendo a la batalla. ¿Por qué, si no, iba a concedérnoslos? Recuperó los Altos unos días después con suma facilidad.

Laurence, por su parte, no había bebido lo bastante como para permanecer insensible. Había tenido noticias de la gran debacle de Austerlitz mientras navegaba en alta mar de camino a China, y únicamente

---

* Louis Alexandre Andrault, conde de Langéron, marqués de la Coss y barón de Cougny, entró al servicio del zar después del triunfo de la Revolución Francesa. Estuvo al frente de la segunda columna del ejército austriaco-ruso en la batalla de Austerlitz, tras la cual cayó en desgracia. [N. del T.]

había sabido de la batalla en términos muy vagos y poco a poco se había permitido creer que la victoria era algo exagerada. El majestuoso despliegue de los soldados de hojalata de Eigher y los dragones de madera le causó una impresión profundamente desagradable a medida que el coronel los iba moviendo a su alrededor.

—Dejó que nos cebáramos golpeando durante un tiempo su flanco derecho…, hasta que debilitamos nuestro centro —continuó Eigher—. Entonces aparecieron quince dragones y veinte mil hombres. Los había hecho acudir a marchas forzadas en el más completo de los silencios. Aguantamos de mala manera unas pocas horas más, pues les costó muchas vidas batir a la Guardia Imperial rusa, pero aquello fue el fin.

Extendió la mano hasta derribar de un ligero toque a una figurilla a caballo con el bastón de mando; luego, se echó hacia atrás en la silla y permaneció con los ojos cerrados. Laurence tomó uno de aquellos dragones en miniatura y lo sostuvo en las manos sin saber qué decir.

—El emperador Francisco acudió a implorar a Napoleón las condiciones de paz a la mañana siguiente —prosiguió Eigher después de una pequeña pausa—. El Sacro Imperio Romano Germánico se inclinaba ante un corso que había robado la corona que llevaba —concluyó con voz pastosa.

No volvió a articular palabra y lentamente se fue sumiendo en el sopor.

Laurence dejó a Eigher y se marchó en busca de Temerario, que estaba despierto y se sentía tan mal como el coronel austriaco.

—Lo de Digby ya era bastante malo —dijo el Celestial—, pero también hemos matado al dragoncillo, que no tenía nada que ver con todo ese lío. Él no eligió ser vendido a los ingleses ni ser retenido por los turcos. No tenía escapatoria alguna.

Se enroscó sobre sí mismo para empollar a los dos huevos restantes y los mantuvo cuidadosamente protegidos con su cuerpo, quizá por instinto, y de vez en cuando sacaba su larga lengua bífida para rozar los cascarones. Únicamente permitió que los examinaran Laurence y Keynes, y aun eso a regañadientes, y mantuvo la cabeza encima de ellos tan próxima que hizo estallar al cirujano.

—Aparta esa maldita cabezota de aquí. ¡Cómo voy a ver algo si tapas toda la luz!

Keynes dio unos suaves golpecitos en la cáscara para luego pegar la oreja a la superficie y aguzar el oído. Se chupó un dedo, frotó la superficie del huevo y luego se lo llevó a la boca para saborearlo. Se alejó una vez que estuvo satisfecho con su examen. Temerario volvió a rodear los huevos con sus anillos de forma protectora; parecía ansioso por escuchar el dictamen.

—En fin, están en buena forma y no han sufrido ningún frío dañino —dijo Keynes—. Haríamos bien en mantenerlos envueltos en sedas, y no les hará mal alguno que Temerario ejerza las funciones de cuidador. El de peso medio no corre prisa, diría que no se ha formado todavía, lo cual nos concedería un plazo de varios meses, pero al Kazilik le quedan menos de ocho semanas, y de seis también. No hay un momento que perder para volver a casa.

—Ni Austria ni los principados germánicos son lugares seguros para nosotros ahora que se han convertido en un hervidero de tropas francesas, como es el caso en este momento —observó Laurence—. Tengo intención de dirigirme al norte a través de Prusia. Calculo que deberíamos llegar a la costa dentro de una semana y media, y desde ahí no tardaríamos más que unos pocos días en llegar a la base de Escocia.

—Más allá de la opción que elija, deberían marcharse cuanto antes. Me las ingeniaré para demorar un poco el envío de mi informe a Viena para que puedan abandonar el país antes de que a esos malditos politicastros se les ocurra alguna forma de usarles que avergüence un poco más a Austria —le dijo el coronel a Laurence aquella tarde cuando volvieron a hablar los dos hombres—. Puedo darle un salvoconducto hasta la frontera, pero ¿no deberían ir por mar?

—Nos llevaría al menos un mes más si hemos de pasar por Gibraltar y deberíamos refugiarnos varias veces a lo largo de la costa italiana durante buena parte del viaje —repuso Laurence—. Me consta que los prusianos han tenido que complacer a Bonaparte hasta ahora, ¿pero cree que van a llegar al extremo de entregarnos?

—¿Entregarles? No —admitió Eigher—. Van a participar en la guerra.

—¿Contra Napoleón? —exclamó el aviador británico. Aquella era una buena nueva que no esperaba oír. El ejército prusiano era una de las mejores fuerzas combatientes de Europa. El resultado habría sido otro muy distinto de haberse unido los prusianos a la Segunda Coalición*, y su entrada en la guerra parecía una noticia excelente para los enemigos de Napoleón, aunque resultaba evidente que Eigher no compartía su alegría ante aquella noticia.

—Sí, y cuando ese demonio les haya hecho morder el polvo, y a los rusos con ellos, ya no quedará nadie en Europa capaz de hacerle frente —dijo el coronel.

En su fuero interno, Laurence se formó su propia opinión sobre el pesimismo del austriaco. Las noticias suponían un alivio inmenso para él, inglés, pero un oficial austriaco, sin importar lo mucho que odiara a Napoleón, no podía ver con buenos ojos que el ejército prusiano triunfara allí donde ellos habían fracasado.

—Al menos, no van a tener motivo alguno para demorar nuestro viaje —contestó el capitán británico con sumo tacto.

—Vuelen deprisa y manténganse por delante del combate o será Bonaparte quien les retrase.

Partieron de nuevo al día siguiente en cuanto oscureció a fin de aprovechar la protección de la noche. Laurence había dejado varias cartas a Eigher para que las enviara a Viena y desde allí a Londres, aunque confiaba en llegar antes pues el camino elegido para volver a casa era más

* Gran Bretaña, Rusia, Austria y Turquía unieron sus fuerzas para contener la expansión de la Revolución Francesa en lo que se conoce como Segunda Coalición (1798-1800). [N. del T.]

rápido. Empero, si ocurría algún percance, al menos se tendrían noticias de su avance así como de la situación planteada con el Imperio Otomano.

Su informe al Almirantazgo, cuidadosamente codificado con claves de años de antigüedad que requerían un arduo esfuerzo para hacerlas a mano, le había puesto de un humor más seco de lo habitual en él. No sentía remordimiento por su comportamiento, pues en su fuero interno estaba plenamente convencido de la rectitud de su comportamiento, pero sí tenía plena conciencia del aspecto que podían ofrecer sus actos a ojos de un juez hostil. Teniendo únicamente una prueba mínima, se había embarcado en una aventura imprudente e irreflexiva sin contar con la ratificación de otra autoridad diferente a la suya propia. Eso podía hacer cambiar de parecer a los turcos, lo cual tenía más peso en sí que el propio robo.

Y no podía alegar que era su deber, porque nadie consideraría que un hombre tenía por obligación acometer una misión tan desesperada y con semejante repercusión en las relaciones con una potencia extranjera sin haber recibido órdenes al respecto; incluso podrían haberle ordenado hacer justo lo opuesto. Él no era de ese tipo de sofistas capaces de enseñar la escueta orden de Lenton de llevar los huevos a Inglaterra y buscarle las vueltas hasta presentarla como una justificación. En verdad, lo único que había era prisa. La réplica más prudente debía basarse en la premura, él debía regresar de inmediato para dejar aquella intrincada madeja en manos del Ministerio.

No estaba seguro siquiera de si él mismo aprobaría sus propias acciones si se hubiera enterado por boca de terceros. Era la clase de comportamiento alocado que todos esperaban de los aviadores, y quizá tenía ahí algo a lo que agarrarse. No sabía si se había arriesgado demasiado, pero había que tener en cuenta que él estaba obligado a atenerse a los preceptos y usos de la Armada. Pensándolo con frialdad, esa era una posible excusa, aunque bastante débil. Además, no, jamás se había comportado con astucia en ese punto. Era muy diferente capitanear un barco que un dragón, que participaba en todos sus compromisos y que no iba y venía según la voluntad de los hombres. Laurence se vio en la incómoda tesitura de preguntarse si se habría puesto en peligro en caso de haber pensado en sí mismo como la autoridad.

—En lo que a mí respecta, no veo qué tiene de maravilloso la autoridad —contestó Temerario una mañana en que se atrevió a dejar al descubierto sus preocupaciones, aprovechando que habían hecho un alto para descansar. Habían acampado en la ladera de una montaña, al abrigo del tiempo y abandonada salvo por unas ovejas que ahora se asaban bajo la atenta supervisión de Gong Su en un fuego que apenas humeaba a fin de pasar inadvertidos—. Se me antoja que la autoridad consiste en obligar a la gente a hacer cosas que no desean hacer ni se les puede persuadir que hagan salvo mediante amenazas —continuó—. Me alegra mucho que nosotros estemos por encima de eso. No me gustaría nada que alguien pudiera llevarte lejos de mí y me obligara a aceptar a otro capitán, igual que si fuera un barco.

Laurence difícilmente podía discrepar en ese punto, mientras que, en cambio, mantenía un profundo desacuerdo con la exposición sobre el concepto de autoridad hecha por el dragón; no podía evitarlo, y se habría sentido un falsario si no fuera así. Le gustaba sentirse lo más libre posible y, si se avergonzaba de ello, al menos podía no mentir al respecto.

—Bueno, supongo que es cierto que cualquier hombre es un tirano en potencia —concedió, compungido—. Esa es la mejor razón de todas para negar a Bonaparte más poder del que ya tiene.

—¿Por qué la gente acata las órdenes del emperador siendo como es, un tipo tan desagradable, Laurence? —preguntó el Celestial, pensativo—. Y también los dragones…

—Bueno, no sé si en persona es un hombre antipático —admitió el aviador—. Al menos, sus soldados le adoran, lo cual no resulta difícil de creer si se tiene en cuenta que él no deja de ganar guerras para ellos. Ha de tener un encanto especial para haber llegado tan lejos.

—Entonces, si alguien ha de ejercer la autoridad, ¿por qué es tan terrible que la ejerza él? —inquirió Temerario—. Después de todo, no he oído que el rey de Inglaterra haya ganado ninguna batalla.

—El rey no se parece en nada a él —contestó Laurence—. Es la cabeza del Estado, pero no ostenta el poder absoluto, en Gran Bretaña no lo detenta nadie. Bonaparte no tiene restricciones ni conoce freno a su voluntad, por lo que usa sus grandes dotes en su propio beneficio. A la postre, el rey y sus ministros sirven a los intereses de nuestra nación antes que a su provecho personal, y precisamente por eso son los mejores.

Temerario suspiró y no continuó la conversación, sino que se enroscó, apático, para proteger los huevos, dejando muy preocupado a Laurence, que le miraba con ansiedad. No se trataba solo de la pérdida del Alamán, la muerte de un miembro de su tripulación había afligido sobremanera al Celestial, pero el aviador prefería una rabia frustrada antes que aquella postración y ese letargo, y el aviador temía en lo más profundo de su ser que la verdadera causa fuera su desacuerdo sobre el tema de las libertades dragontinas, ya que esa era una desilusión más profunda, una que el tiempo no podía reparar.

Quizá podría describirle al dragón la lentitud del trabajo político de emancipación y los largos años de lucha del líder abolicionista William Wilberforce, que ya había conseguido aprobar en el Parlamento una enmienda parcial, pero todavía seguía trabajando para erradicar el tráfico de esclavos, aunque se le antojaba un consuelo muy pobre que ofrecerle y tampoco le servía como modelo al dragón, pues un progreso tan lento y medido no parecía recomendable para la impetuosa forma de ser de Temerario, y en cualquier caso, ellos iban a disponer de poco tiempo para la práctica de la política mientras estuvieran involucrados en el cumplimiento del deber.

Pero sentía una necesidad cada vez mayor de hallar la manera de insuflarle cierta esperanza, ya que, por mucho que estuviera persuadido de que el esfuerzo bélico era prioritario, no podía soportar ver al dragón tan abatido.

La cosecha madura teñía de verde y oro el campo austriaco, y los rebaños estaban orondos y satisfechos, al menos hasta que Temerario les ponía la zarpa encima. Los ingleses no se toparon con otros dragones ni tuvieron que hacer frente a ninguna dificultad; cruzaron Sajonia y se desplazaron a buen ritmo hacia el norte durante dos días más sin hallar signos de movilización armada hasta que al fin cruzaron una de las últimas estribaciones de la cordillera Erzgebirge* y de pronto se encontraron ante un enorme campamento que se extendía a las afueras de la ciudad de Dresde, la capital de Sajonia, situada en el valle del Elba, donde pululaban algo más de setenta mil hombres y haraganeaban unos veinticinco dragones.

Laurence dio la orden de desplegar la bandera con retraso, cuando a sus pies ya se había dado la voz de alarma y los soldados de infantería corrían a por sus fusiles y los aviadores a sus dragones. Sin embargo, la enseña británica les granjeó una recepción totalmente diferente y los prusianos fueron indicándole por señas al dragón una zona que habían despejado a toda prisa para él en la improvisada base aérea.

—Que nadie baje a tierra —le aleccionó Laurence a Granby—. Confío en que no debamos demorarnos demasiado. Quizás hoy podamos hacer todavía otros ciento cincuenta kilómetros.

Se descolgó por el arnés hasta echar pie a tierra mientras iba pensando cómo dar en francés las explicaciones pertinentes y las respuestas a posibles preguntas. Se sacudió las partes más polvorientas de su casaca sin demasiado éxito.

—Jopé, ya iba siendo hora, ¿no? —le increpó en inglés una voz seca—. ¿Dónde diablos están los demás?

Laurence se volvió y se quedó en blanco al ver a un oficial británico delante de él con cara de malas pulgas y haciendo restallar una fusta sobre sus pantalones. No salía de su asombro, era como toparse con un comerciante de pescado en pleno Picadilly.

—Santo Dios, ¿también nosotros nos hemos movilizado? —preguntó—. Le pido disculpas, señor —enmendó Laurence con cierto retraso,

---

* Significa «montes metalíferos», se extiende por la frontera occidental del estado alemán de Sajonia hasta el río Elba. [N. del T.]

corrigiéndose a sí mismo—. Capitán William Laurence, de Temerario, a su servicio, señor.

—Ah, sí. Coronel Richard Thorndyke, oficial de enlace —respondió su interlocutor—. ¿De qué demonios habla? Sabe perfectamente que llevamos mucho tiempo esperándolos.

—Creo que nos ha confundido con otra compañía, señor. Es imposible que nos espere —repuso Laurence, cada vez más confundido—. Venimos de China y hemos pasado por Estambul, nuestras últimas órdenes son de hace meses.

—¿Qué? —Thorndyke se volvió para mirarle fijamente y con creciente consternación—. ¿Pretende decirme que viene solo?

—Tal y como usted mismo puede ver, señor —respondió Laurence—. Únicamente nos hemos detenido para solicitar paso franco. Vamos de camino a Escocia en una misión urgente de la Fuerza Aérea.

—Bueno, pues como debería saber —espetó el coronel—, la Fuerza Aérea no tiene entre manos una misión más imperiosa que esta maldita guerra.

—En lo que a mi respecta, señor —replicó Laurence con enojo—, me gustaría saber qué motivo justifica semejante comentario sobre mi servicio.

—¡Qué motivo! —exclamó Thorndyke—. Tiene al ejército de Bonaparte a punto de llegar y me pide una razón… Debería haber aquí veinte dragones desde hace dos meses, ese es el maldito motivo.

PARTE III

CAPÍTULO 11

El príncipe Federico Luis de Hohenlohe escuchó las vacilantes explicaciones de Laurence sin descomponer el gesto. El general prusiano rondaría los sesenta años. Su jovialidad confería un toque de dignidad a sus facciones que contrarrestaba la desagradable parquedad de su blanca peluca empolvada. No obstante, tenía aspecto de ser un hombre resuelto.

—Pues sí que ofrece poco la Gran Bretaña para derrotar al tirano a quien tanto odio dice profesar —dijo al fin, después de que el capitán inglés hubo concluido sus explicaciones—. Ningún ejército ha abandonado sus costas para acudir a la batalla. Quizás otros se habrían quejado de que Inglaterra prefiere ahorrarse el oro y la sangre, pero Prusia no tiene inconveniente en soportar el esfuerzo de la guerra. Aun así, nos aseguraron, prometieron y garantizaron veinte dragones, y ahora, en víspera de la batalla, resulta que no hay ninguno. ¿Quiere eso decir que los ingleses no hacen honor a su palabra?

—Ni se os ocurra pensar eso, señor —contestó Thorndyke mientras lanzaba una mirada vitriólica a Laurence.

—Tal vez el retraso no sea intencionado, señor —repuso Laurence—. No se me ocurre qué ha podido causarlo, pero eso únicamente acrecienta mi deseo de regresar a casa cuanto antes. Estamos a poco más de una semana de vuelo, y podemos ir y volver antes de que acabe el mes si Su Alteza me concede un salvoconducto, y confío en regresar con todos los dragones que en su momento se os prometieron.

—Quizá no dispongamos de ese plazo y no estoy de ánimo para aceptar más promesas vacuas —replicó Hohenlohe—. Puede que obtengan el salvoconducto si aparece de una vez esa compañía dragontina, y entretanto serán nuestros huéspedes o, si así lo prefieren, pueden hacer lo que esté en su mano para cumplir con lo acordado. Eso lo dejo a su conciencia.

El príncipe hizo un breve asentimiento a un guardia, que abrió el faldón de la entrada, lo cual significaba simple y llanamente que la entrevista había terminado. Aquellas últimas palabras dejaban entrever una férrea determinación bajo la aparente cortesía de sus modales.

—Espero que no cometa la estupidez de sentarse a mirar y darles todavía más motivos para estar enfadado con nosotros —dijo Thorndyke en cuanto abandonaron el pabellón prusiano.

—Pues yo también esperaba de usted que se encargara de cumplir nuestra parte en el acuerdo en vez de permitir que colmasen de oprobio a la Fuerza Aérea y animar a los prusianos a que nos traten más como prisioneros que como aliados. Os habéis lucido en vuestro desempeño como oficial británico, máxime cuando conocéis perfectamente nuestras circunstancias.

—¿Qué pueden importar un par de huevos en comparación con una campaña? Le concedo licencia para intentar convencerme de lo contrario —le espetó el coronel—. Por amor de Dios, ¿no comprende qué significa todo esto? Si Bonaparte los arrolla, ¿a dónde cree que va a mirar a continuación? ¡Al Canal de la Mancha! Si no le detenemos aquí, al año próximo nos tocará frenarle en Londres, o al menos intentarlo, y encima con medio país en llamas. Más valdría que los aviadores arriesgaran a esos animales a los que tanto cariño profesan, que bien que lo sé yo, pero seguramente hasta usted es capaz de ver…

—¡Basta! Está todo muy clarito —repuso Laurence—. Por Dios, ha ido usted demasiado lejos.

Dio la espalda al coronel y se alejó dando grandes trancos a punto de estallar de rabia. No era un hombre siempre en busca de pendencia y no solía requerir una reparación, pero aquel oficial había puesto en tela de juicio su valor y su dedicación al deber, y encima había faltado al respeto al cuerpo de aviadores, lo cual era más difícil de soportar, y estaba seguro que no se habría contenido si las circunstancias de él y su tripulación no hubieran sido tan desesperadas.

Sin embargo, la prohibición de batirse en duelo que pesaba sobre los oficiales de la Fuerza Aérea no era una reglamentación ordinaria y podía burlarse su cumplimiento, pero de todos los lugares, aquel, en medio de una guerra, era el peor para saltársela, pues no podía arriesgarse a recibir una herida, o a morir incluso, que le dejara fuera de juego para la batalla y desmoralizara por completo a Temerario. Ahora bien, ese agravio a su honor le hería en lo más profundo.

Se reunió con Granby a la entrada de la base.

—Y supongo que ese condenado húsar estará pensando ahora que un perro tiene más coraje que yo —resumió luego con amargura.

—Gracias a Dios, ha hecho lo correcto —contestó Granby, pálido de alivio—. Resulta doloroso, sin duda, pero no es posible correr ese riesgo. No tiene por qué volver a ver a ese tipo. Si hubiera algo que tratar con él, podemos hacernos cargo entre Ferris y yo.

—Se lo agradezco, pero prefiero dejarle que me pegue un tiro antes que propiciar que piense que le tengo miedo —replicó Laurence.

Llegaron al claro que les habían asignado en ese momento. Temerario estaba cómodamente enroscado y aguzaba el oído para escuchar las conversaciones de los dragones prusianos más próximos. Tenía las orejas y la gorguera erizados como muestra de atención. Entretanto, la dotación se congregaba alrededor de los fuegos de la cocina para efectuar una apresurada comida.

—¿Ya nos vamos? —inquirió el Celestial en cuanto apareció Laurence.

—No, me temo que no —contestó Laurence, que llamó a sus restantes oficiales superiores, Ferris y Riggs, para que se unieran a Granby y a él—. Bien, caballeros, nos vamos a ver en lo más reñido de la campaña —les anunció con una nota lúgubre en la voz—. Nos han denegado el salvoconducto.

Una vez que Laurence les hubo facilitado todos los detalles de la situación, Ferris estalló:

—Luchemos, señor… Esto, quiero decir, ¿vamos a luchar, señor? —se corrigió.

—No somos niños ni cobardes para acoquinarnos en un rincón cuando se acerca la batalla, y menos cuando el lance es de tan vital importancia —respondió Laurence—. Han sido ofensivos, y no negaré hasta qué punto lo han sido, pero voy a dejar que sean tan ultrajantes como deseen antes de que el orgullo nos aparte del cumplimiento de nuestro deber, y esto está fuera de toda discusión. Solo Dios sabe cuánto me gustaría saber por qué la Fuerza Aérea no ha enviado los refuerzos prometidos.

—Eso únicamente puede significar una cosa: los necesitan en otro lugar —aventuró Granby—, y lo más probable es que ese sea el motivo por el cual nos han enviado a nosotros a por los huevos. Solo que si la zona del Canal no está sufriendo bombardeos, ha de tratarse de un gran levantamiento en la India o algún conflicto grave en Halifax…

—¿No será que estamos retirando efectivos de las colonias americanas? —sugirió Ferris.

Riggs opinó que lo más probable era que los colonos, un puñado de rebeldes ingratos, hubieran invadido Nueva Escocia, y los dos se enzarzaron en una discusión dialéctica hasta que Granby interrumpió aquella especulación inútil.

—Bueno, no importa el lugar donde se haya producido el problema. El Almirantazgo jamás va a dejar desguarnecido el Canal de la Mancha con independencia del paradero de Bonaparte. Si todos los dragones de reserva estuvieran aún de vuelta a las islas, habría podido demorarlos cualquier clase de enredo, pero si llevan dos meses de retraso, lo más probable es que lleguen en cualquier momento.

—Por mi parte, capitán, confío en que disculpe mis palabras —dijo Riggs con su habitual estilo franco de hablar—. Yo me quedaría a luchar si vienen aquí mañana. Siempre podemos entregar los huevos a algún dragón de peso medio capaz de llevarlos a casa. Sería una vergüenza perdernos la ocasión de ayudar a darle una paliza a Napoleón.

—Por descontado que nos quedaremos a pelear —metió baza Temerario, que desestimó cualquier objeción con un coletazo, y lo cierto es que no habría habido fuerza capaz de contenerle si la batalla hubiera estado en las inmediaciones. Los jóvenes dragones macho no eran renuentes a meterse de lleno en cualquier reyerta—. Es una lástima que no estén aquí Maximus, Lily y el resto de los compañeros, pero me alegra que al fin tengamos la ocasión de pelear de nuevo contra los gabachos. Estoy convencido de que podemos volver a derrotarlos y entonces quizá... —añadió, y de pronto se incorporó, abrió los ojos y estiró la gorguera con un entusiasmo visible— termine la guerra y después de todo podamos volver a casa para ser testigos de la liberación de los dragones.

Laurence se quedó sorprendido al notar la sensación de alivio que le embargaba. Él no se había percatado del bajísimo estado anímico de Temerario, a pesar de su gran inquietud, hasta que se produjo aquel estallido de entusiasmo por lo acusado del contraste, y eso acabó por dar un vuelco a la situación; Laurence no expresó en voz alta sus descorazonadoras advertencias, aunque era plenamente consciente de que una victoria en ese campo de batalla no suponía la derrota definitiva de Bonaparte en modo alguno. Era perfectamente posible, eso sí, arguyó Laurence en su fuero interno, que el emperador francés se viera obligado a aceptar algunos términos si se le frenaba durante aquella campaña, y de ese modo Inglaterra gozaría de auténtica paz, al menos durante un tiempo.

Por todo eso, se limitó a decir.

—Me alegra que todos sean de mi parecer, caballeros, y estén dispuestos a involucrarse hasta el punto de participar en la batalla, pero hemos de considerar que tenemos otra carga, debemos poner a salvo unos huevos que nos han salido realmente caros en oro y en vidas. No podemos asumir que la Fuerza Aérea va a llegar a tiempo para llevarlos a salvo a Inglaterra, y vamos a encontrarnos con que el dragoncillo Kazilik romperá el cascarón en medio del campo de batalla si esta campaña nos demora uno o dos meses, lo cual resulta perfectamente factible.

Todos permanecieron en silencio durante unos instantes. La piel blanca de Granby enrojeció intensamente hasta las raíces del pelo, y luego se puso pálido. Miró al suelo y no dijo nada.

—Los tenemos convenientemente arropados en una tienda provista de brasero, señor, y un par de alféreces no los pierden de vista ni un minuto —dijo Ferris al cabo de un momento mientras miraba por el rabillo del ojo a Granby—. Keynes asegura que ambos están bien. Si se desencadena una batalla de verdad, lo mejor que podríamos hacer es situar a la dotación de tierra en suelo firme, bien lejos de las líneas, y dejar los huevos al cuidado del señor Keynes. Si regresamos, siempre podremos detenernos y recogerlos enseguida.

—Si eso os preocupa —intervino Temerario de forma inesperada—, le pediré al dragoncillo que espere lo máximo posible. Puede comprenderme en cuanto el cascarón se endurece un poco.

Todos le miraron pasmados de asombro.

—¿Puedes pedirle que aguarde...? —inquirió Laurence, perplejo—. ¿Te refieres al... dragoncillo que va salir del huevo? ¿Estás seguro de que puede elegir?

—Bueno, si empieza a tener mucho apetito, pero no, el hambre no es apremiante hasta que se ha salido del cascarón —explicó Temerario con el tono de quien explica algo de conocimiento general—, y todo cuanto hay fuera resulta de lo más interesante una vez que se comprende el idioma, pero estoy seguro de que el dragoncillo puede esperar un poco.

—Dios de mi vida, los del Almirantazgo van a alucinar —comentó Riggs después de que todos hubieran digerido aquella nueva información—, aunque quizás eso únicamente ocurra entre los Celestiales. Estoy seguro de no haber oído jamás que un dragón tenga recuerdos previos al momento de la eclosión.

—Precisamente porque no hay nada de que hablar —repuso Temerario prosaicamente—. Es muy aburrido, por eso salimos.

Laurence les ordenó retirarse a fin de que empezaran a preparar un campamento con sus limitados medios. Granby se apresuró a alejarse con un seco asentimiento. Los demás tenientes le siguieron tras intercambiar una mirada. El capitán supuso que la situación era menos frecuente entre los aviadores que entre los hombres de la Armada, donde un hombre conseguía el ascenso por estar en el sitio oportuno en el momento oportuno, dado que las eclosiones se hallaban mucho más reguladas que las capturas de las naves. Al principio, cuando él y Granby se conocieron, este había sido uno de los oficiales que se había mostrado más resentido con él por la adquisición de Temerario. Laurence comprendía a la perfección el silencio y la reticencia a hablar del oficial. Ni siquiera podía hablar a favor de un trayecto o de otro por si pudiera convertirle en el oficial de mayor graduación disponible cuando el dragoncillo saliera del cascarón, ni tampoco podría protestar por el hecho de que se le exigiera enjaezar al recién nacido en las circunstancias más adversas: en medio de un campo de batalla y sin haber tenido el huevo en sus manos más de unas semanas y encima perteneciendo este a una raza de la que lo desconocían casi todo, y con todas las probabilidades de no tener ninguna futura oportunidad de promoción si fallaba en esa ocasión.

Laurence pasó casi toda la tarde escribiendo cartas en su pequeña tienda que hacía las veces de alojamiento, y aun esa la había levantado su propia tripulación; los aviadores prusianos disponían de tiendas alrededor de la base, pero no les habían hecho ningún ofrecimiento de alojarlos a él ni a sus hombres. Tenía intención de ir a Dresde la mañana siguiente con el propósito de sacar fondos de su cuenta, ya que había gastado hasta la última moneda para aprovisionar a sus hombres y a Temerario a los exorbitantes precios propios de los tiempos de guerra y no tenía intención de pedir nada a los prusianos en las presentes circunstancias.

Tharkay llamó con los nudillos a uno de los palos de la tienda poco después del anochecer y entró en ella. La fea herida de la pierna había dejado de mortificarle al fin, pero todavía renqueaba un poco y le iba a quedar una gran cicatriz —un surco de carne chamuscada— en la pierna para el resto de sus días. Laurence se levantó de inmediato e hizo ademán de ofrecerle el cojín situado encima de un arcón, el único asiento disponible.

—No, no, siéntese. Estaré perfectamente aquí —repuso él mientras se sentaba al estilo turco sobre otros almohadones en el suelo—. Solo he venido un momento —continuó Tharkay—. El teniente Granby me ha informado que no nos vamos. He creído entender que Temerario se queda en vez de veinte dragones...

—Resulta halagador decirlo de ese modo, supongo... —contestó Laurence secamente—. Sí, nos hemos establecido aquí, aunque contra nuestro deseo, y haremos lo que podamos en lo que a saldar la cuenta se refiere...

Tharkay asintió.

—En tal caso —dijo—, esta vez voy a mantener la palabra que le di y le anticipo mi intención de marcharme. Dudo de que un hombre sin entrenamiento a bordo de un dragón de combate sea poco más que un fastidio en pleno zafarrancho de la contienda aérea, y ustedes no necesitan un guía si no pueden abandonar el campamento, por lo que ya no les soy de utilidad.

—No —repuso Laurence lentamente, a regañadientes, pero incapaz de refutar ese punto—, y no voy a presionarle para que se quede con nosotros en las actuales circunstancias, aunque lamento perderle en previsión de futuras necesidades. No puedo compensarle en este momento como se merecen sus sacrificios.

—Posterguemos eso —ofreció Tharkay—. ¿Quién sabe? Quizá volvamos a encontrarnos; después de todo, el mundo es un pañuelo.

Una ligera sonrisa curvó los labios del hombre al hablar; después, se levantó y le ofreció la mano.

—Eso espero —contestó Laurence, estrechándola—, y espero algún día serle yo de utilidad a su vez.

Tharkay rehusó cualquier ofrecimiento del capitán inglés por hacer el intento de conseguirle un salvoconducto. Lo cierto es que Laurence no temía que el mestizo fuera a necesitar uno a pesar de su pierna herida. Sin más preámbulos, Tharkay se caló la capucha de su capa y tras tomar su petate, se perdió entre el barullo y el jaleo de la base. Había unos pocos guardias apostados alrededor de los dragones y él se desvaneció rápidamente entre los diseminados fuegos de campamento donde vivaqueaban las tropas.

Laurence le había enviado al coronel Thorndyke una nota seca y escueta en la que le informaba su intención de ofrecer sus servicios a los prusianos, por lo que el coronel acudió a la mañana siguiente a la base en compañía de un oficial prusiano.

—Alteza, permítame presentarle al capitán William Laurence, de la Fuerza Aérea de Su Majestad —dijo Throndyke—. Capitán, este es el príncipe Luis Fernando, ha sido usted asignado bajo su mando.

Se vieron obligados a apelar al francés para entenderse. Compungido, Laurence pensó que al menos su dominio del francés iba a mejorar después de todo lo que se estaba viendo obligado a usarlo, y desde luego no era el que peor lo hablaba, pues Luis de Prusia lo hablaba con voz pastosa y un acento casi ininteligible.

—Veamos el registro y la habilidad del dragón —sugirió el príncipe Luis, señalando a Temerario con un gesto.

El noble hizo venir desde los barracones cercanos a un oficial prusiano, el capitán Dyhern, y le dio una serie de instrucciones sobre las maniobras y el vuelo en formación que debía hacer con su propio dragón de combate pesado, Eroica, a modo de ejemplo. Laurence observó con atención cerca de la cabeza de Temerario, sin mostrar su consternación. Él había descuidado por completo los ejercicios de vuelo en formación desde hacía meses, desde que salieron de Inglaterra, y tal vez el Celestial no estuviera a la altura de aquella demostración ni siquiera en su mejor forma física. Eroica apenas alcanzaba el tamaño de Maximus, el compañero de vuelo de Temerario durante un año, un Cobre Regio, la raza dragontina conocida de mayores dimensiones, pero saltaba a la vista que no era rápido, y cuando describía los giros, apenas tenía fuerza y no variaba la distancia que le separaba de los otros dragones.

—No termino de entenderlo, ¿por qué vuelan de ese modo? —preguntó Temerario al tiempo que ladeaba la cabeza—. Esos giros son muy rudimentarios y dejan demasiado espacio para que cualquiera se cuele entre ellos cada vez que hacen un reverso.

—Es un simple simulacro, no una formación de batalla —le reconvino Laurence—, pero puedes estar bien seguro de que lo harán mejor en combate, aplicarán la disciplina y el rigor requeridos para realizar ese tipo de maniobras.

Temerario resopló.

—Da la impresión de que les convendría practicar más los movimientos que van a tener que usar, pero bueno, ya veo el modelo. Puedo hacerlo ahora mismo —añadió.

—¿Estás seguro de que no te gustaría observarlos un poquito más? —preguntó el aviador con ansiedad, dado que los dragones prusianos únicamente habían efectuado una vez el ejercicio y a él por su parte no le habría importado nada disponer de algo de tiempo para practicar en privado esa maniobra.

—No, es muy fácil, no tiene dificultad alguna —aseguró Temerario.

Aquella no era la mejor disposición para demostrar que dominaba esa maniobra y a Temerario jamás le había gustado volar en formación, ni siquiera al modo inglés, que era bastante menos riguroso, pero a pesar de todos los intentos de contención por parte de Laurence, el Celestial se lanzó a bastante velocidad, y en todo caso, con un resultado muy superior al que podía lograr la formación prusiana, sin mencionar que ningún otro dragón que no fuera de categoría ligera podía haberle emulado, para luego bajar en espiral haciendo una floritura final al posarse.

—Me puse del revés para poder mirar fuera del cuerpo de la formación y evitar que un ataque me pillara desprevenido —añadió Temerario mientras se enroscaba, bastante complacido consigo mismo.

Su ingenio no impresionó demasiado al príncipe germano ni a Eroica, que soltó un breve bufido, tan displicente como desdeñoso. Temerario erizó la gorguera y se sentó sobre los cuartos traseros mientras le miraba con otros entrecerrados.

—Quizá no estéis al corriente de que Temerario es un Celestial, señor —se apresuró a decir Laurence para anticiparse a cualquier posible disputa—, y esta raza tiene una habilidad especial...

Se calló en ese momento al caer en la cuenta de que «viento divino» podría sonar poético y exagerado si lo traducía directamente.

—Tened la bondad de hacer una demostración —dijo el príncipe Luis con un gesto.

Sin embargo, no había ningún objetivo apropiado cerca de allí, salvo una arboleda. Temerario, muy servicial, lo derribó con un violento rugido, y aunque no empleó toda su potencia, levantó en el proceso una oleada de interpelaciones y gritos en el interior de la base y provocó relinchos de terror entre el cuerpo de caballería situado al otro lado del campamento.

El príncipe prusiano examinó los árboles tronchados con cierto interés.

—Bueno, tal vez sea de utilidad una vez que hayamos obligado a retroceder a los franceses hasta sus propias fortificaciones —comentó—. ¿A qué distancia es efectivo?

—Si se emplea contra leña recia, no demasiada, señor —admitió el aviador inglés—. Tendría que acercarse mucho y exponerse a los fusiles franceses. Sin embargo, su eficacia aumenta considerablemente contra infantería o caballería y estoy seguro de que tendría un efecto excelente...

—¡Ajá! Pero ¿a qué coste? —dijo el príncipe Luis mientras señalaba con un expresivo ademán de la mano a los caballos, cuyos estridentes relinchos eran perfectamente audibles—. El ejército que intercambia su caballería por una fuerza de dragones sale derrotado del campo de batalla si resiste a la infantería enemiga, tal y como demostró la obra de Federico el Grande de forma concluyente. ¿Ha participado alguna vez en un combate terrestre?

—No, señor —se vio obligado a admitir Laurence.

Temerario había tomado parte en muy pocas acciones, y todas habían sido batallas puramente aéreas, y a pesar de los muchos años de servicio de Laurence, él tampoco podía alardear de mucha experiencia;

mientras la mayoría de los aviadores había crecido en el servicio y al menos contaba con alguna experiencia en tareas de apoyo a la infantería, él había pasado esos años a bordo de un buque, donde nunca había tenido ocasión de participar en ninguna batalla en tierra.

—Hum. —El príncipe Luis sacudió la cabeza y se irguió—. No vamos a intentar adiestrarle ahora. Más valdrá que le demos el uso más conveniente para nosotros. Avanzará con la formación de Eroica al principio de la batalla y se encargará de repeler posibles ataques contra sus flancos. Manténgase con el grupo y no espante a la caballería.

Tras haberse interesado por toda la dotación de Temerario, Luis de Prusia insistió en proporcionarles unos pocos oficiales prusianos y media docena de tripulantes de tierra para completar su número. Laurence no podía negar la utilidad de esos hombres adicionales después de las pérdidas no reemplazadas que habían sufrido desde su salida de Inglaterra. Digby y Baylesworth eran las más recientes, a Macdonaugh le habían matado en el desierto y el pobre cadete Morgan había perecido con la mitad de los encargados del arnés aquella noche en que los franceses habían lanzado su asalto cerca de Madeira al poco de levar anclas, hacía ya tantos meses. Los nuevos tripulantes parecían conocer su trabajo, pero apenas hablaban inglés y se mostraban indiferentes al francés, y a Laurence le desagradaba profundamente tener perfectos desconocidos a bordo. Además, era presa de cierta aprehensión por culpa de los huevos.

La buena predisposición de los ingleses no había apaciguado a los prusianos. Habían suavizado un poco el tono hacia Temerario y su tripulación, pero seguían considerando a la Fuerza Aérea poco menos que un hatajo de traidores. Con independencia del pesar de Laurence por este motivo, si eso había sido razón suficiente para que los prusianos le retuvieran en contra de su voluntad, no le sorprendería ni un ápice que intentaran aprovechar la oportunidad para apoderarse del huevo de Kazilik si llegaban a enterarse de la inminencia de la eclosión.

El capitán inglés había hecho mención de su urgencia, sí, pero sin precisar la inminencia del nacimiento del dragoncillo ni revelar que se trataba de un ejemplar de Kazilik, pues eso habría sido una tentación de primer orden, ya que Prusia tampoco disponía de ningún dragón lanzallamas en sus filas, pero el secreto corría peligro al estar los oficiales prusianos pululando alrededor, pues cualquiera de ellos podía informar sin saberlo a los alemanes sobre los huevos, lo cual facilitaría todavía más el decomiso.

No había debatido el asunto con sus propios oficiales, pero no había sido preciso compartir sus preocupaciones con ellos. Granby era un primer oficial popular y bien valorado, pero nada habría cambiado incluso aunque lo hubieran aborrecido, pues a ninguno de sus hombres le habría satisfecho ver cómo les arrebataban el fruto de todos sus desesperados desvelos y sufrimientos. La tripulación se había mostrado distante con los oficiales prusianos sin mediar instrucción alguna al respecto y habían tenido sumo cuidado a fin de mantenerlos lejos de los huevos, envueltos entre la ropa interior en el centro mismo del campamento bajo la protección de una guardia de voluntarios, ahora triplicada, que Ferris apostaba cada vez que Temerario estaba ocupado realizando maniobras o ejercicios…

… lo cual no ocurría a menudo, pues los prusianos no creían demasiado en el entrenamiento de los dragones más allá del que tenía lugar en la batalla y practicaban las formaciones en misiones de reconocimiento, durante las que exploraban un poco la campiña, pero no iban demasiado lejos, refrenados por la autonomía de vuelo de los ejemplares más lentos. Los prusianos le denegaron la autorización para adentrarse más lejos con Temerario alegando que si se topaban con una partida francesa, los apresarían o bien indicarían al enemigo la dirección del campamento prusiano en su huida, con lo cual daban a los franceses mucha información a cambio de poco provecho, que era otra de las máximas de Federico el Grande, de las que el británico empezaba a estar harto.

Únicamente Temerario era plenamente feliz. Enseguida les tomó el pulso a los tripulantes germanos y estaba encantando con no tener que estar continuamente haciendo instrucción de vuelo.

—No necesito volar por ahí en formación para hacerlo bien durante la batalla —aseguró—, aunque es una lástima no poder ver un poco más del territorio, pero no importa, siempre podemos volver de visita una vez que hayamos derrotado a Napoleón.

El Celestial contemplaba la contienda a la luz de una victoria segura de los germanos, como, por otra parte, hacían también todas las tropas de las inmediaciones, salvo los malcontentos sajones, la mayoría de los cuales habían acudido a regañadientes cuando los habían llamado a filas. Había fundamentos para esas expectativas tan altas: el nivel de disciplina en todo el campamento era digno de contemplar y Laurence no había visto nada parecido a la instrucción de la infantería prusiana. Hohenlohe no era un genio del calibre de Napoleón, pero sí parecía un general muy marcial, y sus tropas, que no dejaban de recibir refuerzos, no suponían ni la mitad de las fuerzas prusianas, y eso sin contar al ejército ruso, que se estaba concentrando al este, en territorio polaco, y pronto marcharía en su ayuda.

Los franceses se iban a ver claramente superados numéricamente y con unas líneas de avituallamiento cada vez más escasas al operar tan lejos de su territorio. No habían sido capaces de traer con ellos muchos dragones y la amenaza persistente de Austria en un flanco e Inglaterra al otro lado del Canal de la Mancha había obligado a Bonaparte a dejar una buena parte de su ejército en la retaguardia para evitar la sorpresa de última hora de que alguno de los dos entrara a tomar parte en la campaña.

—De todos modos, ¿contra quién han combatido? Austriacos, italianos y un puñado de paganos en Egipto... —observó el capitán Dyhern. Los capitanes prusianos habían admitido a Laurence en el comedor de oficiales por pura cuestión de cortesía y estuvieron encantados de orientar la conversación hacia los franceses por el mero placer de describirle la inevitable derrota de esa nación—. Los franceses carecen de verdadera calidad militar ni moral de combate. Veremos cómo todo ese ejército se da a la desbandada en cuanto reciba un par de buenas tundas.

Todos los demás oficiales asintieron con la cabeza y le secundaron. El británico alzó de muy buen gana su vaso por la derrota de Bonaparte por mucho que le sonaran falsas aquellas victorias de las que hablaban. Él había combatido a los franceses en el mar lo bastante como para saber que no eran mancos a la hora de pelear y tampoco se quedaban atrás como marineros.

Empero, también creía que no eran soldados de la talla de los prusianos, y le alentaba estar en compañía de tropas tan resueltas a obtener la victoria, pues no percibía en ellas miedo, ni siquiera incertidumbre. Eran aliados de confianza, y Laurence sabía sin dudar que el día de la batalla no vacilaría a la hora de alinearse con esos soldados y confiarles la vida a su bravura; y ese era el mayor de los elogios que podía darles. Todo eso hizo mucho más desagradable la situación cuando una tarde Dyhern le llevó a un aparte, lejos del comedor de oficiales.

—Espero que me permita hablarle sin que se ofenda —empezó el oficial prusiano—. Jamás se me ocurriría darle lecciones a un hombre sobre cómo ha de manejar a su dragón, pero ustedes han permanecido en Oriente demasiado tiempo y ahora al bicho se le han metido unas ideas muy raras en la cabeza, ¿me equivoco? —El prusiano hablaba con la franqueza del soldado, pero sin ánimo de ser descortés; más aún, había en sus palabras esa nota característica de quien pretende dar un consejo, lo cual ya era bastante mortificante sin necesidad de la última sugerencia—: Quizá no se haya ejercitado lo suficiente o haya estado lejos de la batalla demasiado tiempo. No conviene dejarles que se pongan a darle vueltas a la cabeza.

El dragón de Dyhern, Eroica, era, sin lugar a dudas, un ejemplo de disciplina prusiana. Incluso daba el perfil para ese papel. Las gruesas placas óseas alrededor del cuello y en las plegaduras de las escápulas y las alas le conferían una apariencia de criatura blindada. No mostraba inclinación alguna a la indolencia a pesar de su enorme tamaño y, en vez de eso, siempre estaba presto para reprender a otros dragones si flaqueaban y dispuesto a acudir en cuanto sonaba la llamada para la instrucción. Los demás dragones prusianos le manifestaban un enorme respeto y se apartaban de buen grado para permitir que se llevara los primeros bocados en cada comida.

Habían instado a Laurence a dejar a Temerario en el redil para que comiera allí una vez que los ingleses se habían comprometido a tomar parte en la batalla, y Temerario, que era muy celoso en lo tocante a su posición preferente, no se quedó atrás a favor de Eroica ni a Laurence le habría gustado que lo hubiera hecho, todo fuera dicho. Si los prusianos habían optado por no hacer mejor uso de las dotes del Celestial, ese era su problema; era capaz de valorar y aceptar el argumento de que introducir *a posteriori* otro nuevo participante podía trastocar sus ultraprecisas formaciones de vuelo, pero él no iba a aceptar menosprecio alguno a las cualidades de Temerario ni toleraría la menor sugerencia de que su dragón no estaba a la par de Eroica, y en su mente, estaba seguro de que era infinitamente mejor.

El propio Eroica no puso objeciones a la hora de compartir su comida, pero los demás dragones prusianos no vieron con buenos ojos el atrevimiento del Celestial y se quedaron atónitos cuando presenciaron que tomaba su presa y se la entregaba a Gong Su para que la cocinara previamente.

—Acaba por saber siempre igual si la comes así, sin más —les explicó Temerario al ver la duda en sus rostros—. Cocinado tiene mucho mejor sabor. Probad un poco y lo comprobaréis.

Eroica resopló por única respuesta, rasgó su propia vaca y la comió cruda hasta las pezuñas, adrede, y los demás imitaron su ejemplo de inmediato.

—Conviene no tolerarles los caprichos —continuó diciéndole Dyhern—. Parecen menudencias, lo sé, ¿por qué no dejarles hacer lo que se les antoja cuando no están luchando…? Pero los dragones son como los hombres. Hay que imponerles orden y disciplina, y ellos son quienes más lo agradecen.

Laurence supuso que Temerario había vuelto a sacar el tema de las reformas y lo había comentado con los dragones prusianos, por lo que le respondió de modo cortante y volvió enseguida al claro del Celestial, a quien encontró enroscado y callado con gesto de frustración. La escasa predisposición de Laurence a reprenderle se desvaneció al verle tan mustio y desencantado. Avanzó dando grandes zancadas hacia el dragón y le acarició el hocico.

—Dicen que soy un blando por preferir la comida cocinada y porque me gusta leer —le dijo Temerario en voz baja—, y me consideran un necio por decir que los dragones no tienen por qué luchar. Ninguno de ellos ha querido oírme.

—Bueno, amigo mío —repuso Laurence con sumo tacto—, si quieres que los dragones sean libres de escoger su propio camino, has de estar preparado para que algunos no deseen ningún cambio. Después de todo, es a lo que ellos están acostumbrados.

—Sí, pero seguramente todos pueden ver que es mucho mejor gozar de libre albedrío —replicó el dragón—. No es como si yo me negara a luchar, como sostiene ese dragón tan bobo. Me gustaría saber qué tiene que decir él, si no es capaz de pensar en otra cosa que no sea contar el número de aleteos entre un giro y el siguiente. Al menos yo no soy tan rematadamente imbécil como para practicar diez veces al día el mejor modo de dejar al descubierto la tripa cuando a alguien le apetezca atacarme por el flanco.

Laurence acogió aquella soflama de mal humor con consternación y se esforzó por atemperar sus nervios antes de intentar tranquilizar al desquiciado dragón, pero con poco éxito.

—Me dice que debería practicar más mi vuelo en formación en lugar de quejarme tanto —prosiguió el Celestial con indignación—, a mí, que podría darles alcance en un pispás, y lo dice él, que debería quedarse en casa y dedicarse a comer vacas todo el día, total, para lo que sirve en la batalla.

Al final, él se calmó y suavizó los ánimos del dragón, y no pensó más en ello hasta que a la mañana siguiente, mientras se sentaban y Laurence leía a Temerario una famosa novela del escritor Goethe, una obra de dudosa moralidad titulada *Die Leiden des jungen Werther**, él vio alzarse las hileras de dragones para los ejercicios de vuelo en formación y el dragón, sorprendentemente obtuso, por fortuna para el aviador inglés,

* *Las desdichas del joven Werther.* [N. del T.]

todavía resentido, aprovechó la oportunidad para efectuar un sustancial número de comentarios críticos sobre su forma que a Laurence, hasta donde fue capaz de seguir el razonamiento del Celestial, le parecieron de lo más certeros.

—¿Cree usted que se equivoca o solo está de un humor de perros? —le preguntó después en privado a Granby—. No es concebible que tales fallos se les hayan pasado por alto a los prusianos después de tanto tiempo.

—No me voy a tirar el pisto de que comprendo con claridad a qué se refiere Temerario —contestó Granby—, pero hasta donde logro entender sus comentarios, él no anda muy errado. Recuerde lo habilidoso que demostró ser a la hora de inventar nuevas formaciones en los tiempos en que nos entrenábamos. Es una verdadera pena que no hayamos tenido aún ocasión de haberlas puesto en práctica.

—Espero que no piense que le miro con ojo crítico —empezó Laurence aquella tarde cuando se encontró con Dyhern—, pero aunque sus ideas son inusuales, Temerario ha resultado ser increíblemente agudo en este tipo de cosas, y he pensado que no estaría de más comentarle mis dudas.

Dyhern contempló los improvisados y apresurados dibujos de Laurence para luego sacudir la cabeza y sonreír ligeramente.

—No, no me ofende usted. ¿Cómo podría molestarme cuando usted fue tan amable de soportar mi propia intromisión? —repuso—. Ha aprovechado bien su momento. Resulta extraño lo diferentes que pueden llegar a ser los temperamentos de los dragones. Imagino que él sería desdichado y se resentiría si usted estuviera corrigiéndole todo el rato.

—No, no —replicó Laurence, descorazonado—. No intento insinuar nada parecido, Dyhern. Crea en mi sinceridad, por favor se lo pido, cuando le digo que únicamente pretendo llamar su atención sobre una posible debilidad en nuestra defensa, y nada más.

Dyhern no pareció del todo convencido, pero volvió a echar un vistazo a los dibujos, esta vez con más detenimiento. Después, se incorporó y palmeó el hombro del capitán inglés.

—Hala, no se preocupe —le dijo—. Naturalmente que existen algunas de las aberturas que ha encontrado su dragón, pero no hay maniobra sin puntos débiles. De todos modos, no resulta tan fácil explotar una brecha en el aire como podría parecer sobre el papel. Federico el Grande en persona aprobó esas maniobras y gracias a ellas pudimos derrotar a los franceses en la batalla de Rossbach.

Laurence tuvo que contentarse con esa respuesta, pero se marchó profundamente insatisfecho. Un dragón bien entrenado tenía mejor juicio sobre las maniobras aéreas que un hombre, y la réplica de Dyhern se debía más a una obstinada ceguera que a un cálculo militar responsable.

CAPÍTULO 12

Laurence no estaba al tanto de lo decidido en ninguna de las deliberaciones de los consejos del alto mando. La barrera del idioma y su propia posición en el hangar, mucho más lejano que cualquier otra división del ejército, eran dos obstáculos que le impedían enterarse incluso de los rumores que solían correr por el campamento, y la escasa información obtenida era contradictoria y vaga. Tan pronto iban a concentrarse en Érfut, la capital de Turingia, como en Hof, Baviera; en ocasiones, iban a atrapar a los franceses en el río Saale y otra veces en el Meno, y entretanto, sin efectuar movimiento alguno, los días iban adquiriendo el frescor propio del otoño y los bordes de las hojas empezaron a amarillear.

Transcurrieron cerca de dos semanas en el campamento antes de que por fin llegara la noticia de que el príncipe Luis convocaba a los capitanes a un caserío cercano; además, costeó de su bolsillo una opípara comida y, para mayor satisfacción de todos, aportó un poco de luz sobre los movimientos bélicos.

—Nuestro propósito es avanzar hacia el sur por los pasos que cruzan los bosques turingios —anunció—. El general Hohenlohe atravesará Hof en dirección a la ciudad de Bamberg mientras que el cuerpo principal del ejército, al mando del general Brunswick, se dirigirá a Érfut para luego seguir hacia Wurzburgo —continuó mientras indicaba en un gran mapa desplegado en la mesa las localidades próximas a las posiciones ocupadas por el ejército francés durante el verano—. Napoleón no ha abandonado París hasta donde nosotros sabemos. Si han optado por esperarnos sentados en sus acantonamientos, mucho mejor. Atacaremos antes de que sepan qué está pasando.

El destino de los aviadores ingleses como parte de la avanzadilla iba a ser la ciudad de Hof, en el lindero del gran bosque. La marcha no iba a ser rápida, pues no era fácil abastecer a tantos hombres y debían recorrer casi ciento quince kilómetros. Los de intendencia habían situado almacenes a lo largo de la ruta, en especial con ganado para alimentar a los dragones, y habían asegurado las líneas de comunicación. Pese a todos los reparos, Laurence regresó muy satisfecho al espacio abierto asignado a Temerario, pues al fin se había enterado de algo y prefería mil veces moverse, por muy lento que se produjera el avance, dado que su progresión iba a verse sujeta a la velocidad de la infantería y la caballería, que además debía transportar las piezas de artillería en carros.

—¿Por qué no podemos adelantarnos? —quiso saber el Celestial a la mañana siguiente cuando llegaron a la nueva base tras dos horas de vuelo—. No es como si aquí estuviéramos haciendo algo de utilidad, salvo prepararnos los claros para pernoctar. Lo más probable es que incluso esos dragones tan lentos fueran capaces de volar un poco más.

—No quieren que nos alejemos demasiado de la infantería —respondió Granby—, tanto por su bien como por el nuestro. No lo pasaríamos muy bien si nos topáramos con una tropa de dragones franceses respaldados por un regimiento de infantería y un par de cañones.

Los dragones enemigos contaban en tal caso con una sustancial ventaja, pues la artillería de tierra les brindaba un espacio seguro donde era posible agruparse y descansar y generaba una zona de peligro en la que podían confinar a un enemigo desprovisto del apoyo de la infantería. Temerario continuó quejoso a pesar de esas explicaciones y se resignó de mala gana antes de derribar unos cuantos árboles tanto para conseguir madera para vivaquear como para ampliar el espacio disponible para sí mismo y los dragones prusianos mientras esperaban a que la infantería les diera alcance.

Tardaron dos días en cubrir treinta y cinco kilómetros a una velocidad excepcionalmente lenta antes de recibir nuevas órdenes.

—Las tropas van a concentrarse primero en Jena —les informó el príncipe Luis, que, compungido, se encogió de hombros ante el enésimo capricho de los altos mandos, que no dejaban de llegar a diario gracias al constante ir y venir de los dragones correo—. En vez de eso, ahora el general Brunswick desea que vayamos todos hacia Érfut.

—Primero no nos movemos nada y ahora cambiamos de dirección —se quejó Laurence a Granby con cierta irritación. Ellos ya estaban más al sur de Jena, por lo que ahora deberían viajar hacia el norte y hacia el oeste, lo cual, al paso lento de la infantería, implicaba perder medio día—. Más les valdría dirigir mejor las tropas y celebrar menos conferencias...

El ejército no se reunió alrededor de Jena hasta primeros de octubre, y para esas fechas Temerario no era el único en estar francamente irritado con la lentitud del avance. Incluso los más imperturbables alados prusianos se mostraban inquietos cada vez que los refrenaban y miraban hacia el oeste, como dejando entrever que, si por ellos fuera, continuarían avanzando unos cuantos kilómetros más. La ciudad se hallaba en la ribera del caudaloso y ancho río Saale, imposible de vadear en aquel punto, por lo cual se convertía en una barrera defensiva natural de lo más conveniente, y siguiendo el curso del mismo río, a treinta y dos kilómetros al sur, se hallaba su destino original, la ciudad de Hof, según descubrió Laurence mientras estudiaba los mapas improvisadamente extendidos en la mesa del comedor de capitanes, instalado en un gran pabellón. El aviador británico sacudió la cabeza con contrariedad, ya que el cambio de posición le parecía un repliegue injustificado.

—No, verás, el alto mando ya había enviado a Hof una parte de la caballería y de la infantería —le explicó Dyhern—. Hemos aleteado un poco más, parece que para hacerles creer a los franchutes que íbamos por esa dirección. Les caeremos encima desde Érfut y Wurzburgo y nos encontraremos con ellos en esta zona.

El plan parecía de lo más conveniente si no fuera por un pequeño obstáculo que no tardaron en descubrir: los franceses se hallaban ya en Wurzburgo. La noticia corrió por el campamento como un reguero de pólvora poco después de que un mensajero jadeante entrara en la tienda del comandante. Los aviadores conocieron los detalles con muy poca demora.

—Se dice que el propio Napoleón está allí y que la Guardia Imperial se encuentra en Maguncia —les informó uno de los capitanes—. Los mariscales de Bonaparte andan por toda Baviera y el emperador ha movilizado a toda la Grande Armée.

—Bien, mucho mejor así —opinó Dyhern—. Al menos, gracias a Dios, se terminaron estas malditas marchas. Dejemos que vengan a recibir una paliza.

Todos eran partícipes de ese mismo sentir y un repentino frenesí se apoderó del campamento prusiano cuando fueron conscientes de la inminencia de la batalla. Entretanto, el estado mayor se encerró a deliberar. Ahora no les faltaban rumores y noticias precisamente, y daba la impresión de que les llegaba una noticia nueva a cada hora, a pesar de que los prusianos no enviaban demasiadas misiones de reconocimiento por temor a un posible apresamiento.

—Se van a tronchar de risa, caballeros —anunció el príncipe Luis mientras entraba en el comedor de oficiales—. Napoleón ha nombrado oficial a un dragón, y este se ha puesto a dar órdenes a los capitanes de la Fuerza Aérea francesa.

—Lo más probable es que se trate del oficial de ese dragón —protestó uno de los aviadores prusianos.

—No, no, nada de eso, el bicho ni siquiera lleva tripulación —insistió el príncipe Luis entre carcajadas. Empero, Laurence no lo encontró nada divertido, máxime cuando le confirmaron su sospecha de que el dragón en cuestión era completamente blanco.

Laurence los puso en antecedentes y les describió de forma sucinta la historia de Lien.

—No tema, intentaremos que tenga usted su oportunidad en el campo de batalla —se limitó a decir Dyhern—. ¡Ja, ja, ja! Quizá los franceses no tengan demasiada práctica a la hora de realizar esas nuevas formaciones si ella está al cargo, ¿no? Mira que ascender a oficial a una dragona. ¿Qué hará luego? ¿Nombrar general a su caballo?

—Pues a mí no me parece que Bonaparte haya cometido ninguna torpeza —repuso con desdén Temerario cuando le llegó la noticia, y cuando contrastó la promoción de la dragona blanca entre los franceses y el trato dispensado por los prusianos, se quedó muy disgustado.

—Pero no es mucho lo que ella puede saber de batallas, Temerario, no como tú —le consoló Granby—. El príncipe Yongxing armó un escándalo por el hecho de que los dragones lucharan… Ella nunca ha estado en una batalla.

—Mi madre dijo que Lien era una erudita —repuso Temerario— y existen muchos libros chinos sobre tácticas aéreas; a uno de ellos lo escribió el mismísimo Emperador Amarillo, aunque no tuve la ocasión de leerlo —concluyó con pesar.

—Bah, lo que digan los libros —replicó Granby, haciendo un gesto de desdén con la mano.

—Bonaparte no es ningún idiota. Estoy seguro de que tiene muy clara la estrategia de la batalla y la concesión de semejante rango a Lien ha debido de ser una excusa para conseguir que participase en la batalla. Estoy seguro de que la habría nombrado mariscal de Francia y lo habría considerado un precio barato. Lo que ahora debemos temer es el viento divino y los estragos que puede causar en las fuerzas prusianas, no el generalato de Lien.

—Yo la detendré si intenta hacer daño a nuestros amigos —dijo Temerario, y luego añadió en voz baja—: Pero estoy seguro de que ella no pierde el tiempo con estúpidas formaciones de vuelo.

Se alejaron de Jena a la mañana siguiente junto al príncipe Luis y el resto de la vanguardia en dirección a la ciudad turingia de Saafeld, a unos quince kilómetros al sur del resto del ejército, para prevenir un posible avance francés. Todo permanecía en silencio a su llegada. Laurence se tomó un momento para entrar en la ciudad antes de que la infantería hiciera acto de presencia con la esperanza de que los buenos oficios del teniente Badenhaur, uno de los jóvenes oficiales prusianos agregados a la dotación, le permitieran adquirir unos galones de vino decente y buenas vituallas, pues tenía intención de ofrecer una cena a la oficialidad y algunas viandas especiales al resto de la tripulación ahora que había logrado reabastecerse de dinero en Dresde. La primera batalla podía tener lugar cualquier día, y probablemente las maniobras resultantes iban a dejarlos sin suministros ni tiempo para prepararlos.

El río Saale bajaba con ímpetu y se había desbordado de su cauce a pesar de que todavía no habían empezado las lluvias otoñales. Laurence hizo una pausa cuando él y el teniente llegaron al centro del puente e introdujo una rama en la corriente de agua; la hundió hasta donde le alcanzaba el brazo sin llegar a tocar el fondo; entonces, se arrodilló para alcanzar más hondura y la fuerza de la crecida le arrancó limpiamente la estaca de las manos.

—No me gustaría tener que vadear el río, y menos aún bajo el fuego de la artillería —comentó Laurence mientras se secaba las manos, ya alejándose del puente.

Badenhaur asintió dejando claro su total acuerdo a pesar de hablar cuatro palabras de inglés. La traducción era del todo innecesaria.

La inminente invasión de su tranquilo burgo no era del agrado de los ciudadanos de Saalfeld, pero los tenderos se mostraron bastante dispuestos a dejarse aplacar con oro, incluso a pesar de que las mujeres cerraran a su paso las contraventanas de los pisos superiores con cierta vehemencia. Ellos alcanzaron un acuerdo con el encargado de un pequeño hostal, que estaba dispuesto, aunque con desánimo, a venderles buena parte de sus provisiones antes de que llegara el cuerpo principal del ejército y probablemente confiscara el resto. También acordó la ayuda de dos de sus jóvenes hijos para llevar de vuelta las vituallas.

—Haga el favor de decirles a los muchachos que no tienen nada que temer —le pidió Laurence a Badenhaur cuando, después de cruzar otra vez el puente sobre el río, se acercaron a la zona de los dragones, donde estos, que se hallaban muy revueltos y charloteaban con inusual intensidad, hicieron que los muchachos abrieran unos ojos como platos.

Dijera lo que les dijere el teniente, no los tranquilizó absolutamente nada y salieron disparados hacia su casa casi antes de que Laurence tuviera ocasión de hacerles entrega de unos peniques en señal de agradecimiento, aunque sin embargo nadie le concedió mucha importancia en cuanto dejaron la comida en el suelo, pues de las cestas emanaban unos ricos efluvios. Gong Su se hizo cargo de los alimentos, pues ahora se había convertido no solo en el cocinero de Temerario sino también en el de la tripulación, cuya dotación de tierra, por regla general, solía turnarse a la hora de ocuparse de los quehaceres de la cocina, con unos resultados poco apetitosos la mayoría de las veces, por lo que todos se habían ido acostumbrando de forma gradual a la subrepticia inclusión de especias y modos culinarios orientales en su dieta hasta el punto de que ahora lo más probable era que echaran de menos su ausencia.

De otro modo, el cocinero se habría quedado mano sobre mano, ya que cuando los dragones se reunieron para celebrar su propio festín, Eroica se había dirigido a Temerario.

—¡Ven a comer con nosotros! Lo que debes tomar en víspera de una batalla es carne fresca para que la sangre caliente insufle fuego en tu pecho —le alentó.

El Celestial no logró ocultar la satisfacción de que le hubieran invitado y accedió. Rasgó su vaca con gran avidez y dejó mondados los huesos, más que el resto, antes de dirigirse al río para lavarse.

Reinaba un ambiente casi de fiesta cuando llegó el primer escuadrón de caballería y se dispuso a cruzar el río. Los sonidos y los olores de las cabalgaduras atravesaron la cortina de árboles y llegaron hasta ellos, igual que los crujidos y el intenso olor a aceite de las cureñas. El resto de los hombres no llegaría hasta el día siguiente. Laurence llevó a Temerario a dar un vuelo en solitario en cuanto cayó la tarde, a fin de que consumiera una parte de esa energía y los nervios que habían llevado al dragón a volver a escarbar en el suelo. Subieron a gran altura para no inquietar a los caballos y Temerario permaneció inmóvil en el aire contemplando fijamente el crepúsculo.

—¿No vamos a quedarnos demasiado al descubierto en esta tierra, Laurence? —inquirió Temerario mientras estiraba el cuello para examinar el territorio circundante—. Con todos esos bosques de alrededor y un solo puente, no podremos retroceder por el puente con mucha velocidad…

—No se pretende que volvamos a cruzar el puente. Nuestro cometido va a ser defenderlo para el resto del ejército —le explicó Laurence—. Si los franceses llegaran a apoderarse de esta ribera una vez que los prusianos hubieran seguido adelante, va a ser bastante difícil superar su resistencia para volver a cruzarlo, de modo que vamos a asegurarlo.

—Pero yo no veo que aparezca ningún otro cuerpo del ejército —contestó Temerario—, lo que quiero decir es que veo al príncipe Luis y al resto de las tropas de vanguardia, pero no hay nadie más detrás de nosotros mientras que sí lo hay por delante; ahí hay muchos fuegos de campaña.

—Me atrevería a decir que esa maldita infantería ha vuelto a acercarse de tapadillo —aventuró el aviador inglés mientras entrecerraba los ojos para escrutar el norte.

Al principio, únicamente pudo distinguir las luces del grupo del príncipe Luis, que oscilaba por los caminos próximos al campamento situado a los alrededores de la localidad, y más allá, por muy lejos que se mirase, no había otra cosa que oscuridad, pero cuando volvió la vista al sur atisbó diminutas hogueras humeantes que proyectaban guiños en la noche, apareciendo y desapareciendo como luciérnagas, brillantes en la densa oscuridad.

Los franceses estaban a poco más de un kilómetro de distancia.

El príncipe Luis no se arredró a la hora de reaccionar y sus batallones cruzaron rápidamente el puente con el alba para ocupar sus posiciones. El prusiano contaba con cerca de ocho mil hombres y cuarenta y cuatro cañones de apoyo, aunque la mitad de ellos eran sajones de reemplazo, cuyos murmullos eran tan altos que los franceses ya debían saber que estaban cerca. Los primeros disparos de mosquetes sonaron no mucho después, pero no fue el comienzo real de una batalla, sino un intercambio intermitente de disparos entre los exploradores franceses y la avanzadilla prusiana.

Las tropas galas abandonaron las colinas alrededor de las nueve de la mañana y avanzaron al resguardo de los árboles, donde los dragones no podían atraparles fácilmente. Eroica condujo a su formación en grandes y amenazantes pasadas con Temerario detrás; sobrevolaron al enemigo con poco efecto, pues el Celestial tenía prohibido el uso del viento divino tan cerca de la caballería y poco después, para frustración general de todos ellos, les dieron orden de retroceder para que la caballería y la infantería pudieran avanzar y entablar combate con el enemigo.

Les hicieron señales desde Eroica.

—«Bajar a tierra» —tradujo el teniente Badenhaur, que permanecía sentado cerca de Laurence, a su izquierda.

Todos los dragones descendieron de nuevo hacia la base, pero allí los aguardaba un mensajero jadeante con instrucciones nuevas para el capitán Dyhern.

—Bueno, amigos míos, estamos de suerte —gritó el capitán mientras ordenaba a todos que regresaran a la formación mientras agitaba un legajo de mensajes por encima de la cabeza—. Ese de ahí es el mariscal Jean Lannes, ¡y hoy hay un buen montón de águilas por ganar! La caballería va a tener su oportunidad dentro de un rato. Nosotros vamos a intentar rodearlos para ver si conseguimos luchar con unos cuantos dragones.

Volvieron a ascender a los cielos, muy por encima del campo de batalla. Una vez libres de la presión ejercida por los dragones, las tropas francesas emboscadas habían salido de entre el boscaje para enfrentarse con las primeras líneas de las fuerzas de Luis de Prusia, y tras ellos marchaban un único batallón de infantería bien alineado así como un escuadrón de caballería ligera. Las fuerzas involucradas no eran excesivas, pero sí suficientes para trabar una batalla propiamente dicha y los mosquetes ya habían empezado a dejar oír su voz atronadora. Las sombras se movían por las colinas boscosas, pero la vegetación impedía conocer cuál era la naturaleza exacta de la maniobra, y cuando Laurence volvió el catalejo para enfocarlas, Temerario profirió un rugido sonoro. Una formación francesa de dragones había aparecido en el cielo y acudían a por ellos.

La escuadrilla gala era notablemente más numerosa que la de Eroica, pero estaba formada por ejemplares más pequeños, la mayoría de tamaño ligero, e incluso estaba integrada por varios dragones de los usados como mensajeros. Ninguno de ellos tenía la resolución que presidía las maniobras prusianas al adoptar una formación piramidal poco definida, ya que cada dragón volaba a diferente velocidad y eso hacía que los integrantes estuvieran cambiando las posiciones unos con otros mientras se acercaban.

El grupo de Eroica cambió de dirección en perfecto orden y formó en dos líneas a dos niveles a fin de salir al encuentro de la avalancha francesa. Temerario estuvo a punto de girar sobre sí mismo en su intento por no salirse del flanco izquierdo, donde Laurence le había hecho situarse para tomar posiciones. Los prusianos se hallaban en perfecta formación antes de la llegada de los franceses, por lo que los fusileros prusianos de cada dragón alzaron las armas para efectuar una de sus descargas cerradas por las que eran temidos, y con razón.

Las armas chasquearon en cuanto los atacantes estuvieron al alcance de los mosquetes, momento en el que la formación francesa se disolvió en medio de un verdadero caos en el que los dragones salieron disparados en todas las direcciones y la descarga prusiana apenas surtió efecto. Haber provocado la andanada antes de que les alcanzara había sido un trabajo de primera, Laurence debió reconocerlo, pero no vio la finalidad de todo aquello en un primer momento, ya que eso no servía de nada cuando, como era el caso de los pequeños dragones franceses, no llevaban una dotación capaz de responder al fuego.

De todos modos, tampoco parecía ser tal el designio de la escuadra gala, pues se limitaron a orbitar muy deprisa a su alrededor en una suerte de enjambre zumbante, procurando, eso sí, mantenerse lo bastante lejos para evitar cualquier intento de abordaje, y sus tripulantes disparaban casi al azar, derribando enemigos de vez en cuando, y aprovechando cada fisura de la formación prusiana para lanzarse como balas para desgarrar o morder a los dragones pesados. Y eran demasiados, como había señalado con excesivo acierto Temerario, y a esas alturas del rifirrafe, casi todos los dragones prusianos sangraban y estaban heridos por diferentes puntos, y también desconcertados a la hora de moverse en una u otra dirección para enfrentarse adecuadamente a sus oponentes.

Temerario se movía solo y era el más dotado para evitar las emboscadas de los dragones más pequeños y repelerlos. Laurence mantuvo la sangre fría y se percató de que disparar contra unos blancos tan pequeños era un desperdicio de munición, máxime cuando ellos no corrían riesgo de sufrir un abordaje, por lo que hizo señas a sus hombres de que se agarraran al arnés y se pegaran a él. Tras una feroz persecución, Temerario fue alcanzando a los dragones franceses uno tras otro, zarandeándolos y hundiendo sus garras en ellos, por lo que abandonaron la liza a toda prisa entre chillidos de dolor.

Pero él era uno y los dragoncillos franceses, muchos, demasiados, para que el Celestial pudiera con todos. A Laurence le habría gustado poder decirle a Dyhern que ordenara luchar por libre y dejar que cada dragón se las arreglara como pudiera, pues así al menos no serían vulnerables de forma tan predecible una y otra vez y su peso excesivo no les haría luchar de tan mala manera contra los ligeros dragones galos. No tuvo oportunidad de hacerlo, pero el oficial prusiano llegó a la misma conclusión tras varias pasadas y el oficial de señales impartió la orden de romper la formación. Los enormes dragones, ensangrentados y medio paralizados por el pánico, se lanzaron con renovados bríos contra los franceses.

—¡No, no! —chilló Temerario, sobresaltando a Laurence. El Celestial movió la cabeza a uno y otro lado antes de decir—: Mira ahí abajo, Laurence, mira...

El aviador se inclinó a un lado del cuello de Temerario, ya con el catalejo desplegado, y vio cómo un considerable cuerpo de infantería francesa salía de los bosques en dirección al oeste a fin de envolver el flanco derecho de Luis de Prusia mientras que la lucha encarnizada empezaba a obligar a retroceder al grupo central de los prusianos. Los soldados de a pie se replegaban hacia el puente y la caballería no disponía de espacio para lanzar una carga. Ese era el momento ideal para que una formación de dragones realizara una pasada sobre las tropas francesas a fin de impedir el intento de flanqueo, pero estaba condenado al fracaso ahora que se había roto la formación.

—¡Ve, Temerario! —gritó Laurence.

El dragón ya había inspirado, por lo que plegó las alas y se lanzó en picado con los costados hinchados hacia las tropas invasoras, que avanzaban hacia el oeste. El capitán inglés se cubrió los oídos con las manos para amortiguar algo la fuerza del rugido cuando el Celestial soltó su terrible viento divino. Temerario remontó el vuelo y se alejó después de haber efectuado una pasada completa dejando en el suelo decenas de hombres encogidos, sangrando por la nariz, los oídos y los ojos; los árboles más pequeños yacían tumbados como palillos.

Sin embargo, los propios infantes prusianos estaban más confundidos que animados, una sorpresa que supo aprovechar un oficial uniformado para salir de entre los árboles, avanzar entre sus muertos y sostener en alto un estandarte al tiempo que bramaba:

—*¡Vive l'Empereur, vive la France!*

El francés empezó una carga y detrás de él acudió toda la avanzadilla gala, unos dos mil hombres, que se desparramaron sobre las filas prusianas, entre las que se abrieron paso a sablazos y golpes de bayoneta, lo cual hizo imposible otra pasada por parte de Temerario, que no podía golpear de nuevo sin matar a los de su propio bando.

El encuentro iba cobrando tintes dramáticos. Los cascos de las monturas resbalaban sobre la orilla y los soldados de infantería eran arrojados a las aguas del Saale. El peso de las botas les impedía salir y la corriente los arrastraba río abajo. Temerario permaneció suspendido en el aire a la espera de un resquicio por el que lanzar otro ataque, lo cual permitió ver a Laurence cómo el príncipe Luis reunía a los restos de su caballería y cargaba contra el centro francés. Los jinetes se congregaron junto a su persona y se lanzaron valientemente contra los franceses en medio de un griterío atronador. El impacto resonó como el repique de una campana cuando entrechocaron espadas contra sables. El golpeteo de los aceros pareció avivar los negros nubarrones de la pólvora a su alrededor, que se aferraban a las patas de los corceles y giraban en torno a ellos como una tormenta. Laurence albergó esperanzas durante unos instantes, hasta que enseguida vio sucumbir al príncipe, a quien se le escapó la espada de entre los dedos. Un fuerte vítor se alzó entre las filas francesas mientras los colores prusianos eran vencidos junto a Luis de Prusia.

Nadie acudió al rescate. Los batallones sajones fueron los primeros en disgregarse y sus integrantes se lanzaron enloquecidos hacia el puente o arrojaron las armas en señal de rendición. Los prusianos aguantaron en pequeños grupos mientras los subordinados del príncipe Luis intentaban mantener agrupados a los soldados para abandonar ordenadamente el campo de batalla, aunque la mayoría de los mosquetes quedaron tirados sobre el terreno, circunstancia que aprovecharon los vencedores para barrer las filas prusianas con certeras descargas. Los derrotados se desplomaban sobre el suelo o caían al río a montones durante la huida. Unos pocos comenzaron a retirarse rumbo al norte, siguiendo el curso del río, pero sin cruzarlo.

El puente cayó en manos francesas poco después del mediodía. Para entonces, Temerario y los demás dragones estaban enzarzados en la tarea de defender la evacuación e impedir que los pequeños dragones franceses se abalanzaran sobre los hombres en retirada y convirtieran el repliegue en una derrota aplastante. No les sonrió el éxito, pues los soldados sajones huyeron en desbandada y los dragones franceses se cebaban por igual con las cureñas de los cañones y los caballos que se alejaban del cuerpo principal de las fuerzas prusianas, a veces atrapando incluso a los hombres vociferantes a los que los dejaban caer en la orilla opuesta del río Saale, ahora en poder de las tropas francesas, en medio de los edificios del burgo aún cerrados a cal y canto.

El combate había terminado y la bandera de señales ondeaba tristemente sobre las ruinas de la posición prusiana con su triste mensaje: *Sauve qui peut**, mientras empezaban a disiparse las nubes de pólvora. Los dragones enemigos se replegaron al fin cuando la retirada prusiana les condujo demasiado lejos como para contar con el apoyo de la infantería. Entonces, a una señal de Dyhern, todos los fatigados dragones dejaron de aletear y se posaron en tierra para recobrar el aliento.

Laurence no hizo ademán alguno de animarles, pues no tenía ánimos que dar. El dragón más liviano de la formación llevaba entre las garras con toda la delicadeza posible el cadáver descoyuntado del príncipe Luis, recuperado del campo de batalla gracias a un ataque a la desesperada.

—Recoged a vuestras tripulaciones de tierra y retiraos a Jena —se limitó a decir lacónicamente Dyhern—. Nos reuniremos allí.

* «Sálvese quien pueda», en francés. [N. del T.]

CAPÍTULO 13

Laurence había situado a la dotación de tierra en la orilla opuesta del Saale, muy adentro, guarecida en un desfiladero bien oculto por los árboles a fin de que fuera difícil detectarla a vista de pájaro. Los más fuertes ocupaban las primeras posiciones, hacha en mano, sables y pistolas preparadas, mientras que Keynes y los cadetes se hallaban detrás. Los huevos permanecían guardados a salvo en sus envolturas y arneses, cerca de una pequeña fogata bien tapada.

—Hemos oído las descargas de fusilería cada vez más cerca desde que ustedes se fueron, señor —dijo Fellowes con ansiedad mientras él y sus hombres examinaban el arnés de Temerario en busca de daños.

—Sí, los franceses superaron nuestras posiciones. —Tuvo la sensación de estar hablando desde una gran distancia ahora que le estaba sobreviniendo una flojera tremenda, y no podía tolerar que eso se evidenciara—. Vamos a replegarnos a Jena. Roland, Dyer, miren a ver si es posible servir una ración de ron a toda la dotación de vuelo —ordenó mientras se dejaba caer al suelo.

Los dos cadetes estuvieron pululando a todo correr entre la tripulación llevando las botellas de bebida y un vaso. Todos los hombres aceptaron la copita. Laurence fue el último en echar un trago, y lo agradeció, pues notó el efecto vivificador del licor caliente casi de inmediato.

Se acercó a Keynes para hablar de los huevos.

—No han sufrido ningún daño —le aseguró el cirujano—. Podrían aguantar un mes en estas condiciones sin problemas.

—¿Tiene alguna conjetura más precisa de cuándo podemos esperar la eclosión? —preguntó el capitán inglés.

—No ha cambiado nada de nada —respondió Keynes con su habitual tono malhumorado—. Seguimos ahí, entre tres y cinco semanas, tal y como le dije.

—Muy bien —repuso Laurence antes de enviarle a examinar a Temerario por si encontraba indicio de alguna lesión como resultado del sobreesfuerzo que en el calor de la batalla o con el dolor actual hubiera pasado inadvertida.

—Más que nada, esas malditas formaciones nos tomaron por sorpresa —se lamentó el Celestial mientras Keynes se encaramaba sobre él—. Ay, Laurence, tendría que haber dicho más y ellos deberían haberme oído.

—Era difícil que pudieras hacer más teniendo en cuenta las circunstancias —respondió Laurence—. No te lo reproches. Sería mejor que pensaras los movimientos de vuelo en formación que podrían corregirse con más facilidad, sin causar demasiada perturbación. Confío en que ahora sea capaz de persuadirlos de que te hagan caso, y de ser así, podremos reparar un grave defecto táctico al pequeño coste de una derrota en una escaramuza, y entonces, aunque haya sido una lección dolorosa, nos podremos dar con un canto en los dientes porque no haya sido peor.

Llegaron a Jena a primeras horas de la madrugada. El ejército prusiano recompuso líneas cerca de la población a medida que se completaba la retirada. El enemigo había capturado en la ciudad turingia de Gera un convoy de provisiones que ellos necesitaban con desesperación. Temerario debió conformarse con una pequeña oveja para comer. Gong Su intentó aprovecharla al máximo y la preparó con unas hierbas aromáticas que había recogido, por lo que el dragón hizo mejor comida que los hombres, quienes debieron conformarse con unas gachas de avena hechas a toda prisa y unos mendrugos de pan duro.

Laurence comprobó mientras pasaba junto a los fuegos cómo los murmullos de descontento se extendían por todo el campamento. Los rezagados sajones recién llegados del campo de batalla se quejaban por lo bajinis de que les había tocado soportar lo más duro del ataque, que los habían sacrificado en un intento por frenar la ofensiva francesa, y lo peor de todo, se había producido otra derrota. El general Tauentzein había abandonado Hof a la vista del avance francés, un movimiento que había sido como salir del fuego para caer en las brasas, pues escapó de las garras del mariscal Jean de Dieu Soult para caer en las del mariscal Bernadotte, y había perdido cuatrocientos hombres antes de lograr huir por fin. Todo eso bastaba para inquietar a cualquier hombre, y más a quienes habían dado por hecho que iban a lograr una victoria fácil. Ya no quedaba indicio alguno de aquella confianza de los primeros días.

Descubrió que Dyhern y los demás aviadores prusianos habían ocupado una casita destartalada. Sus habitantes, unos arrendatarios que vivían del campo, la habían abandonado apresuradamente en cuanto los dragones se habían posado en sus campos en busca de un pequeño reposo.

—No propongo una alteración radical —les urgió Laurence mientras desplegaba sus gráficos, abocetados según los dictados de Temerario—, sino varios cambios que pueden acometerse con cierta sencillez. No hay que pensar en los posibles riesgos que entrañan unas pocas alteraciones de última hora y a la desesperada ante la certeza de una debacle si no se hace nada.

—Es muy amable por su parte el no restregarnos un «os lo dije» —contestó Dyhern—, pero, sin embargo, lo oigo igual. De acuerdo. Dejaremos que un dragón sea nuestro instructor y veremos qué puede hacer. Por lo menos, no vamos a estar en los hangares lamiéndonos las heridas como perros apaleados.

Él y los otros capitanes habían estado sentados con aire taciturno alrededor de la mesa casi desnuda, bebiendo en silencio. Se recobraron haciendo un enorme esfuerzo, se animaron por pura fuerza de voluntad y se recriminaron por estar con el ánimo por los suelos. Se precipitaron en masa de vuelta a los dragones y la actividad les despejó las mentes y les subió la moral, y en especial a Temerario, que se irguió con ojos brillantes mientras se congregaban a su alrededor y se dispuso a explicarles los ejercicios con alegría, mostrándoles en qué consistían los nuevos modelos de vuelo ideados...

... a los que Laurence y Granby habían contribuido poco, salvo en el cometido de simplificarlos. Las intricadas maniobras que Temerario era capaz de realizar sin pensar estaban más allá de la capacidad física de la mayoría de las razas occidentales, e incluso a pesar de estar ya considerablemente ralentizadas, en un principio, las nuevas pautas de vuelo supusieron ciertas dificultades para los dragones prusianos, tan acostumbrados a unos ejercicios repetitivos y formales, pero la minuciosidad que presidía sus prácticas habituales comenzó a dar sus frutos lentamente, y los dragones prusianos estaban cansados pero exultantes de gozo después de alrededor de una docena de pasadas. La infantería había destacado a varios dragones como observadores y poco después sus capitanes se unieron también a las prácticas. Cuando la formación del capitán Dyhern tomó tierra en busca de un descanso, los oficiales se vieron asaltados a preguntas y poco después ya había un par de formaciones en el cielo que intentaban imitarlos por su propia cuenta.

Sin embargo, un nuevo cambio de planes interrumpió la práctica esa misma tarde. El ejército iba a concentrarse de nuevo cerca de Weimar, se replegaba con el propósito de proteger sus líneas de comunicación con Berlín, y una vez más los dragones abrieron la marcha. Un murmullo de protesta acogió las órdenes; las idas y venidas de un lado para otro habían sido recibidas con buen ánimo y se habían interpretado como el curso cambiante característico de una contienda, pero aquel repliegue sin orden ni concierto enfureció a todos; daba la impresión de que bastaban un par de pequeños reveses ante los franceses para que les dieran caza en su propio país, y el caos de instrucciones contradictorias sembró la sensación de que reinaban el desconcierto y la falta de decisión entre los comandantes.

Les llegaron nuevas noticias en medio de ese clima de malestar, según las cuales el malhadado príncipe Luis había tomado posiciones al otro lado del Saale como respuesta a unas órdenes de Hohenlohe cuyo significado era equívoco. Las instrucciones sí disponían continuar el avance, aunque ese movimiento no había sido debidamente autorizado por el duque de Brunswick* ni por el rey. El resto de las tropas no se había desplazado tan al sur pues, evidentemente, Hohenlohe se había pensado mejor sus planes.

—Envió nuevas órdenes de replegarse —comentó Dyhern con amargura después de haber oído las noticias de labios de uno de los ayudantes de campo del difunto príncipe que había conseguido llegar al campamento a duras penas, ya que había acudido a pie después de que su caballo se ahogara en las aguas del Saale—, pero ya había entablado combate para ese momento y a nuestro príncipe no le quedaba ni una hora de vida. De ese modo acaba de desperdiciar Prusia a uno de sus mejores soldados.

No podía decirse que reinara un ambiente de rebelión, pero los aviadores estaban muy disgustados, y quizás aún peor, desalentados, y se desvaneció el sentimiento de satisfacción conseguido tras la culminación de las nuevas tácticas de vuelo. Los capitanes se retiraron en silencio a los diferentes claros para supervisar el embalaje.

El aleteo de un dragón correo al abandonar el hangar había comenzado a resultar odioso, pues presagiaba el comienzo de otra de aquellas interminables y estériles conferencias. El alboroto del batir de alas despertó a Laurence a primera hora de la madrugada, cuando todavía reinaba la oscuridad; salió de la tienda en mangas de camisa y sin ponerse las botas a fin de frotarse la cara en la cuba de agua. Temerario todavía dormía y expulsaba cálidas ráfagas de aire por los ollares. Salyer alzó la vista con prevención cuando Laurence lanzó una mirada al interior de la arrugada tienda de mitad de tamaño de lo normal donde él y Allen, que ahora

* Mando supremo del ejército prusiano en la batalla doble de Jena y Auerstedt. [N. del T.]

roncaba, habían montado la guardia de noche para vigilar los huevos. Era el lugar más cálido del campamento, pues habían doblado en dos la lona del entoldado y habían colocado dentro un brasero con carbones encendidos.

Se hallaban en aquel momento en un hangar situado ligeramente al norte de Jena, muy cerca del ala este del ejército prusiano. El duque de Brunswick había acercado más sus fuerzas durante la noche y ahora toda la campiña parecía haber cobrado vida gracias a las luces de las fogatas. En lontananza, el humo de las hogueras se entremezclaba tristemente con el de las llamas que consumían el pueblo. La noche anterior una sensación a medio camino entre el pavor y la insubordinación había enraizado entre las fuerzas de Hohenlohe hasta estallar a consecuencia de la escasez de las raciones y la abundancia de malas noticias. La vanguardia francesa había sido avistada de nuevo al sur y no habían llegado varios de los anunciados convoyes de provisiones. Aquello había sido demasiado, sobre todo para los sajones, que al principio se habían comportado como aliados poco voluntariosos y ahora estaban totalmente decepcionados.

Laurence se había perdido la mayoría de los luctuosos sucesos, pues el cobertizo se hallaba separado del resto del campamento, pero el fuego se había cebado en varios edificios antes de que se consiguiera restablecer la calma. En ese instante, un olor acre y amargo flotaba en el aire matutino junto con las cenizas, el humo y la densa y húmeda neblina. Alboreaba el 13 de octubre de 1806, había transcurrido cerca de un mes desde su llegada a Prusia y seguía sin haber recibido noticias de Inglaterra. El correo era lento e inseguro con el territorio infestado de hombres armados. Se llevó la taza de té al borde del claro y miró con nostalgia hacia el norte. Sentía la necesidad de mantenerse en contacto con el hogar, cuya cercanía resultaba ahora tan tentadora, a pesar de que él rara vez había sentido un gran deseo de regresar a su patria, ni siquiera cuando se hallaba a miles de kilómetros más lejos.

El sol comenzó a coquetear en el horizonte, anunciando el alba, pero la niebla persistía con denuedo, cubriendo con su espeso velo gris todo el campamento y atenuando los sonidos de un modo extraño, apenas audible incluso de cerca, cuando no parecían provenir de ninguna parte, de modo que se veían figuras espectrales que se movían en silencio mientras que en otras zonas se oían flotar voces sin nadie que las pronunciara. Los soldados se levantaron perezosamente y se pusieron a sus quehaceres sin hablar mucho entre sí, cansados y hambrientos.

Las órdenes llegaron poco después de las diez de la mañana. El grueso del ejército iba a retroceder hacia el norte por la localidad de Auerstedt mientras que las tropas de Hohenlohe mantenían la posición para cubrir el repliegue. Laurence las leyó en silencio y se las devolvió al mensajero de Dyhern sin efectuar comentario alguno. No tenía intención de criticar al mando prusiano delante de un oficial prusiano, aunque estos se mostraban menos reticentes a hacerlo entre ellos mientras circulaban las instrucciones en su propia lengua.

—Aseguran que vamos a tener que presentar batalla a los franceses en este terreno —le tradujo Temerario—, y creo que están en lo cierto. ¿Para qué estamos aquí si no es para combatir? Podríamos habernos quedado en Dresde y habernos ahorrado toda esta marcha. Parece que hubiéramos estado huyendo.

—No nos corresponde a nosotros efectuar ese tipo de comentarios —le corrigió Laurence—. Quizás ellos posean alguna información que a nosotros nos falta y eso otorga sentido a todos estos movimientos.

Era un magro consuelo, por supuesto, y él mismo tampoco se lo creía demasiado.

En todo caso, ellos no iban a moverse a corto plazo. Hacía tres días que los dragones no se alimentaban bien, por lo que les comunicaron la disposición de no hacer ningún ejercicio, dado que en cualquier momento podían pedirles que avanzaran para una nueva marcha o para presentar batalla, que en aquel momento parecía lo menos probable.

Temerario se arrellanó para dormitar y soñar que se comía una oveja.

—Voy a ir a dar una vuelta, John —le dijo Laurence a Granby—. Quiero echar un vistazo desde ese altozano de ahí, donde no cubre esta maldita niebla —concluyó, dejándole al mando.

Desde un otero de cumbre llana, el Landgrafenberg, se dominaba la meseta y el valle de Jena. Laurence volvió a tomar al joven Badenhaur como guía y juntos se dispusieron a recorrer la sinuosa y angosta subida de la quebrada que conducía por laderas boscosas invadidas en algunos lugares por arbustos de zarzamoras llenos de espinas. El sendero se desvanecía algo más arriba entre las altas hierbas de heno que nadie había segado, pues la colina era lo bastante empinada como para que nadie se molestara en hacerlo, aunque se veían árboles podados en algunos puntos aislados de por allí y se veía cómo las ovejas habían pisoteado la hierba de algunos claros. Un par de ellas alzaron los ojos para mirarlos sin el menor atisbo de curiosidad y se alejaron trotando entre los helechos.

Habían roto a sudar cuando, después de casi una hora de penosa ascensión, alcanzaron la cumbre.

—¡Vaya! —exclamó Badenhaur mientras hacía un gesto tosco que abarcaba la inmensidad del magnífico panorama.

Laurence asintió con la cabeza. Un anillo de montañas de color azul grisáceo ocultaba la visibilidad a lo lejos, pero el otero constituía un punto de observación idóneo desde el que divisar la cuenca del valle que se extendía en círculo alrededor de ellos como un mapa vivo. Las laderas estaban pobladas de arbustos de menor altura, entre los cuales descollaban unos cuantos abedules silvestres de troncos blanquecinos. Los llanos campos vestidos de castaño azafranado todavía tenían sin recoger la espléndida cosecha y estaban tamizados por la exigua luz otoñal, que hacía creer que el día estaba más avanzado y realzaba con su fulgor las granjas dispersas.

El pesado banco de nubes que en ese momento ocultaba el lucero del alba avanzaba de forma incesante rumbo al oeste y proyectaba una sombra que subía y bajaba por las colinas, a diferencia de lo ocurrido en un meandro del río Saale, enclavado lejos, en las montañas, donde la luz del sol incidía de lleno y generaba tal resplandor que a Laurence casi empezaron a llorarle los ojos. Se levantó un viento cuyo sonido al azotar las hojas secas y las ramas leñosas era muy similar al del chisporroteo de una hoguera y debajo de ese crepitar se ocultaba un chillido más apagado que le recordó al producido por una vela al hincharse bajo el soplo de la brisa por vez primera, solo que allí se repetía una y otra vez, sin tener fin. Por otra parte, reinaba un silencio inmenso y el aire se percibía de un modo extraño pues estaba desprovisto de olores, no se olfateaba ninguna fragancia animal, ninguna podredumbre, y la escarcha había endurecido ya el suelo.

El ejército prusiano se desplegaba en filas compactas a un lado, por la vertiente de ascenso al otero; la luz del sol arrancaba destellos en las bayonetas a pesar de que el espeso manto de niebla seguía velando las tropas. Entretanto, la hueste de Brunswick comenzaba a alejarse rumbo al norte, en dirección a Auerstedt. Laurence se asomó con prudencia al otro lado, donde no vio ningún rastro de los franceses. Los incendios de Jena se habían apagado y únicamente quedaban unos restos de brillo anaranjado que desde lo alto parecían ascuas descoloridas entre las cuales sonaban gritos confusos. El capitán inglés lograba entrever los contornos imprecisos de unos caballos que iban de un lado a otro del río con carretas para transportar agua.

Se ensimismó en la contemplación del paisaje durante un tiempo y de pronto, mientras recurría a la mímica para comunicarse con Badenhaur habida cuenta del paupérrimo francés de ambos, se quedaron quietos. Una racha de viento se llevó la columna imponente de niebla que cubría el pueblo y permitió ver a un dragón procedente del este. Se trataba de Lien, que sobrevolaba el río y el pueblo como un colibrí, quedándose inmóvil en diferentes ubicaciones. Laurence se sobresaltó cuando tuvo la sensación de que la dragona volaba directamente hacia ellos, pero solo duró un momento, hasta que comprendió que no se trataba de ninguna ilusión óptica.

El joven oficial prusiano le tiró del brazo y ambos se lanzaron de bruces al suelo para avanzar a gatas debajo de los arbustos de zarzamoras cuyas largas espinas los dejaron llenos de cortes y rasguños. Hallaron un refugio ahuecado entre la tierra y las zarzas cuando habían avanzado unos seis metros. Era obra de una oveja. Las ramas oscilantes siguieron susurrando después de que ellos se hubieran acomodado en la pequeña ondulación del suelo, y al poco rato apareció la oveja, que forcejeó y pateó en los zarzales con intención de unirse a ellos, dejando vellones de lana en las espinas, lo cual suponía una protección más que bienvenida. El animal se dejó caer tembloroso junto a ellos, quizás encontrando cierto consuelo en la compañía de los hombres, mientras la dragona blanca plegaba las alas y se dejaba caer con gracilidad sobre lo alto del otero.

Laurence se tensó con intranquilidad. Un zarzal no iba a contener a Lien si los había visto de verdad y venía a por ellos, pero la dragona miraba a lo lejos, más interesada en la panorámica que ellos habían examinado con anterioridad. Tenía otra apariencia. La habían visto exhibir un elaborado conjunto de oro y rubíes en China mientras que en Estambul iba desprovista de joyas, pero ahora lucía alrededor de la base de la gorguera una pieza muy diferente, una diadema de metal más reluciente que el oro, hábilmente abrochada bajo las plegaduras de las alas y la mandíbula; en el centro de la alhaja había un diamante enorme, casi del tamaño de un huevo de gallina, que refulgía con insolencia al sol de la mañana.

Un hombre engalanado con un uniforme francés se dejó caer del lomo de Lien y echó pie a tierra. Laurence estaba atónito de que ella tolerase llevar a un pasajero, y más aún siendo alguien tan poco distinguido. El oficial llevaba la cabeza descubierta, dejando ver un oscuro pelo corto, fino y poco abundante, y vestía el sobretodo de cuero característico del uniforme del regimiento de cazadores, unas botas negras de caña alta sobre unos pantalones de montar y un práctico sable colgado al cinto.

—Es buena cosa saber que van a acudir a saludarnos todos nuestros huéspedes —comentó con un francés de extraño acento mientras desplegaba un catalejo para examinar al ejército prusiano, prestando especial atención a las filas que se alejaban por el camino del norte—. Los hemos hecho esperar demasiado tiempo, pero pronto vamos a atenderlos como merecen. Davout y Bernadotte no van a tardar en enviarnos de vuelta a esos tipos. No se ve el estandarte real, ¿verdad?

—No, y no deberíamos buscarlo en este lugar sin tropas avanzadas establecidas. Os exponéis demasiado —dijo Lien con tono de censura mientras contemplaba con notable indiferencia el campo, a juzgar por el escaso fulgor de sus ojos rojos.

—Vamos, vamos, creo yo que estoy seguro en tu compañía —se burló de ella el militar, echándose a reír. Se volvió hacia la dragona con una sonrisa que le iluminaba el rostro.

Badenhaur aferró el brazo de Laurence de un modo casi compulsivo.

—Es Bonaparte —siseó el prusiano cuando Laurence se volvió a mirarle.

Atónito, el capitán inglés giró la cabeza y se acercó un poco más a las zarzas para tener mejor visión del corso. Le había imaginado bastante más achaparrado a raíz de las descripciones efectuadas por los periódicos ingleses, pero era más fuerte que pequeño. Estaba lleno de vitalidad en esos instantes. Los enormes ojos grises le relucían y tenía el rostro ligeramente colorado a causa del frío viento. Quizás incluso se le podía haber considerado apuesto.

—No hay prisa —añadió Napoleón—. Creo que podemos concederles otros tres cuartos de hora y dejar que envíen al camino otra división. Van a tener el estado de ánimo perfecto después de haber caminado de un lado para otro sin ton ni son.

Consumió una buena parte de ese tiempo adicional paseando a lo largo del otero. Sus facciones adquirieron la expresión de un ave rapaz mientras examinaba con gesto pensativo la meseta que se extendía a sus pies. Entretanto, Laurence y Badenhaur continuaban atrapados y obligados a soportar el tormento del temor por la suerte que pudieran correr sus compañeros. El oficial inglés miró a un lado al notar junto a él un estremecimiento. El prusiano había echado mano a su pistola muy lentamente y una expresión terrible dominaba su rostro.

El aviador británico le sujetó el brazo y Badenhaur bajó la mirada, pálido y avergonzado, al tiempo que abatía la mano. Laurence le zarandeó en silencio el hombro en señal de ánimo. Comprendía perfectamente la tentación, era imposible no entenderla cuando se hallaban a diez metros de distancia del causante de todas las tribulaciones de Europa. Su deber habría sido intentar apresarle de haber habido alguna esperanza de conseguirlo, sin lugar a dudas, pero lo más probable era que hubiera acabado en un desastre personal, dado que todo ataque que implicara salir de los zarzales estaba condenado al fracaso, pues el primer movimiento alertaría a Lien, y Laurence sabía por experiencia personal lo rápido de reflejos que era un Celestial. Su única posibilidad era la pistola, un disparo por la espalda a un hombre desprevenido desde su escondrijo, un tiro de asesino. No.

Su obligación era sencilla. Debían ocultarse y esperar para luego llevar al campamento lo más pronto posible la noticia de que estaban a punto de caer en la trampa de Napoleón. El cazador aún podía ser cazado, todavía podían vencer, pero cada minuto era vital para lograrlo y tener que quedarse allí sin moverse y contemplando en silencio al meditabundo emperador resultaba un verdadero suplicio.

—Se está levantando la niebla —anunció Lien al tiempo que movía la cola con inquietud y contemplaba con ojos entrecerrados las posiciones de la artillería de Hohenlohe, cuyos soldados podían ver la cumbre del otero—. No deberíais arriesgaros de ese modo. Vámonos ahora mismo. Además, ya tenéis todos los informes que necesitáis.

—Vale, vale, tata —contestó con aire ausente Bonaparte mientras miraba de nuevo a través del catalejo—, pero no es lo mismo verlo con tus propios ojos. Hay al menos cinco errores de altitud en mis mapas, incluso sin compararlo, y las cureñas del flanco derecho llevan cañones de seis pulgadas, y no de tres.

—Un emperador no puede ejercer de explorador —le reprendió ella con severidad—. Si no confiáis en vuestros subordinados, deberíais sustituirlos, no hacer su trabajo.

—Lo que hay ver, ¡me sermoneas! —dijo Bonaparte con fingida indignación—. Ni siquiera Berthier* se atreve a hablarme de ese modo.

* El mariscal Louis Alexandre Berthier fue uno de los hombres de mayor confianza del emperador. [N. del T.]

—Pues debería hacerlo cada vez que os comportáis como un tonto —replicó ella—. Venid, no queremos provocarlos y que suban hasta aquí a contemplar el panorama, ¿no? —agregó con zalamería.

—Ah, han dejado pasar esa oportunidad —repuso él—, pero muy bien, te complaceré. En todo caso, ya es hora de que nos pongamos manos a la obra.

Apartó al fin el catalejo y se encaminó hacia ella, que le aguardaba con las garras ahuecadas. Daba la impresión de que él estaba acostumbrado a que le manejara un dragón.

Badenhaur fue lo bastante irresponsable como para salir tan deprisa del zarzal que casi lo hizo antes de que se marchara Lien. Laurence asomó a la zona despejada a todo correr detrás de él, aunque se detuvo un instante para mirar hacia atrás y buscó con la vista al ejército francés ahora que se iban disolviendo los jirones de neblina y era factible distinguir a las tropas del mariscal Lannes alrededor de Jena; estaban muy atareadas amontonando un verdadero arsenal de municiones y comida al tiempo que rescataban maderas y apilaban otros restos de las estructuras de los edificios quemados para formar apriscos y rediles, pero no consiguió ver ningún otro grupo de soldados franceses en las inmediaciones a pesar de que extrajo el catalejo y miró en todas las direcciones, al menos no en ese lado del río. No logró ver de dónde iba sacar Bonaparte las tropas para desencadenar cualquier tipo de ataque.

—Quizás aún estemos a tiempo de posicionarnos en estas alturas antes de que Napoleón haya dispuesto a sus hombres —dijo Laurence más para sí mismo que para Badenhaur.

Una batería de artillería ubicada en aquella posición concedería una posición muy ventajosa sobre la meseta. No le maravillaba que el emperador galo quisiera apoderarse de ella, aunque daba la impresión de que había retrocedido a una posición previamente establecida.

Entonces, los dragones comenzaron a salir como abejas enfurecidas de un panal. No eran las criaturas livianas de la batalla del Saale, sino dragones de tamaño medio que constituían el grueso de cualquier fuerza aérea, Pêcheurs y Papillons. Volaron a gran velocidad, pero sin alinearse, y luego, lo más extraño de todo su comportamiento, tomaron tierra entre las tropas francesas que aseguraban Jena. Laurence los examinó más de cerca gracias al catalejo y entonces se apercibió de que todos los alados estaban cubiertos de hombres, no solo las dotaciones de los dragones, sino que llevaban a cuestas compañías enteras de infantería que colgaban de jaeces de transporte hechos de seda, de forma muy similar a lo que habían visto en China para el transporte normal de ciudadanos, solo que más abarrotados.

Cada soldado portaba su arma y un talego. El dragón de mayor tamaño debería de llevar unos cien hombres, y las garras no estaban vacías, sino que aprovechaban para acarrear cajones de municiones, enormes costales de comida y, lo más sorprendente de todo, redes llenas de animales vivos que, una vez depositados dentro de los rediles y liberados, andaban aturdidos y sin rumbo fijo hasta chocar contra los muros y caer, tan visiblemente drogados como los cerdos que Temerario había llevado al cruzar el paso de Irkeshtam, de lo cual no hacía demasiado tiempo. Laurence sintió una sensación de zozobra al percatarse de la astucia de semejante ocurrencia. El número de dragones franceses participantes en la batalla podía ser enorme en vez de las pocas docenas que podía sustentar un ejército en marcha por un territorio hostil si ellos mismos habían acarreado sus víveres de esa guisa.

Mil hombres se habían reunido en suelo firme en el transcurso de diez minutos y los dragones ya habían echado a volar en busca de nuevas tropas. Laurence calculó que los soldados venían de un punto situado a ocho kilómetros aproximadamente, pero para llegar hasta allí no debían cruzar un terreno de bosque denso y sin caminos, cortado además por un río. Un cuerpo de infantería habría necesitado normalmente unas cuantas horas en recorrerlo, y ellos aterrizaban en sus nuevas posiciones en cuestión de minutos.

Laurence no lograba concebir cómo Bonaparte había conseguido que sus hombres se aferraran al atalaje de un dragón y consintieran en ser llevados por el aire, y lo cierto era que tampoco tenía tiempo para planteárselo. Badenhaur le tiraba de la manga sin articular palabra mientras en lontananza se alzaban los pesos pesados de la Armée de l'Air, los enormes Chevaliers y los Chansons-de-Guerre con todo su vasto e imponente esplendor. Estos dragones no transportaban comida ni munición, sino cañones de campaña, y echaron a volar en dirección al otero mismo.

Laurence y Badenhaur se lanzaron hacia la ladera de la colina a todo correr y descendieron precipitadamente entre resbalones por el sendero escarpado donde levantaron un surtidor de guijarros y nubes de polvo al tiempo que las punzantes hojas otoñales les azotaban el rostro. Entretanto, los dragones se posaron en lo alto del otero. El oficial inglés se detuvo a mitad del descenso para volverse a echar un último vistazo y ver cómo los batallones de artilleros descendían de dos en dos y de tres en tres y enseguida se ponían a emplazar las piezas en la parte de delante, mientras sus compañeros empezaban a desabrochar las cinchas del arnés para amontonar las balas de cañón en grandes pilas al lado de las cuales colocaban los botes de metralla.

Era imposible disputarles el alto del cerro y también lo era la retirada. La batalla iba a desarrollarse tal y como deseaba Bonaparte, a la sombra de los cañones franceses.

CAPÍTULO 14

Las piezas de artillería tronaron con fuerza antes incluso de que Laurence abandonara la tienda de Hohenlohe. Los dragones correo más veloces ya habían emprendido un vuelo desesperado en busca del duque de Brunswick y del rey así como rumbo al oeste para traer refuerzos de Weimar. La única alternativa consistía en concentrar las tropas en aquel punto lo más deprisa posible y presentar batalla. Por su parte, de no haber sido por lo súbito del ataque, el capitán británico casi les estaba agradecido a los franceses por haberles alcanzado. Él compartía el parecer de Temerario de que durante la última semana los comandantes prusianos habían intentado casi con desesperación evitar la guerra que ellos mismos habían provocado y que todos los hombres estaban preparados para resistir. Ese retraimiento y esa táctica dilatoria únicamente habían servido para menoscabar la moral, aminorar las provisiones y dejar a varios destacamentos expuestos y vulnerables para que los fueran derrotando uno a uno, como había sucedido con el del príncipe Luis.

La perspectiva de entrar en batalla barrió del campamento toda sensación de malestar, y la disciplina de hierro y el adiestramiento jugaron a favor de los soldados. Laurence escuchó risas y comentarios jocosos mientras caminaba velozmente entre las filas prusianas. La orden de ponerse en estado de alerta obtuvo una respuesta inmediata por parte de todos, y aunque el estado de algunos hombres era lamentable, pues estaban empapados y hambrientos, todos conservaban en buen estado el armamento e hicieron ondear en lo alto todas las banderas. Los estandartes flamearon al viento chasqueando como disparos de mosquete.

—Date prisa, venga, Laurence —le llamó Temerario con urgencia—. Han empezado la batalla sin nosotros.

El Celestial permanecía erguido sobre los cuartos traseros y asomaba la cabeza por encima del cobertizo, de modo que localizó al capitán antes de que este llegara al claro.

—Te aseguro que hoy vamos a tener una buena ración de batalla; ahora bien, nuestro turno va a llegar un poco más tarde —contestó Laurence mientras saltaba a la garra tendida del dragón con una velocidad tal que desdecía por completo su consejo de conservar la calma.

Granby le tendió una mano para ayudarle a subir y él se encaramó enseguida hasta su puesto. Todos los oficiales estaban dispuestos, tanto británicos como prusianos, y Badenhaur, que solía actuar como oficial de señales, se sentó ansiosamente junto al propio Laurence.

—Señor Fellowes, señor Keynes —los llamó el capitán inglés mientras ajustaba sus mosquetones al arnés—, confío en que la seguridad de los huevos sea su máxima prioridad.

Se sujetó justo a tiempo, pues Temerario echó a volar casi de inmediato y la única respuesta que obtuvo el capitán fue la de las manos saludando en gesto de despedida de la dotación de tierra, ya que el intenso aleteo era lo bastante ruidoso como para sofocar cualquier palabra. El Celestial voló directamente a las líneas de vanguardia del campo de batalla para trabar combate con la avanzadilla de los dragones franceses, que ya se aproximaban.

La primera escaramuza de la mañana terminó varias horas después. Eroica guio al escuadrón hasta un vallecito donde los dragones pudieron posarse para beber unos buenos tragos de agua y recuperar el aliento. Laurence se alegró al comprobar que Temerario estaba aguantando bien el esfuerzo y con muy buen ánimo, a pesar de que los habían repelido. Lo cierto era que habían albergado poca esperanza de impedir que las tropas galas consolidaran sus posiciones, no con los cañones dominando el valle, pero al menos les habían hecho pagar cara la consolidación de la cabeza de puente y los prusianos habían ganado tiempo suficiente para desplegar sus propios regimientos.

Temerario y sus congéneres no se hallaban abatidos, sino más bien lo contrario: estaban entusiasmados por el combate y ante la perspectiva de una nueva batalla. Además, los primeros beneficiarios de su trabajo habían sido ellos mismos, pues pocos eran los dragones que no se habían apoderado de uno o dos caballos y ahora estaban mejor alimentados y llenos de energías de lo que lo habían estado en muchos días. Se llamaban unos a otros por el valle mientras se turnaban para beber, para seguir contándose los actos de valentía que habían protagonizado y lo que le habían hecho a ese o a aquel dragón enemigo. Al capitán inglés todo aquello se le antojaba una exageración, máxime cuando los cadáveres de los dragones vencidos todavía alfombraban toda la llanura, pero ningún escrúpulo de ese tipo sofrenó el placer de fanfarronear de los grandes alados.

Las dotaciones permanecieron a bordo de los dragones, intercambiando cantimploras y galletas, pero los capitanes se congregaron durante unos momentos para efectuar una ronda de consultas.

—El caballo que me he comido sabía raro, Laurence —dijo Temerario antes de agachar la cabeza para unirse a los demás para beber—. Llevaba sombrero.

Una especie de capucha cubría la piltrafa de la flácida cabeza. Estaba sujeta a la brida y era muy liviana, pues estaba hecha con un algodón muy fino. Los caballos llevaban anteojeras de madera a la altura de los ojos y unas talegas pequeñas en los ollares. Laurence sacó el cuchillo y rasgó la tela para conseguir una talega. Era una suerte de perfumador lleno de hierbas secas y flores. Todavía podía olerse el fuerte aroma de debajo a pesar de que ahora estaba empapada por el sudor y la sangre del corcel.

—No deben de poder olfatear a los dragones con la nariz cubierta de ese modo y, por tanto, no salen despavoridos —dedujo Granby, que se acercó a examinar los restos con él—. Me atrevería a aventurar que así es como los chinos consiguen manejar a los caballos cuando hay dragones en las inmediaciones.

—Mal asunto, muy malo —sentenció Dyhern cuando Laurence compartió con él esa información—. Eso significa que van a poder emplear la caballería mientras los dragones nos bombardean, cosa que nosotros no podemos hacer. Schleiz, más valdrá que vaya a contárselo a los generales —añadió, dirigiéndose al capitán de uno de los dragones ligeros.

El hombre asintió y se encaminó hacia su dragón a toda prisa.

Permanecieron posados quince minutos escasos y todo había cambiado cuando estuvieron de nuevo en el aire. A sus pies, la gran contienda se había extendido con toda su crudeza. Laurence no había contemplado algo similar en toda su vida. Los batallones se desplegaban a lo largo de ocho kilómetros de villorrios, campos y bosques. Los herrajes y el acero destellaban al sol en medio de un oleaje de colores, el de los miles y decenas de miles de uniformes verdes, rojos y azules. Las filas cerradas de todos los regimientos en su formación de batalla se movían en una monstruosa coreografía acompañada por el lamento de los animales, el relincho de los caballos, los chirridos y el traqueteo de las ruedas de los carros de avituallamiento y el retumbo tormentoso de los cañones de campaña.

—¡Cuantísimos son, Laurence!

La realidad circundante se adecuaba al estándar humano, y los dragones difícilmente podían sentirse empequeñecidos a esa escala. Por eso, el Celestial afrontaba una sensación a la que no estaba habituado. Dejó de aletear y permaneció inmóvil en el aire, observando la lucha con aire vacilante.

Las vaharadas grisáceas de la pólvora cruzaban el campo de batalla hasta llegar a los pinares y robledales, donde se enganchaban en las ramas de los árboles. Los duros combates continuaban en el flanco izquierdo prusiano, alrededor de un villorrio, donde, según estimó el capitán inglés, diez mil hombres tomaban parte en el combate trabado. Y todo en vano. Los franceses se habían detenido para reforzar sus líneas por todas partes y un torrente de hombres y caballos con estandartes de oro refulgiendo al sol cruzaban los puentes del río Saale para ocupar el espacio que ya habían conquistado, y venían todavía más a lomos de dragón. Los cadáveres desatendidos de ambos bandos alfombraban el campo de batalla desde primera hora de la mañana. Únicamente la victoria o el tiempo se encargarían de enterrarlos.

—No sabía que las batallas podían durar tanto tiempo —admitió Temerario en voz baja—. ¿A dónde vamos? Algunos de esos hombres están muy lejos. No podemos ayudarlos a todos.

—Únicamente podemos desempeñar nuestro papel lo mejor posible —le contestó Laurence—. La victoria en el día de hoy no es cosa de un hombre o de un dragón, sino de los generales. Nuestro cometido es ser despiertos a la hora de llevar a cabo nuestras órdenes y percatarnos de las señales para cumplir con lo que nos pidan.

Temerario profirió un murmullo de inquietud.

—¿Y qué ocurre si nuestros generales no son demasiado avispados?

La pregunta era bastante aguda, pues despertaba una comparación inmediata e inevitable entre aquellos septuagenarios prusianos reunidos en interminables consejos dentro de sus pabellones, entregados a sus debates y cambiando órdenes sin cesar, y aquel hombre enjuto de ojos centelleantes en la cima del cerro, lleno de aplomo e investido de autoridad. Debajo, en la retaguardia, distinguió la blanca peluca empolvada de Hohenlohe; se hallaba a lomos de su caballo y estaba rodeado por un rosario de ayudantes de campo y hombres que iban y venían sin cesar junto a él. Los generales Tauentzein y Holtzendorf y el mariscal de campo Von Blücher avanzaban entre sus diferentes cuerpos de ejército. El duque de Brunswick todavía no había hecho acto de presencia, pues sus tropas aún estaban volviendo a marchas forzadas tras haber abortado la retirada. Todos ellos sabían qué era cumplir sesenta años, y se enfrentaban a los mariscales franceses, que habían luchado y se habían abierto camino a trancas y barrancas durante las guerras revolucionarias y al hombre capaz de controlarlos a todos. Le sacaban veinte años al francés de más edad.

—Buenos o malos, nuestro deber, como el de cualquier otro, sigue siendo el mismo —contestó Laurence tras hacer un esfuerzo por cortar el hilo de aquellos pensamientos tan poco dignos—. La disciplina en el campo de batalla puede darnos la victoria donde flaquee la estrategia mientras que el desorden nos garantiza la derrota.

—Ya veo —contestó el Celestial al tiempo que retomaba su vuelo y ganaba altura. Los dragones ligeros franceses también echaron a volar con el propósito de hostigar a las filas de los batallones prusianos que todavía no se habían desplegado. Eroica y su formación efectuaron una maniobra para acudir a su encuentro—. Todos debemos obedecer o sería imposible que tantos hombres actuaran al unísono. Ellos ni siquiera se ven desde nuestra perspectiva e ignoran su posición respecto al conjunto. —Hizo una pausa para añadir luego con un hilo de voz—: Laurence... si... si perdiéramos esta guerra y los franceses intentaran invadir Inglaterra otra vez, seríamos capaces de detenerlos, ¿verdad?

—Conviene no perder —replicó el aviador inglés en tono grave.

Luego, se lanzaron a lo más reñido de la batalla, al cuadro viviente del campo de batalla que se descomponía en centenares de refriegas privadas en ese rincón de la guerra.

Sintieron que la marea había cambiado de dirección por vez primera al despuntar la tarde. El ejército de Brunswick había regresado en la mitad del tiempo previsto, a una velocidad que Bonaparte no podía haber supuesto, y Hohenlohe quedó libre de dar la orden de avanzar a sus veintiún batallones, que ahora se desplegaban sobre campo abierto en una formación propia de cuando estaban en una plaza de desfiles y se disponían a asaltar a las primeras líneas de la infantería francesa, agazapadas dentro de un villorrio situado cerca del corazón de la batalla.

Los pesos pesados galos no habían hecho acto de presencia y los dragones prusianos de más tamaño empezaron a exasperarse.

—Esto de andar lidiando con dragoncitos me da mala espina —comentó Temerario—. ¿Dónde están los grandes de su bando? Es una lucha muy desigual.

A juzgar por la respuesta enérgica y quejosa de Eroica, él era del mismo parecer, y sus pasadas contra los pequeños alados franceses empezaban a ser poco entusiastas.

Al final, un correo prusiano, un ejemplar de Mauerfuchs o Saltacercas, una raza capaz de volar a gran altura, se arriesgó a efectuar una rápida pasada sobre el campo francés mientras los demás combatían contra los ligeros alados galos cerca de la batalla. Regresó enseguida aleteando a toda prisa para informar que los dragones grandes ya no estaban transportando hombres, sino que estaban todos en tierra, comiendo e incluso durmiendo.

—¡Vaya, menudos cobardes! —dijo Temerario, indignado—. ¿Duermen mientras tiene lugar una batalla? ¿Qué significa eso?

—Que podemos estar agradecidos. Seguro que están agotados después de haber acarreado todos esos cañones —replicó Granby.

—Sí, y a este ritmo, van a estar bien descansados cuando llegue su momento —observó Laurence al caer en la cuenta de que los del bando prusiano había permanecido en vuelo durante horas salvo breves descansos para abrevar—. Quizá nosotros también deberíamos empezar a establecer turnos. ¿Por qué no reposas un poco, Temerario?

—Porque no estoy ni pizca de cansado —protestó el Celestial—, y además, mira, esos dragones de ahí están intentando armar alguna diablura.

Se lanzó como una flecha a por ellos antes de que nadie pudiera contestarle, pues todos los tripulantes tuvieron que agarrarse al arnés para no salir despedidos cuando Temerario atravesó el aire en busca de dos pequeños enemigos, que bramaron de sorpresa, pues se habían limitado a sobrevolar el campo de batalla, y se dieron a la fuga de inmediato.

Fuertes vítores resonaron debajo de ellos y atrajeron la atención de todos antes de que Laurence pudiera repetir su sugerencia. A pesar del fuego encarnizado de la artillería gala, la reina Luisa de Mecklenburg-Strelitz en persona había salido para galopar junto a la línea de infantería prusiana, acompañada únicamente por un puñado de dragones que galopaban detrás de ella. El estandarte prusiano ondeaba centelleante detrás del pequeño séquito. La reina llevaba una casaca característica del uniforme de coronel encima de la ropa y un almidonado sombrero con plumas bajo el que ocultaba perfectamente la melena. Los soldados aullaron su nombre con locura. Ella era quizás el corazón del sector favorable a la guerra contra Francia y había llamado a oponerse a las rapiñas napoleónicas en Europa desde hacía mucho tiempo. Su bravura enardeció a los hombres. También el rey estaba en el campo de batalla, su estandarte se veía algo más lejos, en el ala izquierda prusiana, y junto a él se habían expuesto al fuego enemigo todos los oficiales de alta graduación y sus hombres.

Dieron la orden de que las botellas de alcohol corrieran entre las primeras filas en cuanto ella hubo abandonado el lugar, como otra forma de animar a las tropas. Los infantes bebieron a morro su contenido poco antes de que el redoble de tambores diera la señal y la infantería lanzara una carga a bayoneta calada; los hombres gritaban como posesos mientras irrumpían en los callejones del villorrio como un torrente.

El número de bajas fue espantoso, pues los muros de los huertos y los ventanales estaban atestados de tiradores de primera y los franceses descargaron un fuego incesante en el que prácticamente cada bala hacía blanco y, sin solución de continuidad, la artillería empezó a escupir letales andanadas de metralla. Sin embargo, los prusianos continuaron avanzando con fuerza irresistible y los cañones fueron enmudeciendo uno tras otro a medida que la infantería caía como una plaga sobre las casas de labranza, los graneros, los huertos, los chiqueros, e iban acabando con los franceses a golpes de bayoneta.

El villorrio estaba perdido y los batallones franceses salieron por la parte posterior y se replegaron en perfecto orden, pero, después de todo, se replegaban casi por vez primera en ese día. Los prusianos bramaron y prosiguieron su avance bajo el fuego cerrado de los franceses en retirada y, siguiendo las órdenes de los sargentos, juntaron las líneas después de haber rebasado la aldea.

—Eso ha sido un gran éxito, ¿no, Laurence? —dijo Temerario, jubiloso—. Y ahora lo más seguro es que sigamos empujándoles más lejos, ¿a que sí?

—Sí —contestó el interpelado, lleno de un alivio inexpresable al tiempo que se inclinaba para estrechar la mano de Badenhaur en gesto de felicitación—. Ahora veremos cómo se remata un buen trabajo.

Sin embargo, los aviadores no tuvieron oportunidad de observar el desarrollo de la batalla en tierra. Badenhaur apretó la mano de Laurence con más fuerza de pura sorpresa y luego señaló a su alrededor para indicar cómo una concentración de la Fuerza Aérea gala levantaba el vuelo desde la cima del Landgrafenberg. Los pesos pesados franceses entraban por fin en liza.

Los dragones prusianos profirieron un rugido de placer casi al unísono y llenos de renovados bríos comenzaron a lanzar comentarios burlones sobre la tardía entrada en combate de los dragones enemigos mientras aguardaban al resto de sus compañeros para completar la formación e ir a por ellos. Entretanto, los pesos ligeros galos, que con tanta valentía habían defendido los cielos, hicieron un último esfuerzo heroico y formaron una suerte de pantalla delante de los compañeros más pesados que se aprestaban al combate. Volaban muy deprisa de un lado para otro por encima del enemigo, aleteando con grandes aspavientos a fin de distraerlos y dificultar la visibilidad de los prusianos. Los dragones de mayor corpulencia bufaron de impaciencia e intentaron arremeter contra alguno de vez en cuando, pero sin recibir más atención que un giro de cuello por parte de los alados franceses, que únicamente se retiraron al final, momento en que Laurence vio que se acercaban sin haber adoptado ninguna formación…

… o casi ninguna, pues, en realidad, sí habían adoptado una formación, la más sencilla imaginable, todos en cuña, pero integrada en su totalidad por dragones pesados bajo el liderazgo de un Grand Chevalier, algo magro aunque con mayor anchura de cruz que Eroica, seguido de tres Petit Chevaliers, todos de mayor tamaño que Temerario, y tras ellos volaban una hilera de seis Chansons-de-Guerre de color naranja moteados con manchas rojas y aspecto incomprensiblemente jovial, a los que el Celestial aventajaba en corpulencia por muy poco. Todos ellos podrían haber sido jefes de formación por derecho propio, pero en vez de eso habían optado por congregarse en un único grupo atestado y rodeado por una muchedumbre de dragones de peso medio.

—Pero, bueno, ¿desde cuándo ha sido eso una estrategia china? —observó Granby con la vista fija al frente—. ¿Qué rayos se proponen?

Laurence respondió sacudiendo la cabeza con perplejidad. Habían visto algunas paradas militares entre los dragones, que operaban en los cielos casi como los hombres en tierra, que formaban en líneas y columnas, pero jamás de un modo tan caótico.

Eroica y su formación estaban en el centro mismo de las líneas germanas. El líder de la escuadrilla enseñó los dientes y se lanzó adelante para salir al encuentro del Grand Chevalier al tiempo que voceaba un resonante desafío. Lucía dos banderas de Prusia a la altura de las paletillas, y su flamear era tal que daba la impresión de que el dragón tenía otro par de alas. Las dos formaciones incrementaron su velocidad a medida que se acercaban la una a la otra. Los kilómetros se convirtieron en metros y luego en centímetros. La colisión parecía inminente y después de pasado el momento, Eroica se revolvió confuso e indignado en el aire. La mayoría de los enormes rivales galos había dado un brusco giro al pasar junto a ellos; luego, volaron directamente para posicionarse en el ala de su formación, entre las hileras de sus compañeros de peso medio.

—*Feilinge** —bramó Eroica a pleno pulmón mientras se dispersaban tras haberle arañado las alas.

Había seguido volando casi en solitario y tres enemigos aprovecharon la abertura del momento en que realizaba la maniobra de giro para

* «Cobardes», en alemán. [N. del T.]

echársele encima y situarse sobre él. Eran demasiado pequeños como para hacerle algún daño a Eroica, y ni siquiera lo intentaron, pero los arneses estaban atestados de hombres. Sujetos a los atalajes había tres grupos de asalto, casi veinte hombres que empuñaban sables y pistolas.

La dotación de Eroica reaccionó a toda prisa para repeler la nueva amenaza. Todos los fusileros alzaron los mosquetes y de pronto resonó una descarga de fusilería y fueron muchos los sables que silbaron al caer, señal inequívoca de que las balas habían alcanzado su destino. Las densas nubes de pólvora se evaporaron mientras el alado prusiano se revolvía frenéticamente en el aire e intentaba percatarse de cuanto ocurría para proteger a su capitán.

Sus denodados esfuerzos frustraron el intento de un buen número de asaltantes, que se precipitaron al suelo agitando brazos y piernas, pero otros culminaron el abordaje con éxito y sujetaron sus mosquetones al arnés. Además, las sacudidas de Eroica hacían saltar por los aires tanto a atacantes como a tripulantes. Los franceses tuvieron un golpe de suerte en el caos subsiguiente. Dos tenientes napoleónicos sujetos al arnés aprovecharon un momento de tregua después de uno de aquellos espasmos para avanzar y cortar las cinchas de los mosquetones de ocho hombres, que cayeron dando volteretas hasta estrellarse contra el suelo.

El resto de la escaramuza fue intenso, pero breve. Los atacantes se abrieron paso por la fuerza a lo largo del cuello del dragón. Dyhern tumbó a dos enemigos con sendos disparos y mató a un tercero de un sablazo, pero la hoja de su acero se quedó enterrada en el pecho del hombre y no logró sacarla, por lo cual el muerto arrastró el arma en su caída y dejó desarmado al capitán. Los franceses le agarraron por los brazos y le pusieron un cuchillo en el cuello.

—*Geben Sie auf** —le gritaron a Eroica…

… al tiempo que arriaban la bandera prusiana e izaban la tricolor francesa en su lugar.

---

* «Ríndete», en alemán. [N. del T.]

Aquello fue un verdadero revés, pues la amenaza resultaba difícil de conjurar. Cinco dragones de tamaño medio, todos igualmente atestados de soldados, estaban dando caza encarnizada al propio Temerario, que necesitó toda su velocidad y su ingenio para evitarlos. Algunos hombres asumían el tremendo riesgo de saltar sobre su lomo incluso aunque no estuvieran muy cerca, pero consiguieron llegar tan pocos que el Celestial no tuvo problemas para quitárselos de encima con una repentina contorsión cuando los lomeros no lograban abatirlos a tiros o golpes de espada.

Empero, un ejemplar hembra de Honneur-d'Or fue tan audaz como para lanzarse ella misma contra la cabeza del Celestial, que reaccionó a tiempo de forma instintiva y la eludió. La dragona pasó como una exhalación por encima de él, momento que aprovecharon un par de ventreros franceses para dejarse caer directamente sobre el lomo de Temerario, tumbando al joven Allen e impactando contra Laurence y Badenhaur, con los que se engancharon en un revoltijo de cinchas y miembros. Laurence braceó a ciegas en su desesperado intento de agarrase a algo y Badenhaur buscó la manera de ponerse de pie y dio muestras de un exceso de coraje al arrojarse sobre el capitán a fin de protegerle.

Su comportamiento estaba más que justificado. El joven oficial prusiano se dobló en dos y cayó con un jadeo en los brazos de Laurence, al que puso perdido de la sangre que le manaba a borbotones de una cuchillada en el hombro. El asaltante francés vio el resultado de su tajo y echó hacia atrás el sable con el propósito de intentarlo de nuevo. Granby profirió un grito y se arrojó contra los atacantes, a los que hizo retroceder tres pasos. Al fin, el propio Laurence se irguió y gritó…

… pues su primer teniente se había liberado de los mosquetones de sujeción para efectuar el ataque, y tras atraparle de los brazos, los dos oficiales franceses le arrojaron al vacío por un costado.

—¡Temerario! —gritó Laurence—. ¡Temerario!

El capitán británico notó una sensación de vértigo y no pudo respirar cuando el suelo que pisaba desapareció, pues el dragón se había doblado sobre sí mismo para luego lanzarse a por el cuerpo que caía, aleteando para cobrar más velocidad. Laurence quedó aturdido por la velocidad mientras se precipitaban sobre el campo de batalla. El suelo estaba cada vez más cerca y a su alrededor resonaba un zumbido similar al de las abejas cada vez que las balas silbaban al pasar junto a ellos. En ese momento, el Celestial efectuó un tirabuzón con el que ganó altura al tiempo que se alejaba de la superficie, pero redujo a astillas un joven roble de un coletazo. Laurence subió a lo largo de la cincha centímetro a centímetro hasta poder mirar por encima de la paletilla del dragón. Granby yacía en las garras de Temerario jadeando mientras intentaba restañar el torrente de sangre que le manaba por la nariz.

El capitán inglés se puso en pie y echó mano a la espada para contener a los franceses, que de nuevo se lanzaban al ataque. Golpeó fieramente el rostro del primer atacante con el pomo de la espada y notó cómo el hueso se hundía bajo la mano enguantada; luego, aprovechó que estaba libre para desenfundar y lanzar un tajo al segundo invasor. Era la primera vez que lanzaba un golpe mortal con el acero chino. Decapitó al oficial francés limpiamente y sin apenas resistencia.

Laurence permaneció extasiado en la contemplación del cuerpo descabezado y no lograba salir de su asombro con la vista fija en la mano del muerto, que seguía empuñando el sable. Entonces, con algo de retraso, Allen saltó para cumplir con su deber y cortar las cinchas de sujeción de los franceses, cuyos cadáveres cayeron al vacío. El capitán se recuperó luego de eso, secó la espada y la envainó otra vez. Después, se arrastró muy agradecido sobre el cuello de Temerario hasta ocupar su sitio.

Los franceses habían aplicado su exitosa maniobra contra las restantes formaciones al mismo tiempo. Los dragones de mayor tonelaje se lanzaban en masa contra las alas con el fin de aislar a los líderes y permitir de ese modo que los pesos medios pudieran abalanzarse sobre sus presas. Eroica se alejaba volando desconsolado, con la cabeza gacha como un chucho, y no iba solo. Otros tres dragones prusianos le seguían de cerca. Los cuatro aleteaban muy lentamente para ir perdiendo altura de a poco a fin de posarse en el suelo. Sus escuadrones deambulaban perdidos sin ellos, asimilando muy despacio la súbita baja. Por lo general, los miembros de una escuadrilla despojada de su líder habrían acudido de inmediato en ayuda de otra formación, pero ahora se limitaban a volar de un lado para otro a merced de sus enemigos al haber perdido a tantos jefes de un solo golpe. Los grandes dragones franceses volvieron a reunirse para luego desperdigarse a toda velocidad, y así una y otra vez. Los fusileros lanzaron una descarga tras otra contra las dotaciones, y los hombres iban cayendo al suelo como una tormenta de granizo. Las pérdidas fueron tan elevadas que los dragones gritaron y abandonaron antes de que los abordaran para salvar a sus capitanes y al resto de las tripulaciones.

Los tres escuadrones prusianos restantes cerraron filas como medida protectora de sus líderes, pues estaban sobre aviso en cuanto al destino corrido por sus camaradas, pero aunque les sonrió el éxito a la hora de rechazar el intento de penetrar en sus filas, pagaron ese logro con un alejamiento cada vez mayor del teatro de operaciones bajo la incesante presión. La propia situación de Temerario iba haciéndose insostenible por momentos. Culebreaba y se contorsionaba sin cesar bajo una lluvia de balas y sus propios fusileros no dejaban de responder con cerradas descargas. El teniente Riggs se desgañitaba para conseguir que contestaran con rapidez al fuego enemigo, aunque todos cargaban los mosquetes lo más deprisa posible.

La malla de escamas con que la naturaleza había bendecido a Temerario desviaba la mayoría de las balas perdidas que terminaban por alcanzarle, aunque los proyectiles atravesaban de vez en cuando alguna membrana delicada de las alas o se alojaban a poca profundidad en la carne. El Celestial aguantó el dolor sin rechistar, en parte porque no notaba las heridas pequeñas al estar enfebrecido por el ardor guerrero y en parte porque debía poner los cinco sentidos en evadirse. Incluso así, Laurence llegó a pensar que pronto deberían abandonar el campo de batalla o asumir que iban a apresarlos. El arduo día de pelea iba haciendo mella en el dragón, y sus giros y movimientos eran cada vez más lentos.

No se le pasaba por la imaginación desertar ni abandonar el campo de batalla sin una orden de retirada a pesar de que los dragones prusianos estaban cediendo, pero terminarían por capturarlos si no se retiraban, y si eso sucedía, también los huevos caerían en manos de los franceses. Laurence no tenía deseo alguno de que los franceses se cobraran ese precio por la captura del huevo de Temerario que él había hecho en su momento, e iba a dar la orden al Celestial de que se retirase al menos para recuperar fuerzas cuando sucedió algo que le ahorró cualquier cargo de conciencia. Resonó un toque de rebato que era espeluznante y musical al mismo tiempo. Al oírlo, sus enemigos se desvanecieron con inopinada celeridad y dejaron de acosarlos. Temerario giró sobre sí mismo tres veces antes de quedarse tranquilo y únicamente entonces se arriesgó a sostenerse inmóvil en el aire para que Laurence pudiera ver qué se avecinaba.

La sonora llamada era obra de Lien. La dragona blanca no había participado en la batalla, pero ahora permanecía suspendida en el aire detrás de las líneas dragontinas francesas. No llevaba arnés ni tripulación, solo lucía un gran diamante en la frente al que el crepúsculo le arrancaba destellos anaranjados cuya intensidad alcanzaba casi la de sus ojos rojos. El berrito de Lien se oyó de nuevo, pero en ese momento Laurence escuchó un redoble de tambor a sus pies, en el campo de batalla. Las líneas francesas eran un revuelo de señales, y en la cima de una colina, a lomos de un corcel gris, Bonaparte en persona contemplaba los enfrentamientos. Detrás de él relucían los petos de la temida Guardia Imperial, que parecían hechos de oro fundido bajo la luz del sol vespertino.

Los dragones franceses habían logrado un claro dominio del teatro de operaciones en el aire ahora que las escuadrillas prusianas estaban dispersas o habían huido. En ese momento, como respuesta a la llamada de Lien, todos ellos se movieron hasta formar una línea recta. La caballería francesa volvió grupas al unísono para luego alejarse en todas las direcciones lo más deprisa posible. La infantería abandonó las primeras líneas del frente con igual celeridad, aunque hizo el máximo esfuerzo por mantener una cadencia en las descargas de mosquetes y cañones.

La dragona blanca ganó todavía más altura e inspiró con fuerza. Debajo de la diadema de metal se iba dilatando cada vez más la gorguera que rodeaba su cuello y los costados se hincharon como velas desplegadas al máximo por un vendaval, hasta que al fin abrió las fauces para derramar la terrible furia del viento divino. No lo dirigió contra ningún objetivo concreto ni se trató de un sonido simple; los tímpanos resonaron como si hubieran disparado al mismo tiempo todos los cañones del mundo. Lien tenía unos treinta años y Temerario solo dos; también era más corpulenta que el joven Celestial, y gozaba de mucha más experiencia, y no contaba únicamente con el respaldo del tamaño sino con una resonancia especial en la voz, unas notas altas y bajas que hacían creer que el rugido fuera a durar para siempre. Los hombres se tambalearon y cayeron por todo el campo de batalla. Los dragones prusianos se enroscaron para ponerse a salvo e incluso los componentes de la tripulación de Laurence, familiarizados con el viento divino, se alejaron todo lo posible, hasta el punto de tensar al máximo las correas de sus mosquetones.

A continuación reinó un silencio absoluto, roto únicamente por los balbuceos de sorpresa y los lamentos de los heridos que yacían sobre el terreno, pero todos los dragones de la línea gala levantaron la cabeza antes de que los ecos se apagaran y se lanzaron en picado profiriendo gritos ensordecedores para enderezar el rumbo lo necesario como para no estrellarse contra el suelo. No obstante, unos pocos no lograron ejecutar bien la maniobra, de la que salieron volando entre tumbos y se abrieron camino a través de las filas prusianas en medio de un griterío de dolor mientras ellos retomaban su aleteo. Los demás ni siquiera se detuvieron y volaron muy cerca del terreno llevando a rastras las garras y las colas para destrozar a las sorprendidas y desprevenidas filas de la infantería prusiana. Cuando al final levantaron el vuelo, dejaron grandes hileras de muertos tras de sí.

Los hombres cedieron, y las líneas de retaguardia empezaron a descomponerse en medio de una enorme confusión incluso antes de que los dragones impactasen contra las de vanguardia. Un pánico desmedido se apoderó de los soldados que se dieron a la fuga, forcejeando unos con otros en su intento por escapar en direcciones diferentes. El rey Federico estaba de pie, apoyado sobre los estribos de su montura, mientras tres hombres intentaban tranquilizar al despavorido corcel para impedir que derribara al soberano en una de sus sacudidas. El monarca gritaba a través de una bocina mientras las banderas de señales transmitían el mismo mensaje.

—Retirada —dijo el teniente Badenhaur mientras sacudía el brazo de Laurence.

La voz del joven prusiano sonaba con plena serenidad, pero su rostro era un mar de lágrimas, aunque él ni siquiera se había percatado de haberlas derramado. En el campo de batalla, unos soldados conducían los restos ensangrentados del duque de Brunswick hacia las tiendas de retaguardia.

Pero los hombres no estaban en condiciones de escuchar o de obedecer. Unos pocos batallones se las arreglaron para formar un cuadro defensivo, hombro con hombro y con las centelleantes bayonetas caladas hacia fuera, mientras que otros muchos huían medio enloquecidos a través del villorrio o de los bosques que habían conquistado con tanto sacrificio. En cuanto los dragones franceses, cuyos costados estaban llenos de sangre, tomaron tierra para descansar, la caballería y la infantería napoleónicas se precipitaron colina abajo como una marabunta, y pasaron junto a ellos en un torbellino de voces humanas a fin de completar la destrucción y la derrota.

CAPÍTULO 15

—No, me encuentro perfectamente —aseguró con voz ronca el teniente Granby cuando le sacaron del cobertizo—, pero, por amor de Dios, no me dejéis librado a mis fuerzas.

Estaba tembloroso y enfermo y en cuanto intentó tragar un poco de sopa, la escupió de inmediato, por lo que sus compañeros se contentaron con darle suficiente alcohol como para que volviera a sumirse en el sopor, aunque bastaron un par de tragos para que se quedara dormido nuevamente.

Laurence albergaba el propósito de subir a bordo del Celestial el mayor número posible de miembros de las dotaciones de tierra de los dragones apresados, pero fueron muchos lo que se negaron a acudir, movidos por la incredulidad. No habían visto nada al hallarse los hangares muy al sur del campo de batalla. Badenhaur discutió con ellos durante mucho tiempo hasta que la cosa fue a mayores y empezaron a dar grandes voces.

—Bajad la voz, maldita sea —soltó bruscamente Keynes—. El huevo de Kazilik ha madurado lo bastante para poder comprenderos —le confió a su capitán en voz baja—. Lo último que necesitamos es que esa dichosa criatura se acongoje en el cascarón. El resultado suele ser que nacen animales asustadizos.

Laurence asintió con gesto grave. En ese momento, Temerario alzó la cabeza del suelo y miró a lo alto del cielo vespertino, donde iba haciéndose de noche.

—Hay un Fleur-de-Nuit ahí arriba. Le oigo aletear.

—Dígales a esos hombres que o suben a bordo ahora mismo o se quedan aquí tirados, y están perdidos —le ordenó el capitán inglés a Badenhaur...

... mientras indicaba mediante gestos a su tripulación que se encaramaran al dragón.

Se posaron a las afueras de la ciudad turingia de Apolda, en el distrito rural de Weimar, adonde llegaron helados, cansados y maltrechos. Se veían indicios de destrucción por todo el pueblo devastado, los cristales rotos de las ventanas, el vino y la cerveza corriendo por las alcantarillas, los establos, graneros y rediles vacíos; por las calles no transitaba otra cosa más que harapientos soldados cubiertos de sangre que deambulaban bebidos y en busca de gresca. La escalinata de acceso a la posada más grande de la ciudad terminaba en una puerta donde un hombre lloraba como un niño. Se cubría los ojos con la mano derecha. Había perdido el brazo izquierdo y llevaba el muñón envuelto en unos andrajos.

Solo había un puñado de oficiales de baja graduación en el interior, todos ellos estaban heridos o más muertos que vivos a causa de la fatiga. Uno hablaba francés lo bastante bien para dirigirse a ellos.

—Debéis marcharos. Los franceses llegarán aquí por la mañana, quizás antes. El rey se ha dirigido a Sömmerda.

Laurence halló en la bodega de la parte trasera un botellero con su contenido intacto así como un barril de cerveza. Pratt se lo echó al hombro para sacarlo de ahí mientras Porter y Winston subieron con las manos llenas de botellas de vino. Regresaron al claro donde Temerario había derribado un viejo roble hendido en dos por un rayo. Los hombres habían conseguido encender un fuego cerca del cual se enroscó el dragón mientras la tripulación se acurrucaba junto a su corpachón.

Compartieron las botellas y abrieron una brecha en el tonel para que Temerario pudiera beber. Apenas habían recuperado el aliento cuando se vieron obligados a retomar el vuelo. Laurence vacilaba, pues el Celestial estaba tan exhausto que había bebido con los ojos casi cerrados, y ese agotamiento era un peligro en sí mismo. Si se les echaba encima una patrulla aérea francesa, albergaba serias dudas de que Temerario pudiera echar a volar lo bastante deprisa como para escapar.

—Debemos seguir, amigo mío —le dijo con gentileza—. ¿Crees que vas a poder?

—Sí, Laurence, me encuentro perfectamente. —Temerario contestó mientras hacía un gran esfuerzo para ponerse en pie; luego, en voz baja, añadió—: ¿Hemos de ir muy lejos?

Los veinticinco kilómetros de vuelo se les hicieron muy largos. La aldea apareció de pronto en medio de la oscuridad gracias a la hoguera encendida a las afueras. Un puñado de dragones prusianos alzaron las cabezas con ansiedad mientras el Celestial se posaba pesadamente junto a la hoguera en el campo pisoteado donde vivaqueaban algunos pesos ligeros, varios dragones de correos y un par de pesos medios. No había ni una sola escuadrilla entera ni ningún otro dragón pesado. Los otros alados se amontonaron junto a él en busca de seguridad y le acercaron con el hocico los cadáveres de los caballos que constituían su cena con ánimo de compartirla, pero él mordisqueó un poco de carne antes de quedarse completamente roque. Laurence le dejó dormido como un leño mientras muchos de los dragones menudos se acomodaban pegados a los costados de Temerario.

Envió a los hombres al campamento en busca de todo el jolgorio y las comodidades que pudieran hallar mientras que él se alejó caminando solo por los campos en medio del silencio de la hermosa noche. Las estrellas arrancaban destellos en la capa de escarcha prematuramente formada por el fresco nocturno mientras su respiración levantaba blancas vaharadas en el aire. No era que hubiera combatido mucho, pero le dolía todo el cuerpo. Sentía una intensa molestia en el cuello y en los hombros, y tenía las piernas rígidas y acalambradas, por lo que agradeció la ocasión de estirarlas. Pasó junto a un cercado donde fatigados corceles de caballería alzaron las cabezas y relincharon con inquietud cuando él se aproximó. Laurence supuso que habían olfateado el olor a dragón en sus ropas.

Apenas habían llegado soldados a Sömmerda, lógico si se tenía en cuenta que los supervivientes habían huido a pie y que iban a tener que caminar de noche, en caso de que supieran a dónde debían acudir. El pueblo conservaba una apariencia de normalidad y todavía no había sido saqueado. Los lamentos de los heridos identificaban a la pequeña iglesia como el hospital de campaña. Los húsares de la guardia real estaban alineados en filas en el exterior del mayor de los edificios. No era una fortaleza, solo una casa solariega de tamaño respetable y muros recios.

No logró hallar a ningún otro aviador, ni siquiera a un oficial superior a quien presentar su informe ahora que el pobre Dyhern estaba preso. Había pasado una parte del día realizando labores de apoyo para el general Tauentzein y el resto había acatado órdenes del mariscal de campo Von Blücher, pero ninguno de los dos se hallaba en la localidad, al menos hasta donde había logrado averiguar. Al final, optó por dirigirse directamente al príncipe Hohenlohe. Un joven ayudante le informó que estaba enfrascado en una conferencia con una brusquedad difícilmente justificable ni siquiera por el peso de todo el trabajo que debía soportar, le sacó de la habitación y le ordenó esperar a la entrada. Después de pasar más de media hora haciendo antesala, Laurence optó por sentarse en el suelo a falta de una silla y estirar las piernas.

Se quedó amodorrado...

... hasta que alguien le habló en alemán.

—No, gracias —respondió él, todavía adormilado. Entonces abrió los ojos. Una mujer había inclinado la cabeza y le miraba con expresión amable y divertida. De pronto identificó a la reina y al par de guardias que la acompañaban—. Ay, Dios —dijo Laurence, avergonzado; se puso en pie de un salto y empezó a disculparse en francés.

—En absoluto —repuso ella, y le miró con curiosidad—. Pero ¿qué hace usted aquí?

Después de que se lo hubo explicado, ella abrió la puerta y asomó la cabeza para gran inquietud de Laurence. Había esperado tanto tiempo de más que parecía un suplicante.

La reina preguntó algo y la voz de Hohenlohe le contestó en alemán. Ella le hizo una señal para que la acompañara a la habitación, donde habían encendido un buen fuego y los gruesos tapices impedían que se filtrara en la estancia el frío de las paredes. El aviador británico acogió el calor con sumo alivio, pues estaba helado hasta los huesos antes incluso de haberse sentado en el vestíbulo de la entrada. El rey Federico permanecía apoyado sobre el muro del hogar. Lucía un mostacho fino y el pelo negro le caía sobre la amplia frente despejada y blanca, como la tez de su rostro alargado. Era un hombre cansado, carente de la apostura y la vitalidad de su esposa.

Hohenlohe permanecía de pie ante una gran mesa cubierta de mapas en compañía de los generales Ernst von Rüchel y Kalkreuth así como de varios oficiales del estado mayor. Hohenlohe no pestañeó mientras miraba fijamente a Laurence.

—Santo cielo —consiguió decir, haciendo un esfuerzo—, ¿no se ha ido?

Laurence no supo cómo tomarse aquello, ya que el prusiano ni siquiera sabía que se hallaba en el villorrio. Entonces, de pronto, se llenó de ira al comprenderlo.

—Lamento haberle importunado —replicó de modo cortante—. Dado que esperaba mi deserción, nada me procurará más placer que marcharme.

—No, nada de eso —contestó Hohenlohe—. Por todos los santos —añadió luego de forma inconsciente—, ¿acaso alguien se lo habría reprochado?

El prusiano se llevó la mano al rostro. Llevaba descolocada la peluca, que ahora era de un color gris deslucido. El británico sintió lástima. Era evidente que el príncipe prusiano no era dueño de sus actos.

—Únicamente he venido a presentar mi informe, señor —dijo Laurence, esta vez con tono más moderado—. Temerario no ha sufrido heridas de consideración. Mis pérdidas se reducen a tres heridos, pero no ha habido muertos. He traído desde Jena a otras dotaciones de tierra, treinta y seis hombres y el atalaje.

—¿Arneses y forjas? —se apresuró a preguntar Kalkreuth mientras levantaba los ojos de los mapas.

—Sí, señor, bueno, de esas últimas únicamente dos, además de la nuestra —contestó Laurence—. Pesaban demasiado para llevar más.

—Pero ya es algo, gracias a Dios —respondió Kalkreuth—. Las junturas de la mayoría de los arneses se han abierto.

Nadie habló después de aquello durante mucho tiempo. Hohenlohe contemplaba fijamente los mapas, pero su expresión daba a entender que en realidad no los estaba mirando. El general Rüchel se deslizó hasta una silla, su rostro ceniciento revelaba su enorme fatiga, y la reina estaba junto a su esposo, murmurándole en voz baja en alemán. Laurence se preguntó si no debería pedir licencia para marcharse, aunque no creía que el silencio de los presentes estuviera motivado por su presencia. Había en el ambiente de aquella estancia un miasma espeso de fatiga. De pronto, el soberano sacudió la cabeza y se volvió de cara a la habitación.

—¿Sabemos dónde se encuentra?

No hizo falta aclarar a quién se refería.

—En algún lugar al sur de Elba —murmuró un joven oficial del estado mayor, que se puso colorado cuando su voz se escuchó con nitidez en el silencio de la sala, lo cual le ganó varias miradas fulminantes.

—Lo más probable es que esta noche esté en Jena, majestad —respondió Rüchel, sin dejar de mirar con enojo al joven.

El monarca fue tal vez el único en no percatarse del desliz del oficial.

—¿Estaría dispuesto a firmar un armisticio? —inquirió el rey.

—¿Ese hombre? —espetó su esposa con desdén—. No nos dará un respiro ni nos concederá términos honorables. Sería preferible arrojarse en brazos de los rusos que humillarse para dar gusto a ese *parvenu**. —La reina se volvió hacia Hohenlohe—. ¿Qué podemos hacer? Porque algo podrá hacerse, ¿verdad?

El interpelado se irguió levemente y repasó los mapas con la vista, e iba hilvanando un discurso sobre la concentración y el posterior repliegue

---

* «Nuevo rico», en francés. [N. del T.]

de tropas, parte en francés y parte en alemán, mientras señalaba guarniciones y destacamentos.

—Los hombres de Bonaparte han marchado durante semanas y luego han combatido un día entero —contestó—. Confío en disponer de unos días antes de que organice una persecución. Tal vez haya escapado una parte sustancial del ejército, y entonces vendrán hacia aquí y hacia Érfut. Debemos reunirlos y replegarnos...

Unas fuertes pisadas resonaron en la antesala y una mano pesada abrió la puerta. El recién llegado no esperó a que le concedieran permiso, sino que entró sin más aviso.

—Los franceses han ocupado Érfut —anunció Von Blücher sin ceremonia alguna y en un alemán tan categórico que hasta Laurence fue capaz de comprenderle—. Murat tomó tierra al mando de cinco dragones y quinientos hombres, y los nuestros se han rendido, los muy hijos de perra...

Se interrumpió a mitad del exabrupto, confuso y muy colorado debajo de sus grandes mostachos, pues solo entonces se percató de la presencia de la reina.

Los ocupantes de la estancia estaban más interesados en sus noticias que en su lenguaje. Se levantó de inmediato un confuso coro de voces y en medio de aquel caos de mapas y papeles se produjo un rifirrafe dialéctico entre los oficiales del estado mayor...

... hasta que el rey intervino de pronto con voz enérgica.

—¡Basta! ¿De cuántos hombres disponemos? —le preguntó a Hohenlohe.

Removieron otra vez los documentos, esta vez con menos agitación, y al final reunieron la información relativa a los diferentes destacamentos.

—Tenemos diez mil soldados a las órdenes del gran duque de Saxe-Weimar en algún lugar de los caminos al sur de Érfut —contestó Hohenlohe, leyendo los papeles— y luego están las reservas, otros diecisiete mil en Halle dirigidos por el duque Federico de Württemburg, y debemos de tener unos ocho mil supervivientes de la batalla. Seguramente vendrán más...

—Si los franceses no se adelantan... —observó con un hilo de voz Scharnhorst, jefe del estado mayor del difunto duque de Brunswick—. El enemigo se mueve demasiado deprisa. No podemos esperar. Debemos hacer que crucen el río los hombres acantonados al otro lado del Elba y quemar todos los puentes de inmediato si no queremos perder Berlín. Deberíamos enviarles órdenes con un dragón postal ahora mismo.

Esta afirmación provocó otra furiosa explosión y la práctica totalidad de los hombres intentaron hacerle callar a gritos, y en ese desacuerdo canalizaron toda la virulencia de sus sentimientos, que eran todos los que cabía esperar de hombres orgullosos cuando veían rodar por los suelos su honor y el de su país y se veían obligados a conocer el sabor del miedo y la humildad de mano de un enemigo acérrimo e implacable a quien incluso entonces podían sentir cómo acudía a por ellos.

Laurence también experimentó una fuerte aversión hacia aquella ignominiosa retirada y el sacrificio de tantísimo territorio. Le parecía una locura conceder a los franceses tanto terreno sin obligarles a luchar por él. Bonaparte no era el tipo de hombre que se contentaba con un trozo del pastel, por grande que fuera, cuando podía comérselo todo. Además, si se tenía en cuenta el gran número de dragones con los que contaba en su séquito, la destrucción de los puentes le pareció de inmediato un obstáculo insuficiente y un reconocimiento de su debilidad.

El monarca hizo una seña a Hohenlohe en medio del tumulto y le llevó a un aparte cerca de las ventanas para hablar con él. Los dos hombres se dirigieron juntos a las mesas una vez que el resto de los oficiales dejaron de vociferar.

—El príncipe Hohenlohe asumirá el mando del ejército —dijo el rey en voz baja pero con un tono que no admitía lugar a réplica—. Nos replegaremos a Magdeburgo para reunir nuestras tropas y allí consideraremos el mejor modo de organizar la defensa de la línea del Elba.

Un bajo murmullo de obediencia y asentimiento contestó a sus palabras. Luego, abandonó la alcoba en compañía de la reina. Hohenlohe comenzó a dar órdenes y envió hombres con instrucciones. Los altos oficiales se fueron yendo uno tras otro para llevar a cabo sus órdenes. Laurence se moría de ganas por descabezar un sueño y estaba harto de que siguieran haciéndole esperar, de modo que perdió la paciencia y se adelantó cuando siguió sin recibir directriz alguna y Hohenlohe dio todos los síntomas de volver a hundirse en el estudio de los mapas.

—¿Puedo preguntarle a quién he de informar o, en su defecto, si tiene órdenes para mí, señor? —inquirió Laurence, interrumpiendo el estudio de Hohenlohe. El interpelado alzó los ojos y volvió a mirarle con una expresión vacía en los ojos—. Los franceses apresaron a los capitanes Dyhern y Schliemann —le aclaró al cabo de unos instantes—, y también a Abden.

—¿Quién queda? —preguntó el noble prusiano mirando a su alrededor.

Todos sus ayudantes parecieron vacilar a la hora de responderle hasta que uno se aventuró:

—¿Sabemos qué ha sido de George?

Se suscitaron nuevos debates y enviaron a varios hombres para hacer indagaciones, pero todos regresaron con una negativa.

—¿Pretenden decirme que no nos queda ni un maldito peso pesado de los catorce que teníamos? —estalló al fin Hohenlohe.

La carencia de ejemplares lanzallamas o escupidores de ácido obligaba a los prusianos a organizar sus formaciones basándose en la fuerza, igual que les ocurría a los británicos, a fin de proteger a los dragones dotados de una capacidad ofensiva tan necesaria; los pesos pesados eran los líderes de casi todas las escuadrillas y el ataque francés los había elegido como blanco por ese motivo, y habían sido especialmente vulnerables a la táctica gala por ser más lentos y pesados que los de tamaño medio, que habían sido la punta de lanza de los intentos de abordaje, y porque todo un día de batalla había mermado buena parte de su fuerza y agilidad ya de por sí limitadas. Laurence había presenciado durante la batalla cinco capturas, pero no le extrañaría que el resto de los jefes de formación hubiera corrido la misma suerte después, o al menos hubieran debido alejarse mucho en el caos posterior.

—Quiera Dios que venga alguno esta noche —imploró Hohenlohe—. Vamos a tener que reorganizar todo el mando.

Efectuó una pausa elocuente y miró a Laurence. Reinó entre los dos hombres un silencio dictado por el conocimiento de que Temerario era el único peso pesado y que eso le convertía en una pieza crucial para las defensas prusianas, y por otro hecho imposible de pasar por alto: Hohenlohe no podía obligarlos a quedarse. El oficial inglés no pudo evitar sentirse desgarrado en dos. Su primer deber, y el más prudente, era proteger a los huevos, y después de aquella debacle eso significaba buscar el modo de llevarlos cuanto antes a Inglaterra, pero, aun así, abandonar a los prusianos en aquel instante sería tanto como dar la guerra por perdida y pretender que no podían ayudarlos más.

—Así que espera usted órdenes, ¿no, señor? —le espetó, incapaz de convencerse todavía. No dio muestra alguna de gratitud, pero la expresión de su rostro se relajó un poco y desaparecieron varias arrugas de sus facciones—. Mañana por la mañana voy a pedirle que vaya a Halle, donde están todas nuestras tropas de reserva, para que les diga que se replieguen y si puede entregarles algunas armas de fuego, mucho mejor. Ya le encontraremos luego algún quehacer, Dios sabe que de eso vamos a ir sobrados.

—¡Ay! —chilló Temerario.

Laurence abrió los ojos a la vez que se incorporaba; las punzadas de la espalda y el dolor de la pierna le hicieron ver las estrellas. Le costaba pensar y tenía la mente embotada por la falta de sueño. Se filtraba un tenue rayo de luz en el interior de la tienda, por lo que se arrastró fuera para descubrir que esa penumbra no se debía a lo temprano de la hora sino a la capa de niebla. Los hangares ya habían cobrado vida y mientras se ponía de pie vio a Roland que acudía para despertarle, tal y como él le había indicado.

Keynes se había encaramado al lomo del Celestial a fin de extraerle las balas, pues su precipitada huida del campo de batalla le había impedido atenderle las heridas hasta ese momento. Aunque Temerario las había soportado sin apenas darse cuenta y recibía las peores heridas de bala sin proferir queja alguna, se resistía a su extracción y reprimía pequeños quejidos cada vez que Keynes le sacaba una, aunque le echaba bastante teatro.

—Siempre igual —se quejó con acritud Keynes—. Te parece divertido lanzarte a que te hagan pedacitos, pero luego no paras de quejarte cada vez que intento coserte las heridas.

—Bueno, pero es que duele un montón —repuso Temerario—. No veo por qué has de extraérmelas si no me molestan donde están.

—Bien que te van a fastidiar si te envenenan la sangre. Quédate quieto y deja de lloriquear.

—Yo no lloriqueo, ni un poco —musitó el dragón, que luego añadió—: ¡Ay!

Había un olor sabroso en el aire. Aquella mañana habían llevado los restos de tres escuálidos caballos para alimentar a más de diez hambrientos dragones. Gong Su se había apoderado del botín antes de que estallaran las inevitables disputas. Había tostado los huesos en una hoguera y luego los había cocido con la carne en unos calderos improvisados con los petos de cuero de los dragones, lo cual había provocado un gran revuelo entre todos los jóvenes tripulantes de las dotaciones de tierra. El cocinero los había enviado a hurgar por ahí en busca de cualquier cosa que pudieran encontrar para que él pudiera elegir algo que poner dentro.

Los oficiales prusianos contemplaron con cierta inquietud cómo todas las provisiones de sus dragones iban a parar a aquellas tinas, pero el proceso de elección de posibles ingredientes levantó una oleada de interés entre los dragones, que ofrecieron sus propias opiniones: a veces, empujaban con el hocico una cabeza de cebolla, y otras, apartaban a escondidas varios sacos de arroz poco apetecible que Gong Su no desaprovechó. Reservó una parte del caldo resultante tras haber servido las raciones a los dragones y con él cocinó por separado el arroz con pedacitos de carne que flotaban en el caldo, por lo que los aviadores desayunaron notablemente mejor que la mayoría de los soldados del campamento, una circunstancia que bastó para reconciliarlos con tan extraña práctica.

El estado de los atalajes de los dragones era penoso. Las correas estaban peladas y rasgadas. Los alambres de refuerzo habían hecho posible que el cuero resistiera en algunos puntos mientras que otras cinchas estaban del todo seccionadas, y las de Temerario eran un caso especialmente severo. No tenían el tiempo ni el material para realizar las reparaciones oportunas, pero al menos sí debían echar algunos remiendos antes de salir rumbo a Halle.

—Lo siento, señor, pero teniendo en cuenta todo el trabajo que queda por delante, será mediodía antes de que podamos enjaezarle —expuso Fellowes disculpándose una vez efectuado un primer balance de los daños y después de poner a trabajar a los hombres—. Tengo la sospecha de que Temerario se revuelve de un modo que ensancha los desgarrones.

—Hagan cuanto puedan —respondió Laurence lacónicamente.

No necesitaba presionarles más. Todos estaban trabajando al límite de sus posibilidades y había tantos hombres como podría pedir, pues se habían unido a las tareas de reparación voluntarios de las dotaciones de tierra que habían rescatado. Entretanto, convenció al Celestial para que se tendiera a dormir y guardara sus fuerzas. El dragón se dejó persuadir y se echó cerca de las brasas aún calientes de los fuegos de la cocina.

—Laurence —dijo con voz suave al cabo de un momento—, ¿hemos perdido, Laurence?

—Únicamente una batalla, amigo mío, no la guerra —contestó él, pero luego se sintió obligado a ser honesto y agregó—: Pero era una batalla de la mayor importancia, desde luego. Supongo que Napoleón ha apresado a la mitad del ejército y dispersado al resto.

Lleno de desánimo, el aviador se inclinó sobre la pata delantera de Temerario. El exceso de trabajo le había permitido evitar un análisis riguroso de sus circunstancias.

—No debemos abandonarnos a la desesperación —dijo, hablando más para sí mismo que para Temerario—. Aún queda esperanza, y aunque no la hubiera, no nos serviría de mucho sentarnos a llorar por nuestro destino.

El Celestial suspiró profundamente.

—¿Qué va a ser de Eroica? ¿No irán a hacerle daño?

—No, jamás —contestó Laurence—. Le enviarán con otros a los campos de cría, estoy seguro. Quizás incluso le liberen si llega a establecerse así en los términos del acuerdo. Hasta entonces, únicamente retendrán bajo siete llaves al capitán Dyhern. ¡Cómo debe de estar pasándolo ese pobre diablo! —Él se hacía una idea bastante aproximada de los horrores de la situación del oficial prusiano. No solo no podía hacer nada por su país, sino que además era la llave del aprisionamiento de un dragón de valor incalculable. Era obvio que Temerario compartía un hilo de pensamiento similar sobre Eroica. El dragón curvó la pata delante para acercarse más a Laurence y le empujó con suavidad para poderle acariciar. Luego, tras confortarse de esa manera, le dejó libre de nuevo.

Los encargados del arnés se las ingeniaron para concluir las reparaciones más deprisa de lo que habían prometido y antes de las once de la mañana empezó el arduo proceso de subir a bordo el enorme peso de las cinchas, hebillas y anillas, que contó con la colaboración del propio Temerario, el único capaz de alzar las pesadas cinchas de los lomos, algunas de hasta un metro de anchura y llenas de mallas metálicas para fijarlo todo.

Se hallaban en medio de aquel quehacer cuando varios dragones alzaron la cabeza a la vez, probablemente atraídos por un sonido que únicamente ellos podían oír. Todos pudieron ver al cabo de un minuto que un dragón mensajero volaba hacia allí con un aleteo inseguro. Se posó en el centro del campo, donde cayó, pues le fallaron las patas de inmediato. El animal tenía profundos tajos en los costados y chillaba con urgencia mientras volvía la cabeza para ver a su capitán, un joven de quince años, si era que los había cumplido, que yacía desmadejado, sostenido tan solo por las cinchas, y con heridas en las piernas, las mismas heridas que habían alcanzado al dragón.

Los aviadores cortaron las correas ensangrentadas del arnés y bajaron al muchacho. Keynes había puesto a calentar una barra de hierro sobre las cenizas del fuego en cuanto dragón y jinete tomaron tierra. Luego, palmeó la zona de las heridas del joven y hundió en ellas el hierro al rojo, levantando un gran olor a carne chamuscada.

—No hay venas ni arterias cortadas. Sobrevivirá —afirmó con brusquedad después de haber reconocido al hombre, y se marchó para dispensar el mismo tratamiento al dragón.

El muchacho revivió cuando le vertieron un poco de brandy por los labios y le pusieron un frasquito de sales debajo de la nariz. Entonces, barbotó un mensaje en alemán, mientras abría la boca para respirar e iba tartamudeando cada palabra antes de romper a llorar.

—Debíamos ir a Halle, ¿no es cierto, Laurence? —preguntó Temerario, que había aguzado el oído—. Él dice que los franceses han lanzado una ofensiva y han tomado la ciudad esta misma mañana.

—No podemos conservar Berlín —sentenció Hohenlohe.

El rey se limitó a asentir sin efectuar protesta alguna.

—¿Cuánto falta para que los franceses lleguen a la ciudad? —preguntó la reina sin perder la compostura, aunque estaba muy pálida. Mantuvo las manos entrelazadas sobre el regazo—. Allí están los niños.

—No hay tiempo que perder —contestó Hohenlohe. Esa respuesta pareció suficiente. El militar hizo una pausa—. Os ruego que me perdonéis, majestad —se disculpó con la voz a punto de quebrarse.

La reina se incorporó de un salto, le puso las manos en los hombros y le besó en la mejilla.

—Prevalecemos contra él —declaró con fiereza—. Tened coraje. Nos veremos en el este.

Tras recuperar un poco su autocontrol, Hohenlohe divagó sobre sus planes e intenciones. Iba a reunir a un mayor número de rezagados y desperdigados, enviaría grupos de artillería hacia el oeste y organizaría escuadrillas de dragones de peso medio. Retrocederían hasta la fortaleza de Stettin y defenderían la línea del río Oder. Daba la impresión de no creerse nada de aquello.

Laurence permanecía muy incómodo en un rincón de la estancia, lo más lejos posible de la escena.

—¿Llevará usted a Sus Majestades? —le había pedido con insistencia a Laurence la primera vez que este había acudido a informarle de la caída de Halle.

—Lo más probable es que usted nos necesite aquí, señor —había contestado el aviador británico—. Quizás un correo rápido...

El militar prusiano había sacudido enérgicamente la cabeza.

—¿Después de lo que le ha sucedido a este último que traía las noticias? No, no podemos correr semejante riesgo. Las patrullas han de estar alrededor de nosotros por fuerza...

El rey formuló entonces la misma objeción que Laurence había hecho con anterioridad.

—No os pueden apresar. Eso sería el fin, señor —replicó Hohenlohe—. Si eso ocurriera, él podría dictar los términos del armisticio como le viniera en gana y, Dios no lo permita, si murierais vos y el príncipe heredero siguiera en Berlín cuando entraran los franceses...

—¡Dios mío, mis hijos en poder de ese monstruo...! —exclamó la reina—. No podemos quedarnos aquí hablando. Vámonos ahora mismo.

Se encaminó a la puerta y llamó a su doncella, que la aguardaba fuera, y le pidió que fuera en busca de un sobretodo.

—¿Seguro que vas a estar bien? —le preguntó su esposo en voz baja.

—¿Acaso soy una niña para tener miedo? —respondió ella con cierto desdén—. Ya he volado antes a bordo de un dragón de correos, no puede ser muy diferente. —Pero un alado del servicio postal doblaba en tamaño a un caballo y no era comparable con un peso pesado, una criatura que abultaba más que un granero—. ¿Es ese su dragón, el que está en esa colina de ahí? —preguntó la soberana en cuanto aparecieron a la vista los hangares. Laurence se quedó perplejo al no ver colina alguna y al fin comprendió que la reina se refería a Berghexe, uno de los de tamaño medio que dormía encaramado a la espalda de Temerario. Antes de que Laurence tuviera tiempo de corregirla, el Celestial alzó la cabeza y miró hacia ellos—. Oh —dijo ella débilmente.

Laurence todavía recordaba cuando Temerario había medido tan poco como para caber en una hamaca a bordo del *Reliant* y una parte de él todavía seguía sin pensar que había alcanzado semejantes dimensiones.

—Es muy tierno —le aseguró en un torpe intento por tranquilizarla, aunque era una mentira descarada, pues el día anterior Temerario se había consagrado con verdadero ensañamiento a las persecuciones más violentas que uno pudiera imaginar, pero parecía que era eso lo que debía decir.

Las tripulaciones de todos los dragones se pusieron en pie con gran sorpresa en cuanto la pareja real entró en el improvisado cobertizo y permanecieron firmes y un tanto incómodos. A diferencia de los dragones de mensajería, que se hallaban habituados a acudir a la residencia de personajes importantes para llevarlos de un sitio a otro, los aviadores no estaban habituados a verse honrados con la compañía de esas personalidades. Tampoco los monarcas se mostraban distendidos, en especial cuando los dragones se percataron del nerviosismo que había cundido entre sus tripulaciones y empezaron a agachar la cabeza para verles de cerca, pero el rey tomó a la reina del brazo con suma elegancia y dio una vuelta por el lugar para departir con los capitanes y pronunciar unas cuantas palabras de aprobación.

Laurence aprovechó el momento y atrajo mediante señas a Granby y a Fellowes.

—¿Podemos montar una tienda a bordo? —les preguntó urgentemente.

—No sé si seremos capaces, señor. Dejamos atrás todo lo prescindible cuando nos fuimos a toda prisa del campo de batalla y el tontorrón de Bell se libró de las tiendas para hacer espacio para su equipo... ¡Como si no pudiéramos construirle una tina de curtiduría en cualquier lugar donde recalásemos! —respondió Fellowes mientras se frotaba el cuello con gesto nervioso—, pero quizá logremos arreglar algo si podéis pasarme alguna que otra lazada. Tal vez alguno de estos tipos pueda prestarnos unos retales.

Consiguieron preparar un toldo con dos telas de cuero de repuesto cosidas y dentro del mismo colocaron juntos los mosquetones de fijación al arnés. También lograron reunir una cesta con una cena fría aceptable e incluso una botella de vino, aunque Laurence no lograba imaginar cómo iban a abrirla en pleno vuelo sin que se produjera un desastre.

—Si estáis preparada, majestad —dijo Laurence con vacilación. Cuando ella asintió, él le ofreció el brazo para que se apoyara—. ¿Nos puedes subir a bordo, Temerario? Con cuidado, por favor.

El Celestial bajó la garra atentamente para que ellos dos pudieran meterse dentro. La reina empalideció al mirar las uñas de aquellas garras; parecían cuernos negros pulidos de bordes afilados rematados en una punta curvada y debían de tener aproximadamente el tamaño de su antebrazo.

—¿Quieres que suba yo primero? —le ofreció el rey en voz baja.

Ella echó la cabeza hacia atrás y se negó.

—No, por supuesto que no.

Dio un paso dentro de la zarpa, aunque no pudo ocultar la inquietud mientras miraba las garras curvadas hacia arriba.

Temerario contemplaba con inusitado interés a la reina y en cuanto la hubo subido para que ella caminase sobre su hombro, habló en un susurro.

—Laurence, siempre había creído que las reinas tenían muchísimas joyas, pero esta no lleva ninguna. ¿Se las han robado?

Por fortuna, Temerario habló en francés, pues de lo contrario no habría sido ningún secreto, considerando que por mucho que susurrase, sus mandíbulas eran lo bastante grandes como para tragarse un caballo de una sola vez. El oficial inglés rogó a la soberana que se apresurara hacia la tienda antes de que el dragón optara por cambiar al francés o al alemán y le preguntara por el estado de su guardarropa. Ella había optado por llevar un sencillo y práctico paletó de lana encima del vestido, sin más adorno que los botones de plata, así como una pelliza de piel y un sombrero bastante práctico para un vuelo.

El soberano contaba con el beneficio de la experiencia del trato que todo oficial tiene con dragones, y si tuvo alguna vacilación, no la demostró, pero el séquito de guardias y sirvientes parecían notablemente más inquietos cuanto más se acercaban. El rey les habló lacónicamente en alemán cuando vio sus semblantes demudados. Laurence adivinó por el alivio y la vergüenza de algunos rostros que les había dado licencia para no subirse al dragón.

Temerario aprovechó esa oportunidad para efectuar sus propios comentarios en alemán, lo cual provocó miradas de sobresalto en cuantos estaban a su alrededor, y luego estiró la pata hacia el grupo. Laurence intuyó que eso había producido el efecto opuesto al que pretendía el dragón, ya que a los pocos instantes únicamente quedaban cuatro miembros de la guardia real y una vieja criada, que bufó profundamente antes de encaramarse sin ninguna ceremonia a la pata tendida del Celestial para que este la subiera a bordo.

—Pero ¿qué les has dicho? —inquirió Laurence, dividido entre la desesperación y la hilaridad.

—Me limité a indicarles que se estaban comportando muy tontamente —contestó Temerario con tono ofendido—, y que si realmente tuviera intención de hacerles daño, me resultaría más sencillo alcanzarlos donde estaban en ese momento que sobre mi lomo.

Berlín era un hervidero de agitación. La gente de la ciudad lanzaba miradas poco amistosas a los soldados de uniforme y Laurence, que cruzaba la ciudad a toda prisa en su intento por conseguir todos los víveres posibles, tuvo ocasión de oír murmullos contra el «maldito partido de la guerra» en las tiendas y en todas las esquinas. Los berlineses ya estaban al tanto de las noticias de la debacle así como de la proximidad de los franceses, pero no había en ellos un espíritu de resistencia ni de rebelión, ni siquiera de gran descontento. La verdadera impresión era una suerte de satisfacción sombría al haberse demostrado que tenían razón.

—La reina y esos exaltados arrastraron a nuestro pobre rey —le dijo el banquero a Laurence—, ya sabe usted, dijeron que iban a demostrar que se podía derrotar a Bonaparte, pero no lo han conseguido, y yo le pregunto, ¿quién paga ahora el precio de su arrogancia? ¡Nosotros! Muchos de nuestros jóvenes han muerto y no quiero ni pensar cómo van a subir los impuestos después de esto.

Tras haber expresado todas esas críticas, el banquero, sin embargo, se mostró muy bien predispuesto a adelantar una sustancial suma en oro.

—Me conviene más tener mi dinero en una cuenta de la banca Drummonds que en efectivo —admitió con franqueza mientras sus hijos acudían con una pequeña pero sustanciosa arqueta—, ahora que un ejército ávido de botín marcha sobre Berlín.

La legación británica era un caos. El embajador ya había huido a bordo de un dragón del servicio postal sin dejar a cargo de la embajada a alguien que quisiera o pudiera darle información de relevancia. Además, la casaca verde de aviador no atraía demasiado la atención más allá de las consabidas preguntas sobre si era algún mensajero que acudía a entregar despachos.

—No ha habido ningún problema en la India durante los tres últimos años, ¿cómo es que se le ocurre preguntar semejante cosa? —espetó un secretario atribulado con impaciencia cuando al fin Laurence le detuvo en un pasillo por la fuerza—. No tengo la menor de idea de por qué la Fuerza Aérea no ha cumplido su compromiso, pero así no nos hemos visto comprometidos en esta derrota aplastante.

El aviador no podía suscribir con tanta facilidad ese punto de vista político, pues todavía estaba enfadado y avergonzado por haber oído hablar en términos tan despectivos de la Fuerza Aérea. Se mordió la lengua para no replicar con el primer improperio que se le pasó por la cabeza.

—¿Tienen todos ustedes una vía de escape segura? —se limitó a decir con voz gélida.

—Sí, por supuesto —contestó el secretario—. Vamos a embarcarnos en el puerto de Stralsund. Lo mejor que podría hacer usted es volver directamente a Inglaterra. La Armada ha destacado flotas en el Báltico y en el Mar del Norte para llevar a cabo operaciones de apoyo a Dánzing y Könisberg, más allá de para qué pueda valer eso, pero al menos va a tener una ruta despejada de vuelta a casa una vez que sobrevuele el mar.

Aunque era un consejo para cobardes, contenía noticias tranquilizadoras, pero en la embajada no tenían ninguna carta para él que le diera una explicación menos dolorosa de creer y, por supuesto, ya no les iba a llegar ninguna otra misiva.

—Ni siquiera puedo enviar una nueva dirección a casa con los miembros de la embajada —le comunicó Laurence a Granby mientras caminaban de vuelta a palacio—. Solo Dios sabe dónde vamos a estar dentro de dos días, y mucho menos en una semana. Quienquiera escribir a William Laurence, que envíe la carta a Prusia Oriental, y ya puestos, que la lance al mar en una botella, porque las posibilidades de que me llegue son las mismas.

—Laurence —le interrumpió abruptamente el primer teniente—, espero que no me considere un cobarde por preguntar esto, pero, entonces, ¿no nos dirigimos a casa, tal y como él sugirió?

El primer teniente mantuvo la vista fija en la calle y rehuyó la mirada de su capitán mientras hablaba. A intervalos, una palidez extrema poblaba sus mejillas. Entonces, de sopetón, el capitán tuvo la ocurrencia de que podía estar transigiendo con otras preocupaciones, y que el Almirantazgo podía considerar su decisión como una conducta intencionada para evitar que los huevos llegaran a las bases asignadas para que Granby pudiera tener su oportunidad de enjaezar a un dragón.

—Los prusianos andan demasiado escasos de dragones grandes como para dejarnos ir —repuso al fin, pero en realidad no era una respuesta.

Granby no volvió a contestarle sino hasta mucho después, cuando ya habían llegado a los aposentos asignados al capitán inglés y pudieron cerrar la puerta al entrar.

—Pero entonces tampoco ellos pueden impedir que nos marchemos —espetó sin rodeos el joven oficial. La mirada de Laurence se extravió en los vasos de brandy. No podía negar ni cuestionar eso después de lo mucho que él le había estado dando vueltas a ese mismo pensamiento—. Los prusianos han perdido, Laurence —añadió Granby—. Han perdido la mitad de su ejército y también del territorio. Lo más probable es que quedarse ahora carezca de sentido.

—No voy a dar por buena su derrota final —respondió Laurence con energía a ese descorazonador comentario al tiempo que se giraba de inmediato—. Todavía es posible darle la vuelta a esta terrible sucesión de reveses mientras tengan hombres y no se suman en la desesperación, y el deber de todo oficial es evitar que eso ocurra. Confío en que es innecesario advertirle que ha de guardar para usted esos sentimientos.

Granby se puso colorado como un tomate.

—No estoy proponiendo que echemos a correr gritando que se nos cae el cielo encima —saltó con acaloro—, pero en casa van a necesitarnos más que nunca. Seguro que Bonaparte ya ha vuelto a poner un ojo en el Canal de la Mancha.

—No nos quedamos aquí solo para evitar la persecución y las dificultades, sino porque cuanto más lejos combatamos a Bonaparte, mejor, y ese motivo sigue vigente. Si no hubiera ninguna esperanza real o si nuestros esfuerzos no fueran a marcar ninguna diferencia efectiva, entonces yo estaría de acuerdo con usted, pero no puedo dar mi aprobación a una fuga en esta situación, no cuando nuestro concurso quizá sea de vital importancia.

—¿De veras cree que lo van a hacer mejor que hasta ahora? Bonaparte los ha vapuleado de cabo a rabo, y ahora la situación de los prusianos es mucho peor que al principio.

Ese argumento era inatacable, pero Laurence no se rindió.

—Aun cuando el correctivo ha sido tremendo, tenga la certeza de que gracias a este encuentro hemos aprendido mucho acerca de su forma de pensar y de su estrategia. El alto mando prusiano no va a fallar otra vez a la hora de revisar su táctica, que, mucho me temo, antes de esta primera contienda estaba basada en un exceso de confianza.

—Tal y como pinta la cosa, demasiada confianza es mejor que ninguna —arguyó Granby—, y lo cierto es que veo muy pocos motivos para confiar.

—Espero que no me considere un imprudente por decir que yo confío en asestarle algún revés a Bonaparte —dijo Laurence—, pero quedan buenas y sólidas razones para tener esperanza. Recuerde que incluso ahora los prusianos tienen considerables reservas en el este, y que estas junto al ejército del zar vuelven a duplicar en número al ejército francés, que no puede aventurarse a continuar su avance sin haberse asegurado las líneas de comunicación. Para eso van a tener que asediar una docena de fortalezas de vital importancia estratégica defendidas por nutridas guarniciones y luego dejar tropas para asegurarlas.

Pero aquello era una paparruchada. Él sabía perfectamente que el número solo no decidía el curso de la batalla. Napoleón ganó en Jena a pesar de hallarse en inferioridad numérica.

Después de que Granby se hubo marchado, anduvo paseando de un lado para otro durante una hora. Su deber era mostrarse más seguro de lo que estaba y no estar nunca abatido, porque entonces podía transmitir esos sentimientos a sus hombres. Empero, no estaba completamente convencido de la dirección a seguir, y era consciente de que su rechazo a la idea de una posible defección había pesado mucho a la hora de adoptar una decisión. La deserción tenía un sabor a deshonra demasiado amargo, incluso en una situación como la actual en la que le habían instado a dar el paso con notable convicción, pero él no tenía ese tipo de personalidad fácil que le hubiera permitido recorrer ese camino para luego darle otro nombre y privarle así de esa apariencia detestable.

—Tampoco yo quiero abandonar, aunque me encantaría estar en casa —admitió Temerario con un suspiro—. No es agradable perder batallas y contemplar cómo apresan a tus amigos. Confío en que eso no altere a los huevos —añadió el dragón.

Temerario seguía inquieto por los dragoncillos a pesar de todas las muestras de confianza de Keynes, y se inclinó para rozarlos suavemente con el hocico donde yacían en sus nidos, en aquel momento situados debajo del alféizar de una ventana, entre dos braseros para mantenerlos a buena temperatura, a la espera de que los subieran a bordo.

Los monarcas se estaban despidiendo de sus hijos, a los que alejaban del peligro a lomos de un dragón mensajero con rumbo a la bien defendida fortaleza de Königsberg, en el corazón de la Prusia oriental.

—Deberías irte con ellos —observó el rey, pero la reina negó con la cabeza y dio un rápido beso de despedida a sus hijos.

—Yo tampoco quiero irme, madre —dijo el segundo de los príncipes, un niño robusto de nueve años.

Entre fuertes gritos de protesta, consiguieron a duras penas hacerle subir a bordo.

Los soberanos permanecieron juntos observando cómo la silueta del pequeño dragón se convertía en una mota en el cielo y luego se desvanecía antes de volver a subir de nuevo a bordo de Temerario para continuar viaje hacia el este junto el pequeño séquito de valientes que se aventuraron a seguirlos, un grupo reducido y triste.

Una avalancha de noticias aciagas había llegado a la ciudad durante la noche. Era previsible que todas aquellas calamidades fueran a producirse, pero no tan pronto. El mariscal Davout había alcanzado a los diez mil hombres del gran duque de Saxe-Weimar, que habían resultado muertos o prisioneros. El mariscal Bernadotte ya estaba en Magdeburgo, cortando así la retirada a Hohenlohe. Todos los puentes y vados del río Elba habían caído en poder del ejército napoleónico sin que hubiera habido tiempo de destruir ni uno solo. Bonaparte en persona se había puesto al frente de las tropas que se acercaban a Berlín y cuando Temerario remontaba el vuelo, todos pudieron ver una nube de polvo y humo a no demasiada distancia, signo inequívoco de la cercanía de un ejército que marchaba a ritmo constante con una turba de dragones escoltándole en lo alto.

Pernoctaron en una fortaleza a orillas del río Oder. Ni el comandante ni la guarnición estaban al tanto; de hecho, ni habían oído rumores de lo ocurrido, por lo que la noticia de la derrota los dejó amargamente sorprendidos. Laurence se vio en el trance de asistir al ágape que el comandante se creyó en la obligación de dar. Las noticias habían desanimado a los oficiales, azorados por la presencia de los reyes en la mesa, por lo cual resultó una cena silenciosa y deslucida. El pequeño hangar amurallado estaba anexo a la fortaleza. El capitán estuvo feliz de poderse refugiar en él y en su lecho de paja a pesar de ser un lugar espartano, incómodo y lleno de polvo.

Le despertó un tamborileo incesante similar al del golpeteo de unos dedos contra el parche del tambor. Una gris cortina de lluvia repicaba sobre Temerario, que había extendido las alas para protegerse. Esa mañana no fue posible encender ningún fuego y Laurence se tomó una taza de café en el interior mientras examinaba los mapas y trazaba la ruta de vuelo de ese día con el compás. Intentaban acudir al encuentro de las tropas de reserva, que estaban bajo el mando del general Von Lestocq, situadas en alguno de los antiguos territorios polacos que Prusia había adquirido recientemente.

—Iremos a Poznan —anunció el rey con voz fatigada. Tenía aspecto de no haber dormido demasiado bien—. En la ciudad habrá al menos un destacamento, si es que no está allí el propio Von Lestocq en persona.

No dejó de llover en todo el día y bancos de niebla a la deriva velaban los valles de debajo. Volaron a ciegas en medio de una vacuidad gris, por lo que tuvieron que guiarse siguiendo las indicaciones de la brújula y los giros del reloj de arena, así como contando los aleteos de Temerario para determinar la velocidad. En todo caso, agradecían aquella penumbra que los ocultaba. Pudieron acomodarse un poco más calientes en sus sobretodos de cuero cuando aminoraron las rachas del viento de través que lanzaba la lluvia sobre el rostro. Los lugareños de los campos desaparecían en cuando los veían en el cielo y no atisbaron indicio alguno de vida hasta que no cruzaron un valle por cuya cuenca discurría un río de ancho caudal. Sobrevolaron un grupo de cinco dragones salvajes dormidos al amparo de un saliente. Todos alzaron la cabeza cuando Temerario pasó por encima de ellos.

Los dragones abandonaron su guarida y emprendieron vuelo para poder aletear junto a Temerario, lo cual provocó cierta inquietud en Laurence, que albergaba el temor de que estallara una disputa o que los siguieran, como había ocurrido con el grupo montañoso de Arkady, pero no eran más que un grupo de dragoncillos bastante sociables que se limitaron a volar durante un tiempo al lado del Celestial, riéndose sin decir palabra y efectuando demostraciones de sus habilidades acrobáticas al realizar una caída a plomo o un picado de espaldas antes de despedirse y describir un círculo para volar de vuelta a su territorio.

—No he logrado entenderlos —admitió Temerario mientras alzaba la cabeza para mirar hacia atrás—. Me pregunto cuál será su idioma. A ratos se parece al durzagh, pero hay demasiadas diferencias como para comprenderlos, al menos cuando hablan deprisa.

Al final, después de todo, no entraron en la ciudad de destino, pues a unos treinta kilómetros de Poznan sobrevolaron los pequeños fuegos de campamento del ejército, que pasaban la noche al raso en unas miserables tiendas con goteras. Von Lestocq acudió al cobertizo en persona para saludar a los reyes. El general trajo unos palanquines y los acercó al Celestial todo cuanto logró convencer a los porteadores. Era obvio que le habían avisado de su llegada, probablemente mediante un dragón mensajero.

Lestocq llevaba consigo muy pocas tropas: dos escuadrillas de pesos pesados más bien tirando a pequeños, ninguno de los cuales se aproximaba ni por asomo al tamaño del Celestial, con cuatro dragones de tamaño medio cada una y unos pocos mensajeros como relleno. La tropa había desatendido su comodidad y en su mayoría se había distribuido sobre el lomo de los dragones para dormir, dejando unas pocas tiendas pequeñas para los oficiales.

Después de que hubieran descargado bultos y pasajeros, Temerario fisgoneó por uno y otro lado en un intento infructuoso de hallar un sitio seco para descansar. Cinco centímetros de lodo cubrían el suelo desnudo del cobertizo.

—Harías bien en tenderte —le instó Keynes—. El barro te mantendrá caliente una vez que te hayas acomodado bien.

—No creo que eso vaya a ser muy saludable —repuso Laurence, dubitativo.

—Tonterías —le atajó Keynes—. ¿Qué se cree usted que es el revoque de las paredes sino barro? Temerario va a estar perfectamente, siempre que no se pase ahí tirado una semana, claro.

—Esperen, esperen —intervino Gong Su de forma inesperada. El chino había ido aprendiendo poco a poco algo de inglés a fin de no quedarse totalmente aislado, pero todavía le costaba hablar por iniciativa propia, a menos que fuera un tema concerniente a los asuntos de su cocina. Pasó apresuradamente entre tarros y bolsas de especias para regresar con un frasco de pimienta roja en polvo. El capitán le había visto emplearla en pequeñas dosis para condimentar toda una vaca, por lo que le sorprendió ver al cocinero ponerse debajo del vientre del dragón y echar dos puñados de polvo de pimienta en el suelo mientras Temerario giraba la cabeza para ver qué hacía Gong Su entre sus piernas.

—Listo, ahora va a estar calentito —aseguró el cocinero, que selló la tapa del tarro mientras se alejaba.

El Celestial se dejó caer en el barro con cierta precaución y levantó con su corpachón algún que otro ruido tosco de succión cuando chapoteó en el barrizal, expulsando lodo por los laterales.

—¡Puaj! —dijo—. ¡Cuánto echo de menos los pabellones chinos! Verás, esto no es agradable del todo. —Se retorció un poco—. Da calor, pero me siento muy raro.

Tener en adobo a Temerario no era del agrado de Laurence, pero no había mucha esperanza de mejorar su situación, al menos no por aquella noche. Entonces cayó en la cuenta de que no habían recibido un acomodo mucho mejor ni cuando estuvieron con escuadrillas de mayor tamaño, bajo el mando de Hohenlohe. Habían estado más a gusto exclusivamente porque el tiempo había sido más benigno.

Granby y sus hombres no parecían tomárselo tan en serio como él, y se encogieron de hombros.

—Supongo que estamos acostumbrados a esto —le explicó el primer teniente—. En una ocasión, cuando estuve con Laetificat en la India, nos alojaron en el campo de batalla de ese mismo día. Nos pasamos la noche entera oyendo los quejidos de los heridos y las punzadas de las bayonetas cuando los remataban, y todo porque no les apetecía tomarse la molestia de arrancar unos cuantos matojos para que pudiéramos dormir en otra parte. Portland tuvo que amenazar con desertar a la mañana siguiente para conseguir que se movieran.

Laurence había pasado su corta carrera de aviador hasta la fecha en la cómoda base de entrenamiento de Loch Laggan y luego en la arraigada base aérea de Dover, la cual, aunque ningún chino la consideraría adecuada, ofrecía al menos claros bien secos a la sombra de los árboles con barracones para los soldados y los suboficiales y habitaciones en el cuartel general para los capitanes y los tenientes primeros de dragón. Llegó a la conclusión de que quizá se había mostrado poco realista al esperar un buen alojamiento en el curso de una campaña junto a un ejército en marcha, pero seguramente podían haber dispuesto de otra cosa que estuviera un poco mejor. Podía ver montañas a no más de un cuarto de hora de vuelo, y estaba convencido de que en ellas era posible localizar un suelo que no estuviera completamente empapado.

—¿Qué vamos a hacer con los huevos? —le preguntó a Keynes mirando a lo que en ese momento eran dos fardos voluminosos envueltos con tela encerada y situados sobre un montón de arquetas—. ¿Les perjudicará el frío?

—Le estoy dando vueltas a ver si se me ocurre algo —contestó el interpelado de mal talante mientras giraba alrededor de Temerario—. ¿Estás seguro de que no los vas a aplastar durante la noche? —interpeló al dragón.

—¡Por descontado que no voy a dormirme encima! —replicó Temerario, indignado.

—Entonces, lo mejor que podemos hacer es envolverlos en telas enceradas y enterrarlos en el barro al costado de Temerario —informó Keynes a Laurence, haciendo caso omiso de las sofocadas protestas del

Celestial—. Es imposible que un fuego dure encendido mucho rato con la que está cayendo.

La dotación estaba calada hasta los huesos y para cuando terminaron de cavar los agujeros para los huevos estaban también cubiertos de barro, pero al menos el ejercicio físico los había hecho entrar en calor. Laurence había permanecido a la intemperie con ellos, empapándose, ya que sentía que ese era su lugar y que debía compartir la incomodidad de sus hombres.

—Distribuya el resto de los impermeables y ordene a todos que duerman a bordo —ordenó una vez que los huevos estuvieron a salvo en su nido.

Luego subió muy agradecido a su propio refugio para pasar la noche: la tienda, ahora vacía, que había levantado para los reyes a lomos de Temerario.

Resultó de lo más desagradable volver a verse refrenados por la infantería, y peor aún, por el interminable convoy de provisiones después de haber cubierto más de trescientos kilómetros en dos días de vuelo. Los caminos estaban en un estado lamentable, no pasaban de ser un revoltijo de lodo resbaladizo a causa de las hojas caídas sobre el que chapoteaban los soldados al marchar. Las tropas prusianas se movían hacia el este con la esperanza de encontrarse con los rusos. La disciplina no flaqueó en ningún momento a pesar de las condiciones adversas y de tener que realizar todo aquel esfuerzo tras haber tenido noticias de la derrota. La columna continuó su avance de forma ordenada.

Laurence supo que había juzgado injustamente al oficial encargado del avituallamiento. Las raciones escaseaban y no parecía haber alimentos disponibles en la campiña aunque la época de la cosecha era reciente, o al menos no los había para ellos. Los polacos mostraban las manos vacías cuando les pedían que les vendieran comida, sin importar qué tipo de monedas les ofrecieran a cambio. «Las cosechas han sido malas y los rebaños están enfermos», contestaban si los presionaban, y luego mostraban los graneros y los rediles vacíos, aunque de forma ocasional los soldados atisbaban los ojillos brillantes de los cerdos y las reses en los bosques oscuros, situados detrás de sus campos, y algún oficial con iniciativa conseguía de vez en cuando un alijo de grano o de patatas ocultos en una bodega o debajo de una trampilla. No había excepciones, ni siquiera a las ofertas de oro de Laurence, ni siquiera en las casas donde los niños estaban famélicos y apenas vestían ropa para soportar el invierno en ciernes. Laurence sucumbió al dictado del desespero en una ocasión, cuando entraron en una diminuta casita campestre que merecía más la consideración de chabola; entonces, dobló la cantidad de oro que ofrecía en la palma de su mano y dirigió una mirada cargada de intención al bebé que yacía semidesnudo en una cuna. La joven matrona le dirigió una mirada llena de mudo reproche y le cerró los dedos de la mano sobre el oro antes de señalarle la puerta con la mano.

Él salió avergonzado de sí mismo. Sentía una enorme inquietud por Temerario, para el que apenas conseguían comida, pero no podía culpar a los polacos por guardar resentimiento a los prusianos a causa de la ocupación y la repartición de su país*. Había sido un asunto vergonzante que se había deplorado profundamente en los círculos políticos de su padre. Quizás el gobierno británico había realizado alguna protesta formal, aunque no lo recordaba demasiado bien. Tampoco habría significado nada. Rusia, Austria y Prusia estaban ávidas de nuevas tierras y no habrían prestado atención al requerimiento inglés. Cada potencia había invadido las fronteras polacas por un lado hasta encontrarse en el centro y dejar al país sin territorio. No era de extrañar que los polacos dispensaran una fría acogida a las tropas de una de esas naciones.

Necesitaron dos días para recorrer los treinta y dos kilómetros que los separaban de Poznan, donde encontraron una recepción aún más fría, y también más peligrosa, pues las habladurías ya se habían propagado

* A lo largo de 1795 se produjo la Tercera Partición de Polonia entre Austria, Prusia y Rusia en virtud de la cual Polonia desapareció literalmente del mapa durante más de un siglo. [N. del T.]

por la ciudad. La llegada del ejército había hecho que las noticias sobre la debacle de Jena dejaran de ser un secreto y seguían llegando nuevos rumores. Hohenlohe y los restos harapientos de la infantería se habían rendido, con lo cual toda la Prusia occidental se había derrumbado como un castillo de naipes.

El mariscal Joachim Murat había utilizado una y otra vez por todo el país la treta que tan buenos dividendos le había proporcionado en Érfut y que le había permitido conquistar todas las fortalezas prusianas una por una. El método no se basaba en el uso de las armas, sino en una audaz impostura. El ardid consistía en presentarse a la entrada de cada fortaleza y anunciar que había acudido a recibir la rendición de la guarnición, y esperaba hasta que el gobernador abría las puertas y le dejaba entrar. Empero, el gobernador de Stettin ignoraba por completo la debacle de su ejército por estar a cientos de kilómetros del campo de batalla, razón por la cual rehusó, indignado, la amable petición de entrega de la plaza. Y cuando se descubrió que la moneda de oro era en realidad de latón, el mariscal apeló al acero. Dos días después situó junto a las murallas de Stettin treinta dragones, otros tantos cañones y cinco mil hombres que se pusieron a cavar trincheras, apilar bombas en montones de sustancial tamaño y realizar otros preparativos para un asalto frontal. El gobernador rindió la guarnición y entregó dócilmente las llaves de la ciudad.

Laurence oyó de forma casual esa historia hasta en cinco ocasiones mientras daba un paseo por el mercado de la plaza mayor. No comprendía el idioma, pero los nombres no dejaban de resonar una y otra vez, y los tonos no reflejaban pitorreo, sino verdadero júbilo. Los hombres se sentaban a murmurar en las tabernas y alzaban los vasos de vodka a la voz de *«Vive l'Empereur»*, cuando no había ningún prusiano que los pudiera oír, y a veces, cuando el nivel de la botella había bajado de forma notoria, ni siquiera eso. Reinaba una atmósfera en la que se entremezclaban beligerancia y esperanza.

Él centró su atención en cada tenderete que logró encontrar, pues al menos en Poznan los mercaderes no se negaban a venderle la mercancía expuesta a simple vista, pero los víveres no abundaban en la localidad, ya que habían sido decomisados. Después de una larga búsqueda, Laurence únicamente fue capaz de hallar un cerdito de magras carnes por el que pagó cinco veces su valor. Uno de los encargados del atalaje aturdió al animal de un hábil garrotazo y lo hizo rodar hasta subirlo a una carretilla de mano. Temerario se apoderó de él y se lo zampó crudo, pues tenía demasiada hambre como para esperar a que lo cocinaran, y a continuación se lamió concienzudamente las garras.

—Carece de los suministros adecuados para mantener a un peso pesado, señor —dijo Laurence, conteniendo el mal humor—, y su tropa recorre la décima parte de la distancia que él es capaz de recorrer.

—¿Y qué importa eso? —repuso el general Lestocq, turbado—. Ignoro qué clase de disciplina seguirán ustedes en Inglaterra, pero si usted está en este ejército, ¡marchara con él! Santo cielo, ¿que su dragón tiene hambre? ¡Mis hombres también! Mire, ¿cree usted que sería una buena solución dejar que todos corrieran por ahí a campo traviesa ochenta kilómetros para que buscaran comida por su cuenta?

—Pero estaríamos en el campamento todas las noches... —repuso Laurence.

—Ya lo creo que van a estar —saltó Lestocq—, y por la mañana, y al mediodía, allí estarán con el resto de las escuadrillas, en todo momento. De lo contrario, los consideraré desertores, y ahora, ¡fuera de mi tienda!

Laurence regresó a la pequeña choza abandonada en que habían pernoctado esa noche, la primera en la que habían dormido sobre suelo seco desde que salieron de Poznan después de siete días de marcha lenta. El capitán británico arrojó sus guantes sobre el catre con furia y se dejó caer sobre él para poder quitarse las botas, manchadas de barro hasta la rodilla.

—Me da en la nariz que todo ha ido fenomenal —dijo Granby, mirándole.

—Después de todo, estoy medio decidido a agarrar a Temerario y a marcharnos de aquí —contestó Laurence, furibundo—. Me da igual que ese viejo necio nos declare desertores, que lo haga si quiere, y al infierno con él.

—Tome —dijo Granby al tiempo que recogía algo de paja seca para que el capitán pudiera poner los pies sobre el suelo—. Siempre podemos salir de caza y reunirnos con el grupo si vemos que se produce algún combate —aventuró mientras se limpiaba las manos con un trapo y volvía a sentarse sobre su propio catre—. Veo difícil que puedan rechazarnos.

Laurence estuvo a punto de aceptar la sugerencia, pero luego negó con la cabeza.

—No, pero si esto continúa como hasta ahora…

Pero no fue así, sino que el ritmo se ralentizó todavía más, y las buenas noticias eran lo único que escaseaba más que la comida. Hacía varios días que se había corrido la voz por el campamento de que los franceses habían ofrecido un armisticio. Las fatigadas tropas casi soltaron un suspiro colectivo de alivio, pero la esperanza decayó cuando pasaron los días sin que se hiciera ningún anuncio oficial. Entonces, empezaron a trascender los términos de la paz, que resultaron de lo más sorprendentes. Prusia debía entregar toda la amplia faja del territorio prusiano al este del Elba, y también Hanóver, además de pagar una desorbitada cifra como indemnización y, lo más ultrajante de todo, el príncipe heredero debía ser enviado a París «bajo la tutela del emperador para mejorar la comprensión y la amistad entre nuestras naciones, y la conveniencia de todos», como rezaba el siniestro escrito.

—Cielo santo, Napoleón ha empezado a creerse un déspota oriental, ¿no? —comentó Granby al oír las noticias—. ¿Qué le hará al crío si los suyos rompen el tratado? ¿Guillotinarlo?

—Asesinó a D'Enghien* por menos de eso —le recordó Laurence…

* En marzo de 1804, tras una parodia de juicio, tuvo lugar el fusilamiento del joven duque de D'Enghien, inofensivo miembro de la familia real francesa. Fue uno de los crímenes políticos más sonados de Bonaparte. [N. del T.]

… mientras se acordaba con pesar de la reina, tan encantadora y valiente, y pensaba cómo iba a afectar a su ánimo esta nueva amenaza tan personal. Ella y el rey se habían adelantado para reunirse con el zar Alejandro, lo cual ya suponía un motivo de alegría. Alejandro I se había comprometido totalmente a la continuación de la guerra y el ejército ruso se encontraba ya de camino para reunirse con ellos en Varsovia.

—Laurence —le avisó Temerario.

El interpelado se removió a fin de escapar de su pesadilla nocturna de tantas noches; en ella, volvía a encontrarse completamente solo en la cubierta del *Belize,* el primer buque que tuvo bajo su mando, durante una galerna. La flama de los relámpagos iluminaba el oleaje y él seguía sin ver un rostro humano, solo la nueva incorporación al delirio, un huevo de dragón rodando hacia la trampilla delantera, que estaba abierta y demasiado lejos para que él pudiera llegar a tiempo de evitar la desgracia, pero no se trataba del huevo Kazilik, moteado de manchas verdes, sino del de pálida porcelana, el de Temerario.

Se frotó los ojos para ahuyentar el sueño y aguzó el oído para escuchar los sonidos en la lejanía. El estruendo era demasiado regular para tratarse de truenos.

—¿Cuándo comenzó? —preguntó mientras se estiraba para recoger las botas. El cielo apenas estaba ligeramente más iluminado.

—Hará cosa de unos minutos —respondió el dragón.

El día que amanecía, cuatro de noviembre, los encontró a tres días de camino de Varsovia. Habían oído los cañonazos durante toda la jornada de marcha y durante la noche un rojo resplandor relumbraba en lontananza. Las andanadas fueron más suaves al día siguiente y enmudecieron durante la tarde, aunque el viento no había cambiado de dirección. El ejército no abandonó el campamento que había montado a mediodía y los hombres apenas se movían; daba la impresión de que todos contenían el aliento y se mantenían a la expectativa.

Los dragones correo despachados esa misma mañana regresaron apresuradamente al cabo de pocas horas. Los capitanes se dirigieron directamente a los acuartelamientos del general, pero incluso antes de que salieran de allí, no se sabía muy bien cómo, la noticia había corrido como un reguero de pólvora: los franceses los habían hecho retroceder hacia Varsovia. Los rusos habían sido derrotados.

CAPÍTULO 16

El pequeño castillo de ladrillo rojo había sido construido hacía mucho tiempo, pero las guerras lo habían echado abajo y los campesinos lo habían desmantelado en su búsqueda de materiales de construcción y la lluvia y la nieve habían desgastado los salientes. Ahora era poco más que una estructura hecha pedazos. Una pared se erguía entre las torres desmoronadas y las ventanas miraban a campo abierto por ambos lados. Pese a todo, ellos agradecieron ese abrigo. Temerario se acurrucó en el patio de muros en ruinas para pasar inadvertido y su dotación buscó refugio en la única galería que se tenía en pie, llena de polvo rojo de ladrillo y estropeado mortero blanco.

—Vamos a quedarnos aquí otro día —anunció Laurence por la mañana.

Era más una observación que una decisión. Temerario estaba débil y renqueante debido a la fatiga y los demás no estaban en mucho mejor estado. Tras haber pedido voluntarios para ir de caza, el capitán envió a Martin y a Dunne.

La campiña estaba infestada de patrullas francesas y polacas, constituidas en su mayoría por dragones liberados de los campos de cría, donde habían estado confinados desde hacía diez años, cuando tuvo lugar la última partición. La mayoría de los capitanes de aviación habían muerto cargados de achaques o de años en las prisiones prusianas, por lo que los dragones privados de sus compañeros estaban llenos de amargura y había resultado muy fácil convencerlos de que sirvieran a los propósitos del emperador. Sin tripulación ni capitán, quizá no respondieran bien en combate, pero podían ser de sumo provecho a la hora de realizar tareas de exploración y tampoco pasaba nada si la emprendían por su cuenta contra algún grupo indefenso de rezagados prusianos...

... y el ejército prusiano ya no era más que un enorme grupo de vagabundos que se dirigía en desbandada hacia las últimas fortalezas prusianas del norte. Ya no había esperanza alguna de victoria y los generales se habían limitado a hablar de asegurar algunas posiciones que pudieran reforzar un poco su situación en la mesa de negociaciones, lo cual era, a juicio de Laurence, un auténtico despropósito. Él mismo dudaba de que fuera a haber negociaciones.

Bonaparte había ordenado a sus tropas que cruzaran el lodazal de los caminos de Polonia sin una reserva de intendencia, obligando a los dragones a acarrear todos los víveres, apostando a que iba a encontrarse con el ejército del zar Alejandro antes de que se les acabaran las provisiones y de que hombres y dragones murieran de hambre. Se lo había jugado todo a una carta y había ganado. Los ejércitos del zar Alejandro se habían desplegado a lo largo del camino hacia Varsovia totalmente desprevenidos. Los franceses habían mantenido tres batallas en otros tantos días y el emperador los había aplastado, mientras que, sin embargo, había evitado cuidadosamente al ejército prusiano. Comprendieron demasiado tarde que Napoleón los había usado como cebo a fin de que los rusos acudieran más deprisa desde sus fronteras.

Ahora las fauces de la Grande Armée iban a cerrarse sobre ellos para asestar el mordisco final. El ejército prusiano se había lanzado hacia el norte con desesperación al tiempo que desertaban batallones enteros. Laurence había visto artillería y munición abandonada en el camino y nubes de pájaros darse festines con el grano de los carromatos de avituallamiento mientras los soldados pasaban hambre.

El general Lestocq les había hecho llegar al cobertizo nuevas órdenes para las escuadrillas. Debían dirigirse al siguiente puesto, un villorrio situado a quince kilómetros de allí. Laurence había arrugado el despacho en la mano y lo había dejado caer al suelo, para que lo pisotearan y se manchara de barro. Luego, había ordenado a sus hombres que subieran a bordo con cuantas provisiones lograran encontrar y habían volado rumbo norte tanto tiempo como Temerario fue capaz de soportar.

El capitán británico no iba a plantearse en esos instantes las implicaciones de semejante derrota para su país. Ahora no tenía más objetivo que llevar a Inglaterra a Temerario, a sus hombres y los dos huevos de dragón. A tenor de las circunstancias actuales, parecían muy poca cosa para ayudar a erigir un muro que protegiera a Inglaterra del emperador de Europa en su búsqueda de nuevos mundos por conquistar. Laurence no sabía qué habría hecho si hubiera vuelto a estar en aquel cerro y Napoleón se le hubiera puesto a tiro. A veces, durante las vigilias de insomnio, se preguntaba si Badenhaur no le maldeciría por haber retenido su mano.

No albergaba ningún tipo de ira ni de mal genio como los que le habían sobrevenido de vez en cuando después de una derrota. Únicamente sentía una gran distancia emocional. Hablaba con gran calma tanto a sus hombres como a Temerario, pero al menos seguía siendo capaz de sostener el mapa y trazar la ruta de camino al mar Báltico. Pasaba la mayor parte del tiempo estudiando la forma de evitar las ciudades o cómo retomar un trayecto después de que una patrulla los hubiera obligado a apartarse de su camino a algún refugio temporalmente seguro. Aunque Temerario era capaz de recorrer muchos más kilómetros que la infantería, también resultaba mucho más visible, razón por la que tampoco podían sacar demasiada ventaja al grueso del ejército después de todos aquellos movimientos de evasión y ocultamiento.

Apenas quedaba nada que comer en el campo y todos pasaban hambre para darle al dragón todo cuando podían compartir con él.

Ahora, en las ruinas del castillo, los hombres dormitaban o yacían tumbados lánguidamente, inmóviles y con los ojos abiertos. Martin y Dunne regresaron al cabo de casi una hora con una oveja pequeña a la que habían derribado de un tiro limpio en la cabeza.

—Lamento haber tenido que usar el mosquete, señor, pero temí que se nos pudiera escapar —se disculpó Dunne.

—No nos vio nadie —añadió Martin con ansiedad—. Estaba sola. Esperé a que se alejara del rebaño.

—Han cumplido con su obligación, caballeros —respondió Laurence, sin prestarles más atención, pues los reproches no iban a servir de nada si habían cometido algún error, y se dispuso a entregársela sin más dilación al Celestial, pero Gong Su le tomó del brazo.

—Déjemela a mí primero —se apresuró a decir—. Déjeme a mí. Se la llevaré después, pero antes haré sopa para todos. Hay agua.

—Apenas nos quedan galletas —se arriesgó a decir Granby en voz baja al oír aquella sugerencia, tanteando el terreno—. Animaría un poco a esos pobres diablos poder comer algo con un poco de chicha.

—No podemos arriesgarnos a encender una fogata visible —contestó Laurence de modo tajante.

—No, no, nada de una fogata visible —repuso Gong Su al tiempo que señalaba a la torre—. Yo la enciendo dentro y el humo sale muy despacio por ahí —observó mientras señalaba las grietas del muro que tenían junto a ellos—. Como un ahumadero.

Los aviadores debían salir de la galería cerrada y únicamente el cocinero pudo entrar durante unos minutos cada cierto tiempo para remover la comida, después de lo cual aparecía entre toses y con el rostro renegrido, pero entre las grietas no se escapaban más que simples zarcillos de humo que se quedaban enredados en los ladrillos, pero sin llegar a formar una columna.

Laurence volvió a centrar su atención en los mapas extendidos encima de un bloque roto del muro que tenía el tamaño de una mesa. Creía que verían la costa en cuestión de unos días, momento en que debería adoptar una decisión. O se dirigía al oeste rumbo a Dánzig, donde tal vez estuvieran los franceses, o al este para llegar a Könisberg, que probablemente seguiría en manos prusianas, pero se hallaba más lejos del hogar. Ahora estaba contentísimo de haber estado en la secretaría de la embajada, gracias a lo cual contaba con la inestimable información de que la Armada había destacado una flotilla en aguas del Báltico. Bastaba con que Temerario llegara a los barcos y estarían a salvo, pues los perseguidores no podrían seguirlos hasta la boca de los cañones de las naves.

Estaba calculando las distancias por tercera vez cuando alzó la cabeza y torció el gesto. Aumentaba el ir y venir de los hombres en el campamento. El viento había cambiado de dirección y ahora soplaba de frente llevando en su seno el jirón de una canción, no muy armoniosa, pero cantada con mucho entusiasmo por una voz de muchacha que un instante después dobló el muro y quedó a la vista. No era más que una joven campesina con las mejillas coloradas a causa de la caminata. Se protegía la cabeza con un pañuelo debajo del cual llevaba el pelo pulcramente recogido en coletas que asomaban por detrás y le colgaban sobre la espalda. Llevaba una cesta llena de nueces y bayas rojas y varias ramas repletas de hojas de un amarillo ambarino. Los vio al doblar la esquina y dejó de cantar a mitad de frase. Boquiabierta, los miró con ojos redondos como platos.

Laurence se irguió. Tenía las pistolas delante de él, colocadas en las esquinas de los mapas a modo de pisapapeles para mantenerlos desplegados. Dunne, Hackley y Riggs todavía sostenían los mosquetones, pues estaban enfrascados en la tarea de recargarlos. Pratt tenía a la muchacha al alcance del brazo. Habría bastado una palabra suya para que el gigantesco armero la atrapara y la silenciara. Laurence alargó la mano hacia la pistola y sintió un escalofrío al rozar el frío metal del arma. De pronto, se preguntó qué demonios estaba haciendo.

Se echó a temblar de la cabeza a los pies hasta que recuperó el dominio de sí mismo de forma tan repentina como lo había perdido. Cuando estuvo de nuevo metido en su pellejo, se quedó asombrado por el cambio de imágenes y sensaciones: de inmediato volvió a ser el hombre castigado por el dolor y la desesperación del hambre mientras que la chiquilla corría como una posesa colina abajo. Tiró la cesta en su huida, levantando una lluvia de hojas doradas.

Él continuó su acción y metió las pistolas en el cinto, dejando que los mapas se enrollaran por sí solos.

—Bueno, va a alertar a todo bicho viviente en quince kilómetros a la redonda —comentó con tono de eficiencia—. Traiga ese guiso, Gong Su. Al menos podremos probarlo antes de ponernos en marcha otra vez.

Temerario podrá comer mientras nosotros recogemos todo. Ah, Roland, Dyer, junten todas esas nueces que se le han caído a la cría y pónganse a cascar las cáscaras.

Los dos cadetes brincaron sobre el muro y empezaron a recoger el contenido de la cesta arrojada por la campesina mientras Pratt y su compañero Blythe entraron a fin de ayudar al cocinero a sacar la gran perola de sopa.

—Que se vea un poco de actividad por aquí, señor Granby, y haga el favor de apostar un vigía en lo alto de esa torre.

—Sí, señor —contestó el primer teniente, levantándose de un salto.

Él y Ferris comenzaron a despertar a los hombres de su letargo. Comenzaron a apilar piedras rotas y ladrillos junto a la torre de modo que hubiera algo similar a unos escalones. El trabajo no avanzó deprisa, pues la dotación estaba con flojera y paso vacilante. Martin logró encaramarse a lo largo de la torre para montar guardia.

—Eh, vosotros, ojito con manducaros mi parte —gritó.

La agudeza era muy sosa, pero levantó más risas de las que merecía en realidad. Los hombres se volvieron con entusiasmo para tomar sus tazones y cuencos de hojalata mientras sacaban el perol de sopa con sumo cuidado a fin de no derramar ni una gota.

—Lamento que debamos marcharnos tan deprisa —se disculpó Laurence mientras acariciaba al dragón.

—No me importa —contestó Temerario acariciándole con el hocico de forma singularmente enérgica—. ¿Te encuentras bien, Laurence?

—Sí, sí. —Al aviador le avergonzó que su extraño estado de ánimo fuera tan perceptible—. Perdóname porque andemos tan faltos de todo —contestó—. Has soportado la peor parte desde el principio. Nunca debí embarcaros en esta empresa…

— … pero no sabíamos que íbamos a perder —repuso Temerario—. No me arrepiento de haber intentado ayudar. Me habría sentido un cobarde miserable si hubiéramos huido.

Gong Su sirvió con un cucharón la sopa, que no era demasiado espesa, en pequeñas porciones, media taza por hombre, mientras que Ferris repartió las galletas. Al menos podían tomar tanto té como les apeteciera, pues el castillo estaba situado entre dos lagos. Todos ellos comieron con involuntaria lentitud en su intento de que cada bocado valiera por dos, y luego, cuando acabaron, Roland y Dyer acudieron con un postre de nueces frescas, que quizás estuvieran poco maduras y un poco amargas, pero les supieron a gloria; en cambio, las ciruelas de piel tirando a morado estaban demasiado ácidas para sus paladares. Temerario rebañó la perola de la sopa de un solo lengüetazo. Cuando todos hubieron terminado sus raciones, el capitán ordenó a Salyer que subiera a la torre para reemplazar a Martin, a fin de que el guardiadragón bajara a comer.

A continuación, Gong Su empezó a sacar los restos desmembrados de la oveja y los fue lanzando a las fauces abiertas y expectantes del dragón, junto con el jugo caliente a fin de no derrochar ni una gota.

Temerario se lo tomaba con calma entre bocado y bocado. Apenas se había comido la cabeza y una pata cuando Salyer se inclinó hacia abajo desde su observatorio y dio la voz de alarma para luego descender con esfuerzo por una soga.

—Una patrulla aérea, señor... Se acercan cinco dragones de tamaño medio —anunció entre jadeos. La amenaza era peor de lo que había temido Laurence. La patrulla debía de tener el hangar en el pueblo próximo y la chiquilla había acudido directamente a advertirlos—. Diría que se encuentran a unos ocho kilómetros.

La inminencia del peligro y la comida reciente les insuflaron energías renovadas. Volvieron a colocar a bordo el equipo y enseguida extendieron también el ligero arnés de malla.

—¡Por todos los santos, no te comas el resto de la carne! —le espetó Keynes con acritud a Temerario en el preciso momento en que este abría las fauces para que el cocinero le diera los últimos bocados.

—¿Y por qué no? —replicó Temerario—. Aún tengo hambre.

—Ese condenado huevo está a punto de eclosionar —anunció Keynes. Se puso a rasgar y a mover el envoltorio de seda, quitando de en medio retales de vestidos de vivos tonos rojo, verde y ámbar—. ¡No os quedéis ahí papando moscas! ¡Venid a ayudarme! —dijo bruscamente.

Granby y los demás tenientes acudieron enseguida para asistirle mientras que Laurence se apresuró a organizar a los hombres para llevar el segundo huevo, todavía bien envuelto, al atalaje en el vientre de Temerario. Era lo último que quedaba por guardar.

—¡Ahora no! —le instó Temerario al huevo, que en ese momento se agitaba de un lado para otro con tanta fuerza que tuvieron que sujetarle entre todos o de lo contrario hubiera rodado en el suelo sin control.

—Vaya y prepare el arnés —le ordenó Laurence a Granby al tiempo que él sustituía al primer teniente para retener al huevo.

El reluciente cascarón estaba duro y, lo más extraño de todo, caliente al tacto. Llegó un momento en que Laurence tuvo que ponerse los guantes mientras que Ferris y Riggs, que sostenían el huevo por el otro, hacían gestos continuos de dolor y se turnaban a la hora de apoyar las manos.

—Hemos de partir en este momento. No puedes salir ahora, y además, apenas hay comida —agregó Temerario, sin causar otro efecto aparente que un furioso golpeteo desde el dentro del huevo—. No me está haciendo ningún caso —dijo con tono ofendido mientras se sentaba sobre los cuartos traseros y lanzaba una mirada lastimera a los restos del caldero.

Hacía mucho tiempo que Fellowes había preparado unos jaeces para un dragoncillo con las cinchas más suaves del arnés de Temerario, únicamente por prevención, pero los había enrollado a conciencia con el resto del cuero en el fondo de sus bártulos. Al final, lograron sacarlo y Granby se hizo cargo con manos temblorosas, abriendo unas hebillas y ajustando otras.

—Ya está a punto, señor —dijo Fellowes en voz baja.

Los demás oficiales le dieron palmadas en la espalda entre murmullos de ánimo.

—Laurence —le dijo Keynes en voz baja—, se me tuvo que ocurrir antes, pero haría bien en llevarse a Temerario lo más lejos posible. Esto no le va a gustar.

—¿Qué? —preguntó el capitán.

—¿Qué estáis haciendo? ¿Por qué sostiene Granby ese arnés? —inquirió Temerario con una nota de agresividad en la voz. Laurence se alarmó al pensar en un primer momento que el Celestial se estaba pronunciando contra el enjaezado de dragones como principio—. No, no. Granby es de *mi* tripulación —insistió Temerario con terquedad, una objeción que descalificaba a cualquier hombre allí presente, a menos que el dragón no hubiera establecido todavía ligadura emocional alguna con Badenhaur o con el resto de los oficiales prusianos—. No veo por qué he de darle mi comida y encima a Granby.

La cáscara empezó a resquebrajarse en ese instante, pero no lo bastante deprisa, aunque la patrulla aérea había ralentizado la velocidad de aproximación por una cuestión de cautela. Tal vez habían imaginado que los británicos albergaban el propósito de parapetarse detrás de los muros, ya que era evidente que no se habían dado a la fuga, pero la prudencia no iba a mantenerlos lejos por mucho tiempo. No tardarían en enviar a un dragón para que efectuase un vuelo de pasada a toda velocidad a fin de que viera lo que sucedía, y entonces, cuando lo supieran, los atacarían en masa.

—Temerario —dijo Laurence, echándose hacia atrás un poco para desviar la atención del huevo a punto de eclosionar—, considéralo un momento, el dragoncillo va a estar muy solo y tú tienes una tripulación bastante numerosa para ti. Tú mismo has de darte cuenta de que no es justo, no hay nadie más para atender al recién nacido y además —añadió en un rapto de inspiración—, a diferencia de ti, no va a tener ni una sola joya. Seguro que se sentirá muy desgraciado.

—Ah —repuso Temerario, que bajó la cabeza hasta ponerla muy cerca de Laurence—. ¿Y no podría quedarse con Allen? —sugirió en voz baja al tiempo que lanzaba una mirada para asegurarse de que el joven alférez, que era bastante torpe, no estuviera a la escucha. Pero en ese momento, Allen estaba muy enfrascado pasando a hurtadillas el dedo por el borde de la perola para lamer unas pocas gotas más de sopa.

—Vamos, esto es indigno de ti —le reprendió Laurence con desaprobación—. Además, esta es la gran oportunidad para ascender que tiene Granby. No querrás negarle el derecho a una promoción, ¿verdad?

Temerario rezongó por lo bajo.

—Bueno, si es ese su deber… —accedió a regañadientes.

Luego, enfurruñado, se enroscó y tomó su peto con las zarpas de las patas delanteras, lo sostuvo a la altura del hocico y procedió a frotarlo con una mejilla para sacarle más brillo.

Su consentimiento llegó justo a tiempo, pues enseguida se abrió una buena brecha en el cascarón por la que salió una nube de vapor que los cubrió a todos de restos de cáscara y secreciones del huevo.

—Yo no lo pringué todo —observó Temerario con tono de desaprobación al tiempo que se quitaba de encima los cachitos de cáscara.

El dragoncillo seguía escupiendo fragmentos de cáscara en todas las direcciones y no dejaba de sisear de una forma realmente anómala. Era casi una réplica en miniatura de los Kazilik adultos, con las mismas cerdas erizadas por todo el cuerpo escarlata y placas purpúreas a modo de coraza sobre el vientre. Aunque diminutos en proporción, incluso estaban ahí los grandes cuernos. La cría de dragón alzó la mirada y los contempló con sus ojos amarillos, ardientes e indignados. Tosió por dos veces y luego tragó hacia dentro. Contuvo la respiración hasta el punto de hincharse como una pelota. Salieron chorros de vapor por las púas en medio de un sonido sibilante y abrió la boca, por la que soltó una llamarada de metro y medio que obligó a retroceder de un salto al hombre más cercano.

—Ahora ya —dijo ella complacida mientras se sentaba sobre los cuartos traseros—, mucho mejor. Ahora, dadme la manduca…

Granby tenía la piel morena de vivir a la intemperie, pero se puso blanco al oír aquello. Aun así, consiguió hablar con voz firme mientras se acercaba con el arnés plegado sobre el brazo derecho, donde ella pudiera verlo con claridad y sin que se viera presionada.

—Me llamo John Granby —se presentó—, estaríamos muy contentos de que…

—Sí, sí, lo del enjaezado —le interrumpió la dragoncilla—. Temerario ya me ha hablado del asunto.

Laurence se volvió y fulminó con la mirada al Celestial, que, con aspecto culpable, fingió estar puliendo un arañazo de su peto. El capitán se preguntó de inmediato qué más podía haberle enseñado a la hembra de Kazilik, ya que había estado cuidando a los huevos durante cerca de dos meses.

Entretanto, la cría había erguido la cabeza para olisquear a Granby. Ladeó la cabeza a un lado y luego al otro, sopesándolo mientras lo recorría con la mirada de arriba abajo.

—¿Has sido tú el primer oficial de Temerario? —preguntó la joven dragona con el aire de quien solicita credenciales.

—Así es —contestó Granby, cada vez más aturullado—, dime, ¿no te gustaría tener tu propio nombre? Me encantaría ponerte uno.

—Ah, eso ya lo tengo decidido —contestó ella para gran consternación de Granby y del resto de los aviadores—. Quiero llamarme Iskierka*, como la chica de la canción**. —Laurence había enjaezado a Temerario por azar, no por designio, y desde entonces no había visto ninguna otra eclosión, por lo que no tenía una idea muy clara del transcurso de los acontecimientos, pero a juzgar por los rostros de los allí presentes, no era ese el derrotero habitual—. De todos modos, me gustaría tenerte como capitán —añadió la cría de Kazilik—, y no me importa ser enjaezada y luchar para ayudar a la protección de Inglaterra, pero, hala, date prisa, que me muero de hambre.

Resultaba totalmente admisible que el pobre Granby se hubiera quedado en blanco durantes unos instantes; debía de haber soñado con aquel día desde que era un cadete de siete años, y debía haber recreado toda la solemnidad del ceremonial y la elección del nombre, pues a buen seguro que tenía elegido uno desde hacía mucho tiempo.

—Está bien. Iskierka, entonces —aceptó él, recobrándose hábilmente y alzando la lazada del cuello que formaba parte del arnés—. ¿Te importaría meter por aquí la cabeza?

Ella cooperó de buen grado, salvo por la impaciencia con que estiraba la testuz hacia la perola mientras el primer teniente le ajustaba las últimas

---

* Significa «llamita, chiribita», en polaco. [N. del T.]

** Alusión a una célebre nana polaca, *Bajka iskierki* [Cuento de hadas de Chiribita], obra de Janina Porazińska (1888-1971). [N. del T.]

hebillas del atalaje, y cuando al fin la liberó, Iskierka se lanzó de cabeza hasta meter la cabeza y la patas delanteras dentro del caldero aún caliente para devorar los restos de la comida de Temerario. No necesitó que la animaran a comer deprisa. El contenido desapareció en un visto y no visto y el perol empezó a bambolearse de un lado para otro mientras ella lo relamía hasta dejarlo limpio.

—Esto estaba muy rico —dijo, asomando otra vez la cabeza con los pequeños cuernos empapados de sopa—, pero me apetecería tomar algo más. Vamos de caza.

Batió las alas a modo de prueba y como todavía las tenía flácidas, las plegó a la espalda.

—Bueno, ahora no es posible. Debemos irnos de aquí —le explicó Granby, que tuvo la prudencia de no soltar el arnés de la dragoncilla.

Se desató un furibundo batir de alas en ese momento. Uno de los integrantes de la patrulla aérea había terminado por acudir y asomaba la cabeza por encima del muro para ver qué estaban haciendo. Temerario se incorporó y bramó. El intruso se apresuró a aletear para alejarse, pero el daño ya estaba hecho. El dragón ya estaba llamando a sus compañeros.

—¡Dejaos de pamplinas, todos a bordo! —gritó Laurence. La dotación se precipitó hacia el dragón para colgarse de su arnés—. Temerario, debes llevar a Iskierka, ¿puedes subirla?

—Sé volar yo sola —saltó la aludida—. ¿Va a haber una batalla? ¿Ahora? ¿Dónde?

Ella hizo ademán de echarse a volar, pero Granby se las arregló para mantenerla sujeta por el arnés, y ella terminó rebotando de un lado para otro.

—No, no va a tener lugar ninguna batalla —le contestó Temerario—, y de todos modos, aún eres demasiado pequeña para pelear.

El Celestial agachó la cabeza y cerró las mandíbulas en torno al cuerpecillo de la cría, manteniendo la boca entreabierta lo necesario para tomarla con habilidad entre los afilados dientes delanteros y los molares, a pesar de que ella berreó en señal de airada protesta, y alzarla a fin de poderla depositar sobre su grupa. Laurence tendió la mano a Granby para ayudarle a subir al arnés y que pudiera hacerse cargo de la cría, y luego continuó subiendo hacia su puesto. Temerario se lanzó al aire de un salto cadencioso en cuanto estuvo a bordo toda la tripulación, pero la patrulla ya cargaba por encima del muro y él tuvo que soltar un rugido y lanzarse por la mitad de la formación, dispersándolos como si fueran una nube de moscas.

—¡Oh, oh, nos están atacando! ¡Rápido, matémosles! —dijo Iskierka con atroz crueldad mientras intentaba lanzarse a volar.

—No, por amor de Dios, ¡estate quieta! —le pidió Granby con desesperación, sujetándola con una mano mientras con la otra forcejeaba para abrocharle las correas de un mosquetón a fin de mantenerla bien atada al arnés de Temerario—. Ahora vamos a ir mucho más deprisa de lo que tú podrías aletear. ¡Ten paciencia! Luego vamos a volar todo lo que quieras, pero dale tiempo al tiempo.

—¡Pero ahora va a haber una batalla! —contestó ella, y se retorció en un intento de ver al enemigo.

Era difícil que la dragoncilla pudiera conseguir un buen asidero para sus propósitos al tener todo el cuerpo cubierto de protuberancias puntiagudas, similares a aguijones, pero no cejó en su cometido e hincó las garras en el cuello de Temerario y en el arnés para conseguirlo. Las prominencias todavía eran débiles, pero a juzgar por el modo en que bufaba y volvía la cabeza el Celestial, debían de hacerle cosquillas.

—¡No te muevas! —exclamó Temerario, que miró a su alrededor para comprobar si su punta de velocidad le había permitido aprovechar el caos sembrado entre los dragones enemigos para sacar ventaja. El Celestial enfiló hacia un denso banco de nubes situado hacia el norte, ideal para ocultarlos—. Me dificultas el vuelo.

—No quiero quedarme quieta —replicó ella con voz estridente—. ¡Vuelve, vuelve, la lucha es por ahí!

Llevada por el énfasis, la cría de dragón soltó una llamarada que no chamuscó el pelo de Laurence por unos pocos centímetros y luego se removió con impaciencia sobre una pata y sobre otra mientras el primer teniente las pasaba canutas para sujetarla.

La patrulla se dirigió rápidamente a por ellos y no abandonaron la persecución ni siquiera después de que Temerario desapareció de la vista en el interior del velo de nubes, sino que siguieron adelante, a menor velocidad, eso sí, y llamándose unos a otros para cerciorarse de cuál era su posición. La gélida humedad resultó de lo más desagradable para la pequeña Kazilik, que se enroscó alrededor del pecho y los hombros de Granby en busca de calor con tal fuerza que estuvo en un tris de estrangularle, le faltó poco para clavarle las púas, y no dejó de proferir un sordo lamento mientras se alejaban.

—¡Shh, preciosidad! —le pidió Granby mientras la acariciaba—. Vas a revelar nuestro paradero y ahora debemos estar callados, como si jugáramos al escondite.

—No habría necesidad de estar callados ni quietos en esta nube inmunda si fuéramos a por ellos y los despellejáramos —dijo Iskierka, pero al final cedió.

Por último, el sonido de los perseguidores se apagó y los fugitivos se atrevieron a deslizarse fuera, pero entonces surgió una nueva dificultad: Iskierka necesitaba comer.

—Tendremos que jugárnosla —decidió Laurence, y debieron abandonar la protección del bosque y los lagos para volar con suma cautela en dirección a un conjunto de granjas, sin dejar de examinar el territorio con catalejos.

—Esas vacas han de estar riquísimas —dijo con nostalgia Temerario después de un tiempo.

El capitán inglés se apresuró a girar el catalejo en la dirección de la mirada del dragón y vio un rebaño de reses pastando plácidamente sobre una ladera.

—Gracias a Dios —comentó, aliviado—. Temerario, haz el favor de posarte en esa hondonada de ahí —agregó, mientras hacía una indicación con la mano—. Vamos a esperar a que oscurezca y luego caeremos sobre las reses.

—¿Qué? ¿Atrapar a las vacas? —preguntó Temerario, que miró a su alrededor, confundido, mientras descendía—. Pero, Laurence, ¿no son una propiedad privada?

—Bueno, sí, eso supongo —dijo Laurence, avergonzado—, pero, dadas las circunstancias, deberemos hacer una excepción.

—¿Y hasta qué punto eran diferentes las circunstancias cuando Arkady y los demás se apoderaron de las vacas en Estambul? —quiso saber Temerario—. Ellos tenían hambre entonces, igual que nosotros ahora. Es el mismo caso.

—Nosotros llegábamos al Bósforo como huéspedes, y creíamos que los turcos eran nuestros aliados —contestó Laurence.

—Entonces, si no te gusta el propietario, ¿no es robo? —dijo Temerario—. Pues entonces...

—No, no —se apresuró a decir Laurence en previsión de futuras dificultades—, pero en este instante... las necesidades de la guerra...

Farfulló algunas explicaciones más y poco a poco se fue callando de manera poco convincente. Se trataba de un robo, por descontado, pero aquello era territorio prusiano, al menos en el mapa, por lo que siempre se le podía llamar «requisa», que sonaba mucho más suave, aunque la distinción entre robo e incautación no parecía fácil de explicar y Laurence no tenía intención de revelarle al dragón que habían robado toda la comida de la última semana, y que probablemente se daba la misma circunstancia con casi todos los pertrechos que habían tomado al irse del ejército.

En cualquier caso, ya se llamase «latrocinio puro y duro» o cualquier otro nombre menos severo, no les quedaba otro remedio. La dragona era demasiado joven para comprender que debía aguantar el hambre, y su necesidad, muy superior. Laurence recordaba perfectamente la forma en que Temerario había engullido alimentos durante sus primeras semanas de rápido crecimiento. Y también ellos estaban en una situación de necesidad. Lo más probable era que Iskierka permaneciera dormida durante la primera semana de vida entre comida y comida si lograban que se alimentara en condiciones.

—Dios mío, es una verdadera pesadilla, ¿a que sí? —dijo Granby mientras acariciaba amorosamente la lustrosa piel de la cría. A pesar del apetito acuciante, había terminado por dar una cabezada mientras esperaban la caída de la noche—. Ha lanzado fuego desde que rompió el cascarón. Controlarla va a ser de infarto —continuó, pero no parecía haber objeción alguna en su voz.

—Bueno, espero que Iskierka empiece a comportarse con sensatez enseguida —apostilló Temerario, que todavía no se había recuperado de su primera contrariedad, y su estado de ánimo no había mejorado mucho después de que la pequeña hubiera lanzado sus acusaciones de cobardía y hubiera pedido que dieran media vuelta para luchar, lo cual también probablemente habría sido la primera inclinación del propio Celestial, aunque muy poco práctica. En un sentido más general, daba la impresión de que la devoción de Temerario por los huevos no se había convertido en un afecto inmediato por la dragoncilla, aunque tal vez se tratara simplemente de que seguía molesto de que se le hubiera privado de comida para alimentarla a ella.

—Es una jovencita preciosa —dijo Laurence mientras acariciaba a Temerario.

—Estoy seguro de que yo nunca fui tan estúpido, ni siquiera cuando acababa de abandonar el cascarón —observó Temerario, un comentario al que Laurence tuvo el sentido común de no responder.

Una hora después del anochecer, se arrastraron colina arriba por el lado del viento y lanzaron un ataque por sorpresa, o eso habría sido si no fuera porque, en un arrebato de entusiasmo, Iskierka cortó una de las cinchas del mosquetón que la sujetaba y terminó colgada sobre el cercado y el lomo de una de las vacas, que estaban dormidas y desprevenidas. La res mugió aterrorizada e intentó huir en estampida con el resto del rebaño mientras la dragoncilla seguía colgada del arnés y soltaba bocanadas de fuego a diestra y siniestra, por lo que el robo acabó convirtiéndose en una payasada de circo. Las luces de la granja se encendieron y los mozos de labranza salieron a todo correr de la casa con antorchas y viejos mosquetes, esperando quizá toparse con lobos o zorros. Se detuvieron a mirar el cercado. La vaca se había puesto a dar brincos como una posesa, pero la cría de dragón había hundido profundamente las garras en las grasa del cuello y no dejaba de berrear, en parte de entusiasmo y en parte de frustración, cada vez que fracasaba en el intento de hincarle el diente, ya que sus mandíbulas eran todavía demasiado pequeñas.

—Echa un vistazo a la que ha armado Iskierka —dijo Temerario en tono de superioridad moral; luego, se alzó de un salto y tomó a la dragoncilla y a su vaca con una garra y con la otra, una para él—. Lamento haberles despertado. Nos estamos llevando sus vacas. Estamos en guerra, así que no se trata de un robo —explicó al pequeño grupo de hombres, que se habían quedado helados y blancos como la cal, mientras el dragón aleteaba sin marcharse aún.

La incomprensión de los peones se debía más al pánico que al hecho de que Temerario les hablara en otro idioma. Laurence sintió una punzada de culpabilidad, por lo que enseguida echó mano a la bolsa y hurgó hasta encontrar unas monedas de oro y lanzárselas.

—Temerario, ¿la tienes ya? Por amor de Dios, sácanos de aquí ahora mismo. Van a poner tras nuestra pista a todo el país.

El Celestial no había soltado a Iskierka, como pudo comprobarse cuando, una vez en el aire, desde debajo siguió oyéndose una voz apagada.

—¡Esta vaca es mía! ¡Mía! ¡Yo la vi primero!

Aquella voz sofocada no contribuía en mucho a sus posibilidades de pasar inadvertidos. Laurence volvió la vista atrás y vio a toda la aldea brillando como un faro en medio de la oscuridad, pues habían encendido sus luces una granja tras otra. El resplandor sería visible en muchos kilómetros a la redonda.

—Habría sido mejor que nos hubiéramos llevado las vacas a plena luz del día, haciendo ruido a bombo y platillo —gimió Laurence, sintiendo que todo aquello era una especie de castigo contra él por el robo.

Se posaron a poca distancia de allí, impelidos por la desesperación, con el anhelo de que Iskierka se callara después de haber comido, pero Iskierka se negó a soltar a la res, que ya había muerto a esas alturas traspasada por las garras del Celestial, pues ella todavía era incapaz de atravesar la piel de la res y comenzar a comer.

—¡Es mía! —siguió murmurando hasta que al final, Temerario saltó:

—¡Cállate! Lo único que quieren es abrirla para que puedas comértela. Si yo quisiera tu vaca, ya te la habría quitado.

—¡¿Sí? ¡Eso me gustaría verlo!

Temerario agachó de inmediato la cabeza y le gruñó. La cría pegó un gritito y dio un brinco hacia su cuidador, a quien tiró al suelo, acabando despatarrada en los brazos del primer teniente.

—Esto no está nada bien —dijo Iskierka, indignada, mientras se enroscaba alrededor de los hombros de Granby—. Y todo porque aún soy pequeña.

El Celestial tuvo la delicadeza de adoptar un pose de arrepentimiento.

—Bueno, de todos modos, no voy a quitarte la vaca —repuso con ánimo de aplacarla—, pues ya tengo la mía, pero vas a tener que portarte bien mientras seas chiquitina.

—Quiero ser mayor ya —replicó ella, malhumorada.

—No vas a crecer a menos que nos dejes alimentarte como es debido —dijo Granby, lo cual atrajo de inmediato la atención de la dragoncilla—. Venga, pronto verás cómo te preparamos la vaca, ¿te parece bien?

—Supongo —contestó Iskierka de mala gana.

Él la condujo de vuelta adonde se hallaba el cadáver de la res. Gong Su le rajó el vientre y le sacó primero el corazón y el hígado.

—No hay mejor comida para el crecimiento de los jóvenes dragones —aseguró mientras le tendía las vísceras con aire ceremonioso.

—¿Sí? ¿De veras? —inquirió ella antes de tomarlas con las garras para comérselas con verdadero entusiasmo.

Le chorreaba sangre por ambos lados de las fauces mientras rasgaba y tragaba un bocado tras otro. A pesar de todos sus esfuerzos, no fue capaz de tragarse más de una pata y entonces se derrumbó en medio de un sopor acogido por todos con una gratitud profunda. Temerario devoró lo que quedaba de su propia vaca mientras Gong Su troceó de un modo rudimentario los restos de la segunda a fin de guardarlos en sus tarros. Volvieron a estar en el aire en cuestión de veinte minutos. La cría yacía desplomada y dormida en los brazos de Granby, totalmente ajena al mundo.

Pero ahora un grupo de dragones sobrevolaban el lejano villorrio de granjas y uno de ellos los vio cuando echaban a volar. Supieron por el destello luminoso de sus ojos blancos que se trataba de un Fleur-de-Nuit, una de las escasas razas nocturnas.

—Hacia el norte —ordenó Laurence en tono grave—, dirígete al mar lo más deprisa posible, Temerario.

Volaron todo el resto de la noche. Los gritos apagados del dragón francés resonaban detrás de ellos de forma incesante, como un sonsonete machacón de charanga, y no demasiado lejos respondían las voces más agudas de los alados de medio peso, que seguían a su guía. Temerario iba notablemente más cargado que sus perseguidores, pues llevaba a su tripulación al completo y a Iskierka, por si fuera poco. Laurence tenía la impresión de que la joven dragona ya había crecido. Pese a todo, el Celestial se las ingenió para seguir llevando la delantera, pero la ventaja siempre fue escasa, y no había esperanza alguna de conseguir dejarlos atrás. La noche era fría y despejada, iluminada por una luna casi llena.

Devoraron los kilómetros hasta que el cauce del río Vístula se desplegó a sus pies para desembocar en un mar negro cuyas ondulaciones refulgían de forma ocasional. Recargaron los mosquetes con pólvora destelladora* y Fellowes y los demás encargados del arnés subieron penosamente por el costado de Temerario con una malla de eslabones a fin de proteger a Iskierka. Ella murmuró sin despertarse y se acurrucó más cerca de Granby mientras le cubrían el cuerpo y enganchaban los aros de su pequeño arnés.

En primer momento, Laurence creyó que el enemigo había empezado a dispararles desde demasiado lejos. Reconoció el sonido cuando se

---

* La pólvora destelladora (*flash powder*, en el original) es un ejemplo característico de los explosivos de bajo orden, los que no detonan, sino que queman o sufren una oxidación.

repitió la descarga. Pero lo que se oía a lo lejos no eran disparos de mosquete, sino de artillería. Temerario enfiló hacia allí de inmediato y aleteó hacia el oeste mientras la vasta y continua negrura del mar Báltico se extendía ante ellos. Aquellos eran cañones prusianos, y estaban defendiendo las murallas de Dánzig.

CAPÍTULO 17

—Lamento que haya terminado encerrado aquí con nosotros —dijo el general Kalkreuth mientras le tendía una botella de oporto de excelente calidad.

Laurence lo apreció lo bastante como para darse cuenta de que, tras un mes bebiendo té flojo y ron aguado, aquella exquisitez era un desperdicio para su paladar.

El oporto había llegado después de varias horas de sueño, una cena opípara y, aún mejor, el alivio de ver a Temerario comer a sus anchas. No había racionamiento, pues los almacenes de la ciudad estaban repletos, al menos de momento. Las murallas eran sólidas y la guarnición estaba en buenas condiciones y bien entrenada. No parecía probable que murieran de hambre ni se rindieran por falta de moral. El asedio podía durar mucho tiempo. De hecho, parecía que los franceses no tenían prisa por empezar un sitio con todas las de la ley.

—Ya ve que estamos en una ratonera muy bien situada —observó Kalkreuth, llevando a Laurence hacia las ventanas que daban al sur. Bajo la menguante luz del atardecer, Laurence pudo ver el campamento francés. Las tiendas formaban una especie de círculo alrededor de la ciudad, fuera del alcance del fuego de artillería, y se esparcían a ambos lados del río y de los caminos—. A diario vemos venir a nuestros hombres desde el sur, los restos de la división de Lestocq, y también vemos cómo caen en manos del enemigo con una facilidad pasmosa. Deben de haber tomado ya cinco mil prisioneros, por lo menos. A los soldados solo les quitan los mosquetes, los dejan en libertad bajo palabra y los envían a casa para no tener que alimentarlos. En cambio, a los oficiales los retienen.

—¿Cuántos hombres tienen? —preguntó Laurence, tratando de contar las tiendas.

—Ya veo que está pensando en efectuar una salida. Es lo mismo que se me ocurrió a mí —confesó Kalkreuth—, pero están demasiado lejos, y podrían cortar a nuestros hombres la retirada a la ciudad. Cuando decidan asediarnos en firme y se acerquen un poco más, sí podremos actuar. Pero no sé de qué va a servirnos, ahora que los rusos han firmado la paz. Oh, sí —añadió, al ver el gesto de sorpresa de Laurence—. Al final, el zar decidió no perder un buen ejército después de haber perdido otro malo. O quizá no le apetecía pasar el resto de su vida como prisionero de los franceses. Se ha firmado un armisticio. Ambos emperadores están negociando un tratado en Varsovia como dos buenos amigos. —Soltó una carcajada seca—. Como ve, quizá no les haga falta molestarse en hacernos salir. Quizá cuando acabe el mes yo mismo me haya convertido en un *citoyen**.

Kalkreuth había escapado por los pelos de la destrucción definitiva de las fuerzas del príncipe Hohenlohe gracias a que un correo le había traído la orden de que fuera a Dánzig para asegurar la fortaleza precisamente contra ese asedio.

—Aún no llevaba una semana aquí cuando los franceses se presentaron ante mi puerta, sin previo aviso —explicó—, pero desde entonces tengo todas las noticias que quiero y más. Ese condenado mariscal sigue enviándome copia de sus propios despachos, con toda la insolencia del mundo. Y yo ni siquiera puedo tirárselos a la cara porque mis mensajeros no logran abrirse paso.

El propio Temerario había conseguido cruzar a duras penas. Pudo sobrevolar las murallas gracias a que la mayoría de los dragones franceses que reforzaban el bloqueo se encontraban en aquel momento en el extremo opuesto de la ciudad, para cortar el acceso al mar, y el hecho de

* «Ciudadano», en francés. [N. del T.]

que aparecieran por sorpresa los había librado del fuego de artillería. Sin embargo, ahora se encontraban en un buen aprieto: desde esa misma mañana, entre las armas francesas había varios cañones de pimienta y, además, estaban instalando por doquier morteros de largo alcance.

La ciudadela amurallada se hallaba a unos ocho kilómetros del puerto de mar. Desde las ventanas de Kalkreuth, Laurence veía brillar la última curva del río Vístula, el ensanchamiento de su desembocadura al verter sus aguas en el mar, y también el azul frío y oscuro del Báltico, moteado por las velas blancas de la Armada británica. Incluso pudo contar las naves mirando por el catalejo: dos buques de sesenta y cuatro cañones, uno de setenta y cuatro con una gran bandera y un par de fragatas de escolta más pequeñas. Todas se encontraban a poca distancia de la orilla. En el mismo puerto, protegidos por los cañones de las naves de guerra, se encontraban los grandes y pesados buques de transporte que esperaban a los refuerzos rusos para recogerlos y llevarlos a la ciudad. Unos refuerzos que ya nunca llegarían.

Sí, eran ocho kilómetros de distancia, pero parecían mil, ya que en medio estaban la artillería y la fuerza aérea francesas.

—Y ahora deben saber que estamos aquí y que no podemos llegar hasta ellos —aventuró Laurence mientras bajaba el catalejo—. Con todo el alboroto que organizaron ayer los franceses, nuestros barcos tuvieron que vernos llegar.

—El peor problema es el Fleur-de-Nuit que nos persiguió hasta aquí —contestó Granby—. Si no fuera por él, yo sugeriría que esperásemos hasta que se pusiera la luna para escapar a toda prisa, pero puede estar seguro de que es justo lo que espera que hagamos. En cuanto pasemos la muralla, nos echará encima a los demás.

En efecto, esa noche pudieron ver la sombra del gran dragón azul recortándose contra el reflejo de la luna en el mar. Estaba alerta y agazapado sobre sus patas en el campamento francés, mientras sus enormes ojos pálidos vigilaban casi sin pestañear los muros de la ciudad.

—Es usted un buen anfitrión —admitió el mariscal Lefèbvre en tono jovial, mientras aceptaba sin reparos que le pusieran otro tierno pichón en el plato. Atacó el ave y el montón de patatas hervidas con un entusiasmo y unos modales más propios de un sargento que de todo un mariscal de Francia. Algo que no resultaba sorprendente, puesto que había empezado su carrera militar con ese grado, y además era hijo de un molinero—. Llevamos dos semanas acompañando las galletas con hierba cocida y carne de cuervo.

Llevaba el pelo rizado y gris sin empolvar sobre su ancho rostro de campesino. Había enviado emisarios para que abrieran negociaciones, y había aceptado con sinceridad y sin vacilación la mordaz respuesta de Kalkreuth, que le había invitado a cenar en la propia ciudad para discutir la rendición. Había llegado a caballo hasta las puertas de la ciudad con tan solo un puñado de soldados de caballería como escolta.

—Por una cena como esta, correría peligros mucho peores —repuso con una risa atronadora cuando un oficial prusiano hizo un comentario poco cortés sobre su valor—. Además, si me encierran en el calabozo no conseguirán gran cosa, salvo hacer llorar a mi pobre esposa. Al emperador le sobran los mariscales.

Tras dar buena cuenta de todos los platos y limpiar hasta la última gota de salsa con el pan, se adormeció en la silla mientras corría el oporto. Solo se espabiló cuando sirvieron el café.

—Ah, esto es lo que da la vida a un hombre —dijo, y se tomó tres tazas seguidas—. Bien —prosiguió en tono enérgico y sin hacer una pausa—, usted parece una persona sensata y un buen militar. ¿Va a insistir en prolongar esto por más tiempo?

Aquello mortificó a Kalkreuth, que en ningún momento había sugerido que tuviera la menor intención de rendirse.

—Espero mantener mi puesto con honor hasta que reciba de Su Majestad órdenes en sentido contrario —respondió el prusiano con frialdad.

—Bueno, me temo que no las recibirá —comentó Lefèbvre en tono prosaico—. Está encerrado en Königsberg, igual que ustedes lo están aquí. Le aseguro que no es ninguna deshonra para usted. No pretendo ser un Napoleón, pero con una superioridad numérica de dos a uno y todas las armas de asedio a mi disposición, me considero capaz de tomar esta ciudad. Solo que preferiría ahorrar vidas, tanto las de sus hombres como las de los míos.

—Yo tampoco soy el coronel Ingersleben —le respondió Kalkreuth en alusión directa al gobernador que había entregado la fortaleza de Stettin con tanta facilidad—, y no voy a permitir que mi guarnición se rinda sin disparar un solo tiro. Descubrirá que somos un hueso más duro de roer de lo que se imagina.

—Les dejaremos marchar con todos los honores —ofreció Lefèbvre, sin morder el cebo—. Usted y sus oficiales pueden irse con libertad, siempre que nos den su palabra de no luchar contra Francia en doce meses. Sus tropas también, por supuesto, aunque les quitaremos los mosquetes. Es lo más que puedo ofrecerle, pero aunque la rendición no sea un espectáculo agradable, siempre será mejor que recibir un disparo o caer prisionero.

—Le doy las gracias por su amable oferta —respondió Kalkreuth mientras se ponía en pie—. Mi respuesta es «no».

—Mal asunto —contestó Lefèbvre, sin desanimarse. También se levantó y se ciñó la espada, que había dejado colgada en el respaldo de su silla—. No le aseguro que este trato vaya a estar en pie para siempre, pero espero que lo tenga en cuenta de momento.

Al darse la vuelta y ver a Laurence, que durante toda la conversación había estado sentado en la misma mesa, pero a cierta distancia, añadió:

—Aunque debo decir que esta propuesta no se aplica a los soldados británicos que tiene aquí. Lo lamento —dijo en tono de disculpa dirigiéndose a Laurence—. El emperador tiene ideas fijas sobre los ingleses. Además, hemos recibido órdenes concretas sobre usted, si es que es la misma persona que sobrevoló nuestras cabezas el otro día con ese enorme dragón chino. ¡Ja! La verdad es que nos pilló con los calzones al aire.

Tras hacer este chiste a su propia costa, salió con andar pesado, dio un silbido para llamar a su escolta y se alejó cabalgando de la muralla, dejando a todos deprimidos con su buen humor. Durante el resto de la noche Laurence no dejó de cavilar sobre qué siniestras órdenes sobre el destino de Temerario habría dictado Bonaparte por sugerencia de Lien.

—Capitán, espero que no sea necesario explicarle que no tengo la menor intención de aceptar la oferta —le dijo Kalkreuth a la mañana siguiente. Le había invitado a desayunar con él para tranquilizarle a ese respecto.

—Señor —contestó el capitán inglés con calma—, creo tener buenas razones para temer que los franceses me hagan prisionero, pero no me atrevería a pedir que arriesgase las vidas de quince mil hombres para librarme de ese destino, además de que solo Dios sabe cuántos civiles podrían morir. Si los gabachos instalan sus baterías de cañones de asedio, cosa que no creo que pueda usted evitar indefinidamente, la ciudad tendrá que rendirse o acabará reducida a escombros. En cualquiera de ambos casos, nos matarán o nos harán prisioneros.

—Antes de eso queda un largo camino por recorrer —repuso Kalkreuth—. Los trabajos de asedio se harán más lentos con el suelo helado y este invierno frío y malsano. Ya ha oído los comentarios del mariscal acerca de sus provisiones. No harán grandes progresos antes de marzo, se lo aseguro, y mientras tanto pueden suceder muchas cosas.

Al principio, sus cálculos parecían acertados. Por el catalejo de Laurence, se veía a los soldados franceses picando y cavando el suelo sin demasiado entusiasmo. Con sus herramientas viejas y oxidadas no avanzaban gran cosa en aquel terreno tan duro: estaba saturado de agua por la cercanía del río y, aunque el invierno acababa de empezar, se había formado ya una sólida capa de hielo. El viento arrastraba ráfagas de viento y nevisca desde el mar, y todos los días antes del amanecer se formaba escarcha sobre los vidrios de las ventanas y en la jofaina de Laurence. El propio Lefèbvre parecía no tener ninguna prisa: de vez en cuando se le veía pasear por su proyecto de foso, seguido por unos cuantos ayudantes y frunciendo los labios para silbar alguna melodía, como si no estuviera del todo descontento.

Había otros, sin embargo, que no debían estar tan satisfechos con la lentitud de sus progresos: Laurence y Temerario llevaban apenas dos semanas en la ciudad cuando apareció Lien.

Llegó del sur a última hora de la tarde. Venía sin jinete y acompañada tan solo por una pequeña escolta de dos dragones medianos y un correo, batiendo las alas con fuerza para anticiparse al avance de una borrasca invernal que azotó la ciudad y el campamento apenas media hora después de que aterrizara. Solo la habían visto los vigías de la ciudad. En los dos largos días que duró la tormenta y durante los cuales la nevada les impidió ver el campamento francés, Laurence albergó una tenue esperanza de que esos vigías estuviesen equivocados. Pero al tercer día se despertó con el corazón desbocado: el cielo estaba despejado y aún flotaban en el aire los últimos ecos del terrorífico rugido de Lien.

Salió a toda prisa con la camisa de dormir y la bata, a pesar del frío y de que aún no habían barrido el parapeto y la capa de nieve le llegaba hasta los tobillos. El sol, pálido y amarillo, se reflejaba sobre el manto blanco de los campos y la piel marmórea de Lien. La dragona estaba de pie al borde de las líneas francesas, inspeccionando el terreno con atención. Mientras Laurence y los aterrorizados guardias la observaban, Lien volvió a tomar aire, se elevó y dirigió su rugido contra la tierra congelada.

La nieve pareció estallar en nubes de ventisca, y grandes trozos de tierra oscura salieron volando por los aires. Pero los verdaderos efectos no se vieron hasta más tarde, cuando los soldados franceses volvieron cautelosos con sus picos y sus palas. Los rugidos de Lien habían ablandado la tierra a varios pies de profundidad, incluso por debajo de la línea de escarcha, de modo que ahora los trabajos progresaban a un ritmo más rápido. En una semana, los franceses avanzaron más que todo lo que llevaban hecho hasta entonces. Además, la presencia de la dragona albina servía de acicate para trabajar más duro: acudía a menudo a inspeccionar la trinchera, atenta a la menor señal de dejadez, lo que hacía que los hombres cavaran con más ahínco.

Los dragones franceses hacían salidas casi a diario para atacar las defensas de la ciudad, con el principal objetivo de mantener ocupados a los prusianos y sus cañones mientras la infantería cavaba las trincheras e instalaba las baterías. La artillería desplegada en las murallas de la ciudad conseguía mantener casi siempre alejados a los dragones enemigos, pero de vez en cuando alguno hacía una pasada volando a gran altura, fuera del alcance de los cañones, y dejaba caer un cargamento de bombas sobre las fortificaciones de la ciudad. Lanzadas desde tal altura, raramente alcanzaban su objetivo y caían más a menudo sobre las calles y las casas, con lo que aumentaban aún más el sufrimiento de la población civil. Los habitantes de la ciudad, más eslavos que germanos, no sentían un especial entusiasmo por la guerra y estaban deseando ya librarse de todos ellos.

Todos los días, Kalkreuth ordenaba a sus hombres que devolvieran a los franceses una buena ración de fuego de artillería, más por subir la moral que por el efecto que sus andanadas pudieran tener sobre las obras de asedio, que estaban aún lejos de su alcance. De vez en cuando un disparo afortunado destrozaba un cañón o barría un pelotón de soldados que estaban cavando. Para regocijo de los hombres, una vez alcanzaron un poste con un estandarte coronado por un águila y lo enviaron volando por los aires. Esa noche, Kalkreuth premió a todos con una ronda extra de licor e invitó a los oficiales a cenar.

La Armada se acercaba con sigilo desde su posición y lanzaba una andanada contra la retaguardia del campamento francés cuando la marea y el viento lo permitían, pero Lefèbvre no era estúpido, y ninguno de sus piquetes estaba al alcance de los cañones de los barcos. Laurence y Temerario vieron alguna que otra escaramuza sobre el puerto. A veces, una compañía de dragones franceses intentaba bombardear los transportes, pero los buques de guerra respondían rápidamente con fuego de proyectiles y pimienta y los hacían retirarse enseguida. Ninguno de los dos bandos gozaba de una clara ventaja sobre el otro. Los franceses podrían haber levantado emplazamientos de artillería para alejar a los barcos británicos si hubieran dispuesto de tiempo suficiente, pero no dejaban que nada los distrajese de su verdadero objetivo: la toma de la ciudad.

Temerario hacía lo que podía por repeler los ataques aéreos, pero era el único dragón de la ciudad, salvo por dos pequeños correos y por la cría, e incluso su fuerza y su velocidad tenían sus límites. Los dragones franceses se pasaban el día volando alrededor de la ciudad, aparentemente ociosos y relevándose por turnos. Aprovechaban cualquier relajación en la vigilancia de Temerario o de la artillería para atacar y provocar pequeños daños antes de ser rechazados de nuevo. Mientras tanto las trincheras se ensanchaban y crecían poco a poco, y los soldados franceses trabajaban afanosamente, como un ejército de topos.

Lien no participaba en las escaramuzas. Lo más que hacía cuando descansaba era sentarse a contemplarlas sin pestañear, con el cuerpo enroscado. Sus esfuerzos los concentraba en las tareas de asedio, que progresaban a ritmo constante. Podía provocar una auténtica masacre entre los hombres apostados en las murallas con el viento divino, pero no se dignaba a arriesgarse directamente en el campo de batalla.

—En mi opinión, es una auténtica cobarde —expuso Temerario, contento de tener una excusa para criticarla—. Yo jamás me escondería de esa forma mientras mis amigos luchan.

—¡Yo no soy una cobarde! —dijo Iskierka.

Se había despertado un momento, lo suficiente para captar lo que estaba ocurriendo a su alrededor. Nadie podría poner en duda sus palabras: cada vez necesitaban más cadenas para impedir que se lanzara a luchar contra dragones adultos que tenían veinte veces su tamaño, aunque esa desproporción se iba reduciendo cada día. Su crecimiento resultaba una nueva fuente de preocupaciones. Si bien se desarrollaba a un ritmo prodigioso, no acababa de ser suficiente para permitirle volar o combatir con eficacia; y, sin embargo, pronto sería una carga muy pesada para Temerario en caso de que no tuviesen más remedio que emprender la huida.

Iskierka sacudió con rabia la última cadena que le habían puesto.

—¡Soltadme! ¡Yo también quiero luchar!

—Solo podrás luchar cuando seas más grande, como ella —se apresuró a decir Temerario—. Cómete la oveja.

—Ya soy más grande. Mucho más —contestó ella, ofendida, pero una vez que dio cuenta de la oveja volvió a quedarse dormida y se calló, al menos durante un rato.

Laurence no se sentía demasiado optimista. Por su duelo con Temerario en la Ciudad Prohibida, sabía que Lien no carecía de valor ni de aptitudes físicas. Tal vez aún se sintiera constreñida hasta cierto punto por la norma china que prohibía a los Celestiales entrar en combate. Pero Laurence sospechaba que su negativa a tomar parte directa en la lucha se debía más bien a un astuto cálculo digno de un comandante: la posición de las tropas francesas era totalmente segura, y Lien era demasiado valiosa como para arriesgarla para obtener alguna ventaja insignificante.

Todos los días exhibía su autoridad natural sobre los demás dragones y demostraba que comprendía de forma intuitiva cuál era el mejor modo de utilizarlos. Laurence se reafirmó en su idea de que el curioso papel que desempeñaba Lien suponía una gran ventaja material para los franceses. Bajo sus órdenes, los dragones habían renunciado a maniobras de formación cerrada, sustituyéndolas por prácticas de escaramuzas. Cuando no estaban ocupados en tales maniobras, ellos mismos se ofrecían para ayudar a cavar, con lo que aceleraban aún más la construcción de las trincheras. Los soldados trabajaban inquietos tan cerca de los dragones, pero Lefèbvre les daba ejemplo de despreocupación y sangre fría, paseando entre los laboriosos dragones y palmeándoles el costado, mientras bromeaba y reía con sus dotaciones. Sin embargo, la única vez en que se atrevió a darle una palmada a Lien, esta le dirigió una mirada atónita, como una duquesa a la que un granjero le hubiera propinado un pellizco en la mejilla.

Los sitiadores contaban con la ventaja de la moral que les daban sus rápidas victorias anteriores y, además, con una excelente motivación:

querían apoderarse de las murallas y entrar en la ciudad antes de que llegara lo más crudo del invierno.

—La clave es que no solo los chinos, que han crecido entre dragones, pueden acostumbrarse a ellos: los franceses también se han adaptado —le explicó Laurence a Granby entre bocado y bocado de una rebanada de pan con mantequilla. Temerario había bajado al patio para descansar un rato después de otra refriega matutina.

—Sí. Lo mismo pasa con estos amigos prusianos, que están aquí hacinados con Temerario y con Iskierka —dijo Granby, acariciando el costado de la dragona, que subía y bajaba como un enorme fuelle. Ella entreabrió un ojo sin llegar a despertarse, emitió un ronroneo somnoliento acompañado de unos cuantos chorros de vapor de sus espinas, y lo cerró de nuevo.

—¿Y qué hay de malo en eso? —dijo Temerario, triturando huesos entre sus dientes como si fueran cáscaras de nuez—. A estas alturas tienen que aceptarnos, a menos que sean muy estúpidos. Saben que no vamos a hacerles daño. Bueno, a lo mejor Iskierka sí, pero sin querer —añadió, dubitativo.

A veces, a la dragona le daba por requemar la carne con su propio fuego antes de comérsela, y no solía fijarse demasiado en si había alguien cerca.

Kalkreuth ya no hablaba de lo que podría ocurrir ni de largas esperas; sus hombres hacían instrucción a diario con el objeto de estar preparados para lanzar un ataque contra los franceses.

—Haremos una incursión nocturna en cuanto estén al alcance de nuestras armas —anunció en tono grave—. Aunque no consigamos nada más, al menos les distraeremos un poco y tal vez les demos a ustedes la oportunidad de escapar.

—Le estoy muy agradecido, señor —dijo Laurence.

Sería un asalto a la desesperada, con el consiguiente riesgo de heridos y muertos. Aún así, resultaba preferible a que él y Temerario se entregaran sin ofrecer resistencia. Laurence no había dudado ni por un instante de que la llegada de Lien se debía a su presencia y a la de Temerario. Los franceses podían tomarse su tiempo, ya que su objetivo era conquistar la ciudadela, pero ella tenía otros motivos. Fueran cuales fueren los designios de Napoleón y de la dragona para derrotar a Inglaterra, el peor destino que Laurence podía concebir era contemplar dichos planes como prisionero, sin poder hacer nada y con una sentencia de muerte segura sobre la cabeza de Temerario. De modo que cualquier otro final era preferible antes que caer en las garras de la dragona blanca.

Aun así, añadió:

—Señor, espero que al ayudarnos de esa forma no corra más riesgos de lo recomendable. Puede que los franceses se enojen y retiren su oferta de una rendición honrosa, si es que su victoria final acaba siendo, como creo que pasa ya, una mera cuestión de tiempo.

Kalkreuth movió la cabeza a ambos lados, no porque negara lo que decía Laurence, sino para rechazar su sugerencia.

—¿Y después? Si aceptamos la oferta de Lefèbvre y nos deja marchar, ¿qué pasará luego? ¿Qué destino correremos, con todos nuestros soldados desmovilizados y sin armas, y con mis oficiales obligados bajo promesa a no combatir contra los franceses en un año? ¿Qué ventajas tiene para nosotros que nos dejen ir con honor en vez de obligarnos a una rendición incondicional? En cualquier caso, nuestras tropas quedarán desmanteladas, como todas las demás. Han acabado con el Ejército Prusiano. Han disuelto todos nuestros batallones y han quitado de en medio a los oficiales. No quedan ni siquiera unos restos sobre los cuales reconstruir nuestro ejército. —Levantó la vista de sus mapas y, pese a su desánimo, dirigió una sonrisa de medio lado a Lawrence—. Así que ya lo ve. No les estamos haciendo un favor tan grande al resistirnos por su seguridad. Ya estamos afrontando la perspectiva de una destrucción total.

Comenzaron los preparativos. Nadie hablaba de las baterías de artillería que iban a disparar contra ellos ni de los treinta dragones o más que intentarían obstruirles el paso. Al fin y al cabo, no podían hacer nada por evitarlo. La fecha de la incursión se fijó para dos días después, en la primera noche de luna nueva, cuando la oscuridad los escondería de la vista de todos los dragones, salvo del Fleur-de-Nuit. Pratt se dedicaba a martillear bandejas de plata para convertirlas en placas de blindaje, mientras Calloway rellenaba bombas con pólvora de bengala.

Temerario, para no dar pistas sobre sus intenciones, estaba sobrevolando la ciudad como era su costumbre. Toda la planificación y el trabajo se fueron a pique de repente cuando dijo, señalando hacia el mar:

—¡Laurence! ¡Por allí vienen más dragones!

El interpelado sacó el catalejo y, entrecerrando los ojos para no deslumbrarse con el sol, consiguió divisar la fuerza que se acercaba a ellos. Se trataba de un grupo de unos veinte dragones que volaban a gran velocidad y a poca altura sobre el agua. No había más que decir, así que hizo que Temerario bajara al patio para alertar a la guarnición de un ataque inminente y refugiarse tras los cañones de la fortaleza.

Granby se encontraba en el patio junto a Iskierka, que seguía durmiendo. Al oír el grito de Laurence se había puesto de pie, inquieto.

—Ahora sí que la hemos liado —murmuró, al tiempo que subía a la muralla con Laurence y le pedía el catalejo para echar un vistazo—. Por si eran pocos, ahora vienen dos docenas más para…

Se calló de repente. El grupo de dragones franceses que estaba en el aire se había apresurado a adoptar una formación defensiva contra los recién llegados. Temerario se levantó sobre las patas traseras y se apoyó contra la muralla para ver mejor, sembrando el pánico entre los soldados que estaban allí apostados y que tuvieron que saltar para apartarse del camino de sus enormes garras.

—¡Laurence, están luchando! —gritó, entusiasmado—. ¿Son nuestros amigos? ¿Son Maximus y Lily?

—¡Dios, justo a tiempo! —exclamó Granby, lleno de júbilo.

—No puede ser —opinó Laurence, pero en su pecho se encendió una descabellada esperanza al recordar los veinte dragones británicos prometidos.

¿Cómo era posible que llegaran ahora y, de entre todos los lugares del mundo, hubieran acudido precisamente a Dánzig? Pero el caso era que habían venido desde el mar y estaban luchando contra los dragones franceses. Aunque no había formaciones, solo una especie de escaramuza generalizada, lo cierto era que habían entablado combate.

Sorprendido con la guardia baja, el pequeño retén de dragones franceses retrocedió poco a poco y de forma desordenada hacia las murallas. Antes de que el resto de sus fuerzas lograra acudir en su ayuda, los recién llegados ya habían atravesado sus líneas. Acompañados por el griterío de júbilo de los defensores, se posaron en el patio principal de la fortaleza sin orden ni concierto, en medio de un torbellino de alas y colores brillantes. Un presumido Arkady aterrizó justo delante de Temerario, se acicaló como un pájaro y luego echó la cabeza atrás en un gesto jactancioso.

—Pero ¿qué estás haciendo aquí? —exclamó Temerario, antes de repetir la misma pregunta en lengua durzagh.

Arkady se lanzó a una larga y confusa explicación, punteada por frecuentes interrupciones de los demás dragones salvajes, ya que todos ellos querían aportar su propio granito de arena al relato. Reinaba una cacofonía increíble a la que contribuían los dragones discutiendo entre ellos con rugidos, siseos y hasta empellones, de tal suerte que hasta los aviadores estaban aturdidos con el ruido. Los pobres soldados prusianos, que habían empezado a acostumbrarse a tener cerca al modoso Temerario y a la dormilona Iskierka, miraban ahora a los demás dragones con ojos desorbitados.

—Espero que nuestra visita no sea inoportuna.

Al oír una voz más baja, Laurence se dio la vuelta, dejando a su espalda aquel guirigay, y vio a Tharkay. Traía la ropa desaliñada y el pelo alborotado por el viento, pero su sonrisa burlona era la misma de siempre, como si todos los días hiciera entradas tan espectaculares como aquella.

—¿Tharkay? Desde luego, la llegada es de lo más oportuna. ¿Es usted el responsable de esto? —le preguntó Laurence.

—Lo soy, pero le aseguro que he pagado con creces por mis pecados —respondió Tharkay con una sonrisa irónica mientras estrechaba la mano a Laurence y a Granby—. Pensé que era una idea muy inteligente hasta que me vi cruzando dos continentes con esos dragones. Después del viaje que me han dado, me inclino a pensar que haber llegado es casi un milagro.

—Me lo puedo imaginar —dijo Laurence—. ¿Por eso se marchó? No llegó a comentarme nada al respecto.

—Las cosas no han salido como yo creía —admitió Tharkay, encogiéndose de hombros—. Pero como los prusianos pedían veinte dragones ingleses, se me ocurrió que si intentaba traerles a estos no les parecería mal.

—¿Cómo es que han acudido? —inquirió Granby mientras contemplaba a las criaturas—. Jamás había oído nada semejante: unos dragones salvajes adultos aceptando el arnés. ¿Cómo los ha convencido?

—Vanidad y codicia —respondió Tharkay—. Supongo que a Arkady no le desagradó la idea de ir él mismo a *rescatar* a Temerario cuando se lo expuse en esos términos. En cuanto al resto..., descubrieron que les gustaban mucho más las rollizas vacas del sultán que la comida que encuentran en las montañas, cabras y cerdos famélicos. Les prometí que estando a su servicio recibirían una vaca al día por cabeza. Espero no haberle puesto en un compromiso.

—¿Por veinte dragones? Podría haberles prometido a todos y cada uno de ellos un rebaño entero —observó Laurence—, pero ¿cómo ha conseguido encontrarnos aquí? Yo tengo la sensación de haber estado vagabundeando sin rumbo por medio planeta.

—Comparto esa sensación —respondió Tharkay—. Y si no me he quedado sordo por el camino, no será por culpa de la compañía que traigo. Le perdí la pista cerca de Jena. Después de dos semanas sembrando el pánico por aquella comarca, encontré en Berlín a un banquero que le había visto. Me dijo que si aún no lo habían capturado, probablemente estaría aquí o en Königsberg con los últimos restos del ejército. Así que aquí nos tiene.

Tharkay señaló con un gesto a la abigarrada congregación de dragones que no dejaban de darse empujones para conseguir las mejores posiciones en el patio. Iskierka, que milagrosamente había seguido durmiendo a pesar de tanta algarabía, ocupaba el lugar más cómodo y caliente, pues estaba apoyada en la pared de las cocinas del cuartel. Uno de los lugartenientes de Arkady se había agachado sobre ella para apartarla de allí.

—¡Oh, no! —dijo Granby, alarmado.

Salió disparado escaleras abajo hacia el patio, aunque ya no hacía falta. Iskierka se despertó lo justo para lanzar una llamarada de aviso a la altura de la nariz del gran dragón gris, que saltó hacia atrás y rugió sobresaltado. Pese a ser tan pequeña, los demás dragones dejaron un espacio prudencial a su alrededor, y poco a poco se fueron acomodando en otros lugares más apropiados para ellos, como los tejados, los patios y las terrazas de la ciudad, lo que provocó gritos de pavor entre sus habitantes.

—¿Veinte? —preguntó Kalkreuth, mirando a la pequeña Gherni, que dormía plácidamente en su balcón. Su cola, larga y estrecha se había colado entre las hojas de la puerta y descansaba en el salón, aunque de vez en cuando se retorcía y aporreaba el suelo—. ¿Y cree que obedecerán?

—Bueno. Harán caso a Temerario, más o menos, y también a su propio líder —repuso Laurence, en tono dubitativo—. No me atrevo a garantizarle más. En cualquier caso, solo entienden su propio idioma, aparte de chapurrear un poco un oscuro dialecto del Turquestán.

Kalkreuth guardó silencio y se dedicó a juguetear con un abrecartas que tenía sobre la mesa, clavando la punta en la madera pulida y dándole vueltas sin importarle los desperfectos.

—No —resolvió al fin, más para sí mismo que para Laurence—. Tan solo pueden retrasar lo inevitable. —Laurence asintió sin decir nada. Él mismo había pasado las últimas horas estudiando medios y formas de ataque con su nueva fuerza aérea, algún tipo de ofensiva que pudiera alejar a los franceses de la ciudad, pero el enemigo seguía superándolos en el aire en una proporción de tres dragones a dos, y no se podía contar con los silvestres para llevar a cabo ningún tipo de maniobra estratégica. En escaramuzas individuales podían cumplir bien, pero intentar usarlos como tropa disciplinada solo podía acarrear un desastre—. Pero espero que sean suficientes para que usted y sus hombres puedan salir de aquí sanos y salvos, capitán —añadió Kalkreuth—. Solo por eso ya les estoy agradecido. Ha hecho usted todo cuanto ha estado en su mano por nosotros. Ahora, váyase, y buena suerte.

—Señor, solo lamento que no hayamos podido hacer más. Muchas gracias —se despidió Laurence.

Dejó a Kalkreuth de pie al otro lado de su mesa, con la mirada gacha, y volvió al patio.

—Vamos a ponerle el blindaje, señor Fellowes —le dijo Laurence con voz queda al jefe del equipo de tierra. Después miró al teniente Ferris y asintió—. Saldremos en cuanto oscurezca.

La tripulación se puso a trabajar en silencio. A nadie le gustaba la idea de marcharse en esas circunstancias. Era imposible no ver a los veinte dragones repartidos por la fortaleza como una fuerza de combate que podría haberse utilizado para defender la ciudad. Ahora, la desesperada huida en la que habían planeado arriesgarse solos les parecía una acción egoísta, pues tenían la intención de llevarse con ellos a todos aquellos dragones.

—Espera, Laurence —dijo Temerario de repente—. ¿Por qué tenemos que abandonarlos de esta manera?

—Yo también lamento tener que hacerlo, viejo amigo —respondió Laurence, con pesar—. Pero nuestra posición es insostenible. Sin importar lo que hagamos, esta fortaleza acabará cayendo. A sus defensores no les va a reportar ningún beneficio que nos quedemos y acabemos capturados como ellos.

—No me refería a eso —repuso Temerario—. Ahora somos muchos. ¿Por qué no nos llevamos con nosotros a los soldados?

—¿Se puede hacer? —preguntó Kalkreuth.

Enseguida se pusieron a hacer números para su descabellado plan con una prisa febril. Laurence calculaba que en el puerto había transportes suficientes como para embarcar a los hombres, aunque tendrían que apretujarse en todos los rincones disponibles, desde la bodega hasta los comederos.

—Cuando aparezcamos de la nada y caigamos de la nada, vamos a darles a esos marineros un susto de muerte —objetó Granby, que tenía sus reservas—. Espero que no nos disparen mientras estemos en el aire.

—Si no pierden la calma, se darán cuenta de que volando a tan poca altura no puede tratarse de un ataque —respondió Laurence—. Además, iré antes con Temerario para advertirles. Él puede quedarse suspendido en una posición fija y dejar que sus pasajeros se descuelguen con sogas. Los demás tendrán que posarse en cubierta. Gracias a Dios, ninguno de ellos es demasiado grande.

En los elegantes hogares de la aristocracia no quedó cortina de seda ni sábana de lino que no se sacrificara por el bien de la fuga, a pesar de sus propietarios. También reclutaron a la fuerza a todas las costureras de la ciudad y las llevaron al enorme salón de baile de la residencia del general, donde se dedicaron a coser arneses de transporte bajo la improvisada dirección de Fellowes.

—Con todos mis respetos, señores —advirtió—, no apostaría mi cabeza a que fueran a funcionar. No tengo la menor idea de cómo fabrican esos arneses en China. Pero lo que estamos confeccionando nosotros va a ser el aparejo más raro para montar en dragón que se haya utilizado en toda la historia. Más claro que eso, no se lo puedo decir.

—Haga lo que pueda —respondió el general Kalkreuth en tono firme—. Quien lo prefiera, puede quedarse a que lo hagan prisionero.

—Por supuesto, no podemos llevarnos los cañones ni los caballos —le recordó Laurence.

—Salven a los hombres. Los cañones y los caballos se pueden reemplazar.

—Estoy seguro de que si no me pusiera blindaje podría llevar a trescientos hombres por lo menos —aseguró Temerario. Estaban discutiendo el asunto en el patio, donde él podía aportar sus opiniones—. Pero los pequeños no pueden cargar con tantos.

Trajeron el primer arnés de transporte para hacer la prueba. Al verlo, Arkady retrocedió cauteloso, pero Temerario soltó unos cuantos comentarios mordaces y se giró para ajustar una correa de su propio aparejo. Al verlo, el jefe de los dragones salvajes se ofreció al instante sacando pecho y no puso más problemas. Exceptuando, eso sí, que no dejaba de retorcerse para ver qué le estaban haciendo, con lo que tiró al suelo a varios de los operarios que le estaban ajustando el arnés. En cuanto estuvo equipado, Arkady empezó a pavonearse delante de sus camaradas. Tenía un aspecto bastante ridículo, pues buena parte del arnés estaba confeccionado con sedas estampadas que probablemente procedían del tocador de una dama. Pero era evidente que él se veía estupendo, y el resto de los dragones silvestres murmuraron con envidia.

Fue bastante más difícil encontrar voluntarios para subir con Arkady, hasta que Kalkreuth los maldijo a todos, los llamó «cobardes» y trepó él mismo al arnés. Sus asistentes se apresuraron a seguirlo, discutiendo incluso entre ellos para ver quién subía el primero. Ante este ejemplo, incluso los soldados más remisos se sintieron tan avergonzados que empezaron a gritar que ellos también querían embarcar. Tharkay, observando lo que pasaba, comentó con cierto sarcasmo que en algunos aspectos hombres y dragones se parecían bastante.

Arkady no era el más grande de todos —se había convertido en su líder más por la fuerza de su personalidad que por su tamaño—, pero consiguió despegar del suelo sin problemas con cien hombres colgando del arnés, quizás incluso algunos más.

—Entre todos los dragones pueden llevar a casi dos mil hombres —dijo Laurence una vez completada la prueba.

Después le pasó la pizarra a Roland y a Dyer para que repasaran las sumas y se cercioraran de que las cifras fueran correctas. Ambos gruñeron, pues ponerse a hacer los deberes en una situación tan especial les parecía una injusticia.

—No podemos correr el riesgo de sobrecargarlos —explicó Laurence—. Si nos descubren a mitad de la huida, tienen que ser capaces de escapar.

—Si no nos encargamos del Fleur-de-Nuit, nos descubrirán —dijo Granby—. ¿Y si lo atacáramos esta misma noche?

Laurence sacudió la cabeza. No era un gesto de negación, sino de duda.

—Están tomando todo tipo de precauciones para no exponerlo. Si queremos acercarnos a él tendremos que ponernos al alcance de su artillería y pasar directamente entre sus cañones. No le he visto asomar el hocico fuera del refugio desde que llegamos. Lo único que hace es vigilarnos desde esa cresta y mantenerse a distancia.

—Si esta noche concentramos un ataque especial en el Fleur-de-Nuit, aunque lo matemos, ya no les hará falta para saber que estamos planeando algo para mañana —intervino Tharkay—. Sería mucho mejor librarse de él justo antes de que empiece la acción.

Nadie se mostró en desacuerdo con la idea, pero la manera de materializarla les trajo de cabeza durante un buen rato. Al final, no se les ocurrió nada mejor que llevar a cabo una maniobra de distracción utilizando a los dragones más pequeños para bombardear la vanguardia francesa. El resplandor de las explosiones interferiría la visión nocturna del Fleur-de-Nuit, y mientras tanto los demás dragones podrían escapar hacia el sur, aunque fuera desviándose en un círculo mucho más amplio hasta llegar al mar.

—Pero esa distracción no durará mucho —rechazó Granby—. Y después tendremos que enfrentarnos con todos ellos, incluida Lien. Temerario no puede luchar contra ella con trescientos hombres colgados de sus flancos.

—Un ataque como ese alertará a todo el campamento, y alguien acabará viéndonos tarde o temprano —añadió Kalkreuth—. Aun así, ganaremos más tiempo que si salta la alarma enseguida. Prefiero salvar a la mitad de mis hombres que a ninguno.

—Pero si tenemos que desviarnos tanto de la ruta más corta, tardaremos mucho más tiempo y no conseguiremos sacar a tanta gente —objetó Temerario—. Yo creo que si fuéramos y lo matáramos rápida y sigilosamente, podríamos alejarnos antes de que supieran lo que tramamos. O también podríamos golpearle y dejarle fuera de combate para que ya no pudiese vigilar más...

—Lo único que necesitamos es quitarlo de en medio sin que se note mucho —sugirió Laurence de repente—. ¿Qué tal si lo drogamos? —Mientras los demás se lo pensaban, añadió—: Llevan toda la campaña alimentando a los dragones con ganado sedado con opio. Si le damos una vaca atiborrada de droga, lo más probable es que no note ningún sabor raro, o al menos hasta que sea demasiado tarde.

—No creo que su capitán le deje comerse una vaca si la ve haciendo eses —objetó Granby.

—Si los soldados están comiendo hierba hervida, no creo que los dragones puedan elegir su comida —contraatacó Laurence—. Sospecho que si una vaca se acerca de noche al Fleur-de-Nuit, el dragón preferirá disculparse después de habérsela zampado que pedir permiso para comérsela antes.

Tharkay se ofreció para encargarse de la tarea.

—Consíganme unos pantalones de tela de nanquín y una camisa holgada, y también una cesta de las que se usan para llevar la merienda —dijo—. Les aseguro que lograré atravesar el campamento a cara descubierta. Si alguien me detiene, hablaré en pidgin con ellos y les repetiré el nombre de algún oficial de alta graduación. Si me dan unas cuantas botellas de brandy drogado para que me las incauten los franceses, tanto mejor. No hay razón para que no invitemos también a los guardias a drogarse con láudano.

—Pero ¿cree que conseguirá regresar? —preguntó Granby.

—No tengo intención de hacerlo —dijo Tharkay—. Al fin y al cabo, nuestro objetivo es salir de aquí. Puedo llegar andando al puerto bastante antes de que ustedes hayan terminado de cargar, y seguro que allí daré con algún pescador que me lleve hasta los barcos. Deben estar haciendo negocios de lo más suculentos con ellos.

Los asistentes de Kalkreuth andaban a gatas por el patio para dibujar con tizas un mapa lo bastante grande para que los dragones salvajes lo entendieran y, de paso, con colores brillantes para llamar su atención. La cinta azul del río sería su guía: después de cruzar las murallas de la ciudad, se curvaba hacia al puerto, atravesando de paso el campamento francés.

—Vamos a ir en fila india, manteniéndonos sobre el agua —recordó Laurence—. Por favor —añadió en tono preocupado, dirigiéndose al Celestial—, asegúrate de que los demás dragones comprendan que deben volar en silencio absoluto, como si estuvieran acechando a una manada de animales huidizos.

—Se lo volveré a decir —prometió Temerario, y exhaló un breve suspiro—. No es que no me alegre de que hayan venido —le confió con voz queda—, y la verdad es que me hacen bastante caso teniendo en cuenta que nunca los han adiestrado, pero sería estupendo tener aquí a Maximus y a Lily, y tal vez a Excidium. Estoy seguro de que él sabría lo que hay que hacer.

—No te lo voy a discutir —convino Laurence. Dejando aparte otros detalles organizativos, Maximus podría haber llevado él solo a seiscientos hombres o más, pues era un Cobre Real especialmente grande. Hizo una pausa y tanteó a Temerario—. Ahora, ¿quieres decirme qué más te preocupa? ¿Te da miedo que cuando llegue el momento los asilvestrados pierdan el control?

—Oh, no. No es eso —respondió Temerario, agachando la cabeza y jugueteando con los restos de su cena—. Lo nuestro es una huida, ¿no es cierto? —soltó de repente.

—Preferiría no llamarlo así —respondió Laurence, sorprendido. Creía hasta ese momento que Temerario estaba contento con el plan, ya que iban a llevarse a la guarnición prusiana con ellos. Personalmente, le parecía una maniobra digna de aplauso, siempre que consiguieran llevarla a cabo—. No es ninguna vergüenza retirarse y conservar fuerzas para combatir en el futuro, cuando las probabilidades de victoria sean mayores.

—Lo que quiero decir es que, si nos vamos así, significa que Napoleón ha vencido, y que Inglaterra va a seguir en guerra mucho tiempo, porque él está empeñado en conquistarnos. Así que no podremos pedirle al gobierno que cambie la situación de los dragones. Tendremos que seguir obedeciendo todo lo que nos digan hasta que consigamos derrotar a Napoleón. —Los lomos de Temerario se encorvaron un poco, y añadió—: Comprendo que deba ser así, Laurence, y te prometo que cumpliré con mi deber y que no me estaré quejando a todas horas. Lo único que pasa es que me entristece un poco.

Ante ese discurso tan noble y elegante, Laurence tuvo que reconocerse a sí mismo con cierta incomodidad que sus sentimientos habían cambiado, y después le tocó hacérselo comprender a Temerario. Su incomodidad se acrecentó por el hecho de que un perplejo Temerario se hubiera dedicado a exponer, una tras otra, cada una de las objeciones que el propio Laurence se había planteado antes sobre ese mismo asunto.

—No he cambiado en lo fundamental, o al menos eso espero —dijo Laurence, esforzándose por justificarse tanto a sus propios ojos como a los del dragón—. Tan solo ha variado mi comprensión de los hechos. Napoleón ha hecho patente para todo el mundo que un ejército moderno en el que hombres y dragones colaboren de forma más estrecha ofrece grandes ventajas. Vamos a regresar a Inglaterra, pero no solo para ocupar de nuevo nuestro puesto. También vamos a llevar una información vital que hará que fomentar un cambio similar en nuestra patria se convierta no solo en un deseo, sino también en un deber.

No hacía falta mucho más para convencer a Temerario. La vergüenza que sentía Laurence por parecer tan voluble se vio mitigada por la entusiasta reacción de su dragón y por la necesidad inmediata de plantearle muchas cautelas. Por supuesto, todas las objeciones anteriores seguían en pie, y Laurence sabía de sobra que tendrían que enfrentarse a una violenta oposición.

—Me da igual lo que piensen los demás, o que haga falta mucho tiempo —dijo Temerario—. Estoy muy contento, Laurence. ¡Ojalá estuviéramos ya en casa!

Durante toda esa noche y el día siguiente siguieron trabajando con los arneses. Pronto arramblaron con todos los correajes de la caballería y saquearon las talabarterías. Al caer la tarde, Fellowes y sus hombres seguían trabajando con los dragones de forma frenética, cosiendo lazos de transporte con todo lo que quedaba a mano —cuero, cuerda, seda trenzada— hasta que los dragones salvajes quedaron completamente festoneados de cintas, volantes y tirabuzones.

—Esto parece un baile de la corte —dijo Ferris, y los demás ahogaron sus risas mientras se iban pasando la ración de licor—. Deberíamos volar directos a Londres y presentárselos a la reina.

El Fleur-de-Nuit ocupó su puesto a la hora habitual y se sentó sobre sus cuartos traseros para el turno de noche. Conforme caían las sombras, los perfiles de su cuerpo, que era de un azul casi negro, se fundieron poco a poco con la oscuridad que lo rodeaba, hasta que lo único que se vio de él fueron sus ojos, grandes como bandejas, de un blanco lechoso que reflejaba las hogueras del campamento. De vez en cuando se removía en el sitio o se daba la vuelta para mirar hacia el mar y sus ojos desaparecían durante un instante; pero siempre volvían a clavarse en la fortaleza.

Tharkay había salido a hurtadillas unas horas antes. Los demás vigilaban, impacientes. A juzgar por los latidos de sus corazones, llevaban haciéndolo una eternidad, aunque según el reloj de arena habían pasado solo dos vueltas. Los dragones estaban formados en líneas, los primeros hombres ya habían embarcado y estaban listos para partir enseguida.

—Si nada sale mal —dijo Laurence, en voz baja.

Justo en ese momento aquellos ojos pálidos y fosforescentes parpadearon una vez, y luego otra. Después lo hicieron de nuevo, algo más de tiempo, y enseguida una vez más. Por fin, mientras los párpados se cerraban poco a poco para cubrirlos, los ojos cayeron de forma lenta y lánguida al suelo, y las últimas ranuras de luz pestañearon una última vez y desaparecieron de la vista.

—¡Marcad el tiempo! —ordenó Laurence a los ayudantes que esperaban abajo, nerviosos, con los relojes de arena listos.

Temerario despegó de un salto, haciendo un esfuerzo extra por el sobrepeso. A Laurence le resultaba raro notar la presencia a bordo de tantos hombres desconocidos apretujados junto a él. Podía captar su respiración colectiva acelerándose nerviosa, áspera como una lija, las maldiciones ahogadas y los gritos en voz baja que enseguida eran acallados por los vecinos de viaje, el calor de tantos cuerpos amortiguando la penetrante mordedura del viento.

Siguiendo el curso del río, Temerario atravesó las murallas. Volaba tan cerca del agua que el vivo sonido de la corriente que bajaba hacia el mar enmascaraba el batir de sus alas. Las cuerdas que amarraban las embarcaciones a las orillas del río crujían y murmuraban, y la enorme masa encorvada de la grúa del puerto sobresalía del agua como un buitre gigantesco. Bajo ellos la superficie del río se veía lisa y negra, jaspeada por los reflejos de las hogueras de campamento que arrancaban diminutos destellos amarillos del suave oleaje.

Mirando a los lados podían ver el campamento francés, que se extendía por ambas orillas del río, y las luces de las linternas mostraban aquí y allá la curva del cuerpo de un dragón, el pliegue de un ala o el azul agujereado del hierro de un cañón. Los bultos del suelo eran soldados que dormían en sus toscos vivacs, acurrucados unos junto a otros y tapados con mantas de áspera lana, abrigos o simplemente paja, con los pies asomados y apuntando hacia las hogueras. Si había ruidos en el campamento, Laurence no llegaba a percibirlos. El eco de sus propios latidos en los oídos sonaba demasiado fuerte para oírlos mientras planeaban por encima de los franceses, y el batir de las alas de Temerario era lento, casi perezoso.

Después, cuando dejaron atrás los fuegos y las luces, pudieron respirar de nuevo. Habían atravesado sanos y salvos los límites del campamento, y les quedaba kilómetro y medio de suelo blando y pantanoso hasta el mar. El rumor de las olas se oía cada vez más fuerte. Temerario aceleró y el viento empezó a silbar en los bordes de sus alas. El capitán inglés oyó vomitar a un hombre en algún lugar del cordaje que colgaba bajo el dragón.

Ya estaban sobre el océano. Los fanales de los barcos parecían saludarlos con una luz que, sin la competencia de la luna, casi deslumbraba. Cuando se acercaron, Laurence pudo ver tras las ventanas del buque de setenta y cuatro cañones un candelabro encendido que iluminaba las letras doradas de su popa. Era el *Vanguard*. Se inclinó hacia delante y se lo señaló a Temerario.

El joven Turner reptó por el lomo de Temerario y colocó la linterna de señales nocturnas donde pudiera verse. Transmitió una señal amistosa con ella, una luz azul larga y dos rojas breves, poniendo pequeños cuadrados de tela sobre el agujero de la linterna para los colores, y después tres destellos blancos y breves para pedir una respuesta silenciosa. Conforme se acercaban, repitió el mensaje otra vez. La respuesta se demoraba. ¿Acaso el vigía no los había visto, o la señal sería demasiado antigua? Laurence llevaba casi un año sin ver un libro de códigos nuevos.

Pero entonces llegó la respuesta, un rápido destello azul–rojo–azul–rojo, y mientras descendían hacia la cubierta se encendieron más luces en ella.

—¡Ah, el barco! —saludó Laurence, rodeándose la boca con las manos.

—¡Ah, el ala! —fue la perpleja respuesta del oficial de guardia, en voz tan baja que le costó oírla—. ¿Quién demonios es usted?

Temerario se quedó suspendido sobre la nave, aleteando con cuidado. Sus tripulantes arrojaron largas sogas con nudos, cuyos extremos arrancaron un sonido hueco al golpear la cubierta del barco. Los soldados empezaron a luchar para librarse de los arneses y bajar, algunos con excesiva prisa.

—Temerario, diles que vayan con cuidado —ordenó el aviador inglés en tono severo—. Esos arneses no aguantarán si se mueven a lo bruto, y aún tienen que servirles a sus compañeros para el próximo embarque.

El Celestial les habló en alemán con un grave retumbar, y el descenso se calmó un poco. Aún lo hizo más cuando a un hombre se le escapó la cuerda, resbaló y cayó dando vueltas por los aires con un grito demasiado fuerte, que quedó interrumpido por el ruido de melón maduro que hizo su cabeza al chocar contra la cubierta. Los demás procedieron con más cuidado, mientras abajo sus oficiales los apartaban del medio y los empujaban hacia las barandillas de la nave, usando manos y palos para hacerlo en vez de gritar órdenes.

—¿Ha bajado todo el mundo? —le preguntó Temerario a Laurence.

Solo quedaban unos cuantos miembros de la tripulación montados en su lomo. Cuando Laurence asintió, Temerario descendió con cuidado y se metió en el agua junto a la nave, sin apenas salpicar. En la cubierta empezaba a levantarse cada vez más ruido, pues marineros y soldados hablaban unos con otros a toda prisa y sin entenderse en sus distintas lenguas. Los oficiales tenían problemas para reunirse entre esa multitud de hombres, mientras que los tripulantes del barco movían sus linternas sin ton ni son en todas direcciones.

—¡Chitón! —ordenó Temerario, asomando la cabeza sobre la borda—. ¡Apaguen esas luces! ¿Es que no ven que intentamos no hacer ruido? Si alguno de ustedes no me hace caso o empieza a chillar como un niño grande solo porque soy un dragón, lo agarro y lo tiro al agua. ¡Y soy muy capaz de hacerlo! —añadió.

—¿Dónde está el capitán? —preguntó Laurence. Se había hecho un perfecto silencio, pues todos se tomaban muy en serio la amenaza de Temerario.

—¿Will? ¿Eres Will Laurence? —dijo un hombre vestido con camisón y gorro de dormir, asomándose por la borda para verlos mejor—. Demonios, ¿tanto echas de menos el mar que has tenido que convertir tu dragón en un barco? ¿Qué número de clase tiene tu nave?

—Gerry —dijo Laurence, sonriendo—, ¿puedes hacerme el favor de enviar todos los botes que tengas para llevar el mensaje a los demás barcos? Estamos sacando fuera de la ciudad a toda la guarnición, y debemos tenerlos embarcados al amanecer si no queremos que los franceses nos frían a cañonazos.

—¿Cómo? ¿Toda la guarnición? —dijo el capitán Stuart—. ¿Cuántos hombres son?

—Quince mil, más o menos —respondió Laurence—. No importa —se apresuró a añadir al ver que Stuart empezaba a farfullar protestas—. Tenéis que encajarlos a bordo como podáis, y llevarlos por lo menos hasta Suecia. Son unos tipos valientes de verdad, así que no podemos dejarlos abandonados. Debo volver para que monten más. Dios sabe cuánto tiempo nos queda antes de que los franceses se den cuenta.

Al volver a la ciudad pasaron sobre Arkady, que traía su propio cargamento. El jefe de los dragones salvajes estaba mordisqueando las colas de dos de los miembros más jóvenes de su bandada para evitar que se desviaran de su curso. Cuando se cruzaron saludó con la punta de su cola a Temerario. Este desplegó las alas en toda su longitud y voló lo más rápido y silencioso que pudo. El patio era un caos controlado, con los batallones acercándose uno detrás de otro en orden de desfile a los dragones que les habían asignado y abordándolos con el menor ruido posible.

Habían pintado las losas del suelo para marcar el emplazamiento de cada dragón, aunque la pintura ya estaba arañada y pisoteada por garras y botas. Temerario se posó en su enorme rincón, y los sargentos y oficiales condujeron a sus soldados a toda prisa, como si fueran ovejas. Cada pasajero trepaba por el costado del dragón hasta encontrar el último lazo libre y pasaba la cabeza y los hombros por él. Después se agarraba al correaje con las manos o se colgaba del hombre que tenía encima, buscando apoyos para los pies en el arnés.

Winston, uno de los encargados del arnés, se acercó corriendo y preguntó jadeando:

—¿Hay que hacer alguna reparación, señor?

Al oír la respuesta negativa de Laurence, corrió rápidamente hasta el siguiente dragón. Fellowes y sus demás hombres hacían lo propio con la misma urgencia, reparando piezas sueltas o rotas de los arneses.

Temerario ya estaba listo de nuevo.

—¡Tiempo! —exclamó Laurence.

—Una hora y cuarto, señor —le respondió la voz de tiple de Dyer.

Era peor de lo que había esperado Laurence, y muchos de los otros dragones despegaban junto a ellos tan solo con su segundo cargamento.

—Iremos más rápido en cuanto adquiramos práctica —aseguró Temerario con aplomo.

—Sí. Ahora, lo más rápido que podamos —contestó Laurence, y despegaron de nuevo.

Encontraron a Tharkay cuando dejaron su segundo cargamento humano en uno de los transportes del puerto. De algún modo se las había ingeniado para subir a cubierta, y ahora escalaba al dragón trepando por la soga de nudos en sentido contrario a los soldados que descendían.

—El Fleur-de-Nuit se tragó lo de la oveja, pero no se la ha comido entera —dijo en voz baja cuando llegó junto a Laurence—. Solo ha devorado la mitad y ha escondido el resto. No sé si con eso aguantará dormido toda la noche.

Laurence asintió. Eso ya no tenía remedio. Lo único que podían hacer era seguir con el embarque el mayor tiempo posible.

En el este el cielo empezaba a teñirse ya de un tenue color azul, mientras que las calles de la ciudad seguían abarrotadas de soldados que esperaban para embarcar. Arkady estaba demostrando su utilidad en momentos de crisis. No hacía más que azuzar a sus dragones para que fueran más rápido, y él mismo había completado ya ocho vuelos. Llegó planeando para su novena carga mientras Temerario despegaba con la séptima: como él transportaba más gente, también necesitaba más tiempo para embarcar y desembarcar. Los demás asilvestrados se estaban comportando como jabatos: el pequeño dragón moteado al que Keynes había tenido que remendar después de la avalancha estaba demostrando un ahínco excepcional, y transportaba sus minúsculos cargamentos de veinte hombres con gran determinación y velocidad.

Había diez dragones sobre las cubiertas de las naves, desembarcando su carga, cuando Temerario volvió a posarse, el mayor con mucho de todos los dragones. En el próximo viaje dejarían la ciudad casi vacía, pensó Laurence mirando al sol, pero iba a ser una carrera a la desesperada.

De repente, del refugio francés se levantó una pequeña luz, azul y humeante. Laurence vio con horror cómo una bengala estallaba sobre el río. Los tres dragones que estaban de paso en aquel momento chillaron alarmados y se apartaron de aquel repentino resplandor. Un par de hombres resbalaron de sus arneses de transporte y cayeron al río gritando.

—¡Saltad! ¡Saltad, maldita sea! —gritó Laurence a los hombres que aún seguían colgados del correaje del dragón—. ¡Temerario!

El Celestial empezó a dar órdenes en alemán, aunque casi no hacía falta. Los hombres estaban bajando a saltos de los dragones y muchos caían al agua, donde los tripulantes de los barcos se afanaban en pescarlos. Había unos cuantos que seguían colgados de los arneses o aferrados a las sogas, pero Temerario no esperó más. Los demás dragones despegaron detrás de él, y todos juntos volaron en bandada de regreso a la ciudad, dejando atrás los gritos y las linternas, ahora encendidas, del campamento francés.

—¡Dotación de tierra, a bordo! —gritó Laurence a través de su bocina mientras Temerario se posaba en el patio por última vez.

Fuera de la ciudad, los cañones franceses empezaban ya a soltar sus primeros rugidos. Pratt llegó corriendo con el último huevo de dragón en brazos, envuelto en tela encerada y embalado con paja, y lo guardó en la red atada al vientre de Temerario, mientras Fellowes y sus hombres abandonaban su taller provisional de reparaciones. Toda la dotación de tierra trepó a bordo por las cuerdas con la facilidad que da la práctica y engancharon sus mosquetones al arnés.

—¡Ya están todos, señor! —gritó Ferris desde su puesto en el lomo de Temerario; tuvo que recurrir a la bocina para que se le oyera. Por encima de sus cabezas, la artillería de las murallas resonaba con la tos breve y hueca de los obuses y el silbido largo y quejoso de los morteros. En el patio, Kalkreuth y sus ayudantes dirigían el embarque de los últimos batallones, y ahora ya lo hacían a gritos.

Temerario recogió a Iskierka con la boca y se la colocó sobre los hombros. Ella bostezó y levantó la cabeza, adormilada.

—¿Dónde está mi capitán? ¡Oh! ¿Estamos combatiendo? —dijo, abriendo los ojos de par en par al oír el retumbar de los cañonazos sobre sus cabezas.

—Estoy aquí, no te preocupes —dijo Granby, que había trepado gateando para agarrarla del arnés justo a tiempo y evitar que volviera a saltar.

—¡General! —gritó Laurence.

Kalkreuth les hizo un gesto con la mano, negándose a subir, pero sus ayudantes, como un solo hombre, le agarraron y lo levantaron sobre sus cabezas. Los tripulantes se soltaron de sus propios arneses para sostenerlo y pasárselo de unos a otros, hasta que lo dejaron junto a Laurence. El general estaba jadeando y tenía alborotados sus escasos cabellos, ya que había perdido la peluca mientras lo subían. El tambor estaba tocando retirada. Los hombres abandonaban los cañones y bajaban corriendo de la muralla; algunos incluso saltaban de las torretas y los parapetos directamente sobre las espaldas de los dragones, mientras tanteaban a ciegas buscando algún asidero.

El sol empezaba a asomar sobre el bastión oriental. Las últimas sombras de la noche se aferraban aún a las nubes, estrechas y alargadas como cigarros enrollados, que se veían azules en el centro y teñidas en sus bordes por un resplandor naranja. Ya no quedaba tiempo.

—¡Arriba! —aulló Laurence.

Temerario lanzó un ensordecedor rugido y despegó con un poderoso impulso de sus patas traseras, haciendo que los hombres se balancearan en sus arneses. Algunos pasajeros resbalaron y cayeron sobre el empedrado del patio, gritando y tratando de aferrarse en vano al aire. Todos los dragones alzaron el vuelo detrás de él, en un caos de rugidos y batir de alas.

Los dragones franceses empezaban a salir de su refugio para perseguirlos, mientras sus tripulantes aún trepaban por sus costados para adoptar el orden de batalla. El Celestial se frenó de golpe para dejar que lo adelantaran los acompañantes, y después volvió la cabeza y dijo:

—¡Eh! ¡Ahora *sí* puedes arrojarles fuego!

Iskierka movió la cabeza de un lado a otro con un chillido de placer mientras soltaba un gran torrente de llamas por encima de la espalda del Celestial y lo apuntaba hacia los rostros de sus perseguidores, que se vieron obligados a retroceder.

—¡Vamos, acelera! —gritó Laurence.

Habían ganado un poco de distancia, pero Lien ya había despegado del campamento francés y venía hacia ellos rugiendo órdenes. Los alados franceses, que se habían arremolinado en medio de la confusión de sus jinetes, se alinearon al instante junto a ella.

No quedaban restos de su autocontrol anterior. Al ver que estaban a punto de escapar, la dragona blanca se lanzó tras ellos a toda velocidad y dejó atrás a todos los dragones galos salvo los correos más pequeños, que se esforzaban desesperadamente por mantenerse a su altura.

Temerario se estiró cuan largo era, con las patas juntas, la gorguera aplastada sobre el cuello y las alas batiendo el aire como grandes remos. Sobrevolaron el suelo devorando un kilómetro tras otro, del mismo modo que Lien iba reduciendo la distancia que los separaba. Las estruendosas toses de los largos cañones de los buques de guerra los invitaban a refugiarse tras el cobijo de sus andanadas. Ya tenían en la cara las primeras nubecillas de humo acre de sus disparos. Lien empezó a extender las garras, aunque aún no los tenía a su alcance. Los pequeños correos lanzaban ataques salvajes contra los costados de Temerario y arrancaban a unos cuantos hombres con sus garras, mientras Iskierka les respondía alegremente con sus llamaradas.

De pronto se encontraron volando a ciegas a través de una espesa nube de pólvora de la que Laurence salió con los ojos llorosos e irritados. Ya habían dejado atrás el campamento y aún volaban rápidos. A su espalda, la ciudad y sus mortecinas luces disminuían de tamaño un poco más con cada aleteo.

Descargaron a sus pasajeros sobre el puerto, a tan poca altura que a los últimos hombres los tuvieron que sacar del agua. Mientras los marineros los embarcaban en los transportes, el atronador rugido de los cañones sonó por fin. Los proyectiles pasaron silbando tras ellos en una espesa granizada de metal para detener a los dragones franceses.

Lien atravesó la nube negra y trató de ir tras ellos en medio de aquella lluvia de hierro caliente. Los pequeños correos franceses protestaron con grandes chillidos. Algunos incluso se agarraron a su lomo para tirar de ella y alejarla del alcance de los cañones. Lien se sacudió para quitárselos de encima. Habría seguido adelante, pero uno de ellos se colocó delante y la cubrió con desesperado coraje. Su sangre negra y oscura salpicó el pecho de la dragona cuando el disparo dirigido a ella destrozó en su lugar el hombro del pequeño correo. Lien se frenó por fin, perdido ya el frenesí de la batalla, para recoger al dragón antes de que se precipitara a tierra.

La dragona se retiró con el resto de los correos que la escoltaban llenos de preocupación, aunque se quedó revoloteando sobre la orilla nevada, fuera del alcance de los cañones, y emitió un último rugido de decepción, largo y salvaje, con tanta fuerza como si quisiera partir en dos el propio cielo. Su grito persiguió a Temerario sobre el puerto y más allá, dejando un eco fantasmal resonando en sus oídos. Pero el cielo se estaba abriendo ya en un azul intenso, profundo, sin nubes, y ante ellos aparecía un sendero infinito de viento y de agua.

Una bandera de señales ondeaba en el mástil del *Vanguard*.

—¡Nos desean buen viaje, señor! —observó Turner mientras pasaban junto a las naves.

Laurence se inclinó hacia delante y sintió el gélido y puro aliento de la brisa del mar. El viento se colaba en los agujeros entre los costados de Temerario y limpiaba los últimos remolinos de humo que se habían quedado enganchados en ellos, dispersándolos en largas estelas grises. Riggs había ordenado a los fusileros que dejaran de disparar, y Dunne y Hackley intercambiaban los insultos habituales mientras limpiaban los cañones de los mosquetes con esponjas y guardaban los cuernos de pólvora.

Iba a ser una larga singladura. Con el viento soplándoles de cara y acompañados por dragones más pequeños, tardarían al menos una semana. Pero a Laurence se le antojó que ya alcanzaba a ver la costa de Escocia, abrupta y rocosa, los brezos pardos con sus flores púrpura ya marchitas, las montañas moteadas de blanco más allá de las verdes colinas. De pronto, sintió una gran nostalgia y deseó ver de nuevo aquellas colinas, y también aquellas montañas que se alzaban afiladas y majestuosas, los amplios cuadrados amarillentos de las granjas ya cosechadas donde las ovejas engordaban y echaban lana para el invierno y, sobre todo, la espesura de pinos y fresnos que rodeaba el claro de Temerario en el refugio.

Por delante de ellos, Arkady empezó a entonar algo que parecía una canción de marcha. Los demás dragones silvestres le respondieron, y sus voces resonaron potentes en el cielo. Temerario se sumó al coro, y la pequeña Iskierka le rascó el cuello con las garras y le preguntó:

—¿Qué están diciendo? ¿Qué significa?

—Volvemos a casa —tradujo Temerario—. Todos volvemos a casa.

EXTRACTOS DE UNA CARTA PUBLICADA
en la Philosophical Transactions of the Royal Society,
abril de 1806

3 de marzo de 1806

Caballeros de la Royal Society:

Tomo la pluma con zozobra y me dirijo a tan honorable institución para referirme al reciente tratado de Sir Edward Howe acerca de la aptitud dragontina para las matemáticas. Dar réplica a una eminencia tan egregia como la de él puede causar la impresión de que alguien tan poco distinguido como yo busca con ello notoriedad y tiemblo solo ante la posibilidad de ofender a ese caballero y a sus muchos y muy merecidos valedores. Supero los escrúpulos naturales que es lógico sentir al exponerme al juicio de alguien cuya experiencia es notoriamente superior a la mía, y por quien yo mostraría una adhesión inquebrantable de no ser porque considero irrefutables las evidencias, debido tanto a la sincera convicción de los mejores méritos de mi argumentación como a una grave preocupación por los erróneos derroteros por los que podrían discurrir los estudios dragontinos; por todo lo cual, y con gran desazón, someto este punto a la consideración de ese organismo. Mi capacitación en este ámbito no es enjundiosa, en absoluto, pues, por desgracia, los requerimientos de mi feligresía en la parroquia restringen mi tiempo para el aprendizaje de las ciencias biológicas. Por ello, deberán ustedes persuadirme con la fuerza del discernimiento y no por citas y opiniones de autoridad...

Nada más lejos de mi intención que poner en tela de juicio ninguno de los méritos de estas nobles criaturas ni discutir con nadie que las considere admirables, pues sus virtudes son manifiestas y entre las más relevantes figura la benignidad de su condición, que se evidencia en su sometimiento y aceptación de la guía del ser humano en virtud del afecto más que por ningún otro impulso, dado que es del todo imposible que el hombre pueda imponerse a ellos. Los dragones se han mostrado en esto muy parecidos a la criatura más amistosa y de mayor confianza, el perro, que antepone la compañía de su amo a la de los de su propia raza, lo cual le coloca casi como un ejemplo único entre los animales al efectuar una discriminación y optar por la confraternización con sus superiores. Los dragones hacen gala de esa misma distinción, lo cual habla muy a su favor, y sin duda resulta innegable que con esto alcanzan una cognición virtualmente superior a la del resto del mundo animal, lo cual los convierte posiblemente en el más útil y valioso de nuestros animales domésticos.

Y aun así, desde hace ya algunos años, un considerable número de distinguidos caballeros, insatisfechos con tan considerables loas, han comenzado a difundir con cautela y de forma escalonada un conjunto de estudios que, casi como si respondieran a una intención ya articulada, llevaron a la gente seria a una conclusión tan inevitable como seductora, la de que los dragones trascienden la esfera de lo estrictamente animal y, por tanto, poseen las facultades de raciocinio e intelecto en plena igualdad con el hombre. Considero prácticamente innecesario enumerar las implicaciones de una ocurrencia semejante…

La línea de razonamiento más importante de estos eruditos ha sido que los dragones son las únicas criaturas que ostentan un lenguaje de creación propia y que cualquier observador puede ver todos los atributos de opinión y libre albedrío en su forma de hablar. Este argumento no puede ser suasorio ni mucho menos concluyente. También el loro ha demostrado su capacidad para dominar los idiomas del hombre y es posible adiestrar a los perros y a los caballos a fin de que comprendan unas cuantas palabras sueltas; si estos últimos poseyeran unas gargantas más adecuadas que los primeros, ¿acaso no nos hablarían también y nos pedirían mayores cuidados? Y en cuanto a esos otros alegatos, ¿a quién se le va a ocurrir negar que los animales saben qué es el afecto después de oír el gimoteo de un perro cuando le abandona su amo? ¿Y quién les negaría una voluntad propia después de que un jinete intentase atar a un caballo a la cerca en contra de su deseo, y tuviera muchas veces ocasión de lamentarlo? Aparte de estos ejemplos extraídos del reino animal, las portentosas creaciones del barón Wolfgang von Kempelen* y de monsieur Jacques de Vaucanson** permiten ir más lejos todavía y demuestran que es posible construir con un poco de hojalata y cobre los más sorprendentes autómatas, que, gracias al movimiento de ciertas palancas, son capaces de emitir sonidos o imitar movimientos inteligentes hasta el punto de engañar a un observador que no esté al tanto de que se trata de una animación de vida solo aparente, aunque en realidad no sean más que mecanismos de relojería y engranajes. No nos dejemos confundir por estos simulacros toscos de inteligencia o de comportamiento mecánico, la divina Providencia atañe solo al hombre…

Una vez que hemos descartado como insuficientes las pruebas de la inteligencia dragontina, analicemos el último ensayo de Sir Edward Howe, en el cual esgrime un argumento que no resulta tan fácil de desestimar, la habilidad de los dragones para llevar a cabo cálculos matemáticos complejos, dado que este es un logro que no está al alcance siquiera de todo hombre culto ni se encuentra en el mundo animal ni es objeto de imitación por máquina alguna. Empero, un examen más detenido de esta premisa nos permite descubrir que hemos de aceptar semejantes proezas sobre la base de la más nimia de las pruebas, el testimonio de un capitán de dragón y sus oficiales, los compañeros afectivos más adeptos a la criatura, y que estamos antes unas dotes confirmadas únicamente

---

* Científico eslovaco creador del falso autómata conocido como «El Turco», que ganó al ajedrez a Federico II de Prusia, a Napoleón, a la zarina Catalina II y a Poe, y no fue hasta mucho después que se descubrió que se trataba de una ilusión óptica que permitía esconder a un jugador humano. [N. del T.]

** Ingeniero francés creador del primer autómata de verdad en 1737, «El Flautista», un pastor de tamaño natural capaz de interpretar doce piezas con tambor y flauta. [N. del T.]

por un examen en persona del propio Sir Edward Howe en el transcurso de unas breves horas. Esto quizá resulte suficiente a algunos de mis lectores y pueda parecerles más verosímil, dada la menor ambición del tratado frente a sus predecesores en este campo. Sin embargo, permítanme señalar que un conjunto de evidencias igualmente frágiles sirvió como fundamento a aquellos primeros trabajos...

Quizá mi público desee saber con toda la razón del mundo las razones por la cuales se impulsa, sea o no aposta, una afirmación de semejante calibre. Sin efectuar acusación alguna, deseo dar respuesta a esta hipotética demanda, basándome no en motivos *reales,* sino en los *plausibles,* dado que únicamente estos pueden considerarse desinteresados. Confío en que esto baste para descartar cualquier sospecha de que pretendo sugerir la existencia de alguna sórdida conspiración, pues nada más lejos de mi intención. Es natural que el cazador adore a sus sabuesos y vea sentimientos casi humanos en las burdas manifestaciones de afecto de aquellos, o que interprete en los ladridos y en el brillo de sus ojos una comunicación más profunda; es la propia sensibilidad del cazador la que hace verdad esta ilusión y le convierte en el mayor defensor de su manada. No albergo duda alguna de que esos oficiales de la Fuerza Aérea mantengan este tipo de comunicación con sus dragones, pero el mérito ha de concederse a los hombres y no a los animales, por mucho que los primeros lo nieguen de forma sincera. Diría todavía más: todos cuantos muestran afecto por tan nobles criaturas deben desear una mejora de sus condiciones y un reconocimiento de la «humanidad» de estos animales, por llamarlo de algún modo, y seguramente pretenden inducirnos a brindarles un trato más benévolo que el dispensado hasta la fecha, lo cual no puede considerarse sino un motivo altruista...

Me he esforzado hasta ahora por poner de manifiesto las debilidades de los trabajos de otros, pero si, por el contrario, se desea una prueba positiva, basta contemplar la condición de estas criaturas en su estado natural a fin de que la verdad quede demostrada de una vez. He hablado largo y tendido con las buenas gentes encargadas de prestar su asistencia en los campos de cría de Pen-y-Fan*, cuyo trabajo diario hace que se muevan en las inmediaciones de los dragones salvajes, y ellos, que son de por sí gente ruda, no contemplan a esos animales con una perspectiva romántica, pues, dejados a su propio albedrío, sueltos y sin enjaezar, estas criaturas asilvestradas muestran una astucia natural y una inteligencia animal, solo eso. No hablan ningún idioma, salvo los gruñidos y los siseos comunes entre animales, ni forman sociedades, ni establecen relaciones civilizadas. Carecen de arte e industria, no fabrican nada, ni alojamientos ni herramientas. No puede decirse lo mismo de las zonas más míseras en las regiones más yermas de la Tierra, pero si los dragones tienen allí mayores conocimientos, es porque los han aprendido del hombre, y no por un impulso instintivo de la especie. Probablemente, esto constituya una prueba suficiente para diferenciar al hombre del dragón, si es que eso fuera necesario...

Si no he logrado convencerlos con estas razones, terminaré mi exposición con el aserto final de que debe probarse antes la veracidad que la falsedad de una conclusión tan disparatada que no toma en cuenta nada de cuanto han recogido la autoridad bíblica y las observaciones realizadas en sentido contrario, y eso aunque sea necesario que deba resistir un desafío mayor que el de mi propio y limitado saber aquí expuesto, sin otra cosa que buena voluntad por mi parte, y requiere un corpus de pruebas mucho más sustancial, obtenido y confirmado por observadores imparciales. Me he aventurado a efectuar este intento de refutación con la esperanza de instar a la duda y promover que se encaren nuevas investigaciones por quienes son más doctos más que yo, e imploro humildemente perdón a cualquiera que haya podido ofender con estas líneas, ya sea por mis opiniones o por falta de habilidad a la hora de exponerlas.

Les ruego me permitan considerarme, con el mayor respeto debido, su más humilde y obediente servidor.

D. Salcombe
Brecon, Gales.

* Montaña situada al sur de Gales. [N. del T.]

AGRADECIMIENTOS

A la hora de urdir la historia revisada de la campaña de 1806, me he basado en *Las campañas de Napoleón. Un emperador en el campo de batalla: de Tolón a Waterloo (1796-1815)*, de David Chandler, y en *A Military History and Atlas of the Napolenic Wars* [Una historia militar y atlas de las guerras napoleónicas], del brigadier general Vincent J. Esposito y el coronel John R. Elting. Ambos comparten la virtud de permitir la comprensión de los hechos a un aficionado a la historia. La responsabilidad de los errores y los giros poco plausibles es toda mía, mientras que los posibles aciertos deben atribuírseles a ellos.

He de dar las gracias por toda su ayuda a los lectores de los borradores de esta novela: Holly Benton, Francesca Coppa, Dana Dupont, Doris Egan, Diana Fox, Vanessa Len, Shelley Mitchell, Georgina Paterson, Sara Rosenbaum, L. Salom, Rebecca Tushnet y Cho We Zen. También tengo una deuda de gratitud eterna con Betsy Mitchell, Emma Coode y Jane Johnson, mis magníficas editoras, y con mi agente, Cynthia Manson.

Y por encima de todos, a Charles.